Angela Marsons

Romancière anglaise, Angela Marsons a connu le succès à quarante-neuf ans : alors qu'elle venait de perdre son emploi, d'hypothéquer sa maison et qu'elle allait renoncer à l'écriture après que ses manuscrits ont été rejetés par plusieurs éditeurs, elle s'est vu proposer un contrat pour l'achat des droits de son premier livre… et des sept romans suivants. Depuis, la série des enquêtes de Kim Stone est un succès éditorial phénoménal, traduite en vingt-huit langues et vendue à plus de quatre millions d'exemplaires à travers le monde. Angela Marsons vit dans le Black Country, en Angleterre, avec sa compagne et leur petite ménagerie. Après *Le Pensionnat des innocentes* (Belfond, 2015) et *Nos monstres* (Belfond, 2021), elle publie *Petites filles perdues* en 2023 chez le même éditeur. Tous ses titres sont repris chez Pocket.

PETITES FILLES PERDUES

Également chez Pocket

Le Pensionnat des innocentes
Nos monstres
Petites filles perdues

ANGELA MARSONS

PETITES FILLES PERDUES

Traduit de l'anglais
par Véronique Roland

belfond

Titre original :
LOST GIRLS
publié par Bookouture, une marque de Storyfire Ltd,
Londres

ISBN : 978-2-266-34103-5
Dépôt légal : mai 2024

À Mary Forrest,
dont l'affection et la générosité ont ému
tant de personnes, dont moi.
Mary, vous nous avez beaucoup appris et vos leçons
demeurent dans nos cœurs.

Prologue

Février 2014

Emily Billingham essaya de crier. On plaquait une main sur sa bouche. Des doigts fins mais fermes. Elle réussit à former un son. La paume de son agresseur l'étouffa. Elle recula la tête pour se libérer. Son crâne heurta quelque chose de dur.

— Arrête ça, espèce de petite conne, lui dit l'homme en la tirant en arrière.

Une telle pulsation battait dans les oreilles d'Emily qu'elle l'entendit à peine. Les yeux bandés, elle ne voyait pas non plus ce qui l'entourait. Mais, sous ses pieds, elle sentait du gravier.

Chaque pas l'éloignait un peu plus de Suzie. Elle recommença à se débattre pour essayer d'échapper à l'emprise de l'homme, mais il la plaqua davantage contre lui. Elle se tortilla autant qu'elle put ; il l'empoigna plus étroitement. Il fallait qu'elle s'en sorte. Qu'on vienne à son secours. Il ne devait pas l'emmener. Son papa saurait l'en empêcher. Son papa les sauverait toutes les deux.

Elle entendit grincer une porte. Oh non ! C'était la portière du van. Elle trouva la force de crier. Pas de nouveau le van !

— Non… S'il vous plaît !

Il lui envoya un violent coup de pied à l'arrière du genou. Emily flancha et trébucha en avant. Il la retint par les cheveux. La douleur fut si vive que les larmes lui montèrent aux yeux. D'un seul mouvement, l'homme la balança à l'arrière du véhicule et fit claquer la portière. Le même bruit métallique que quelques jours plus tôt, sur le chemin de l'école. Sa classe lui semblait si loin maintenant… Est-ce qu'elle reverrait un jour ses amis ?

Le van recula rapidement, l'envoyant valser contre les parois. La douleur fusa comme un feu d'artifice depuis l'arrière de son crâne. Elle tenta de se remettre d'aplomb mais le van roulait vite, bondissait, et elle se retrouva sur le flanc. Sa joue percuta le plancher de bois. Elle grimaça quand un clou égratigna son mollet nu et qu'un filet de sang coula le long de sa jambe. *Sois forte*, lui aurait dit Suzie, comme ce jour où elle s'était foulé le poignet en gymnastique. Suzie lui avait tenu l'autre main et donné du courage en lui disant que ce n'était pas grave. Et elle avait raison.

Mais, cette fois, ce n'était pas le cas.

— Je n'y arrive pas, Suzie, pardon, murmura Emily.

Elle se mit à sangloter. Elle aurait voulu être forte, pour son amie, mais le tremblement qui avait commencé dans ses jambes envahissait maintenant tout son corps.

Elle ramena les genoux sous son menton, essaya de les tenir bien serrés et de se faire aussi petite qu'une balle ; seulement, le tremblement persista. Une goutte d'urine s'échappa d'entre ses cuisses, puis le filet se transforma en un flot que son corps était impuissant à contenir. Un sanglot terrifié la déchira et elle pria pour que cette épreuve finisse.

Soudain, le van s'arrêta.

— S'il te plaît, mam-maman, viens me chercher, bredouilla-t-elle tout bas tandis qu'un silence angoissant s'abattait tout autour d'elle.

Elle s'allongea contre la portière, ne bougea plus. Il ne lui restait plus assez de force pour empêcher ses membres de trembler, plus assez de force pour lutter contre son agresseur, alors elle attendit la suite, peu importait laquelle.

Et quand le ravisseur ouvrit le van, Emily sentit la peur lui nouer l'estomac.

Le Pays noir[1] – mars 2015

1

Kim Stone se consumait de rage. Le feu qui prenait naissance dans son cerveau se propageait comme un courant électrique jusqu'à la plante de ses pieds, puis déferlait de nouveau. Si son collègue Bryant avait été présent, il l'aurait sommée de se calmer. De réfléchir avant d'agir. De penser à sa carrière, son gagne-pain. Par conséquent, c'était une bonne chose qu'elle soit seule.

La salle de sport Pure Gym se situait sur Level Street, à Brierley Hill[2], entre le centre commercial Merry Hill et le complexe bureaux et bar du Waterfront. En ce

1. Le Pays noir, ou *Black Country* en anglais, se situe au nord et à l'ouest de Birmingham. *(Toutes les notes sont de la traductrice.)*
2. Ville d'Angleterre proche de Dudley dans les Midlands de l'Ouest.

dimanche midi, le parking était complet. Comme elle n'avait pas l'intention de rester des heures, elle en fit le tour pour repérer la voiture qu'elle cherchait, puis gara sa Ninja juste devant la porte d'entrée.

Une fois dans l'espace d'accueil, elle approcha du comptoir. Une jolie fille tonique lui adressa un sourire éclatant et lui tendit la main. Sans doute attendait-elle que Kim lui présente une sorte de carte de membre. À la place, elle avait une carte toute personnelle à lui montrer : sa carte de police.

— Je ne suis pas membre, déclara Kim. J'ai besoin de m'entretenir rapidement avec une de vos clientes.

La fille regarda autour d'elle comme si elle avait besoin d'une autorisation.

— Affaire policière, précisa Kim avant d'ajouter pour elle-même : *Enfin, si on veut.*

La fille acquiesça. Kim consulta le plan des différents espaces d'activité pour savoir vers où se diriger. Elle prit sur sa gauche, derrière trois rangées de machines sur lesquelles les clients faisaient du step, marchaient et couraient. Des gens qui dépensaient de l'énergie à n'aller nulle part…

La femme qu'elle venait voir s'entraînait justement au step, dans le coin le plus éloigné. Premier indice, ses longs cheveux blonds retenus en queue de cheval. Élément décisif, son téléphone placé face à elle, contre l'écran d'affichage numérique.

Ayant repéré sa cible, Kim devint sourde aux bruits des efforts des autres, et aveugle aux regards curieux que lui valait sa tenue de ville. Tout ce qui lui importait, c'était cette femme, cette Tracy Frost, impliquée dans la mort d'un garçon de dix-neuf ans, Dewain.

Elle enjamba la machine et sa colère retomba presque quand la surprise se peignit sur le visage de Tracy Frost. Presque.

— Je peux vous dire un mot ? demanda-t-elle.

Ce n'était pas vraiment une question.

— Putain, mais comment vous… ? pesta Frost qui avait manqué perdre l'équilibre. Ne me dites pas que vous vous êtes servie de votre badge pour entrer ?

— Je veux vous parler. En privé, répéta Kim.

Tracy continua son exercice. Kim haussa la voix :

— Vous savez quoi ? Ça me convient parfaitement de le faire ici. Moi, je ne reverrai jamais ces gens.

Dans la salle, beaucoup d'yeux s'étaient déjà tournés vers elles. Tracy Frost descendit de sa machine et saisit son téléphone. Kim fut surprise par sa petite taille, un mètre soixante à vue de nez. Cette reporter locale, qui remuait la boue tous azimuts, elle ne l'avait jamais vue sans des talons de quinze centimètres.

Kim poussa la porte des toilettes des dames, y entra et plaqua Tracy Frost contre le mur. La tête de la journaliste frôla le sèche-mains.

— Vous croyiez quoi, bon Dieu ? hurla Kim.

Une cabine s'ouvrit et une jeune fille décampa. À présent, elles étaient seules.

— Vous n'avez pas le droit de poser la main sur moi comme…

Kim recula pour laisser entre elles un petit, tout petit espace.

— Comment vous avez pu faire sortir cette histoire au grand jour, espèce de débile ! reprit-elle. Il est mort, maintenant. Dewain Wright est mort à cause de vous.

Tracy Frost cligna des yeux.

— Mais… mon… reportage…

— Il en est mort, pauvre conne.

La journaliste secoua la tête.

— Je vous assure que si, soutint Kim.

Dewain Wright était un jeune du quartier de Hollytree, embringué depuis environ trois ans dans un gang avec lequel il voulait rompre. Les Hollytree Hoods avaient eu vent de sa décision et lui avaient réglé son compte d'un coup de couteau, le laissant pour mort. Mais un passant avait réussi à le ranimer. Appelée pour investiguer sur la tentative de meurtre, Kim avait commencé par donner l'ordre de taire le fait que Dewain était encore en vie. Seule la famille avait été informée. Car, si un mot parvenait jusqu'à Hollytree, le gang trouverait le moyen d'achever le gamin.

Cette nuit-là, elle l'avait passée dans le fauteuil placé à côté du lit de Dewain, à dire des prières pour qu'il fasse mentir le pronostic des médecins et se passe du respirateur. Elle lui tenait la main pour lui communiquer sa propre énergie et lui donner la force de reprendre connaissance. Le cran dont il avait fait preuve en tentant de changer de vie et de combattre le destin l'émouvait. Elle voulait avoir l'occasion de connaître ce jeune homme courageux qui avait décidé que le gang, ce n'était pas pour lui.

Kim se rapprocha de Tracy Frost et la transperça du regard. La journaliste ne pouvait pas fuir.

— Je vous ai suppliée de ne pas révéler cette histoire. Mais c'était trop dur pour vous, hein ? Fallait que vous soyez la première, je me trompe ? Vous avez tellement besoin de vous faire remarquer par les médias nationaux que vous êtes prête à sacrifier la vie d'un gosse ? J'espère pour vous que ça a marché. Parce que, ici, vous êtes grillée. J'y veillerai.

— Ce n'est pas à cause de…

— Bien sûr que c'est à cause de vous ! s'écria Kim, enragée. J'ignore comment vous avez découvert que le petit n'était pas mort, mais, à présent, il l'est. Pour de bon.

Crispée et confuse, cette imbécile restait sans voix. De toute façon, Kim ne l'aurait pas écoutée.

— Vous saviez qu'il essayait de s'en sortir, non ? Dewain était un bon gosse, il voulait juste vivre.

— Mon reportage ne peut pas être la cause de sa mort, affirma Tracy Frost qui reprenait un peu de couleurs.

— Vous avez le sang de Dewain Wright sur vos sales pattes, répliqua solennellement Kim.

— J'ai fait mon boulot, c'est tout. Les gens ont le droit d'être informés.

Kim avança encore d'un pas.

— Je jure devant Dieu que je ne trouverai pas de répit tant que vous pourrez vous approcher d'un journal…

La sonnerie de son téléphone portable l'interrompit. Tracy Frost en profita pour s'écarter.

— Stone, annonça Kim.

— J'ai besoin de vous au commissariat. Tout de suite.

Le Detective Chief Inspector Woodward n'était pas le plus chaleureux des patrons mais, généralement, il prenait le temps d'un bonjour. C'est lui qui avait insisté pour qu'elle prenne son dimanche de repos. Alors s'il appelait à l'heure du déjeuner, manifestement hors de lui, soit elle était dans une merde noire, soit quelque chose d'énorme venait de se produire.

— Je suis en route, Stacey. Sers-moi un verre de blanc sec, dit-elle.

Woodward se demanderait sans doute pourquoi elle l'appelait Stacey, et elle le lui expliquerait, plus tard. Pas question de laisser entendre à cette reporter méprisable que son boss lui passait un coup de fil urgent. Quel qu'en soit le motif, cette conversation devait se dérouler loin des oreilles de ce genre de minable.

— N'allez pas imaginer que j'en ai fini avec vous. Je trouverai le moyen de vous faire payer. Vous avez ma parole, lança-t-elle encore à Tracy Frost avant d'ouvrir la porte.

— Et moi, je vais vous faire virer ! cria l'autre derrière elle.

— Dans vos rêves ! lui jeta Kim par-dessus son épaule.

Un jeune de dix-neuf ans était mort la veille, pour rien. Elle avait connu meilleure journée. Mais elle pressentait que celle qui s'annonçait serait pire.

2

Kim gara sa Ninja derrière le commissariat de police de Halesowen. Réparties en dix unités locales, dont celle de Dudley à laquelle elle était rattachée, les forces de police des Midlands de l'Ouest étaient au service des presque deux millions et neuf cent mille habitants de Birmingham, Coventry, Wolverhampton et de la région du Pays noir.

Elle monta au troisième étage où se trouvait le bureau du DCI Woodward, frappa, entra et se figea. Non parce que Woody était assis à côté de son propre patron, l'imposant Superintendent Baldwin. Pas même parce que Woody portait un polo plutôt que sa chemise blanche réglementaire, avec épaulettes aux insignes de la police. Mais parce que la sueur perlait si visiblement sur la peau couleur caramel de son crâne qu'elle la distinguait depuis le pas de la porte. Il ne pouvait pas cacher son angoisse.

Alors, elle se fit vraiment du souci. Elle n'avait jamais vu Woody dans cet état.

Baldwin et lui ne la quittèrent pas des yeux tandis qu'elle refermait la porte. Qu'avait-elle bien pu faire pour les rendre furieux tous les deux ? Le Superintendent

Baldwin était originaire de Lloyd House, à Birmingham, et elle l'avait souvent vu, mais à la télévision.

— Vous m'avez appelée, monsieur ? dit-elle à celui des deux qu'elle connaissait.

À côté de Woody, dans un cadre photo, une image de son fils de vingt-deux ans en uniforme de la marine. Son corps avait été rapatrié deux ans après la date de cette photo.

— Asseyez-vous, Stone.

Elle s'approcha et prit place sur la seule chaise libre, abandonnée au milieu de la pièce. Puis elle regarda les deux hommes à tour de rôle, impatiente de savoir ce qu'ils lui voulaient. Dans la plupart des cas, avant d'engager la conversation avec elle, Woody éprouvait le besoin de malaxer la balle antistress posée devant lui, sur son bureau. Elle interprétait cela comme un signe que tout allait bien entre eux.

Cette fois, la balle resta où elle était.

— Stone, un enlèvement a eu lieu ce matin.

— Confirmé ? s'enquit-elle.

Il n'était pas rare que des affaires de disparition se soldent au bout de quelques heures.

— Oui, confirmé.

Kim attendit la suite. Était-ce vraiment à cause de cet enlèvement, même confirmé, qu'elle se trouvait devant le DCI et le supérieur de celui-ci ? Par chance, Woody n'était pas enclin à entretenir un mystère ou un suspense superflu. Il alla droit au but.

— On a kidnappé deux gamines.

Kim ferma les yeux. Maintenant, elle comprenait pourquoi tous les maillons de la chaîne hiérarchique étaient impliqués.

— Comme il y a treize mois, monsieur ?

Bien qu'elle n'ait pas pris part à cette enquête, elle s'était intéressée à l'affaire, comme toute la police des Midlands de l'Ouest. De nombreux officiers avaient aidé aux recherches. Elle en savait long sur ce dossier. Les faits les plus retentissants lui revinrent immédiatement à l'esprit.

Une des petites filles n'avait pas reparu.

La voix de Woody la ramena au présent.

— À ce stade, nous ne sommes pas certains que les deux affaires soient liées, mais c'est une hypothèse plausible. Les victimes sont très amies et ont été vues pour la dernière fois au centre de loisirs d'Old Hill. La mère de l'une d'entre elles devait aller les chercher à 12 h 30, mais elle a eu une panne de voiture. Chacune des mères a reçu un texto à 12 h 20 confirmant que des ravisseurs retenaient leurs filles.

Il était maintenant 13 h 15. On avait enlevé les petites moins d'une heure plus tôt mais il était inutile de procéder à une enquête de voisinage ou d'interroger les amis : si un texto était tombé, il n'y avait aucune chance qu'elles soient en train de se promener. Elles n'avaient pas seulement disparu, il s'agissait d'un cas de kidnapping avéré.

— Alors, qu'est-ce qu'on a loupé il y a treize mois ? demanda-t-elle au Superintendent.

— Pardon ?

Apparemment, il ne s'attendait pas à ce qu'elle s'adresse directement à lui. Elle observa son visage tandis qu'il élaborait une réponse. Aucun froncement de sourcils, pas une goutte de sueur à la racine des cheveux, un chargé de communication parfaitement entraîné. Pas étonnant. Il y en aurait d'autres, moins gradés, pour porter le chapeau.

En guise de réponse, il fixa sur elle un regard impassible. Un avertissement pour qu'elle la boucle. Elle le fixa à son tour et demanda de nouveau :

— Une seule gamine est revenue. Où est-ce que ça a capoté ?

— Je ne crois pas que les détails…

— Monsieur, pourquoi suis-je ici ? dit-elle en se tournant de nouveau vers Woody.

Une affaire de double enlèvement aurait dû revenir à la police judiciaire, pas à la police locale. La gestion d'un cas de ce genre requérait le travail de plusieurs sections. Il fallait chercher des indices, étudier le contexte, faire du porte-à-porte, examiner les enregistrements des caméras de surveillance et éplucher la presse. La presse… Woody ne l'aurait jamais chargée de ça.

Ses deux supérieurs échangèrent un regard et elle devina que la réponse n'allait pas lui plaire. Première hypothèse : son équipe s'apprêtait à être mobilisée. Ils pouvaient oublier leur charge courante de harcèlements sexuels, violences domestiques, fraudes et tentatives de meurtre, ainsi que le bouclage des dépositions concernant la mort de Dewain Wright.

— Vous voulez confier les recherches à mon équipe…

Woody l'interrompit :

— Il n'y a pas de recherches, Stone. Et black-out total sur la presse.

— Comment ça, monsieur ?

C'était inédit dans un cas d'enlèvement. D'habitude, la presse se saisissait des faits en quelques minutes.

— Aucune information n'a été transmise par fréquence radio, et pour l'instant les parents se taisent, précisa Woody.

Très bien. Si sa mémoire était bonne, avec la même tactique dans la précédente affaire de kidnapping, l'information avait fuité au troisième jour, quelques heures avant qu'on retrouve une des petites filles errant le long d'une route. L'autre, en revanche, n'avait jamais reparu.

— J'avoue que je suis un peu perplexe quant à…

— Quelqu'un a demandé que vous soyez chargée de l'enquête, Stone.

Dix secondes s'écoulèrent. Elle attendit la suite, mais rien ne vint.

— Eh bien, monsieur ?

— Eh bien, évidemment, c'est impossible, trancha Baldwin. Vous n'êtes absolument pas qualifiée pour diriger une enquête de cette ampleur.

Il n'avait pas tort. Néanmoins, Kim fut tentée de rappeler le cas Crestwood. Qui avait capturé le tueur de quatre adolescentes ? Elle et son équipe.

— Qui m'a réclamée ? demanda-t-elle en se tournant de nouveau vers Woody.

— Une des mères. C'est vous qu'elle veut, exclusivement. Elle ne parlera à personne d'autre. Nous avons besoin que vous rassembliez les premiers éléments pendant que nous constituons une équipe. Vous reviendrez faire votre rapport immédiatement après et vous transmettrez à l'officier responsable.

Elle avait bien compris la procédure, mais le DCI n'avait répondu que partiellement à sa question.

— Puis-je avoir les noms des petites filles et celui du parent qui me demande, monsieur ?

— Les petites s'appellent Charlie Timmins et Amy Hanson. C'est la mère de Charlie qui vous réclame. Karen. Une amie à vous, a-t-elle dit.

Impossible. Kim ne connaissait aucune Karen Timmins et, de toute façon, elle n'avait pas d'amis.

Woody consulta une feuille de papier posée sur son bureau et ajouta :

— Mes excuses, Stone. Vous connaissez probablement cette femme sous son nom de jeune fille. Karen Holt.

Kim se raidit. Ce nom-là était tapi dans son passé ; un endroit qu'elle visitait rarement.

— À votre tête, je vois que vous connaissez effectivement cette femme.

Kim se leva, regarda Woody, et seulement lui.

— Monsieur, j'irai procéder aux interrogatoires préliminaires et je rendrai compte au nouveau chef d'équipe, mais je peux vous assurer que cette femme n'est en aucun cas mon amie.

3

Kim dépassa la file de voitures avec sa Ninja. Le feu devant elle venant juste de passer à l'orange, elle fit bondir sa machine, laquelle traversa l'intersection en rugissant. Au rond-point suivant, son genou flirta avec l'asphalte à plus de 60 kilomètres/heure.

Elle sortit du cœur du Pays noir, en direction du sud. La région devait son nom à la couche de minerai de fer, épaisse de neuf cents mètres, et au filon de charbon qui affleurait à plusieurs endroits. Jadis, beaucoup de gens d'ici exploitaient de petites métairies et mettaient du beurre dans les épinards en travaillant comme cloutiers ou comme forgerons. Dans les années 1620, dans un périmètre de seize kilomètres autour de Dudley Castle, on comptait vingt mille forgerons.

Kim avait été surprise par l'adresse qu'on lui avait communiquée. Elle n'aurait pas imaginé Karen Holt vivant dans un des plus jolis endroits du Pays noir. À vrai dire, elle était même étonnée que celle-ci soit encore en vie.

À la sortie de Pedmore, le paysage commença à changer : des maisons toujours plus éloignées de la route et espacées, de vastes parcelles de terrain, des arbres plus hauts. Autrefois village du Worcestershire rural, Pedmore s'était fondu dans Stourbridge pendant l'entre-deux-guerres, quand on construisait à tour de bras.

Elle quitta Redlake Road et s'engagea sur un chemin gravillonné qui faisait crisser les pneus de la bécane. Lorsqu'elle découvrit la propriété, elle siffla d'étonnement. C'était une demeure victorienne à double façade parfaitement symétrique, dont la brique blanche semblait fraîchement repeinte. Le portique d'entrée orné était surplombé par un balcon à balustrade et encadré de bow-windows. Bref, le genre de maison qui affichait la réussite de ses propriétaires. Nom de Dieu, comment Karen Holt s'y était-elle prise pour en arriver là ? Si Bryant avait été présent, ils auraient joué à « devine combien ça vaut », comme d'habitude. Pour cette maison, Kim aurait ouvert les enchères à un million et demi. Pas une livre de moins.

Une Vauxhall Cavalier était rangée à côté d'un Range Rover gris métallisé. Visiblement, la maison n'avait aucun vis-à-vis. Tout en montant les marches du perron, Kim prit mentalement des notes pour celui ou celle que Woody nommerait chef d'équipe. Lucas, un agent qu'elle avait croisé lors d'une précédente affaire lui ouvrit. Elle pénétra dans un hall de réception pavé de carreaux de faïence Minton, qui ouvrait sur plusieurs salons ; au centre trônait une table ronde en chêne, avec un vase accueillant un bouquet de fleurs monumental. Jamais elle n'en avait vu de si imposant.

— Où est-elle ? demanda Kim.

— À la cuisine, madame. La mère de l'autre enfant est également présente.

Kim hocha la tête et, tandis qu'elle dépassait le grand escalier, tomba nez à nez avec une femme. Il lui fallut un instant pour la reconnaître, mais l'autre l'avait manifestement identifiée au premier coup d'œil.

Karen Timmins ne ressemblait plus beaucoup à Karen Holt…

Elle portait un pantalon droit stylé et un pull à col en V, loin des jeans tailladés qui moulaient ses formes et des crop tops d'où débordaient ses seins. Karen avait abandonné la teinture blonde pour retrouver sa couleur de cheveux d'origine, un châtain, et arborait une coupe qui encadrait élégamment un visage séduisant mais pas frappant. Elle avait pourtant fait de la chirurgie esthétique, peu mais assez pour modifier sensiblement ses traits. Le nez, supposa Kim. Karen avait toujours détesté son nez et elle n'avait vraiment pas tort.

— Kim, mon Dieu ! Merci d'être venue. Merci.

Kim la laissa lui serrer la main trois longues secondes. Une autre femme entra alors, avec de l'espoir vibrant dans son regard terrorisé. Son mascara avait coulé.

— Vous les avez trouvées ? demanda-t-elle, le souffle court.

Tandis que Kim secouait la tête, Karen lui présenta Elizabeth Hanson, la mère d'Amy.

Elle avait un casque soyeux de cheveux auburn, était plus ronde que Karen et vêtue d'un pantalon chino couleur crème et d'un pull cerise.

— Ta fille, c'est donc Charlie ? demanda Kim en leur faisant signe de la suivre vers la cuisine, et Karen acquiesça.

— Je suis ici pour collecter les premiers éléments pour le…

— Ce n'est pas toi qui vas nous aider ? l'interrompit Karen.

— Non. On forme une équipe en ce moment même. Je ne m'occupe que des premiers éléments.

Karen voulut objecter, mais Kim l'arrêta d'un geste et lui adressa un sourire rassurant.

— Je te promets qu'on vous enverra la crème des officiers, des gens qui ont beaucoup plus d'expérience que moi sur ce genre de cas. Plus vite tu me fourniras les informations de base, plus vite je pourrai les leur transmettre. Ils vous ramèneront vos enfants saines et sauves.

Elizabeth sembla comprendre, mais pas Karen. Elle plissa les yeux. Ce regard… Kim le reconnaissait et elle fit exactement la même chose que du temps de leur adolescence : elle n'en tint pas compte.

— Vous avez reçu des messages ? demanda-t-elle.

Toutes deux lui tendirent aussitôt leur téléphone. Kim commença par celui de Karen. Le message était glaçant.

Pas besoin de vous presser. Charlotte ne rentrera pas à la maison aujourd'hui. Ceci n'est pas une blague. J'ai votre fille.

Puis elle lut celui envoyé à Elizabeth.

Amy ne rentrera pas à la maison aujourd'hui. Ceci n'est pas une blague. J'ai votre fille.

— OK, racontez-moi ce qui s'est passé exactement.

Les deux femmes s'assirent au comptoir de la cuisine. Karen avala une gorgée de café puis se lança :

— Ce matin, je les ai déposées au centre de loisirs…

— À quelle heure ?

— 10 h 15. Le cours commence à 10 h 30 et se termine à 12 h 15. Je suis toujours là à 12 h 30 pour les ramener.

L'émotion perçait dans sa voix et elle refoulait ses larmes. Elizabeth posa la main sur la sienne, la serra pour l'encourager à poursuivre.

— Donc, je suis sortie de la maison pile à l'heure pour aller les chercher. Elles m'attendent toujours à la réception du centre. Mais ma voiture ne voulait pas démarrer. Et c'est à ce moment-là que j'ai reçu le message.

— La maison est-elle surveillée par des caméras ? demanda Kim.

A priori, la panne n'était pas un hasard. Quelqu'un s'était introduit dans la propriété.

— Non, répondit Karen. Pour quoi faire ?

— Ne touchez plus à cette voiture, la police scientifique pourrait relever des indices.

Une possibilité, pas une probabilité.

— Les ravisseurs connaissaient bien vos habitudes, ajouta Kim.

À ces mots, Elizabeth leva les yeux.

— Vous voulez dire qu'ils sont plusieurs ?

— C'est ce que je pense, oui. Vos filles ont neuf ans et je doute qu'il soit facile de les faire tenir tranquilles toutes les deux ensemble. Un seul adulte n'y aurait pas suffi. Et il y aurait eu du bruit.

Elizabeth laissa échapper un sanglot. Que faire ? Kim n'y pouvait rien. Si pleurer avait aidé à ramener les enfants, elle se serait elle-même fendue de quelques larmes.

— L'une de vous a-t-elle constaté quelque chose d'inhabituel, ces derniers temps ? Des personnes nouvelles alentour, des véhicules… Avez-vous eu le sentiment d'être observées ?

Les deux femmes hochèrent négativement la tête.

— Et vos filles ? Vous ont-elles rapporté un événement qui sortait de leur routine, un étranger les aurait-il abordées ?

— Non… non.

— Où sont leurs pères ?

— En chemin. Ce matin, ils étaient au golf. On est arrivées à les contacter juste avant que vous arriviez.

Voilà qui répondait à toutes les questions concernant les deux hommes. Ils faisaient incontestablement partie du tableau familial, il n'y avait donc pas lieu d'envisager un problème de garde comme mobile de l'enlèvement. De plus, Kim avait appris que les familles étaient très proches.

— Avez-vous contacté d'autres personnes que vos maris : des amis, de la famille ? S'il vous plaît, dites-moi la vérité.

— Non, lui assura Karen. L'officier auquel nous avons parlé nous a demandé d'attendre.

C'était un excellent conseil. Approprié dans le cas d'un enlèvement confirmé.

— Qu'est-ce qu'il faut qu'on fasse, inspectrice ? s'enquit Elizabeth.

Leur instinct devait naturellement les inciter à fouiller, s'agiter, agir… Mais cela faisait seulement une heure et demie que les petites manquaient à l'appel et des moments bien plus pénibles s'annonçaient.

— Rien, répondit Kim. Il est quasi certain que l'enlèvement a été préparé par des individus qui savent ce qu'ils font. Ils connaissent vos habitudes, ils vous ont soigneusement observés. Les filles ont été attirées à l'écart de l'entrée du centre de loisirs, soit par un visage familier, soit par quelqu'un à qui elles ont cru pouvoir faire confiance, soit par la promesse d'obtenir quelque chose de cette personne.

— Quelque chose ? reprit Karen.

— C'est ça. Comme vos filles sont trop grandes pour qu'on trompe leur méfiance avec des bonbons, je parierais plutôt sur un petit chien ou un chaton.

— Oh, mon Dieu ! souffla Elizabeth. Voilà des mois qu'Amy me supplie de prendre un chaton.

— Très peu d'enfants résisteraient à cette tentation. C'est bien pour ça que ça marche. Nous avons pris une décision, poursuivit Kim en prenant une grande inspiration. Nous allons tenir les médias à l'écart de l'affaire.

À ce stade, les familles n'avaient pas besoin d'explications supplémentaires. Moins elles en sauraient sur la précédente affaire d'enlèvement, mieux ce serait.

— Cela signifie qu'il n'y aura pas de campagne de recherche ou de battue. C'est inutile. Le crime est avéré et vos filles ne sont pas quelque part dans la nature, à attendre qu'on les trouve.

— Mais qu'est-ce qu'ils nous veulent ? s'écria Karen.

— Croyez-moi, ils vont vous le faire savoir. Jusque-là, vous ne devez rien dire, pas même à vos familles. Ne faites aucune exception. Si la presse s'empare de cette affaire, l'enquête s'en trouvera sérieusement compliquée. Des centaines de personnes qui farfouillent sur le site, ça ne ramènera pas les petites.

L'indécision se lisait sur les traits de Karen et d'Elizabeth. Un autre officier qu'elle aurait bientôt à gérer cela, songea Kim ; pour l'heure, son devoir était d'encourager ces femmes au silence. Ensuite, elle retournerait au commissariat et cela cesserait d'être son problème.

— Spontanément, vous avez sûrement envie de rameuter tous vos proches, ou de chercher par vous-mêmes, mais il ne faut pas, leur expliqua-t-elle. En attendant le responsable de l'enquête, je vous invite à dresser des listes de personnes à qui vous pourriez avoir besoin d'expliquer l'absence de vos filles dans les jours à venir.

— Mais j'ai demandé… Toi… tu ne peux pas… ?

— Non, il vous faut quelqu'un qui ait l'expérience des cas d'enlèvement.

— Je veux…

À point nommé, des pleurs d'enfant s'élevèrent dans la pièce voisine. Elizabeth repoussa sa chaise. Kim lui emboîta le pas, décidée à quitter la maison, mais Karen la retint par le bras.

— Kim, s'il te plaît…

— Je ne peux pas me charger de cette affaire, Karen. Je te l'ai dit. Je suis désolée. Je te promets que l'officier désigné fera tout ce qui est possible pour…

Karen l'interrompit :

— C'est à cause d'autrefois ? Parce que tu me détestais ?

Kim encaissa. Même si Karen ne se trompait pas, elle n'aurait pas laissé ses sentiments l'influencer alors que la vie de deux petites filles était en jeu. Elle se sentait de plus en plus frustrée de ne pouvoir aider cette femme désespérée, mais ses supérieurs s'étaient montrés parfaitement clairs.

— Pourquoi moi ? demanda-t-elle tout de même.

— Tu te souviens quand on nous avait placées chez les Price… répondit Karen avec un demi-sourire. Les chaussures de Mandy avaient la semelle trouée et tu avais demandé à Diane de lui acheter une paire de baskets neuves. Elle avait dit non.

Mandy… Cette petite fille timide, sage, qui parlait rarement. La plante de ses pieds était toute griffée par les graviers.

— Bien sûr que je m'en souviens. C'était sa septième famille d'accueil. La dernière.

— Je n'ai pas oublié ce que tu as fait. Tu as découvert le montant de l'indemnité que les Price touchaient chaque mois pour s'occuper de nous. Puis tu as fait la liste de tout ce qu'ils dépensaient en courses, factures, etc.

Oui, Kim avait bien enregistré ce qui sortait du coffre de leur voiture chaque dimanche matin. Ensuite, elle s'était rendue au supermarché pour calculer le total. Une nuit, elle avait veillé tard pour passer en revue les dépenses domestiques.

— Tu as fini par leur présenter une lettre que tu menaçais d'envoyer aux services sociaux.

Les Price étaient une famille d'accueil professionnelle. Ils prenaient toujours les gosses les plus âgés, qui rapportaient le plus.

— Tu te souviens de ce qui s'est passé après ? ajouta Karen avec un sourire qui ne suffit pas à allumer son regard. Baskets neuves pour tout le monde !

Elle marqua une pause, secoua la tête.

— On ne savait rien de toi, Kim. Tu ne parlais à personne de ton histoire – en fait, tu ne parlais pratiquement jamais –, mais on sentait chez toi une telle détermination…

À son tour, Kim se laissa aller à un petit sourire.

— Alors, c'est parce que je t'ai obtenu une paire de chaussures neuves que tu veux que je dirige cette enquête ?

— Non. J'ai la certitude que, si tu décides de nous aider, je reverrai ma fille.

4

Une vingtaine de minutes plus tard, Kim frappait à la porte du bureau de Woody et entrait. Il était seul.

— Je veux en être, monsieur, déclara-t-elle tout de go.

— En être, Stone ? fit-il en se renfonçant dans son fauteuil.

— L'affaire d'enlèvement. Je veux qu'on me la confie.

Woody se frotta le menton.

— Vous n'avez pas entendu le Superintendent quand il a dit que…

— Si, j'ai parfaitement entendu, mais je considère qu'il a tort. Je ramènerai ces gamines chez elles. Il suffit que vous me disiez quel cul je dois lécher et…

— Ce ne sera pas nécessaire, coupa Woody.

Il tendit la main vers sa balle antistress. Bon Dieu, déjà ? Elle avait perdu avant même de commencer son laïus ? Qu'à cela ne tienne. Ce ne serait pas la première fois qu'elle chercherait à arracher une victoire en dépit de toutes les évidences.

— Monsieur, je suis tenace, déterminée, entraînée…

Il se redressa dans son siège, inclina la tête.

— Je suis persévérante, entêtée…

— Entêtée, ça, c'est sûr…

— Je ne mangerai pas, je ne dormirai pas, je ne boirai pas tant que…

— OK, Stone. L'enquête est à vous.

— Personne ne bossera plus dur que moi si… Euh, vous avez dit quoi ?

Il se pencha vers elle et lâcha sa balle.

— Le Superintendent et moi avons eu une conversation musclée après votre départ. J'ai utilisé les mêmes mots que vous. Et d'autres. Et je lui ai garanti que, si quelqu'un était capable de sauver ces gosses, c'était bien vous.

— Monsieur, je…

— À présent, votre tête et la mienne sont sur le billot, Stone. Le Superintendent ne sera tenu pour responsable d'aucun échec. Tout spécialement après la précédente affaire. Nous n'avons aucune marge. Un seul faux pas et on se fait éjecter, vous et moi. C'est bien compris ?

Woody avait une grande confiance dans ses capacités et Kim se sentit reconnaissante. Elle ne le laisserait pas tomber. Il avait dû la défendre vigoureusement pour gagner l'accord de Baldwin, songea-t-elle en essayant d'imaginer leur conversation.

— Alors, qu'est-ce qu'il vous faut ? dit-il en attrapant son stylo.

— Les dossiers complets de l'affaire précédente. Ils m'apprendront tout ce que j'ai besoin de savoir sur la façon dont l'enquête a été conduite.

— Déjà demandés. Ensuite ?

— Je veux le même officier de liaison avec les familles que la dernière fois.

Il nota sa requête. Ce serait délicat, mais elle considérait cela comme un impératif. Pour être resté avec les familles tout au long de l'enquête, l'officier en question apporterait son éclairage sur les événements et l'alerterait sur toute similarité.

— Je m'en occupe, déclara Woody. Ensuite ?

— J'ai l'intention d'installer ma base chez les Timmins. Je dirigerai l'enquête depuis leur maison.

— Stone, ce n'est pas vraiment…

— Monsieur, il le faut. Je dois être disponible. Le premier message est arrivé par texto. Nous ignorons si les ravisseurs continueront à communiquer de cette façon et j'ai besoin d'être sur site en permanence, pour me tenir prête à tout.

— Il faut que je voie ça avec le Superintendent Baldwin, mais c'est mon problème, pas le vôtre. Je compte sur vous pour m'informer heure par heure. Cela relève de mon niveau de communication, pas du vôtre.

— Bien entendu.

Kim se leva, fit un signe en direction de la porte.

— Je vais rassembler mon équipe.

— Ils sont à l'étage. Ils vous attendent.

— Mais… je viens juste de réclamer l'affaire, fit remarquer Kim, interloquée.

— Je les ai fait venir aussitôt après votre départ. En revanche, ils n'ont pas la moindre idée de ce qu'on leur veut, je vous laisse le soin de les briefer.

Elle pencha la tête.

— Comment étiez-vous si sûr que… ?

— Parce qu'on vous a dit non – et vous ne supportez pas ça, pas du tout.

Kim faillit répliquer puis se ravisa. Pour une fois, elle ne pouvait pas le contredire.

5

Kim passa la porte des bureaux et la ferma derrière elle. Toute l'équipe fut aussitôt en alerte et attentive. On fermait rarement cette porte.

— Bonjour, cheffe, dirent-ils d'une seule voix.

Woody n'avait pas menti : tout le monde était là. Le DS Bryant n'avait même pas pris le temps de se changer ; il portait encore son polo de rugby d'entraînement et il avait un peu de boue sous l'œil gauche. Vu sa corpulence, il semblait naturel qu'il se soit tourné vers ce sport, mais il avait maintenant passé les quarante-cinq ans et, à cet âge, on sortait rarement indemne d'un match. Sa femme et Kim le lui avaient suffisamment fait remarquer.

À côté de lui, le DS Dawson était impeccable, comme à son habitude. Suivant l'idée qu'on était toujours jugé sur son apparence, il s'assurait d'habiller convenablement son mètre quatre-vingts en toutes circonstances. En ce jour de congé, sa tenue irréprochable suggérait qu'il avait dû se doucher, a priori au club de squash après sa partie, avant d'avaler un déjeuner liquide avec ses potes.

L'inspectrice Stacey Woods se distinguait par sa tenue de travail, un pantalon bleu marine et une simple chemise blanche. Elle était probablement restée chez elle, scotchée devant son ordinateur à combattre les warlocks et les gobelins de World of Warcraft.

Kim alla s'appuyer contre un bureau libre collé à celui de Bryant. Dawson jeta un coup d'œil en direction de la porte close.

— On a fait quelque chose de mal, cheffe ?

— Dans votre cas, Dawson, je suis sûre que je pourrais trouver un truc, en cherchant bien. Mais, pour une fois, nous ne sommes pas en cause.

— Alléluia ! s'écria Bryant.

— Ben ça alors ! ajouta Stacey.

— Bien. Pour commencer, est-ce que tout le monde est sobre ?

On avait beau être dimanche, à partir de maintenant la concentration devait primer.

— Pour ma part, comme un chameau, déclara Stacey.

— Pas bu une goutte, renchérit Bryant.

— Pas beaucoup plus, maugréa Dawson.

Kim elle-même n'avait plus touché à l'alcool depuis ses seize ans. Ils étaient donc prêts.

— Je sais que Woody vous a laissés dans le brouillard, annonça-t-elle, mais il y a une bonne raison à cela. Deux fillettes de neuf ans ont été enlevées au centre de loisirs d'Old Hill voici deux heures. C'est confirmé. Les filles sont très amies, les parents aussi.

À son tour, Bryant désigna la porte fermée.

— Black-out pour tout le monde, cheffe ? Presse et police aussi ?

Kim acquiesça.

— Sur site, seules quatre personnes sont au courant et elles ont juré de garder l'information secrète. Rien ne doit passer par la radio. On ne peut pas prendre le risque d'une fuite.

— Comment l'enlèvement a-t-il été confirmé ? s'enquit Dawson.

— Les deux mères ont reçu des textos.

— Merde… murmura Stacey.

— Pas de recherches, alors ? demanda Bryant.

Il était père d'une ado et, dans la même situation, il serait instinctivement parti sur ses traces.

— Non, rétorqua Kim. On a affaire à des professionnels. Pour l'instant, on sait seulement qu'une des mères devait les prendre à 12 h 30 au centre de loisirs. Les textos sont tombés à 12 h 16 et la voiture de la mère avait été trafiquée.

— Ça me rappelle sacrément un autre drame, cheffe.

— Comme vous dites. Nous savons tous que l'individu coupable du kidnapping de l'an dernier court toujours. Les ravisseurs sont peut-être les mêmes, ou bien des imitateurs.

— Il vaudrait mieux quoi ? demanda Stacey.

Bonne question. Si les mêmes criminels étaient impliqués, ils auraient tiré les leçons de leur précédent méfait. Ils se seraient améliorés. Auraient prévu des plans de secours, des stratégies de fuite. En revanche, Kim pourrait détailler leur mode opératoire en étudiant les notes du dossier.

— Qu'est-ce qui a dérapé, la dernière fois ? demanda Bryant.

— Je n'en sais rien, mais je suis certaine qu'on va le découvrir. Écoutez-moi, tous. Ça ne sera pas facile.

On va devoir travailler depuis la maison des Timmins, entourés de ces parents désespérés. Et on y restera jusqu'à ce qu'on leur ramène les petites.

— Si on y arrive, cheffe… fit remarquer Dawson.

Kim le cloua du regard.

— Non, Kev, pas de « si ». On va les leur ramener.

Dawson hocha la tête et regarda ailleurs. Kim ne comptait pas laisser débarquer chez les Timmins une équipe battue avant même d'avoir lancé l'enquête. La précédente équipe avait accompli la moitié du travail – et encore, puisque les ravisseurs avaient relâché la fillette d'eux-mêmes. Ça ne se reproduirait pas.

— Tous les membres des deux familles vont nous solliciter. Ils penseront que nous en savons plus qu'eux. Ils voudront être au courant de tout.

— Nous devrons garder nos distances, répondit fermement Kim. On n'est pas là pour faire ami-ami avec eux ou les materner. On n'est ni des coachs ni des prêtres. On vient pour retrouver leurs filles.

Elle s'adressa directement à Dawson :

— Les deux.

Il fit signe qu'il avait compris le message.

— OK, reprit Kim. Stace, je veux que vous fassiez une liste d'équipements télécommandés et mobiles. Tout ce que vous pensez utile. Woody s'assurera que nous en disposions.

Stacey obtempéra en pianotant sur son clavier.

— Kev, vous allez à Lloyd House et vous leur pourrissez la vie jusqu'à ce qu'ils nous communiquent ces dossiers. Woody les a réclamés mais j'en ai besoin le plus tôt possible.

— Pigé, boss.

— Bryant, pour l'amour de Dieu, filez vous doucher et enfiler des vêtements propres. Prenez un verrou et une perceuse et venez aider Stacey à déplacer le matériel.

Bryant se leva. Stacey et Dawson éclatèrent de rire. Kim suivit leur regard avec horreur.

— C'est une blague ? s'écria-t-elle.

Bryant fit deux pas à côté du bureau, révélant un short noir et des jambes de singe.

— Woody a dit de se pointer tout de suite, cheffe.

Kim se détourna pour cacher son sourire.

— Par pitié, Bryant, filez !

Il passa la porte avant qu'elle reprenne la parole.

— Je n'ai pas besoin de vous rappeler que cette affaire est strictement confidentielle. Vous savez ce que j'entends par là.

Ils comprirent tous l'avertissement. Parfois, leurs propres familles n'avaient pas le droit de savoir sur quoi ils travaillaient.

Sur ce, Kim entra dans le Bocal, une structure de bois et de verre aménagée dans l'angle droit de la salle et censée être son bureau privé. Le Bocal mesurait à peine la taille d'un ascenseur et ne servait qu'occasionnellement, surtout en cas d'engueulade. La plupart du temps, Kim travaillait plutôt au milieu de son équipe.

Elle regarda ses collègues gagnés par l'effervescence de l'action. Il n'y avait pas de place pour l'incertitude chez ses hommes.

Les doutes ne pourraient venir que d'elle.

6

Kim fut de retour chez les Timmins à l'heure où l'obscurité tombait ; un facteur qui n'allait pas arranger l'état d'esprit des parents. Les premiers jours de mars n'étaient pas encore venus à bout des températures de février. Chaque jour, dès le milieu de l'après-midi, commençait un long adieu à la lumière.

Elle frappa et entra. L'agent était assis derrière la porte.

— Du neuf ? demanda-t-elle.

Il se leva comme s'il s'adressait à un sergent-major.

— Les maris sont rentrés. Il y a eu des éclats de voix et beaucoup de pleurs.

Kim n'eut pas le temps d'atteindre la cuisine que Karen surgissait devant elle, les mains étroitement serrées sur le cœur.

— Kim, tu es…

— Chargée de l'enquête, acheva-t-elle dans un demi-sourire.

Karen lâcha un soupir de gratitude, puis elle la précéda dans la cuisine.

— Putain, c'est pas trop tôt, inspectrice ! s'écria alors un des deux hommes. Vous avez retrouvé ma fille ?

Karen protesta, mais Kim la rassura d'un geste.

— J'ai l'habitude, Karen. En tant que parents, vous allez passer par toutes sortes d'émotions, à commencer par la colère.

C'était comme si le temps passait différemment à l'intérieur d'un même espace : pour elle, il s'était accéléré dans les dernières heures ; pour les parents, une vie entière s'était écoulée. Alors, elle s'était préparée à leur frustration et à leur rage. Aux accusations et à la méfiance. Elle était disposée à les accepter. Jusqu'à un certain point… Elle fit face à l'homme qui venait de s'énerver. Il avait les cheveux aussi noirs qu'elle, sans le moindre fil blanc, des mains soignées, et il présentait un surpoids d'une petite dizaine de kilos.

Karen fit les présentations :

— Kim, voici Stephen Hanson, le mari d'Elizabeth, dit-elle en jetant à l'homme un regard cinglant. Et Robert, mon époux.

Kim dissimula sa surprise. Comme elle, Karen était âgée de trente-quatre ans ; Robert semblait considérablement plus vieux.

Il frôlait les deux mètres, n'était pas désagréable à regarder. Apparemment, il faisait attention à lui. Ses tempes grisonnantes seyaient à son genre de visage, un visage ouvert et honnête. Il posa la main droite sur l'épaule de Karen, un geste protecteur. Kim n'aurait pas imaginé Karen au bras de ce type d'homme. À l'adolescence, elle courait plutôt derrière les petits voyous qui cochaient les critères tatouage, piercing et ordonnance de comportement antisocial[1]. L'un d'eux, en particulier. Un gosse placé en famille d'accueil, comme elle, qui l'aimantait. Ils s'étaient séparés et battus à de nombreuses reprises. Chaque fois qu'il lui cognait dessus, Karen jurait qu'elle n'y retournerait jamais plus. Mais elle avait déjà trop souvent crié au loup et plus personne ne l'écoutait.

Kim salua les deux hommes.

— J'ai des informations pour vous. J'ai briefé mon équipe, elle sera sur place dans les prochaines…

Stephen Hanson ne la laissa pas achever. Il fondit sur elle en criant :

— Et les recherches, bon Dieu ? Où sont les brigades, les hélicoptères ?

Elle ne bougea pas d'un pouce. Campé à deux pas d'elle, il la toisa.

— Alors, c'est ça qu'on nous envoie…

Elizabeth eut la courtoisie de baisser les yeux. Néanmoins, Kim flaira chez eux tous l'espoir que cet éclat accélérerait d'une manière ou d'une autre le retour des petites.

— Monsieur Hanson, nous ne voulons pas que cette affaire s'ébruite, expliqua-t-elle. Seule une poignée de personnes savent qu'on a enlevé votre fille.

Les yeux de Hanson flamboyèrent devant le calme qu'elle affichait et son ton mesuré.

— Donc, on ne fait rien ? s'exclama-t-il.

---

1. Il s'agit du ASBO (*Antisocial Behavior Order*), ordonnance civile rendue en Grande-Bretagne contre toute personne âgée de dix ans et plus qui se livre à des comportements antisociaux en dehors de sa famille.

— Monsieur Hanson, je vous invite à vous calmer. Avoir la presse sur le dos ne nous aidera pas.

Les trois autres assistaient à la scène sans mot dire. La dynamique du groupe s'éclairait davantage chaque minute. Stephen Hanson se posait en héros du moment. Son instinct d'homme des cavernes l'amenait à prendre la situation en main.

— Il va falloir m'expliquer pourquoi des recherches ne contribueraient pas à retrouver nos filles ! s'indigna-t-il. Si les gens sont informés, ils vous apporteront des éléments !

— Par exemple ?

— Un individu qui aurait embarqué deux petites filles dans un véhicule, répondit-il comme s'il s'adressait à un enfant.

— Vous ne croyez pas que l'information serait déjà remontée ? répliqua Kim en haussant les sourcils.

Il hésita puis répondit :

— Ce n'est pas le sujet. Tant qu'on ne rend pas les choses publiques, les gens ne réfléchissent pas à ce qu'ils pourraient avoir vu.

— Tout ce que nous obtiendrons d'un appel à témoins, c'est qu'on pourrait les avoir aperçues à proximité du lieu de l'enlèvement. C'est une information inutile puisque nous savons déjà avec certitude qu'elles ont été kidnappées. À moins que les témoins puissent nous communiquer un numéro d'immatriculation, une description de l'individu et la direction qu'il a prise, le risque que nous prendrions serait supérieur aux bénéfices.

Pas convaincu du tout, Stephen Hanson secoua la tête.

— Désolé, je suis en total désaccord avec vous. J'ai la ferme intention de retrouver ma fille, quitte à appeler tous les journaux du pays.

Il dégaina son téléphone mobile. Du même ton mesuré, Kim l'alerta :

— Je ne peux pas vous empêcher de faire ce qui vous paraît nécessaire. Mais, si vous passez cet appel, le destin de votre fille sera probablement scellé.

Un sursaut d'effroi échappa aux deux femmes. Alors Hanson hésita de nouveau. Robert Timmins intervint :

— Pose ce téléphone, Stephen.

Sa voix était calme, tranquille, autoritaire, et tranchait avec la tension générale.

— Enfin, Rob, tu ne peux pas approuver…

— Je crois que nous gagnerions à écouter ce que l'inspectrice a à dire. Si tu donnes ce coup de fil, il n'y aura pas de retour en arrière possible. Gardons cette option pour plus tard.

Stephen explosa de colère :

— Plus tard ? Elles ont le temps de mourir, d'ici là !

— Elles sont peut-être déjà mortes, répondit Robert calmement.

Elizabeth et Karen s'effondrèrent. Robert s'efforça de rassurer sa femme en la prenant par les épaules.

— Ce n'est pas ce que je crois, dit-il. Mais je ne vois pas quel bénéfice nous trouverions à ce que Sky News campe sur notre pelouse.

Stephen contenait sa rage mais elle demeurait perceptible.

— Écoutez-moi, intervint Kim. Vos filles sont en vie. Cet enlèvement n'est pas le fait d'un opportuniste qui les aurait choisies au hasard. Il a calculé son coup.

Vous rappelez-vous que deux petites filles ont été kidnappées l'an dernier à Dudley ?

Elizabeth et Karen hochèrent la tête.

— En l'état actuel de nos informations, notre affaire semble très similaire. Nous n'avons pas encore étudié en détail le dossier de Dudley, mais nous savons qu'une seule fillette a été rendue à sa famille. Le corps de l'autre enfant n'a jamais été retrouvé. À l'époque aussi, le black-out a été imposé ; hélas, la nouvelle est sortie dans les médias au bout de trois jours. Cette publicité a peut-être poussé les ravisseurs à agir de manière inconsidérée, parce qu'elle les a effrayés. Nous sommes dans un cas de figure différent : les ravisseurs de vos filles ont déjà pris contact. Ces individus ont une idée en tête ; vous n'êtes pas face à un pédophile qui passait par là.

Pédophile. Kim vit l'horreur se peindre sur les visages des parents. C'était ainsi, il fallait qu'ils entendent la vérité ; malheureusement, elle n'avait ni thé chaud ni réconfort à leur apporter.

— Je vous l'assure, reprit-elle, ils vont se manifester. Ils veulent obtenir quelque chose de l'un d'entre vous, ou bien de vous tous. Le plus probable, c'est qu'il s'agisse d'argent, mais d'autres options ne sont pas à exclure.

Cette fois, elle eut toute leur attention.

— L'un de vous a-t-il des ennemis ? Des employés mécontents, des clients, des membres de la famille ? N'écartez personne.

— Avez-vous une idée du nombre de gens que j'emmerde chaque semaine ? demanda Stephen. Je suis procureur de la Couronne, spécialisé dans le crime organisé.

Probablement pas autant de gens que moi, songea Kim. En d'autres circonstances, elle lui aurait fait remarquer qu'il n'en emmerdait pas encore assez à son goût. Elle n'avait jamais rencontré Stephen Hanson auparavant, car il travaillait pour une division du bureau du procureur distincte de celles qui traitaient les affaires dont elle s'occupait.

Malgré tout, les relations entre la plupart des officiers de police et le bureau du procureur étaient pour le moins tendues. Il n'y avait rien de pire que de travailler sur une affaire pendant des semaines, des mois, parfois des années, pour finalement voir la procédure interrompue par la présentation de nouvelles preuves.

— Parmi les personnes que vous poursuivez, reprit Kim, combien ont les moyens de monter ensemble un coup de ce genre ? Il ne s'agit pas d'une simple brique qu'on aurait lancée vers vos fenêtres, monsieur Hanson.

— Je vous ferai la liste.

La perspective d'une action possible venait de modifier l'attitude de Hanson. *Il faut le tenir occupé*, nota Kim dans sa tête. Elle se tourna vers son épouse :

— Et vous, madame Hanson ? Des ennemis ?

Celle-ci poussa un soupir d'impuissance.

— Je ne suis qu'auxiliaire juridique… mais je vais y réfléchir.

— Monsieur Timmins ?

Il était profondément absorbé dans ses pensées.

— Je suis propriétaire d'une société de transports routiers. Il y a sept mois, j'ai dû me séparer de quelques employés, mais je ne crois pas…

— Il me faudra leurs noms. On ne peut écarter personne.

Le silence tomba.

— Et toi, Karen ? s'enquit alors Kim.

Karen secoua la tête.

— Rien à signaler. Je suis femme au foyer, dit-elle en haussant les épaules pour marquer qu'elle ne voyait pas quoi ajouter.

Kim insista d'un ton tranchant :

— Personne dans ton passé ?

— Absolument personne.

Une réponse radicale et formulée un peu trop vite. Karen en prit conscience et précisa :

— Mais, évidemment, je vais y réfléchir aussi.

— Une dernière chose, reprit Kim. D'ici à demain, je voudrais que vous prépariez une liste des coups de fil que vous allez devoir passer pour justifier l'absence de vos filles. Pour qu'aucun de vos interlocuteurs n'ait de soupçons, il faudra que vos versions concordent. Ai-je été claire ?

Comme tous acquiesçaient, Kim retint un soupir de soulagement. Ils se montraient coopératifs. Jusqu'à nouvel ordre. Bien sûr, cela ne durerait pas. À un moment, quand ils n'auraient plus rien à faire ni à penser qui puisse aider à faire revenir leurs enfants, ils passeraient par un éventail d'autres émotions ; Kim et son équipe en feraient les frais.

Elle sortit du salon pour souffler. La sonnerie de la porte d'entrée résonna dans toute la maison. L'agent ouvrit tandis que Kim allait à la rencontre de la visiteuse. Une femme d'âge moyen, cheveux blond cendré. Elle était un peu trop enveloppée mais inspirait l'autorité. Sous un épais manteau d'hiver, elle portait un jean et un pull Aran en grosse laine.

Tout sourire, la femme passa devant l'agent et tendit la main à Kim.

— Je suis Helen Barton, dit-elle. Vous avez requis ma présence.

Kim posa sur elle un regard perplexe.

— L'officier de liaison avec les familles.

— Ah, Dieu merci, répondit Kim en lui serrant la main.

Le thé et le réconfort venaient d'arriver. Il avait suffi d'attendre.

7

— Merde… Ils ont pu partir dans n'importe quelle direction, constata Kim.

Bryant venait de se garer devant le centre de loisirs plongé dans l'obscurité. Ils avaient laissé Stacey décharger l'équipement informatique et Dawson était en route pour la demeure des Timmins avec les dossiers de l'enlèvement de Dudley. Quant à Kim, cédant à son sens naturel de l'urgence, elle s'était précipitée sur leur première et unique piste.

Elle descendit de voiture et embrassa du regard les alentours.

Une route longeait le bâtiment, grimpait la colline puis disparaissait de l'autre côté. À côté du centre, l'ancienne salle du conseil municipal avait été démolie et un chantier était en cours. À droite, l'entrée d'un parc. Une route de terre séparait les deux zones.

De l'autre côté se dressaient des résidences en retrait du trottoir et surélevées. Un ensemble de maisons neuves masquait une autre route qui menait, derrière, à un petit quartier de logements sociaux.

Kim suspecta les ravisseurs de s'être garés sur la route de terre, entre le bâtiment et le parc. Juste assez près pour filer à toute allure mais pas assez pour éveiller des soupçons si les fillettes leur opposaient une résistance. Un bouleau opportunément placé masquait la vue de plusieurs maisons.

Bryant suivit le regard de Kim.

— Vous pensez que ça s'est produit là ?

— S'ils ont bien étudié la question, oui.

Elle emprunta l'allée menant à la porte d'entrée et plaqua le visage contre la vitre. Aucun signe d'activité à l'intérieur.

— Il va nous falloir les images enregistrées par les caméras, Bryant.

— Euh… je crois que le centre est fermé pour la nuit.

— Ça m'est égal, répliqua Kim en examinant la structure de la porte.

— Cheffe, entrer par effraction est un délit, je ne vous apprends rien.

— Hmmm… Retournez à la voiture et allumez la fréquence de la police.

— Qu'est-ce que vous… ?

— Faites ce que je vous dis.

Il obtempéra de mauvaise grâce. Kim s'accroupit pour examiner la partie basse de la porte. Les capteurs de l'alarme étaient fixés dans les coins mais le mécanisme de verrouillage était situé au centre. Elle donna un coup de pied dans la bande de métal qui courait le long de la partie basse. Rien. Nouveau coup de pied, en prenant soin d'éviter le panneau vitré. Toujours rien. Alors elle prit de l'élan et frappa une troisième fois, déclenchant l'alarme. Le hurlement était assourdissant. Une lumière stroboscopique s'alluma au-dessus d'elle.

Elle revint tranquillement sur ses pas et monta en voiture. Affligé, Bryant posa la tête sur le volant.

— Cheffe, vous pouviez pas juste…

Un message radio en provenance du central l'empêcha de poursuivre. On requérait la présence d'un officier pour suspicion d'effraction au centre de loisirs.

— On nous appelle, Bryant, lança Kim, l'air de rien. On est tout près.

Bryant confirma leur présence et secoua la tête.

Voilà, il n'y avait plus qu'à attendre. La compagnie de télésurveillance venait de passer son premier appel à la police. Le suivant serait leur sésame.

— Je disais… reprit Bryant. Vous pouviez pas juste faire preuve d'un peu de patience ?

Kim fit la sourde oreille. Un dimanche soir, il aurait fallu du temps pour trouver le bon interlocuteur et le convaincre de revenir sur son lieu de travail les aider à visionner les images des caméras de surveillance. Non, elle préférait agir à sa manière. À présent la personne qui détenait la clé du centre était déjà en chemin et cela ne leur avait pas coûté la moindre menace. Woody serait satisfait.

— De la patience ? Allez, Bryant. Vous me connaissez mieux que ça.

8

— C'est sûrement lui, déclara Kim en voyant une Volkswagen Polo se garer à côté d'eux.

Bryant avait déjà appelé le commissariat par précaution, mais il allait falloir réinitialiser l'alarme.

Elle descendit de voiture et se retrouva face à un jeune homme d'environ vingt-cinq ans aux cheveux blonds décolorés. Elle avait déjà sorti sa carte.

— Vous êtes le responsable ? demanda-t-elle.

Il acquiesça d'un signe.

— Ouais. Brad Evans, dit-il en se touchant la tête.

— Police. Personne n'est entré, affirma-t-elle.

Il sourit.

— Ben… merci, mais pourquoi…

Tandis qu'il se dirigeait vers l'entrée de service, elle lui emboîta le pas.

— Eh bien, répondit-elle, c'est marrant, on venait par ici quand on a reçu l'appel.

— Ouais, dit-il en se tournant vers elle, c'est super marrant.

Bryant toussota.

Brad Evans déverrouilla la porte et pénétra dans le hall de réception. L'éclairage s'alluma automatiquement. On franchissait la seconde porte en poussant un bouton. Kim leva les yeux et repéra la caméra. Puis elle suivit Brad. Une odeur de chlore flottait dans l'air. Le réfectoire était ouvert et spacieux. Des chaises et des tables en plastique en désordre, une rangée de distributeurs le long du mur de gauche. Au-delà, la porte d'accès aux vestiaires communs. Et à l'extrémité, une loggia vitrée qui offrait une vue sur un bassin peu profond.

Pendant qu'elle se livrait à ces observations, Bryant expliqua à Brad qu'ils souhaitaient visionner les enregistrements de vidéosurveillance dans le cadre d'une enquête sur une agression sérieuse.

— Et ça pouvait pas attendre les heures normales ? fit remarquer Brad.

— Non, répliqua sobrement Kim.

Brad se rembrunit mais, tant pis, il patienterait un peu avant de disposer de sa soirée.

— Bon, venez, leur dit-il en s'éloignant des vestiaires proches du bassin.

Ils longèrent une salle de gym sur leur droite, des toilettes sur leur gauche puis, au bout du corridor, arrivèrent à une porte marquée « PRIVÉ ».

Brad pianota le code, entra et s'assit, puis lança le système. Dieu merci, le centre était bien équipé. Cela faciliterait beaucoup la tâche de Bryant.

— Le système couvre chaque mètre carré des locaux, précisa Brad, sauf l'intérieur des cabines des vestiaires – pour des raisons évidentes. Il y a une caméra statique à la sortie. Alors, dit-il en consultant ostensiblement sa montre, qu'est-ce que vous voulez voir ?

— Eh bien, commençons par les vestiaires, proposa Bryant. Nous avons une description d'un contrevenant possible.

— C'est logique, déclara Brad sans manifester l'intention de leur laisser son siège. Si vous me donnez cette description, je peux…

Logique ? Quelle logique ? se demanda Kim.

— Ça peut nous prendre du temps, alors il vaut probablement mieux que vous en profitiez pour aller réinitialiser l'alarme, déclara Bryant en tapotant le dossier du fauteuil.

Brad les regarda l'un après l'autre puis, à contrecœur, se résigna à se lever.

— Je vais faire le tour, pour vérifier. J'en ai pour quelques minutes. Mais j'imagine que tout est en ordre, lança-t-il sèchement à Kim.

— Deux précautions valent mieux qu'une, affirma-t-elle en lui cédant le passage.

Brad désigna le téléphone interne et sortit son portable.

— Pour me joindre directement, faites le 0. Au cas où.

Kim lui adressa un grand sourire.

— Merci, Brad.

Bryant prit alors le contrôle du système. Kim lui ordonna de se positionner sur la caméra statique des vestiaires.

— Je veux m'assurer que, lorsqu'elles sont sorties, il n'y avait personne d'autre.

Bryant entra la date et l'horaire. Neuf images apparurent à l'écran, toutes prises à 12 h 05.

— En haut à droite et plein écran jusqu'à ce qu'on voie les filles.

Bryant appuya sur le bouton « play » et les images s'animèrent. Ils observèrent en silence. Au bout de deux minutes, ils virent les filles qui sortaient des vestiaires. Amy était vêtue d'un jean rose et d'une marinière, Charlie de legging noirs et d'un long T-shirt. Chacune portait son manteau et son sac à dos.

— Va sur la 5, demanda Kim.

Bryant tapa sur quelques touches et Kim put identifier les filles à partir d'une caméra qui assurait la surveillance de quatre-vingt-dix pour cent de l'espace commun. Les petites traversaient la salle en direction des distributeurs. Elles laissaient tomber leurs affaires sur le côté, puis elles passaient en revue les différents snacks. Amy prit des chips et Charlie, un sachet de bonbons. Toutes deux avaient aussi sélectionné une boisson chaude. Ensuite, on les voyait s'asseoir en tailleur à côté de la machine comme pour un pique-nique.

Kim examina attentivement tout ce qui se situait à proximité immédiate des petites. Quelqu'un leur accordait-il une attention particulière ? La sensation qu'elle visionnait peut-être les derniers moments de la vie des fillettes était sinistre, ses tripes se tordaient à cette idée. Mais, comme c'était là que se logeait son instinct, elle s'y fia : à partir de maintenant, elle s'interdirait d'imaginer ne serait-ce qu'un instant que ces enfants étaient déjà mortes. Elle les ramènerait vivantes chez leurs parents. Changées, mais vivantes.

Bryant fit écho à ses pensées :

— Les dernières minutes d'innocence, hein, cheffe ?

Sans l'ombre d'un doute, les filles ne verraient plus jamais le monde de la même façon – ils le savaient tous les deux. Quelle que soit l'issue.

À 12 h 23, elles se levaient. Charlie partait jeter leurs déchets à la poubelle et elles enfilaient leurs vestes. Amy passait le bras gauche sous la bretelle de son sac à dos mais son manteau la gênait pour enfiler l'autre bretelle. Charlie l'aidait. Ce simple geste montrait clairement l'amitié qu'elles éprouvaient l'une pour l'autre. Ensuite, elles se dirigeaient vers la réception, y entraient. Et là, pour une raison indéterminée, Charlie regardait derrière elle, du côté de la cafétéria. Mais elle ne s'arrêtait pas.

— Basculez sur l'extérieur, ordonna Kim.

En fait, elle savait déjà ce qu'elle allait voir.

— Bon Dieu, il est en dessous de la caméra, et elle est orientée vers l'allée.

Et pas l'allée principale qui traversait la pelouse.

— Pause. Revenez en arrière. De quelques images.

Bryant s'exécuta. On ne pouvait pas manquer le fait que Charlie levait la tête pour regarder un adulte. Un autre détail attira l'œil de Kim.

— Bryant, revenez de nouveau en arrière.

À présent, plus aucun doute possible. Elle attrapa le téléphone et appela l'employé du centre :

— Brad, j'ai besoin de vous ici. Tout de suite.

9

— C'est bien vous, là, qui traversez la réception en courant, non ? demanda Kim.

Brad Evans loucha sur l'écran et haussa les épaules.

— On porte tous…

Bon sang, ça ne pouvait tout de même pas être si difficile de se souvenir !

— Brad, c'était l'heure du déjeuner et vous couriez.

— Ah ! ouais, ouais, c'était moi. Une femme s'est évanouie. Ça fait partie de mon boulot d'accueillir l'ambulance et d'amener les soignants sur place rapidement.

Il marqua une pause, regarda l'écran.

— Mais quel rapport avec une agression en haut de la rue ?

Pas de chance. En plus d'être beau, ce garçon était futé et raisonnait. Le genre béni des dieux.

Soudain, sous leurs yeux, apparut un homme qui venait de passer devant le ravisseur. Kim chercha le regard de Bryant.

— Brad, avez-vous remarqué l'homme qui était en train de parler à ces fillettes ?

Le jeune homme prit un air dur :

— Grave. Et je peux vous dire qu'il va falloir lui parler, à celui-là, putain !

— Vous sauriez nous dire à quoi il ressemblait ?

Il réfléchit un moment puis la toisa.

— À peu près votre taille, peut-être un peu plus. Je dirais entre soixante-dix et quatre-vingts kilos. Un visage plutôt ordinaire. Le nez un peu long, une voix douce et calme, sans accent local.

Kim fronça les sourcils. Le jeune homme n'avait fait que passer en courant devant l'individu.

— Douce, calme et sans accent local… Vous l'avez entendu ?

— On avait besoin d'aide pour les premiers secours et je lui ai demandé de me donner un coup de main. Il a refusé catégoriquement. Il ne s'est pas montré désagréable, mais moi, je n'ai pas été très poli. Vous pensez que…

— Brad, je vais vous demander de venir avec nous au commissariat de Halesowen et de coopérer avec un graphiste qui établira un portrait-robot. Il faut que nous sachions qui est cet individu.

Brad éclata d'un rire nerveux.

— C'est une blague ?

— Du tout, répondit Kim tout en sentant son estomac se tordre.

— Mais… vous pouvez pas le tracer depuis votre propre système ?

— Ah oui ? Qu'est-ce qui nous permettrait de le reconnaître ? fit remarquer Bryant.

Kim, elle, ne posa pas la question. Elle avait déjà compris…

— Le gars auquel j'ai parlé, déclara Brad, c'est un flic.

10

— Merci, Brad. On vous fera revenir ici si on a besoin de vous.

— Hum… Et ça va encore prendre longtemps ?

— Non. On aura fini dans une petite minute.

Sitôt qu'il fut sorti de la pièce, Kim jura. Bryant partageait sa colère. Les criminels qui se faisaient passer pour des officiers de police, ils détestaient ça au plus haut point.

— On y va ? s'enquit-il en repoussant son fauteuil.

Kim s'apprêtait à acquiescer quand une pensée lui vint :

— Attendez… On a repéré les fillettes en train de quitter le vestiaire à 12 h 09. Revenez à 12 heures pile sur la caméra qui couvre la loggia vitrée.

Bryant renseigna l'horaire puis sélectionna la caméra 3. Kim scruta sur l'écran les banquettes les plus proches du petit bassin. Elle étudia chaque silhouette et, dans la minute, elle trouva ce qu'elle cherchait.

— Pause ! dit-elle.

L'image se figea. Elle pointa vivement du doigt le coin supérieur droit.

— Appuyez sur « play » et ne quittez pas la petite des yeux. J'ai l'intuition qu'elle ne va pas tarder à être mal à l'aise.

Ils fixèrent l'écran, particulièrement attentifs à une personne blonde de dos. Celle-ci tourna légèrement la tête.

— Elle surveille la sortie des vestiaires, conclut Bryant.

Kim confirma.

— On ne la lâche pas.

Rien d'extraordinaire ne se passa ; l'inconnue soulevait le poignet rapidement pour vérifier l'heure. Puis, à 12 h 09, on voyait les filles quitter le vestiaire dans le coin inférieur gauche de l'écran.

L'inconnue blonde se détourna complètement. Durant quelques secondes, elle dissimula son visage en se grattant la tempe gauche. Puis elle s'installa sur sa chaise, dans l'angle du cadre mais avec les distributeurs dans son champ de vision périphérique. Elle n'avait pas cessé de se cacher derrière sa main pour se dérober à la vue de Charlie et Amy.

Au moment où celles-ci se levaient pour quitter le centre, elle plongea la main dans son sac et en sortit un téléphone. Elle le manipula puis le rangea. Et quand Charlie et Amy se dirigèrent vers la sortie, elle se leva à son tour. Trois pas, et elle s'écroula, provoquant l'agitation autour d'elle. Grâce à la deuxième caméra, Kim vit Charlie regarder derrière elle ce qui se passait ; mais elle était déjà trop loin pour distinguer quoi que ce soit.

— Cette femme a détourné l'attention, murmura Bryant.

Exact, songea Kim. Juste comme elle l'avait craint.

— Et quand les filles sont sorties des vestiaires, elle a caché son visage pour qu'elles ne la voient pas.

— Merde, dit-il en même temps qu'il comprenait pourquoi.

Cette femme qui avait délibérément créé une diversion… les filles la connaissaient.

11

Bryant rappela Brad. Ils avaient un problème : l'affaire devait rester secrète et Kim ne pouvait en divulguer les détails à personne. Or, désormais, Brad était impliqué. Sa sécurité s'en trouvait menacée.

Le jeune responsable passa la tête par la porte entrebâillée.

— Quoi encore ? demanda-t-il, agacé.

— Le portrait-robot, commença Kim en s'efforçant de jouer la sympathie, on a une chance que vous nous accompagniez maintenant ?

Brad Evans ouvrit des yeux grands comme des soucoupes et Kim sentit qu'elle avait poussé sa patience bien au-delà de son seuil de tolérance. Il refusa.

— Désolé, c'est pas possible. J'ai des projets, inspectrice.

— Brad, on a besoin de vous. En fait, nous ne sommes pas ici pour une banale histoire d'agression. Il s'agit d'une affaire beaucoup plus grave, et vous êtes impliqué.

Il pâlit, les regarda à tour de rôle.

— Mais… je comprends pas. Ce type, c'était un flic.

— Non, déclara Kim. Il a *joué* le flic. Il avait un objectif en tête. Et vous, vous êtes en mesure de l'identifier. Je pense que vous êtes en danger.

Brad pénétra dans la pièce.

— Qu'est-ce qu'il a fait ? Il a tué quelqu'un ?

— Eh bien… ce n'est pas que nous…

— Inspectrice, j'en ai marre de vos énigmes. Vous ne pouvez rien me dire mais vous me demandez d'annuler mes projets malgré tout ?

Ce n'était quand même pas la mer à boire de renoncer à sortir boire des bières ! Ni un sacrifice pour le reste de sa vie !

— Brad, tout ce que je peux faire, c'est vous demander de…

— Bon, c'est terminé ? la coupa-t-il en reprenant des couleurs.

Kim plongea la main dans sa poche et lui tendit sa carte.

— OK. Restez vigilant. Si vous notez quoi que ce soit d'inhabituel, je veux que vous me téléphoniez. Compris ?

Il fourra la carte dans sa poche sans même la regarder, puis il leur tint la porte pour qu'ils quittent les lieux. Kim s'arrêta à sa hauteur.

— Brad, ce serait bien si vous écoutiez…

— Inspectrice, laissez-moi fermer ce bâtiment et continuer ma vie, s'il vous plaît.

Comme elle hésitait encore, Bryant lui prit le coude. Arrivée à la porte automatique, elle jura et poussa le battant avant même qu'il ait eu la possibilité de s'ouvrir. Bryant régla son pas sur le sien tandis qu'elle fonçait vers la voiture.

— Cheffe, vous ne pouvez pas tous les protéger.

Vrai, mais elle pouvait faire le maximum pour essayer, bon Dieu. Elle se tourna vers Brad qui verrouillait la porte :

— Désolée pour tout. N'empêche, il y a encore quelque chose que je dois regarder, dit-elle en adressant au jeune homme un sourire qu'elle espérait navré.

Il s'assombrit pour de bon.

— Vous déconnez ?

Elle approcha d'un pas.

— Restez poli, Brad. Je suis polie avec vous. J'ai juste besoin…

— Putain, je suis poli ! Je dis simplement que…

Elle fit encore un pas vers lui, sévère.

— Ne jurez pas, je vous prie. Conformément à la loi sur l'ordre public, c'est un délit…

— Elle est sérieuse ? demanda alors le jeune homme à Bryant.

— Ce n'est pas à lui qu'il faut poser la question, Brad, poursuivit-elle. Adressez-vous à moi. À moins qu'il s'agisse d'une tentative misogyne de m'insulter en ne parlant qu'à un homme. C'est ça ?

— Vous êtes totalement zarbi, fit Brad en reculant jusqu'à toucher le mur.

Il n'avait plus d'échappatoire. Kim était désormais campée à trois centimètres de lui.

— J'ai juste sollicité votre aide et votre coopération, lui dit-elle.

Il lui demanda de reculer et la repoussa. Alors, elle se tourna vers Bryant en souriant.

— OK, vous le menottez et vous lui lisez ses droits.

Woody allait l'adorer pour ce coup-là, mais elle n'avait rien trouvé de mieux pour assurer la sécurité de Brad Evans. Même un court moment.

Elle croisa les doigts pour que cela suffise.

12

— J'espère que vous savez ce que vous faites, déclara Bryant entre ses dents tandis qu'il fermait la portière arrière.

Vous et moi, ajouta Kim pour elle-même. Elle ouvrit la portière passager.

— Prenez le volant. Je contacte le Samu.

La température avait chuté de deux degrés et dépassait à peine zéro.

Lorsqu'elle passait de sa Ninja à une voiture, Kim avait toujours l'impression de crapahuter péniblement en montagne avec sur le dos un sac de dix kilos. Tout ce métal et ces garnitures étaient superflus. D'ailleurs, elle n'utilisait sa vieille Golf que lorsqu'elle emmenait Barney sur Clent Hills ou que le verglas rendait les routes impraticables à moto.

Elle se présenta à la dispatcheuse du Samu :

— Inspectrice Stone. Vous pourriez m'aider ?

À l'autre bout de la ligne, la femme lui répondit :

— En tout cas, je vais essayer.

— Le centre de loisirs d'Old Hill a appelé une ambulance aux environs de midi, aujourd'hui, pour une femme qui faisait un malaise.

Il y eut un silence, le temps que la dispatcheuse entre quelques données dans son système.

— Je confirme, dit-elle.

— Où l'a-t-on emmenée ?

— Au Russels Hall Hospital.

— Et son nom est ?

— Désolée, c'est une information que je ne peux pas vous communiquer.

— Je comprends bien que vous protégiez ce genre d'informations mais j'ai impérativement besoin d'identifier cette femme.

— Inspectrice, je suis vraiment dans l'impossibilité de vous donner ce détail…

Kim pesta. Il fallait qu'ils établissent avec certitude si la femme était ou non impliquée. Mais parfois la législation sur la protection des données ressemblait aux sables mouvants. Elle haussa la voix :

— Écoutez, j'ai…

La dispatcheuse l'interrompit froidement.

— Je ne peux pas vous donner de détails parce que je n'en ai pas. La femme en question n'a jamais été admise à l'hôpital. À peine les portes de l'ambulance ouvertes, elle a filé comme une flèche.

13

Kim passa devant le salon sans s'arrêter et entra directement dans la salle à manger aménagée en centre de crise. Stacey était en train de relier des câbles à deux ordinateurs portables et un adaptateur réseau. Dawson empilait une quatrième boîte de rangement en plastique dans un coin, les boîtes qui provenaient de Lloyd House.

— Quatre seulement ? demanda-t-elle en les examinant.

Dawson confirma d'un signe de tête. Elle s'attendait à davantage de dossiers, dans le cas d'un double enlèvement et d'un meurtre.

— OK. Bryant va vous mettre au courant. Moi, je pars parler aux familles.

Elle entra dans le petit salon, apparemment devenu le point de rencontre. Les Timmins et les Hanson semblaient suspendus à ses lèvres.

— Messieurs, mesdames, mon équipe est à présent à pied d'œuvre dans la salle à manger. Je dois vous demander de rester hors de cette pièce. Je vais faire poser un verrou sur la porte, par précaution, car même si vous approuvez cette mesure aujourd'hui, vous ne tiendrez pas votre promesse si nous sommes encore ici dans quelques jours.

Les Timmins et Elizabeth Hanson hochèrent la tête mais Stephen Hanson la fusilla du regard. Elle en fit autant avec lui.

— Vous avez tous fait la connaissance d'Helen. Elle sera là pour vous en permanence, ou presque. En revanche, mon équipe et moi ferons des allées et venues. Un officier restera en faction devant la porte d'entrée de la maison jusqu'à la fin de l'enquête. Avez-vous décidé quelle histoire vous allez raconter à votre entourage pour justifier l'absence de vos filles ?

— Intoxication alimentaire, répondirent ensemble Robert Timmins et Elizabeth Hanson.

— Nous préviendrons l'école demain matin, chacun de notre côté. Les filles étant inséparables, on nous croira facilement.

— Et à vos proches, que direz-vous ?

— La même chose, répondit Stephen Hanson. Je vais emmener sous peu Nicholas chez mes parents, je leur donnerai la même version.

Kim remarqua qu'Elizabeth soupirait profondément. De toute évidence, elle n'approuvait pas cette séparation. On pouvait la comprendre : déjà privée de sa fille, elle vivait mal la perspective de l'absence de son autre enfant, mais s'en était remise à son mari. Celui-ci commettait une erreur, pourtant. Un enfant dans la maison leur aurait prodigué un peu de gaieté à tous… Ce n'était pas son job de déranger l'équilibre de ces couples, en revanche, chaque nouvelle heure passée à leur contact lui en apprenait un peu plus sur eux.

— Au retour de chez mes parents, reprit Stephen Hanson, je passerai chez nous pour rassembler des vêtements et des affaires personnelles. Ma femme et moi allons nous installer ici.

Kim approuva. Les avoir tous au même endroit lui simplifierait la vie.

— De cette façon, déclara encore Hanson, nous nous serrerons les coudes.

Était-il indispensable de se justifier ? Cette précision sonnait faux. Hanson avait peut-être usé de cet argument pour convaincre son épouse mais, la vérité, c'est qu'il voulait rester au plus près du déroulement de l'enquête. Honnêtement, dans la même situation, Kim en aurait fait autant.

— Je vous laisse. Je vais préparer une des chambres d'amis, déclara Karen en se levant soudain, pressée d'avoir de quoi s'occuper.

— Un instant ! intervint Kim. J'ai autre chose à vous dire. Nous avons des raisons de croire qu'une femme serait impliquée dans ce kidnapping. Une femme qui a simulé un malaise au centre de loisirs. Je pense qu'elle est connue de l'un de vous.

Kim sortit la capture d'écran de sa poche et la leur montra. La réaction d'Elizabeth Hanson fut immédiate : elle se couvrit la bouche, afficha une expression choquée et incrédule. Elle fixait l'image en secouant la tête.

Kim interrogea du regard Stephen Hanson. Il était devenu blanc comme la mort.

— Ce n'est pas possible, dit-il. Elle…

— Qui est-ce, monsieur Hanson ?

— Elle s'appelle Inga. C'est la nounou qui s'occupait de notre fille.

14

Inga Bauer voyait la foule se disperser autour d'elle. Les onze dernières heures avaient été les plus longues de son existence.

Les couples et les groupes quittaient progressivement le pub, heureux d'avoir savouré leur week-end jusqu'à la dernière goutte avant de retrouver leurs foyers.

Inga, elle, n'avait nulle part où aller.

Plus tôt, avant qu'on la jette hors du centre commercial, elle avait observé les gens qui rentraient chez eux chargés de sacs, après un après-midi à flâner et faire des achats. Ils bavardaient, riaient, sirotaient des cafés hors de prix. Ils déjeunaient ou mangeaient sur le pouce, et ils dépensaient.

Tout ce temps, Inga était restée au milieu d'eux. Essayant de ne pas crever.

Elle se cala contre la machine à sous qui lui avait permis de ne pas se faire remarquer pendant quelques heures, encore un refuge dont la sécurité n'était plus garantie. Seuls deux irréductibles s'attardaient au bar. Les barmans s'affairaient, lavaient, rangeaient, nettoyaient avant la fermeture.

Elle ne pouvait pas partir maintenant. Elle avait besoin de plus de répit. Ne tenait debout que par les nerfs. Il fallait qu'elle dorme. S'apaise. Se débarrasse de la peur. Juste pendant un moment.

Son instinct lui avait dicté de se fondre dans la foule des endroits animés. Mais, en ce dimanche soir, tout était désormais désert. Et quand les deux derniers clients eurent quitté le pub, il ne resta plus qu'elle. Un des barmans lui lança un regard noir. Message reçu. Alors, à son tour, elle sortit et affronta le vent froid qui glaça aussitôt ses joues. Elle serra les bras autour d'elle.

Le simple bruissement d'un sac plastique frôlant ses pieds la fit sursauter. Ils devaient déjà s'être lancés à ses trousses – de ça, elle était absolument sûre – parce qu'elle n'avait pas respecté la consigne. Il était prévu qu'elle reste à l'hôpital jusqu'à ce que Charlie et Amy soient cachées et introuvables. Ensuite seulement, ils seraient venus la chercher.

Elle marcha droit vers le parking à niveaux où, au moins, elle serait à l'abri du vent et aurait du temps pour réfléchir. Des spots jaunes encastrés dans le plafond éclairaient les rares voitures. Elle erra. Ce serait sa vie, désormais : passer d'un extrême à l'autre, des lumières et de l'animation de la foule à la quête d'un coin sombre et silencieux. Elle en trouverait un quelque part, s'y recroquevillerait et demeurerait invisible pour les autres, quelques heures, se reposerait et s'éclaircirait les idées.

Tout au fond du parking, elle découvrit une cage d'ascenseur. Un endroit obscur et inquiétant que n'importe quelle femme seule aurait souhaité éviter. Mais elle fonça.

En approchant, elle vit qu'il n'y avait pas de recoin où se cacher… Un passage faisait le tour de la cage d'ascenseur, si bien qu'elle resterait trop exposée. Si elle s'autorisait à fermer les yeux, le danger pourrait survenir de n'importe quelle direction. Elle se dirigea donc vers la sortie, fouillant du regard chaque structure, en quête d'un renfoncement plongé dans l'obscurité. La sortie débouchait sur une route qui passait entre deux parkings ; l'un était bordé par une aire de jeux délimitée par un grillage vert à hauteur de poitrine. Un souvenir soudain la submergea.

Tandis qu'elle avançait vers les formes colorées, un véhicule de sécurité blanc approcha. Elle se baissa vivement, le souffle court, attendant qu'il la dépasse. S'il s'agissait d'une patrouille, il y avait des chances que le véhicule ne revienne pas avant dix bonnes minutes. Inga pouvait sortir de sa cachette.

Elle se faufila entre les ombres, s'accroupit à côté d'une poubelle et demeura immobile, à l'affût du moindre bruit. Le silence la rassura : elle serait en sécurité pour se déplacer. Elle monta sur la poubelle, franchit le grillage. Son pied rencontra un banc de bois. Le sang battait dans ses oreilles. Ce qu'elle était en train de faire était illégal ; si on la prenait sur le fait, on risquait de la retenir jusqu'à l'arrivée de la police. Une pensée qui la terrifia comme jamais. Seulement, elle était allée trop loin pour faire machine arrière.

Elle avança lentement sur le paillage de l'aire de jeux et atteignit la structure de bois. Elle évoquait un château, avec des cordes, des échelles et des marches, et dominé par une tourelle. Petite, confinée et sûre. Elle escalada et se jeta dans la tourelle. Plaquée contre la paroi de bois, elle put enfin respirer. À cause des interstices de deux centimètres entre chaque latte, elle n'aurait pas chaud mais, au moins, elle pourrait garder un œil sur l'extérieur.

Une seconde, elle ferma les yeux. Ils ne la débusqueraient jamais ici, à deux mètres du sol, à l'abri du danger, au moins pour l'instant. Cette certitude eut raison de ses dernières tensions. À mesure que la peur abandonnait son corps, l'épuisement se fit sentir. Elle s'inquiéterait plus tard d'une stratégie pour filer d'ici ; elle avait des heures devant elle pour y penser. En attendant, elle allait accorder à son corps et son esprit le luxe éphémère du répit.

Une extrême fatigue alourdit ses paupières. Elle sentit sa conscience lâcher prise et ses pensées flottèrent, lui laissant la tête vide. Les images du souvenir qui l'avait menée jusque dans ce refuge se mirent à défiler devant ses yeux comme celles d'un film.

Amy qui escalade la structure. Amy qui se balance, en appui sur les barres parallèles. Amy qui lui fait signe depuis la balançoire. Amy dont le lacet se coince au pied de la tourelle et qui tombe.

Amy qui la serre très fort.

Alors que l'effroi la quittait, Inga prit conscience de ce qu'elle avait fait. Les larmes roulèrent sur ses joues.

15

Satisfait, Will Carter se rassit.

Ce premier jour, tout s'était déroulé conformément au plan, à quelques menus détails près. Il était confiant, car d'ici peu tout allait rentrer dans l'ordre prévu. Pour de bon.

Cette garce d'Inga… Elle n'avait qu'à jouer la comédie pendant une heure ou deux au service des urgences et les attendre là-bas. Ce n'était tout de même pas compliqué ! Will lui avait assuré que Symes viendrait la chercher et qu'elle pourrait alors s'occuper des gamines pendant les négociations. Évidemment, c'était du pipeau. Symes devait l'éliminer dans les minutes qui suivraient la sortie de l'hôpital.

Lui ne s'embarrassait pas avec ce genre de problème – c'était le rôle de Symes.

— Balance le texto maintenant, lança celui-ci dans son dos.

Will fit la sourde oreille et effectua des tests de calibrage pour les trois moniteurs. Une caméra à l'intérieur et deux à l'extérieur. Avec un bureau pareil devant lui, il aurait pu se croire dans l'*USS Entreprise*. Sauf qu'il n'était pas comme ce branleur de capitaine Kirk, faiblard et moralisateur, qui filait dans l'espace pour sauver les espèces et les univers. Celui-là, il aurait mieux fait de violer, piller et tracer sa route en mettant à sac la galaxie. La série aurait gagné en intérêt.

— Putain, balance. Qu'on soit peinards, répéta Symes.

— Je le ferai quand le moment sera venu. Je suis le plan.

Symes cracha dans un coin et Will eut un haut-le-cœur. Franchement, c'était la peine ?

— D'où que t'es le boss ? maugréa Symes.

C'est le résultat d'une éducation correcte, fut tenté de répliquer Will. Mais il s'abstint. Symes était un voyou, un mercenaire, un homme de main recruté pour sa nature et ses capacités. Il n'avait pas d'âme. Et ce serait bien utile dans les jours à venir. Évidemment, il était frustré, Will pouvait comprendre ça. On lui avait promis puis repris un cadeau. Mais Will cachait une petite surprise dans sa manche. Tout viendrait en son temps. Tout était question de stratégie et de planification. Une conclusion à laquelle il avait abouti au bout de deux années et après une tentative ratée. Lui aussi crevait d'envie d'atteindre le résultat final, il sentait presque le goût de la liberté, mais, si maîtriser ses nerfs lui permettait de frapper le plus fort possible, il en serait capable. Il s'en tiendrait strictement au calendrier.

— Tiens, dit-il à Symes, va donc faire à manger. Après ça, on sera prêts.

Symes redressa son corps massif et quitta la pièce. Il était né pour être un soldat, pour recevoir des instructions et des ordres. Ses récriminations ne comptaient pas.

Will alluma les écrans de gauche. Symes ignorait que la caméra de télésurveillance couvrait le corridor. Il croyait qu'il n'y avait qu'une seule caméra en bas, pointée sur la porte de la cave où ils retenaient les gamines. Quant à la caméra dôme, ce bouffon la prenait pour un détecteur de fumée. Un truc totalement inutile, sauf pour garder un œil sur Symes. OK, ils avaient un deal et Will le respecterait, mais il ne fallait pas que cet imbécile s'impatiente et s'empare prématurément de sa récompense. Ce gars était fasciné par la cruauté. Pour lui, c'était une distraction. Au fond, Will s'en foutait pas mal – à la condition que ça ne ruine pas le plan. À ce stade de l'opération, ils ne pouvaient pas se permettre de déraper. Alors, quand Symes bossait, Will le surveillait.

Lorsqu'il l'entendit monter l'escalier, il bascula sur l'écran à quatre fenêtres qui montrait tout le périmètre du bâtiment. Il irait faire un tour en bas plus tard, une fois que son acolyte dormirait. Tout le monde avait ses secrets, et personne ne connaissait le sien.

Il se leva, marcha jusqu'à la table installée dans l'angle où dix téléphones mobiles étaient branchés sur une station de charge. Il en avait un autre dans sa poche, en mode silencieux. Celui-là était important. C'était une assurance.

Am, stram, gram. Son doigt tomba par hasard sur le troisième téléphone en partant de la gauche. Il servirait à envoyer le message numéro 2.

— Ça y est, t'envoies ? demanda Symes en s'affalant de nouveau sur le canapé.

C'était tout de même drôle, cette impatience. Ce message-ci ne changerait pas la vie des deux familles pour toujours. Il ne ferait pas exploser leurs existences, ni ne leur causerait un mal irréparable. Ça, c'était pour demain, et Will avait hâte.

— Je te répète que je l'enverrai au bon moment, répondit-il avec calme.

Puis il se tourna vers Symes :

— Et maintenant, ouvre bien grand tes oreilles. J'ai un boulot pour toi.

16

— C'est bon pour vous, Stace ? demanda Kim.

Un drap avait été jeté sur la table en verre de la salle à manger et Stacey s'était installée le plus loin possible de la porte. Ainsi, les écrans des deux ordinateurs échapperaient à tout regard indiscret.

L'équipe s'était débarrassée du mobilier inutile, ne gardant que la table longue de deux mètres et les six chaises de cuir.

— J'y suis presque, cheffe. Je cherche juste le meilleur signal, répondit Stacey.

— Et le verrou est installé, renchérit Bryant.

Au même moment, on frappa discrètement à la porte. Bryant ouvrit. C'était Robert Timmins. Il afficha un sourire las en attendant l'autorisation d'entrer dans sa propre salle à manger. Mais Kim ne le lui proposa pas ; les résidents de cette maison devraient accepter que, désormais, cette pièce était réquisitionnée par la police des Midlands de l'Ouest et qu'ils ne pouvaient en franchir le seuil.

— J'ai pensé que ça serait peut-être utile, dit Robert Timmins. Pour votre confort.

Il leur avait apporté un fauteuil recouvert de velours rouge qui d'habitude occupait un angle du petit salon. Kim apprécia l'attention.

— Merci, monsieur Timmins, dit-elle tandis que Bryant s'emparait du fauteuil.

— Appelez-moi Robert, je vous en prie.

— Très bien, Robert. S'il vous plaît, pourrions-nous enlever les tableaux qui sont au mur ?

Elle n'avait pas prévu de demander la permission. Pure courtoisie de sa part.

— Faites, faites. Passez-les-moi, je vous en débarrasserai.

Bryant se mit à décrocher les marines à l'aquarelle et s'arrêta devant un portrait de famille représentant les Timmins et leur fille.

— Je vais m'en charger, officier, déclara Robert en tendant les mains. Si vous avez besoin d'accrocher des documents, n'hésitez pas.

Kim allait justement lui poser la question. Elle le remercia d'un signe de tête.

— En ce qui concerne la chambre de Charlie… ?

— Bien sûr, répondit-il. Quatrième porte sur la droite.

À l'idée qu'on entre dans la chambre de sa fille absente, il souffrait et ne réussissait pas à le cacher. Il prit les tableaux et s'éloigna. Kim se tourna vers son équipier :

— Bryant, vous l'avez entendu ? On utilise les murs, mais seulement à bon escient.

— Cheffe, maugréa-t-il, j'ai pas l'intention de faire le malin…

— Et moi, répliqua-t-elle, je ne fais pas ma maîtresse d'école.

Elle plaça un des deux tableaux effaçables contre le mur, derrière la porte. Une position stratégique car, ainsi, quiconque se tiendrait dans l'encadrement ne pourrait pas voir les dossiers.

— Ça y est, on a tout déballé ? demanda-t-elle en balayant la pièce des yeux.

— Encore un carton, là, sous la table, dit Bryant.

Kim se pencha et attrapa le carton. Elle souleva le rabat et sourit en découvrant ce qu'il contenait : une machine à café flambant neuve, des mugs et quatre paquets de Colombian Gold, son préféré.

— Bryant, épousez-moi et faites-moi des enfants.

— Ça va pas le faire, cheffe. Je doute que ma femme soit d'accord.

Stacey jeta à son tour un coup d'œil dans la boîte.

— Super, je vais chercher de l'eau.

Lorsqu'elle fut sortie, Bryant demanda à Kim comment elle se sentait. Elle sourit. Depuis presque trois ans qu'ils travaillaient ensemble, Bryant était devenu pour elle ce qu'on pouvait appeler un ami. Le seul.

— Honnêtement, mon bide est anormalement silencieux.

— Ça ne durera pas. Quelle est votre première impression sur ces gens ?

Elle haussa les épaules.

— Il y a des dynamiques intéressantes à l'intérieur du groupe. Stephen Hanson montre un peu les crocs, mais sans véritable conviction.

— Typique d'un procureur.

— Quant à Robert Timmins, je le crois moins affable qu'il n'en a l'air. Et Karen… Karen ne ressemble en rien à la fille dont je me souviens.

— Au foyer pour enfants ?

— Oui, dans la famille d'accueil. Elle était la septième.

— Seigneur ! Mais vous étiez combien ?

Voilà qui rappelait durement à Kim que la personne la plus proche d'elle en ce monde en savait très peu sur son passé. Tant mieux. Son portable sonna pile à cette seconde, ce dont elle se félicita, juste avant de découvrir l'identité de l'appelant.

— Non, mais vous vous croyez où ? hurla Woody dans son oreille.

— Pardon, monsieur ?

Bryant secoua la tête, l'air entendu.

— J'ai dans mon commissariat un garçon arrêté pour agression sur votre personne. On est d'accord ?

— Oui, il a posé les mains sur moi.

— Ne me prenez pas pour un imbécile ! Je veux la vérité. Tout de suite.

Kim rouspéta intérieurement. Elle savait bien que cette engueulade allait se produire, mais avait espéré que ce serait plutôt le lendemain.

— Monsieur, Brad Evans a vu un des ravisseurs. Je pense qu'il n'est pas en sécurité dans les rues.

— L'avez-vous correctement conseillé ?

La colère de Woody déferlait directement dans son oreille.

— Bien sûr.

— Malgré ça, vous vous êtes dit que vous assureriez sa sécurité au commissariat ?

— Je ne pense pas qu'il mesure bien la gravité de la situation. Et je ne peux rien lui expliquer.

— Quand bien même, Stone, je ne suis pas disposé à garder une minute de plus ce jeune homme sur la base de vos accusations inventées. Vous assumerez toute poursuite qui pourrait suivre. Dès qu'il aura fini avec le graphiste, je le ferai conduire où il voudra, avec toutes les excuses de la police des Midlands de l'Ouest.

Kim ferma les yeux.

— Je sais qu'il…

— Et à la prochaine combine de cette nature, Baldwin n'aura même pas besoin de vous retirer l'affaire : je me ferai un plaisir de m'en charger moi-même.

Woody raccrocha brutalement.

— Aïe ! dit-elle en jetant son téléphone sur la table.

— Vous vous doutiez qu'il allait vous tomber dessus, fit remarquer Bryant.

Ça n'en faisait pas un truc marrant pour autant.

À cet instant, Dawson ouvrit la porte. Il avait été chargé de se rendre à l'adresse d'Inga.

— Putain, cheffe, c'est déjà tombé à – 2 °C dehors ! s'exclama-t-il.

Le domicile d'Inga n'avait pas été difficile à trouver compte tenu des renseignements fournis par Elizabeth Hanson. En revanche, malheureusement, celle-ci n'avait pas été capable de leur en dire davantage sur la nounou. Les employeurs ne savaient rien de leurs employés – qui étaient leurs amis, leurs petits amis, leurs familles. Si Inga leur avait raconté des choses sur sa vie, il fallait croire qu'ils ne l'avaient pas écoutée. D'autre part, Stacey n'avait pas trouvé de connexion entre la nounou et les familles victimes du kidnapping précédent.

Kim attendit que Dawson ait ôté sa veste, puis elle se lança :

— Alors ?

— Alors, on dirait qu'un semi-remorque a traversé son appartement. Deux fois. J'ai trouvé la porte ouverte et je suis entré pour vérifier si elle était là. Je peux vous dire que celui ou ceux qui la cherchent ne plaisantent pas. Tout était détruit. Je veux dire, vraiment tout : les meubles, les objets, les tableaux, la vaisselle…

— Un avertissement ?

— Absolument. Elle ferait mieux de prier pour qu'on la retrouve avant eux.

— C'est soit un avertissement, reprit Kim, soit la marque d'un type qui ne sait pas se maîtriser.

— Ou les deux, suggéra Dawson.

— Les voisins ont vu le bonhomme ?

Dawson roula des yeux.

— Le vieux du rez-de-chaussée, sénile, m'a fourni une description exceptionnellement détaillée. Le gars mesurerait environ un mètre cinquante-six, il a des cheveux noirs et bouclés, il portait des lunettes et une chemise bleu marine.

— Et ?

— Et son fils est arrivé pour voir ce que je voulais. Devinez quoi ! Le vieux a dit vrai : un mètre cinquante-six, cheveux noirs bouclés, chemise bleue et…

— Des lunettes, acheva Stacey.

— OK, Kev, fit Kim entre ses dents. Mettez Inga en tête des priorités dans le…

Elle n'eut pas le loisir d'aller plus loin. Un hurlement strident résonna dans toute la maison.

17

Assis dans l'ombre, Symes attendait. Cette saleté d'Inga l'avait roulé le jour où on lui avait promis sa paye ; mais il la trouverait, et là, elle allait payer. Avec des intérêts.

En attendant, on lui avait fait cadeau d'un bonus inattendu.

Il intimidait les gens et le savait. Il adorait ça. Sa haute taille, sa masse de muscles, voilà ce qu'on remarquait en premier chez lui. Ensuite, son crâne rasé, ses tatouages, et le portrait était brossé. Assez précis, probablement.

Mais il y avait plus, et ça aussi il le savait. Une expression dans son regard qui défiait quiconque de lui tenir tête. Il suffisait d'un coup d'œil et le monde entier comprenait qu'il était prêt à cogner. Par exemple, en ce moment même, dans le groupe de gars installés pas très loin de lui, clope dans une main et pinte dans l'autre, pas un n'osait le regarder dans les yeux.

Ça n'avait pas toujours été comme ça. Son ennemi juré était mort à l'époque où Symes était devenu capable de rendre les coups. Son père ne s'était permis de le frapper, de le rouer de coups de pied et de lui cracher dessus que lorsqu'il était petit. Abandonné par sa femme, il avait reporté sa frustration sur son fils, dans sa chair. Si seulement le vieux s'était douté qu'un jour Symes en viendrait à haïr sa mère… Ils auraient au moins été d'accord sur un point.

Enfant, Symes avait découvert que sa souffrance s'apaisait lorsqu'il faisait souffrir à son tour. Dans ces moments-là, il éprouvait un sentiment de libération, une euphorie, si purs qu'il ne pouvait les comparer à aucune autre de ses expériences, même sexuelles. Sa puissance le transportait ailleurs. C'était presque spirituel.

Il perçut un mouvement à la périphérie de son champ de vision. Il regarda la silhouette de haut en bas.

Le moment était venu de dire une prière.

18

— Un nouveau texto, madame, annonça Helen depuis l'encadrement de la porte.

Kim l'avait deviné en entendant le cri poussé par Karen et elle passa en courant devant l'officier de liaison. Elle trouva les parents dans leur petit salon, ainsi qu'elle s'en doutait. L'effervescence qui régnait contrastait avec l'atmosphère de la pièce décorée très différemment du grand salon, de l'autre côté du hall de réception. Le petit salon baignait dans des tons doux de beige, il y avait des meubles chaleureux, des canapés placés devant la cheminée et une télévision. L'ensemble était destiné à accueillir la famille le soir, pour un moment de détente. Mais, pour l'heure, la tension menaçait d'exploser dans la minute.

Stephen Hanson faisait les cent pas. Robert Timmins se tenait près de la fenêtre et se mordait les doigts. Leurs épouses, blotties l'une contre l'autre, fixaient leurs téléphones.

— Qu'est-ce qu'ils veulent dire, merde ! cria Stephen Hanson.

Kim tendit la main vers Karen qui lui céda immédiatement son portable. Premier constat, le texto provenait d'un autre numéro que le premier message. Elle prit ensuite le portable d'Elizabeth Hanson. Même texte.

Votre fille est en sécurité pour l'instant. Le jeu commencera demain.

— Alors, inspectrice ! Qu'est-ce qu'ils veulent dire ? s'exclama Hanson.

Kim n'en avait pas la moindre idée. Elle en savait encore si peu… Que cherchaient les ravisseurs avec ce genre de message ? Ils ne réclamaient rien, ne donnaient aucune information. On aurait dit une provocation. Hanson la relança :

— Vous aviez anticipé un développement pareil ? s'enquit-il. Comment doit-on réagir ? Qu'est-ce qu'on va répondre ?

— Rien. Ce serait trop tôt, monsieur Hanson. Ce message n'appelle pas de réponse, déclara calmement Kim.

— Quoi ? s'écria-t-il avec de grands gestes. Sérieusement, c'est de cette façon que vous comptez gérer cette enquête ? En ne faisant rien ?

Elle s'efforça de ne pas renchérir face à cette attitude clairement dictée par la peur. Il devenait de plus en plus évident que toute la colère de cet homme allait systématiquement tomber sur elle. Elle s'apprêtait tout de même à lui dire un mot, mais Helen intervint :

— Essayez de vous concentrer sur la première partie du message, suggéra-t-elle aux parents avec bienveillance et en les regardant à tour de rôle. Vos filles sont en sécurité.

Elizabeth et Karen levèrent les yeux vers elle tandis qu'elle s'asseyait dans le canapé. Elizabeth s'efforçait de retenir ses larmes ; Karen, elle, leur laissait libre cours. Du regard, Helen demanda l'autorisation de poursuivre et Kim hocha la tête ; ce n'était plus de son ressort.

— Écoutez, il faut essayer de raisonner avec logique. Ces gens, ces inconnus, veulent quelque chose de vous. Il n'est pas du tout dans leur intérêt de faire du mal à vos filles.

Tous les yeux étaient maintenant posés sur l'officier de liaison. Sa voix chaude, réconfortante, les rassemblait. Un bel exemple d'application de la formation à l'accompagnement psychologique.

Timmins vint s'asseoir à côté de Karen et lui prit affectueusement la main. Elle se laissa aller contre lui et ses pleurs s'apaisèrent. Kim décida alors de s'éclipser pour retourner dans la salle à manger.

— OK, les gars, ce n'est pas ce soir qu'on va avancer, donc je veux que vous rentriez tous chez vous et reveniez ici demain, frais comme des roses. Décollage à 6 heures pile. Je ne vous promets pas qu'on n'aura aucune nuit de boulot pendant la durée de l'enquête, mais ce n'est pas pour ce soir.

— Et vous, cheffe, vous rentrez aussi ? s'enquit Bryant.

Kim secoua la tête. Elle allait s'aménager un couchage dans cette pièce.

— Dans ce cas, objecta Bryant, je ne vois pas pourquoi nous…

— Parce que je vous le demande, Bryant, répondit-elle d'un ton sans réplique.

Dawson et Stacey se résignèrent à rassembler leurs affaires et filèrent l'un derrière l'autre. Ils avaient sept heures devant eux pour regagner leur domicile, dormir et revenir. Bryant, lui, prit son temps.

— Et le Prince ? demanda-t-il avec un sourire complice.

Elle fit l'étonnée. Prince était le surnom que Bryant avait donné à Barney, parce que Kim traitait son animal royalement, disait-il.

— J'ai appelé Dawn tout à l'heure. Elle va venir s'en occuper.

Kim avait récupéré Barney au refuge après l'assassinat brutal de son maître, quelques mois plus tôt. Le chien ne s'entendait pas bien avec ses congénères, n'aimait pas la foule et ne semblait pas devoir changer – bref, ils étaient faits l'un pour l'autre. Il y avait quand même une personne que Barney appréciait spécialement : la réceptionniste du salon de toilettage. Le chien détestait passionnément le toiletteur ; en revanche, il aimait bien cette fille de dix-neuf ans. Elle vivait encore chez ses parents et s'occuper de Barney lui offrait quelques moments de liberté bienvenus.

— J'espère qu'elle a réussi tous les tests, fit remarquer Bryant. C'est bien la seule dog-sitter que je connaisse qui ait dû fournir un extrait de casier judiciaire.

Pas faux, songea Kim, qui ne répliqua pas pour autant. Elle se contenta de lancer un « Salut, Bryant », tout en regardant ostensiblement la porte.

Il la salua et prit congé. Après quoi, Kim se mit à vider son sac à dos. Elle plia soigneusement ses vêtements de rechange et les rangea sous le fauteuil. Puis, elle posa ses affaires de toilette à côté. Elle ne laissa dans le sac que son magazine de moto.

On frappa. C'était Helen.

— Je les ai convaincus d'aller se coucher, déclara-t-elle. Je ne suis pas sûre qu'ils dorment beaucoup, mais ils sont au bon endroit pour s'allonger une heure ou deux s'ils y parviennent.

— Merci, Helen. Rentrez chez vous, maintenant, dit Kim en consultant sa montre. Pouvez-vous être ici à 9 heures demain ?

— Pas de raison que j'arrive après les autres.

— Alors 6 heures, répondit Kim en souriant.

— On se voit demain à 6 heures.

Helen franchit la porte puis se ravisa et revint sur ses pas pour ajouter :

— Essayez de vous reposer aussi.

Kim s'assit à la table de la salle à manger et entendit la porte se fermer. Helen lui serait précieuse. Elle contribuerait à l'enquête d'une façon inestimable en jetant une passerelle entre l'équipe et les familles, en prodiguant du réconfort et en offrant à Kim la liberté de se concentrer sur l'affaire. Elle se promit quand même de s'assurer qu'Helen ne passe pas trop de temps dans la maison. Sinon, elle finirait par se noyer dans les flots de tristesse, de peur et d'attente. *Et peut-être dans le deuil*, lui murmura une voix intérieure qu'elle fit aussitôt taire.

Elle sortit de la pièce, passa devant Lucas et monta l'escalier. En longeant le couloir, elle entendit parler d'un côté, pleurer tout bas de l'autre. Arrivée devant la quatrième porte, elle entra discrètement puis ferma derrière elle avant de chercher l'interrupteur. Un petit lit était adossé au mur de gauche. Au-dessus, un poster représentant cinq garçons semblait regarder d'en haut le couvre-lit et les taies d'oreiller à motifs Walt Disney. Quelqu'un s'était assis là – Karen, sans doute – et un léger creux en témoignait encore. Sur l'oreiller, un pyjama décoré de petits singes, bien plié, attendait le retour de Charlie parmi les siens.

Kim fit le tour de la chambre. Mobilier blanc à effet vieilli et finition patinée. Des bibelots sur une étagère, des peluches, quelques livres. Une petite télévision posée sur une commode, dans un angle. Et une coiffeuse agrémentée d'un miroir qu'entourait une guirlande lumineuse. Les yeux de Kim se posaient partout, découvrant peu à peu la personnalité de la petite fille de Karen. Des bracelets, des bagues, des barrettes de couleur. Quelques chouchous, des bretelles colorées qui s'accordaient avec n'importe quel jean. Face à la garde-robe, une collection de baskets : une paire qui clignotait, une autre avec des roues intégrées et tout un jeu de lacets à assortir ou à dépareiller.

Kim alluma la lampe de chevet. Aussitôt, une image du système solaire se mit à tourner au plafond. Elle sourit. Alors qu'elle se penchait pour l'éteindre, son bras frôla une photographie. Le cadre argenté tout simple contenait une coupure de journal où l'on voyait Charlie et Amy, cheveux mouillés, radieuses face à l'objectif. Le long article faisait le récit de leur double victoire lors d'un gala national. À l'évidence, Charlie aimait regarder cette photo avant de s'endormir.

Kim replaça le cadre sur la table de chevet. Son téléphone – qu'elle avait posé près d'elle sur le lit – venait de sonner, brisant l'atmosphère de sérénité, et elle voulut le faire taire tout de suite.

L'appel venait d'un numéro de portable inconnu.

— Stone, dit-elle en décrochant.

— Inspecteur Travis, de la police de West Mercia.

Voilà qui ne la faisait pas sauter de joie. À une époque, Travis et elle avaient été très potes. Ils travaillaient ensemble pour la police des Midlands de l'Ouest. Et puis, un jour, elle était passée inspectrice et pas lui. Il s'était alors fait transférer dans un secteur plus petit, une police locale, et avait emporté son animosité avec lui.

— J'ai un cadavre, annonça-t-il.

Kim eut envie de sourire. Pas une fois il ne s'était adressé à elle en l'appelant « inspectrice ».

— Mais encore ?

Qu'est-ce qu'il attendait, qu'elle agite des petits drapeaux et lui organise une fiesta ?

— Il se pourrait que tu le connaisses.

À ces mots, le malaise qui la suivait à la trace depuis des heures vint se loger dans son estomac.

— Continue, dit-elle, se préparant à entendre ce qu'elle devinait déjà.

— Homme, blond, la vingtaine – et il a ta carte dans sa poche.

19

Kim coupa le moteur de sa Ninja en atteignant le cordon de sécurité. Puis elle ôta son casque et le suspendit au guidon.

Le Lyttelton Arms était un pub gastronomique situé sur Bromsgrove Road à Hagley, à moins de deux kilomètres de la ligne de partage entre les secteurs de la police des Midlands de l'Ouest et de West Mercia. Au-delà du pub, il n'y avait plus d'autre bâtiment et la route s'étrécissait, bordée de haies sur les bas-côtés. Travis était posté au milieu, à une quinzaine de mètres devant elle, visiblement averti de son arrivée par le ronronnement de la Ninja. Le faisceau de sa lampe torche éclairait l'espace qui les séparait.

Comme ils n'entretenaient plus de relation amicale depuis plus de trois ans, elle attaqua d'emblée :

— C'est à moi de me charger de cette affaire.

— Dans tes rêves, répondit Travis. Je me rappelle t'avoir dit la même chose pas très loin d'ici, et tu m'as trahi en arrivant la première.

Elle s'en souvenait très bien. Il s'agissait du meurtre de Teresa Wyatt. La découverte de son corps avait donné le coup d'envoi de l'enquête Crestwood.

— Ça n'avait rien de personnel, Travis. Et ce n'est pas le moment de me rappeler le passé, rétorqua-t-elle, décidée à le contourner.

Mais il lui bloqua le passage.

— Pourquoi ce jeune avait-il ta carte ?

— Il s'appelle Brad et il avait ma carte parce que je la lui ai donnée.

Elle fit un pas sur sa gauche. De nouveau, Travis se campa devant elle.

— C'est quoi, ton problème ? lança-t-elle sans aménité.

— Tu ne passeras pas, Stone.

En temps normal, elle l'aurait bombardé de noms d'oiseaux. Mais Woody lui avait ordonné de jouer la conciliation et la consigne s'était certainement frayé un chemin dans son subconscient.

— Sérieux, Travis, je ne vais pas te piquer ta scène de crime et m'envoler avec, si ? Laisse-moi au moins jeter un œil.

— Cinq minutes, Stone. Je t'accorde cinq généreuses minutes sur *ma* scène de crime.

Kim soupira et dépassa son ancien collègue. Les noms d'oiseaux lui brûlaient les lèvres.

— N'empêche que je suis curieux de savoir comment tu connais la victime, reprit-il en lui emboîtant le pas.

— Si je te le dis, ça va gâcher ton plaisir, répliqua-t-elle.

Les faisceaux de trois torches lui montraient le chemin. Aveuglée, elle se protégea les yeux pour avancer. Deux torches supplémentaires étaient braquées sur le corps de Bradley Evans. Elle se donna quelques secondes pour se préparer mentalement à l'ultime expression que le jeune visage de Brad présentait au monde. À peine quelques heures plus tôt, elle avait rencontré un garçon athlétique, vif, qui les avait aidés, Bryant et elle, avant de sortir avec ses copains. Et maintenant, il était inerte. Cela lui fit froid dans le dos. Elle aurait pu faire plus, beaucoup plus pour empêcher qu'il meure. Comment, par quels moyens, elle n'aurait pu le dire, mais elle sentait que ç'aurait été possible.

Les clés du centre de loisirs scintillaient dans le faisceau d'une torche. Soit elles avaient glissé de la poche de Brad Evans, soit Travis les avait sorties.

— Où est ton légiste ? s'enquit-elle.

— Elle est en route.

— Le corps a été découvert à quelle heure ?

— Minuit vingt.

Minuit vingt, et la légiste n'était toujours pas là à 1 heure du matin… Si Kim avait été chargée de cette enquête, elle n'aurait pas été plantée là avec un groupe d'officiers de police qui ne servaient à rien. Le téléphone scotché à l'oreille, elle aurait menacé de déplacer le corps elle-même si la scientifique ne rappliquait pas sur-le-champ. Car, pendant le bref laps de temps qui séparait la découverte d'un cadavre et l'arrivée du légiste, on pouvait perdre des indices, détruire des preuves, sans compter que des témoins risquaient de prendre le large. L'enquête était en suspens.

Mais elle ne devait pas perdre de vue qu'il ne s'agissait pas de sa scène de crime…

Elle tendit la main vers l'officier le plus proche :

— Permettez ? dit-elle pour qu'il lui prête sa torche, qu'elle braqua sur le sol.

La petite route était bordée de fossés qui disparaissaient sous les haies, à la lisière entre le goudron et la terre. Le corps de Brad Evans, couché sur le flanc, était tourné vers le feuillage. La torche balaya toute la longueur de son cadavre qui, vêtu de noir, se fondait presque dans l'obscurité. Soudain, la lumière révéla ses épaules et sa tête.

— Mon Dieu… murmura Kim.

Cette tête-là était complètement déformée. Elle avait perdu la circonférence nette d'un crâne normal. On aurait dit un ballon de foot dégonflé… Kim déplaça le faisceau de la torche et remarqua la traînée de sang : Brad avait été déplacé sur la route à coups de pied dans la tête. Ce qu'il restait de son crâne reposait dans une mare de sang, mêlé de bouts de cervelle, qui s'était écoulée de l'une de ses nombreuses blessures. S'il n'avait pas porté les mêmes vêtements que lorsqu'elle l'avait rencontré, Kim n'aurait jamais reconnu ce garçon. Il ne ressemblait plus à Brad. Il ne ressemblait plus à personne.

— Quelqu'un n'aimait pas beaucoup ce gars-là, déclara Travis dans son dos.

Elle ne vit pas l'intérêt de répondre. Celui qui avait massacré Brad ne le connaissait même pas. Le pauvre garçon s'était juste trouvé au mauvais endroit, au mauvais moment.

Kim rendit sa torche à l'officier de police. Elle en avait assez vu. Elle s'éloigna de deux pas, puis se mit à remonter la route en direction de sa Ninja.

— Hé, Stone ! D'après ma montre, il te reste encore une minute et demie ! ironisa Travis.

Ce commentaire sarcastique ne valait pas qu'elle dépense son énergie. Travis allait se casser les dents. Il ne trouverait rien. Mais, tout en marchant, elle se fit une promesse : l'assassin de Brad paierait pour ce qu'il avait fait. Elle s'en assurerait.

Comme elle arrivait à hauteur de sa moto, elle enragea : une voiture trop bien connue venait d'éteindre ses phares. Elle atteignit le cordon de sécurité au même moment que la conductrice. Tracy Frost.

— J'y crois pas ! Qu'est-ce que vous voulez ? s'écria Kim en guise d'accueil.

Elle n'avait pas mieux en magasin pour lui souhaiter la bienvenue… D'ailleurs, l'injonction de Woody à se montrer aimable ne s'étendait sûrement pas à cette journaliste. Même lui admettait que Kim ait ses limites.

Honnêtement, elle n'était pas étonnée que Tracy Frost soit arrivée si vite sur le site. À tous les coups, cette femme avait une oreillette branchée sur la radio de la police.

— Je fais mon boulot, c'est tout, inspectrice, dit-elle en ôtant ses gants de cuir.

— Mais bien sûr… Laisser une traînée de boue derrière vous, voilà ce que c'est, votre métier.

Tracy dégaina un dictaphone et l'alluma.

— Plus important, inspectrice : qu'est-ce que *vous* faites ici ? On est sur le périmètre de la police de West Mercia.

Kim s'approcha de l'officier qui faisait semblant de ne pas écouter leur échange.

— Empêchez cette femme de franchir la barrière en douce, lui ordonna-t-elle. Et, au besoin, faites-la carrément dégager.

Sur ces mots, elle se tourna vers Tracy et dit, devant le dictaphone :

— J'espère que vous avez enregistré ça.

Elle passa devant la journaliste mais celle-ci lui colla au train. Nom de Dieu, elle avait vraiment la dent dure ! Rien ne l'atteignait. C'était tout de même incroyable, après la manière dont Kim l'avait plaquée au mur et menacée pas plus tard que le matin même.

— Lâchez-moi un truc, inspectrice, dit-elle en souriant.

— Ne me tentez pas, rétorqua Kim qui enfilait son casque.

Hélas, il ne l'empêchait pas d'entendre la voix de Tracy Frost.

— Je veux vous parler de l'autre histoire.

Kim se tourna vers elle.

— J'imagine que cet euphémisme désigne pour vous la mort du jeune Dewain Wright et votre contribution à ce drame.

— Oui, cette histoire-là, confirma la journaliste en s'appuyant contre l'aile de sa voiture.

— Il n'y a plus rien à dire.

De nouveau, Tracy Frost sourit.

— Vous allez vous trouver drôlement bête quand vous vous rendrez compte que vous vous trompez.

— Je ne me trompe pas sur vous, Tracy. Je sais quel genre de personne vous êtes et quelles sont vos méthodes de travail.

La journaliste haussa les épaules :

— Comme vous voulez, mais je vous aurais prévenue.

— Vraiment ? Eh bien, maintenant, c'est moi qui vous préviens : ôtez-vous de mon chemin sinon je…

— Pas de problème, déclara Tracy en s'écartant. Mais n'imaginez pas que j'ai dit mon dernier mot.

Si seulement Kim avait eu un vœu à exaucer, un seul… Elle enfourcha sa machine et attendit que Tracy Frost s'approche de l'officier du cordon de sécurité. Sur ce coup-là, c'était à la police de West Mercia de s'occuper de la journaliste. Elle jeta un dernier regard en arrière, vers l'obscurité de la petite route étroite. Si celui qui avait littéralement démoli Brad se trouvait à proximité de Charlie et Amy, alors il restait à souhaiter que Dieu leur vienne en aide à tous.

20

Afin d'attirer l'attention de l'officier en faction de l'autre côté de la porte, Kim frappa discrètement. Le battant s'ouvrit. Cet homme n'avait pas été relevé de son poste depuis plus de douze heures, et elle s'en rendait compte seulement maintenant.

— Allez vous reposer sur le canapé, Lucas, dit-elle en ôtant son casque.

Il hésita, mais il avait les yeux rouges et plus vraiment en face des trous. Kim dut insister.

— Exécution. La relève sera là demain matin.

— Ne me mettez pas à l'écart, madame.

— Ce n'est pas mon intention. Mais vous ne pouvez pas travailler vingt-quatre heures d'affilée.

Il acquiesça et traversa le hall à pas de loup pour se rendre dans le petit salon. Kim aussi fit en sorte d'avoir le pied léger ; sur ce carrelage prodigieusement cher, toutes les chaussures résonnaient. Elle chercha sa clé. Alors qu'elle passait devant la porte de la cuisine, elle sursauta en découvrant une silhouette debout dans l'obscurité.

— Tu m'as fait peur, Karen. Je te croyais couchée.

— Où étais-tu ? s'enquit Karen en buvant une gorgée d'eau. J'ai essayé d'entrer dans la salle à manger.

— Parfois, je prends ma bécane tard le soir pour me défouler, répondit Kim en allumant la lumière. Ça m'éclaircit les idées.

Elle ne mentait pas tout à fait. Rouler à moto la nuit lui arrivait souvent. Mais pas ce soir. Et elle se félicita que la clé de la salle de crise soit bien au chaud dans sa poche.

— Est-ce que tu travailles sur une autre enquête en même temps ? demanda Karen. Parce que ma fille est la plus…

Kim l'interrompit tout de suite.

— Aucune autre enquête. Je ne prendrai aucun dossier tant que je n'aurai pas ramené Charlie et Amy.

— Tu promets ?

Une remarque puérile, celle d'une femme qui tentait désespérément de tenir le coup…

— Promis, répondit Kim. Et toi, que fais-tu toute seule en bas ?

— J'en ai marre de faire semblant d'essayer de dormir. Robert se tourne et se retourne et j'entends Elizabeth pleurer. Alors, je suis descendue boire un verre d'eau et je… suis restée là.

Elle toucha l'écran de son mobile. Combien de centaines de fois avait-elle fait ce geste ? se demanda Kim.

— J'ai les yeux rivés là-dessus, à attendre qu'un message s'affiche tout en redoutant que ça se produise.

Kim s'assit en face d'elle devant le comptoir. Le silence régnait dans la maison.

— J'ai l'impression que, si je me concentre très fort, poursuivit Karen, je peux remonter le temps et les empêcher d'aller au centre de loisirs.

Ça n'aurait sans doute pas changé grand-chose. Le rapt avait été planifié et ces familles choisies en toute connaissance de cause. Ce serait donc arrivé à un moment ou à un autre.

— Je suis ivre de rage à l'idée qu'ils détiennent ma fille et, la seconde d'après, je pourrais leur offrir ma vie pour qu'ils me rendent mon bébé. Dans ma tête, je fais des dons à tous les associations caritatives et je jure de devenir meilleure. Je donnerais absolument tout pour que Charlie revienne. Elle est tout pour moi.

Kim regarda derrière Karen. Celle-ci avait placé à côté du téléphone une photo encadrée des filles.

— Tu veux emporter ça à côté ? demanda Karen.

Kim déclina la proposition. Elle n'avait pas besoin d'aide-mémoire. En revanche, elle prit le temps d'observer les fillettes. Charlie avait des yeux bleus perçants, elle était un peu plus grande que son amie, et sur cette photo une moustache de crème glacée barbouillait sa bouche. Elle avait aussi la peau plus hâlée et une masse de cheveux blonds indisciplinés alors que ceux d'Amy, bruns, étaient coupés au carré, avec une frange en désordre.

Karen suivit du doigt la silhouette de sa fille.

— Elles disaient qu'elles étaient des suricates… Nous étions au parc zoologique et on n'arrivait pas à les détacher de ces petites bêtes. Même pour les emmener aux manèges. Elles essayaient de leur donner un nom à chacun d'eux, mais ils bougeaient sans arrêt…

— Tu la qualifierais comment, ta fille ? demanda Kim.

— Je crois que « libre d'esprit » serait une bonne description. Tu vois ses cheveux ? À cause d'eux, elle est pointée du doigt depuis le jardin d'enfants. Les autres l'appelaient « tête de balai », et d'autres surnoms tout aussi sympas. Pourtant, elle a refusé qu'on les coupe, même un peu. Elle les aime comme ça et se fiche du reste. Ne te méprends pas, ce n'est pas une enfant gâtée. Robert est indulgent, il la laisse s'exprimer, mais il ne transige ni avec les bonnes manières ni avec la méchanceté ou la mauvaise conduite. Tu sais, il l'aime plus que tout au monde, et il n'est pas le dernier à jouer à quatre pattes avec elle sur le tapis ou à la poursuivre partout dans le jardin en poussant des cris d'animaux.

Kim écoutait. Cela valait mieux que d'attendre que le sommeil vienne alors qu'elle ne réussissait pas à oublier le visage de Brad.

— Tu as des enfants, Kim ?

Non, elle n'avait pas d'enfant. Karen parut attristée par sa réponse et Kim décida de ne pas la détromper, mais elle avait fait ce choix en toute conscience. Les gènes de sa mère mourraient avec elle.

— Tu loupes quelque chose, affirma Karen. C'est en devenant maman qu'on découvre ce qu'est vraiment l'amour. À côté, toutes les autres formes d'attachement paraissent bien tièdes.

Ouais… Kim ne répondit pas. On ne lui ôterait pas de la tête qu'il valait mieux ne pas prolonger sa propre lignée, et elle pouvait citer une centaine de cas de sévices ou de négligences qui ne cadraient pas avec l'image idéalisée décrite par Karen. Elle aurait même pu citer le sien, mais elle préféra garder ça pour elle.

— Tu ne m'appréciais pas beaucoup, autrefois, n'est-ce pas ? reprit Karen.

Un terrible euphémisme… Ce brusque changement de sujet prit Kim de court. Elle se contenta de hocher la tête.

— Pourquoi ça ?

— Écoute, ce n'est pas le moment de…

— Je t'en conjure, Kim, parle-moi d'autre chose que de l'enquête. N'importe quoi. Les pensées et les images qui me viennent sont en train de me rendre folle. Dis-moi quels souvenirs tu as de notre époque.

Des souvenirs plus clairs que les tiens, aurait pu répliquer Kim. Mais à quoi bon s'engager dans cette voie ? Le passé était le passé. On ne pouvait pas le changer.

— Je sais que nous n'étions pas proches, poursuivit Karen, mais tout de même, nous étions toutes liées. Une solidarité entre filles. On veillait les unes sur les autres.

— C'est vraiment comme ça dans ton souvenir ?

L'expression honnête et ouverte de Karen répondait pour elle. Ce n'était pas la première fois que Kim constatait ce phénomène : certaines personnes récrivaient leur propre histoire, se réinventaient du tout au tout pour mettre davantage de distance entre elles et les faits. Kim avait préféré enfouir ces événements-là dans des boîtes et les y laisser.

— Karen, dit-elle, il n'y avait aucune solidarité et on ne veillait certainement pas les unes sur les autres.

— Je sais que j'étais un peu agressive par moments, mais…

— Tu étais une gamine égoïste et jalouse, coupa Kim avec franchise.

Sincèrement, elle aurait été heureuse de ne pas toucher aux souvenirs de Karen qui se composait une vraie fable, mais Kim n'était pas du genre à arrondir les angles. La vie était dure avec elles en ce temps-là. Certaines formaient des groupes, histoire d'éprouver un sentiment d'appartenance, de se créer une famille de substitution. Pas Kim. Elle n'avait tissé ni amitié durable ni liens solides avec qui que ce soit. En revanche, elle détestait férocement les brutes.

Elle avait six ans quand, par intermittence, son chemin et celui de Karen avaient commencé à se croiser – des interludes rarement agréables – mais elles n'avaient vraiment passé du temps ensemble que lorsqu'on les avait placées dans leur dernier foyer d'accueil.

— Tu te rappelles la petite Indienne toute menue, Shafilea ? demanda Kim.

Karen fouilla dans sa mémoire.

— Mon Dieu, oui, une drôle de petite chose, n'est-ce pas ? Si mes souvenirs sont bons, elle avait une grosse tête.

Oui, une grosse tête et un corps très frêle. On l'avait retirée à ses parents parce qu'ils l'avaient affamée pendant des mois pour la punir d'avoir porté un jean déchiré. Kim se souvenait que la famille d'accueil n'appréciait pas de devoir lui faire suivre un régime nutritionnel strict pour qu'elle se remplume progressivement. Deux ou trois fois, elle avait essayé d'aborder Shafilea. En vain. Même les trois séances hebdomadaires de la petite chez un thérapeute n'avaient pas réussi à lui faire ouvrir la bouche.

— Tu te rappelles ces boissons qu'elle avalait après le goûter ?

— Oui, répondit Karen dans un sourire. On se demandait toutes pourquoi elle avait droit à un milk-shake et pas nous.

Kim réprima difficilement sa stupéfaction. Karen avait décidément déformé ses souvenirs, changeant le foyer d'accueil en château de conte de fées plein de papillons et d'elfes. Dans la réalité, il s'agissait de deux logements sociaux réunis en un seul, où l'on trouvait plus de lits superposés que dans un magasin Ikea.

— Des milk-shakes ? releva-t-elle. C'étaient des boissons protéinées formulées pour redonner des forces à son corps dénutri.

— Ah… J'ignorais…

— J'ai surpris ta meilleure copine en train de maintenir la tête de Shafilea dans les toilettes.

Comme Karen avait l'air dubitative, Kim ajouta :

— La petite avait dix ans.

Cette fois, elle parut horrifiée. Dix ans… Juste un an de plus que sa propre fille…

— Non, non, tu dois confondre, dit-elle.

Mais elle manquait de conviction.

— Je parle de ta copine qui mettait des rubans roses pailletés dans ses tresses.

— Bon sang, alors c'est toi qui… commença Karen en posant la main sur son cœur. Tu as donné une correction à Elaine. Elle n'a jamais rien dit, et toi non plus, mais je m'en souviens. Maintenant que j'y pense, elle te détestait vraiment.

Enfin un éclair de lucidité, songea Kim. Elle n'était pas fière de ce qu'elle avait fait ce jour-là ; seulement, parfois, il fallait parler aux brutes le seul langage qu'elles connaissaient. Le silence s'installa tandis que chacune se rappelait son passé à sa manière.

— Tu sais, Kim, tu as peut-être raison pour autrefois, mais, aujourd'hui, tout ce qui compte pour moi, c'est de revoir Charlie.

Kim fit signe qu'elle comprenait le message. Karen étouffa un bâillement.

— Il est presque 3 heures du matin. Allez, monte et essaie de dormir deux ou trois heures, d'accord ?

Karen acquiesça et ne put s'empêcher de consulter son téléphone encore une fois. Alors, Kim se pencha et lui prit la main. Karen l'implora du regard et elles demeurèrent ainsi, les yeux dans les yeux, quelques secondes.

— Je vais te ramener ta petite fille.

Karen pressa la main de Kim. Elle bâilla de nouveau et quitta la cuisine. La fatigue finissait toujours par frapper, quelles que soient les circonstances et même quand la tension, l'énervement, la peur, l'angoisse en retardaient la venue. Le corps exigeait du repos.

Kim attendit encore.

Il était temps de retourner dans la salle de crise.

Elle tendit la main vers la photo et la saisit.

21

Kim jeta le filtre usagé dans la poubelle. Le marc tomba au fond dans un bruit mat. Elle plaça dans la machine un filtre neuf et y versa quatre généreuses mesures de café, plus une pour la route. Puis elle s'assit à table et patienta, les yeux rivés à la photo accrochée au mur. La pureté des fillettes la fascinait : toutes deux rayonnaient face à l'objectif ; un instantané de joie fixé pour toujours. Deux êtres tout neufs protégés par le monde construit autour d'elle : leurs familles, leurs amis, leur innocence. Dans toute son existence, Kim avait-elle connu un seul moment de ce genre ? Peut-être, entre ses dix et ses treize ans, un appareil photo aurait-il pu attraper au vol un sourire. Avec Erica et Keith à ses côtés, cette quatrième famille d'accueil qui avait su lui donner un sentiment de sécurité. Pourtant, même pendant ces années-là, on aurait vu dans ses yeux le reflet du chagrin niché en son for intérieur. La gentillesse de ce couple ne pouvait effacer son passé.

Penser à eux la ramenait immanquablement à Mikey. Dans sa tête, elle les rangeait dans la même case, marquée « perte irréparable ». Elle ferma les yeux un bref instant ; qu'aurait été sa vie si elle avait eu une maman comme Erica ?

Elle se força à chasser ces pensées. Son esprit lui faisait l'effet d'un terrain miné. Qu'elle y reste trop longtemps et elle exploserait, déchiquetée. Sa conversation avec Karen l'avait ramenée vers le passé et maintenant il était là, avec elle, dans cette pièce. Elle détestait l'admettre, mais le discours de Karen sur l'amour maternel et la dévotion inconditionnelle la déstabilisait. Comment aurait-il pu résonner en elle ? Tout cela était si étranger à son propre vécu... Pendant son enfance, elle avait été bien trop occupée à essayer de sauver sa propre peau et celle de Mikey pour tisser ce genre de lien magique avec leur mère.

Elle repoussa sa chaise, ouvrit la porte et s'avança dans le hall de réception silencieux.

— Tout va bien, madame ?

— Vous ne dormez pas, Lucas ? Vous avez déjà repris votre poste ?

— J'ai dormi deux ou trois heures. Ça ira, d'ici à l'arrivée de la relève.

Elle tira la lourde porte de chêne. Un froid glacial s'infiltra dans la maison et lui mordit la peau. C'était bon... Elle fit un pas à l'extérieur. Les mains enfoncées dans les poches, elle affronta le vent qui tourbillonnait autour d'elle. Les oreilles engourdies, elle vit une bourrasque faire ployer un arbre puis, comme par un effet domino, toute la rangée de conifères. Elle marcha jusqu'à la ligne d'arbres et là, le vent tomba brusquement. Elle n'entendait plus que le bruit de ses pas qui écrasaient les brindilles raidies par le gel et chahutées par le vent. Une rafale soudaine souleva le couvercle d'une poubelle à roulettes. Kim se tourna. Le couvercle claqua et le vent retomba de nouveau. Elle reprit sa marche. Mais un craquement se fit entendre. Pourtant, pas un arbre, pas une plante ne bougeait. Aux aguets, elle resta aussi immobile que possible pour percevoir le son s'il se reproduisait.

Silence.

Elle ne distinguait rien ou presque. L'éclairage des réverbères du bout de l'allée ne parvenait pas jusqu'à elle et il n'y avait pas d'autre lumière dans la maison que celle du hall, à peine perceptible derrière la porte fermée.

Puis, un parfum flotta jusqu'à elle dans l'obscurité. Une note de pétunia. Alors qu'il n'y avait aucune fleur.

Elle tourna lentement la tête dans la direction du craquement. De nouveau, une rafale agita la ligne fournie des arbres et, cette fois, elle distingua une forme. Le parfum se précisa tandis que la forme bougeait légèrement vers la droite.

À présent, elles étaient à hauteur l'une de l'autre, seulement séparées par la rangée d'arbres. Kim entendait cogner son propre cœur. Fort. Mais, si elle battait en retraite vers la maison maintenant, elle ne saurait jamais qui se tenait ainsi dans l'ombre. Et contourner la haie lui prendrait un temps inestimable.

Elle demeura immobile encore une seconde… puis elle plongea vivement le bras dans les feuilles. Sa main rencontra et attrapa un vêtement épais, taillé dans une étoffe grossière. Entre deux souffles de vent, elle put entendre qu'on prenait une brusque inspiration. Puis un rire.

— Mais qui êtes-vous, nom de Dieu ? s'écria Kim en tirant davantage sur la veste.

Elle relâcha la personne qui essayait de chasser des toiles d'araignées de ses cheveux.

— Vous faites de nouveau des cachotteries, Stone ?

Kim reçut comme une décharge électrique. Tracy Frost…

La journaliste tenta de se dégager mais Kim raffermit sa prise. Ça allait mal finir.

— Qu'est-ce que vous fabriquez ici ? siffla-t-elle.

— Je pourrais vous retourner la question, répliqua Tracy Frost.

— Sauf que vous savez pertinemment que je ne vous le dirai pas.

Kim bouillait. Pas question de fournir la moindre information à cette femme.

— Un truc énorme est en train de se dérouler ici, je le sais… poursuivit Tracy Frost.

— Eh bien, n'hésitez pas à publier ça dans le *Dudley Star* de demain, rétorqua Kim, campée sur ses bases. Dites, vous n'avez rien de mieux à faire que de me coller au train ?

— Vous feriez pourtant un excellent sujet pour un article, vous savez.

— Vous m'avez suivie depuis la scène de crime, c'est ça ?

Tracy haussa les épaules. Visiblement, elle était très contente d'elle.

— Vous cherchez quoi, en fait ?

Kim n'était pas un ange de patience. Faire la conversation par un temps glacial à 4 heures du matin ne l'enchantait déjà pas, mais avec cette crapule, cela devenait absolument insupportable.

— Je pense qu'il y a eu un enlèvement, déclara Frost dans un sourire.

Kim se sentit dégoûtée. Il fallait être vraiment minable pour prononcer cette phrase-là avec le sourire.

— Eh bien, *pensez* ! Ça ne vous fera pas de mal, répliqua-t-elle.

Et elle tourna les talons. Son cœur battait comme un fou. Parce que, désormais, elle avait un problème de plus sur les bras.

— Vous cachez des choses à la presse, lança la journaliste. Et aussi aux forces de police. À mon avis, vous avez peur de vous planter de nouveau.

— N'allons pas sur ce terrain-là, Frost.

— Toujours la même rengaine ! D'après vous, c'est moi qui…

Kim serra les dents.

— Oui, c'était vous, je le sais. Et ça a coûté la vie à Dewain Wright.

Tracy Frost soupira, manifestement lasse de se justifier. Ses dénégations rendaient Kim nauséeuse.

— C'est vous qui êtes responsable, Stone. Parce que vous n'avez pas rendu la vérité publique. Et vous en avez parfaitement conscience.

Kim fit volte-face.

— Foutez le camp !

— Je vais trouver ce qui se trame ici. Et quand je l'aurai découvert…

— Vous la bouclerez, espèce de garce sans scrupule, acheva Kim. Sinon, je vous le ferai regretter toute votre vie.

Tracy Frost avança d'un pas pour la défier.

— Et comment vous y prendrez-vous ?

— Je pourrais laisser fuiter une petite histoire… Je suis sûre que vos lecteurs adoreront apprendre que vous ne refusez jamais un petit verre. Voire bien plus d'un. Qu'une nuit, vous étiez tellement ivre que vous avez tapé sur un type qui vous avait photographiée. C'est un de mes officiers qui vous a arrêtée, et vous étiez passible de poursuites pour ébriété, trouble à l'ordre public…, sans compter l'agression sexuelle.

Tracy Frost recula.

— Sérieusement, vous imaginiez que je ne le savais pas ? Dawson peut être pénible, mais il est d'une loyauté infaillible. Vous vous souvenez d'avoir empoigné son entrejambe pendant la bagarre ? Disons que, de la part d'une spécialiste des délits, cela pourrait donner un fabuleux titre de une ! Votre rédacteur en chef serait ravi de publier ça. Juste après que vous aurez signé votre lettre de démission.

Kim ne bluffait pas. Frost la connaissait suffisamment pour ne pas en douter. Il était crucial que la menace produise son effet, que cette femme cesse de renifler partout à ce stade précoce de l'enquête. Elle avait une trop grande bouche pour qu'on lui permette de nourrir des soupçons.

— Quelques jours, conclut Tracy Frost en s'éloignant pour de bon. J'attendrai quelques jours. Ensuite, je creuserai.

Tout le corps de Kim se détendit sous l'effet du soulagement tandis que l'autre s'éloignait. Mais Frost se tourna une dernière fois vers elle et lui lança :

— Au lieu de me blâmer pour ce qui s'est mal passé, vérifiez donc la chronologie des faits et tirez-en les enseignements qui s'imposent.

Kim lui tourna le dos en guise de réponse, et elle retourna vers la maison. Il n'y avait rien à vérifier du tout. La cause du décès de Dewain Wright, c'était Frost, point final. Et sa bonne blague sur la culpabilité de Kim n'était rien d'autre qu'une tentative de se défausser.

Merde, elle vérifierait la chronologie. Ainsi, elle se prouverait une bonne fois pour toutes qu'elle ne se trompait pas.

22

Charlie s'assit dos au mur, à un endroit qui n'était pas couvert de cette substance visqueuse, froide et humide qui sentait vraiment mauvais. Elle avait des crampes dans les jambes mais elle s'empêchait de bouger. Un peu comme quand elle jouait à 1, 2, 3, soleil avec son papa, et qu'ils devaient rester parfaitement immobiles quand sa maman arrêtait la musique. Charlie adorait ce jeu, mais elle avait toujours envie de remuer. Ça la démangeait de partout. Elle essayait de fixer son attention sur quelque chose pour ne pas y penser et rester tranquille. C'était ce qu'elle s'efforçait de faire en ce moment, tandis qu'elle caressait les cheveux d'Amy qui s'était enfin endormie sur ses genoux. Faisait-il jour ou nuit ? Depuis combien de temps étaient-elles plongées dans cette obscurité puante ?

Son papa lui avait interdit de parler aux inconnus, mais là, c'était un policier. Un policier qui avait raconté qu'il était venu à la place de sa maman parce que la voiture ne démarrait pas.

Penser à son papa lui serra la gorge. Elle lutta contre les larmes. À quoi bon pleurer ? Jusqu'à maintenant, ça ne les avait pas aidées. Ça n'avait pas fait venir ses parents. Au début, elle leur en avait voulu ; et puis elle avait compris qu'ils ne savaient pas où elle était. Sinon, ils seraient venus.

Elle fut secouée de frissons, mais ce n'était pas à cause du froid, comme lorsque son papa l'avait emmenée à la patinoire. Ce jour-là, elle claquait des dents et elle était gelée. Mais elle avait cessé de trembler sitôt sortie.

Elle s'efforça de ravaler sa peur pour ne pas ajouter à la panique d'Amy qui sinon recommencerait à respirer d'une drôle de manière. Deux fois déjà, Charlie avait dû se débrouiller pour la calmer en lui proposant un jeu. Alors, pour s'empêcher de trembler, elle essaya de penser à tout ce qui était arrivé.

Dans la pièce où elles se trouvaient, il y avait un matelas à deux places et un seau. C'était Amy qui avait compris la première à quoi il servait. Une ampoule pendue au plafond les éclairait d'une lumière blafarde. Il y avait deux hommes. Elle le savait même s'ils n'étaient pas entrés, parce qu'ils n'avaient pas le même pas. Ils leur avaient donné deux fois à manger, la même chose : un sandwich emballé dans du plastique, un sachet de chips et une brique de jus de fruits. L'un des hommes déposait la nourriture sur le pas de la porte et l'autre la faisait glisser sur le sol. Charlie avait fait taire Amy et tendu l'oreille pendant que des pas descendaient l'escalier. Tout de suite après, la porte s'était ouverte puis refermée, et les pas s'étaient éloignés. Elle avait entendu s'ouvrir une autre porte, assez proche. Puis les pas étaient repassés devant la leur avant de monter l'escalier. Elle y penserait davantage quand elle serait moins fatiguée. Peut-être qu'elle pouvait dormir un peu. La respiration profonde de son amie lui donnait envie de se laisser aller. Juste une petite minute, pendant qu'Amy dormait, et si elle réussissait à oublier les ressorts du matelas.

Elle posa la tête contre la paroi inégale et froide du mur. La brique était rugueuse, inconfortable, mais ses paupières lourdes se fermèrent malgré tout. C'était bon. Elle ne chercha pas à résister. Elle sentit l'obscurité descendre sur elle. Elle y était comme en sécurité. Et peut-être que, au réveil, sa maman et…

— Alors, les gamines, ça roule là-dedans ?

Charlie se redressa. Dans sa somnolence, elle n'avait pas perçu les bruits qu'elle s'efforçait les autres fois d'analyser. Réveillée par son mouvement, Amy leva la tête.

— Charl'… Qu'est-ce qui… ?

— Chhhut…

— J'ai eu beaucoup de boulot ce soir, reprit la voix derrière la porte. Vous voyez qui est Brad, le gars du centre de loisirs ?

Amy s'accrocha à la main de Charlie et la serra très fort. La voix était presque gentille, douce, mais pas chaleureuse. Agréable, mais pas comme celle d'un ami.

— C'est qui, Brad ? murmura Amy.

— Celui qui prend parfois de l'argent à l'accueil, chuchota Charlie à son tour. Un jour, il t'a mis un pansement sur un doigt de pied.

— Répondez, les filles ! hurla l'homme.

— Oui, oui ! cria Charlie en écho tandis qu'Amy se pressait contre elle.

— Je l'ai vu aujourd'hui, déclara l'homme, et on a joué à un petit jeu. J'aime bien jouer.

Amy prit une grande inspiration et scruta Charlie. Cette dernière ne quittait pas la porte des yeux.

— J'ai joué à voir combien de coups de pied je devais lui envoyer dans la tête pour qu'elle explose. Je me suis trop marré quand son nez a giclé sous ma botte. Et puis son œil est complètement sorti de son orbite.

— Bouche-toi les oreilles, ordonna Charlie à Amy. Je vais faire pareil.

— Je peux pas, je veux pas lâcher ta main.

— Alors viens là.

Charlie joignit leurs mains entre leurs têtes, comme elle l'aurait fait pour partager un écouteur. Puis chacune couvrit son autre oreille.

La voix de l'homme lui parvenait étouffée, mais Charlie distinguait encore à peu près tout. Du moins bien assez pour imaginer une vision terrifiante.

— … chialait comme un bébé et suppliait… encore un coup de pied… comme au rugby et je… tête détachée.

Charlie ferma très fort les yeux pour essayer d'empêcher les mots et les images de l'atteindre.

— … ça a craqué… du sang qui coulait des oreilles… des dents par terre…

Amy laissa échapper un petit gémissement et Charlie l'attira plus près.

— … cervelle sur…

Il ne s'arrêtait pas. Impuissante, Charlie serra de toutes ses forces les yeux, le nez, la bouche pour que les mots restent dehors.

— C'était excellent, les filles. J'ai adoré… seconde… M'en fous du fric… faire mal. Je fais mal… méchamment mal, mes jolies.

Le ventre de Charlie se tordait. Quand l'homme prononça la dernière phrase, aucun mot ne lui échappa :

— J'ai super hâte de jouer avec vous.

23

Kim était déjà installée en salle de crise quand le premier membre de l'équipe arriva. Elle abrégerait le brief du matin. Les visiteurs nocturnes, elle n'aimait pas ça, et surtout elle détestait les menteurs comme Tracy Frost. Bref, elle était de mauvais poil.

Bryant la salua et ôta son manteau. Il avait laissé sa tenue de sport au placard. On était lundi, la première vraie journée d'enquête, et il portait donc des vêtements conformes à son statut de détective : costume noir, chemise blanche et cravate. S'il transigeait parfois sur le port de la cravate, le costume et la chemise étaient pour lui obligatoires. À ses yeux, il ne fallait pas confondre tenue civile et tenue décontractée du vendredi. Bryant avait beau n'avoir que quarante-sept ans, il était très vieille école.

— Il y a du café, lui annonça Kim.

Il s'en versa une tasse.

— Helen est une lève-tôt, dites-moi.

Kim confirma. L'officier de liaison s'était présentée à 5 h 45 tapantes.

— C'est le même gars qu'hier, en faction devant la porte ? s'enquit Bryant.

— Eh oui ! Le relais de jour va arriver. Lucas reviendra ici ce soir.

— Vous avez eu Woody ?

— Je lui ai envoyé un texto.

Bryant tenait la tasse entre ses mains. Il regarda la photo accrochée au mur.

— Elles sont mignonnes, dit-il. Et celle-ci, avec sa tignasse…

La remarque fit sourire Kim. Au même instant, Dawson et Stacey entrèrent. Elle nota immédiatement que Dawson profitait d'être loin de leurs bureaux pour porter un jean indigo G-Star et un sweat-shirt aux armes d'une université.

— Vous n'avez pas eu le temps de vous habiller, Kev ? lui demanda-t-elle en lorgnant son jean d'un air désapprobateur.

De tous les membres de l'équipe, il était celui qui poussait toujours le bouchon un poil trop loin.

— Non, cheffe, j'ai juste…

Elle le fusilla du regard. Pendant quelques secondes, il osa la fixer, mais il finit par se détourner.

— Je compte bien ne pas devoir vous le répéter, déclara-t-elle. Maintenant, prenez le tableau.

Pendant ce temps, Stacey s'assit au bout de la table et mit son matériel en route.

— Bien, reprit Kim. En haut du tableau, écrivez : « Charlie et Amy ». Sur la gauche, je veux voir la date et l'heure de l'enlèvement. Dans la colonne suivante, vous transcrivez mot pour mot les deux textos. Et sur le second tableau, les axes de l'enquête.

Il fallait qu'elle parle moins vite. Dawson faisait de son mieux pour la suivre mais il en était encore à reporter sur le tableau le contenu du second texto. Elle le laissa terminer puis enchaîna.

— Notre première piste, ce sont les enregistrements des caméras de vidéosurveillance. En regard, notez « Inga ». Ensuite, nous avons les numéros des téléphones expéditeurs. Troisièmement, les dossiers du cas précédent, et, enfin, la liste des ennemis potentiels des familles. Celle de Stephen Hanson sera la plus longue, compte tenu de ses fonctions de procureur, et sans doute la plus pertinente. Ensuite, nous étudierons celle d'Elizabeth, puis celle de Robert Timmins.

Kim fit une courte pause pour Dawson.

— Dernier titre de colonne, les membres des familles. Nous devons avancer à pas comptés sur cette piste-là. Enquêter à leur sujet va créer un fossé entre eux et nous, alors j'aimerais autant qu'ils ne soient pas au courant.

Elle se tourna vers Stacey et ajouta :

— Je veux que vous vous renseigniez sur leur cercle d'amis, leurs connaissances, leurs proches et leur fortune.

— Comment va-t-on procéder, s'ils ne doivent pas savoir qu'on enquête sur eux ?

— C'est là qu'Helen intervient, expliqua Kim. Elle obtiendra des noms et des détails sans susciter de soupçons.

— Mais, cheffe…

— Quoi, Kev ?

— Si le mode opératoire est le même que la fois précédente et que nous avons affaire aux mêmes ravisseurs, est-ce que tout ça n'est pas inutile ?

— Pourquoi je n'y ai pas pensé plus tôt ? fit mine de s'exclamer Kim. Vous savez quoi, Kev ? Effacez le tableau. Quand j'aurai les ravisseurs au téléphone, je leur demanderai s'ils sont les auteurs du précédent kidnapping. En attendant, on n'a qu'à rester assis là.

Elle venait de se montrer un peu dure, mais parfois les manières de Dawson lui tapaient sur les nerfs.

— Que nous ayons ou non affaire aux mêmes kidnappeurs, Kevin, ces deux familles n'ont pas été choisies au hasard. Alors, il y a forcément un lien.

Il capitula.

— Je veux que vous trouviez Inga. Interrogez les voisins, les amis, quiconque peut nous aider à la localiser. On sait qu'elle est impliquée et que c'est par son intermédiaire que les ravisseurs ont eu connaissance des habitudes des familles et des enfants. On sait aussi qu'elle a pris peur et décidé de s'enfuir. Cette femme est notre priorité.

— Compris.

— Stace, quelles infos peut-on tirer des numéros de téléphone mobile ?

— Pas grand-chose. C'est frustrant.

Exactement ce que craignait Kim. Stacey précisa :

— Les textos ne permettent pas d'identifier le réseau auquel chaque téléphone est connecté. À mon avis, ils utilisent plusieurs appareils à cartes prépayées. Et, s'ils sont aussi malins qu'on le craint, chaque téléphone sera connecté à un réseau différent, ce qui rend inutile pour nous d'interroger les fournisseurs d'accès.

— On ne peut pas simplement localiser les téléphones ? demanda Dawson.

Pour un détective, il regardait vraiment trop la télévision.

— Non. La technologie dont nous disposons reste trop approximative.

Pour illustrer son explication, Stacey plaça sa tasse et celle de Bryant à une dizaine de centimètres de distance et posa son stylo entre les deux.

— La géolocalisation s'appuie sur les antennes relais. Quand il est allumé, un mobile émet en permanence un signal capté par une des antennes les plus proches. On peut donc déterminer dans quel secteur se trouve l'appareil et sa distance d'avec l'antenne, avec plus ou moins de précision. Parfois à moins de cinquante mètres près, en zone urbaine.

— C'est un bon point de départ, non ? fit Dawson.

Stacey reprit sa démonstration. Cette fois, elle éloigna les tasses sans bouger le stylo.

— En zone rurale, il peut y avoir une grande distance entre chaque antenne. Même si on retrouve la trace d'une connexion, on ne pourra pas localiser l'appareil.

— Mais puisqu'on a les numéros… insista Dawson.

Stacey leva les yeux au ciel et appela Kim à l'aide :

— Cheffe, s'il vous plaît…

— De toute façon, Kev, ces téléphones sont éteints. Aucune technologie de traçage ne fonctionne dans ce cas-là.

— On est sûrs que… ?

— J'ai vérifié hier soir, coupa Kim. Ils sont éteints. Peut-être même détruits, à l'heure qu'il est.

Bryant saisit sa tasse et but son café. Quant à Dawson, il n'était toujours pas convaincu. Sa ténacité pouvait être précieuse, mais certains jours il l'utilisait à mauvais escient.

— J'ai lu un article qui disait qu'on peut accéder au micro d'un téléphone mobile pour écouter les conversations, affirma-t-il.

— Ouais, eh bien, bon courage pour trouver quelqu'un qui te signe l'autorisation ! répliqua Stacey. De toute façon, ça ne servirait probablement à rien : je suis prête à parier qu'ils ont enlevé les batteries des téléphones.

— Alors, on est complètement coincés, dans ce genre de situation ?

Stacey soupira.

— On peut obtenir l'autorisation de localiser un téléphone dans une situation d'urgence. Sauf que, dans notre cas, il ne fait aucun doute que le ravisseur utilisera un téléphone différent pour chaque communication ; et encore faudrait-il qu'il le laisse allumé un moment. Tout ce que je peux faire, c'est contacter les quatre principaux fournisseurs d'accès et voir s'ils peuvent effectuer une recherche sur les numéros – ça va prendre des jours, pour ne pas dire des semaines, et la facture se montera à des milliers de livres pour chaque recherche.

— Faites-le quand même, ordonna Kim sans hésitation, on ne sait jamais. On ne doit rien négliger.

Le silence se fit. Kim entendit alors de l'activité dans la cuisine. Elle repoussa sa chaise.

— En attendant, tout temps mort doit être occupé à lire les dossiers de l'affaire précédente. On aura peut-être la chance de tomber sur un fait qui a été négligé.

Elle n'avait pas encore assigné de mission à Bryant. Quelque chose lui disait qu'ils allaient partir ensemble en excursion.

24

Inga trébucha sur une dalle quand elle arriva sur la promenade.

Elle avait réussi à quitter l'aire de jeux sans être repérée. Malgré le froid et l'inconfort, elle s'était sentie à l'abri pour quelques heures dans la tourelle de bois. La rudesse des conditions ne lui avait pas permis de sombrer dans un sommeil profond, mais elle avait pu s'assoupir par intermittence, entre deux passages du véhicule de patrouille dont les phares projetaient une lumière aveuglante.

Elle ressassait ce qui s'était passé. C'était dans l'ambulance, en entendant des étrangers s'inquiéter sincèrement de son bien-être tandis qu'elle leur mentait, qu'elle avait pris conscience de la perversité de ceux qui l'avaient utilisée. Allongée, immobile, les paupières closes, elle avait eu envie de pleurer. Jamais elle ne s'était sentie aussi seule de toute son existence. Sauf, peut-être, une fois.

Elle avait été bernée avec une grande habileté, et amenée à faire une chose totalement opposée à ses valeurs… Il avait été si facile de jouer sur ses insécurités et ses rêves… Elle n'avait opposé aucune résistance. On avait exploité chacune de ses faiblesses, on lui avait donné ce qu'elle voulait. En retour, elle avait offert tellement plus… Elle avait donné Amy.

Ses pieds redevenaient sensibles à mesure qu'elle avançait, et elle commença à souffrir de fourmillements douloureux. Son esprit aussi se réveillait ; elle avait les idées plus claires après ce temps de repos. Sa priorité, maintenant, c'était que personne ne puisse l'identifier. Il fallait qu'elle se débarrasse des vêtements qu'elle n'avait pas quittés depuis l'enlèvement. Pour atteindre son petit appartement, elle devrait marcher un peu plus de quatre kilomètres, en empruntant les ruelles et les contre-allées. Avec un peu de chance, elle aurait juste assez de temps pour se changer, prendre son passeport, filer à l'aéroport, acheter un billet et sauter dans un avion. Évidemment, en utilisant sa carte de crédit, elle révélerait sa position ; mais dans le même temps elle serait en sécurité au milieu d'un aéroport. Anonyme. Et, à la seconde où elle poserait le pied en Allemagne, elle téléphonerait à la police et raconterait ce qu'elle savait.

Comme elle approchait de l'arrêt de bus de Cradley Heath, elle jeta un coup d'œil dans son porte-monnaie. Elle avait bon espoir que son plan marcherait et s'autorisa donc à dépenser ce qu'il lui restait pour faire le trajet. Un bus démarrait juste et Inga courut en faisant signe au chauffeur de l'attendre. Il s'arrêta dans un crissement de pneus et la laissa monter, non sans la regarder de travers. Une fois à bord, elle remercia le ciel de partager le sort de cette foule laborieuse qui commençait une nouvelle semaine. Elle aurait franchement préféré avoir les mêmes problèmes que ces gens…

Une dizaine de minutes plus tard, elle descendait et s'engageait sur Dover Street, la route principale qui montait parallèlement à sa rue. Tout au bout, en haut, elle pourrait sans mal examiner les abords et voir si quelqu'un l'attendait. Celui qu'elle guettait, on ne pouvait pas le manquer.

Une fois au coin de la rue, elle observa attentivement. Personne. Elle fit quelques pas, épiant chaque bâtiment tout en avançant. Un bruit la fit sursauter… mais ce n'était qu'une poubelle qu'on rentrait dans le jardin d'une maison victorienne après le ramassage hebdomadaire.

Enfin, elle arriva devant son immeuble. Elle dut s'y reprendre à deux fois pour réussir à insérer sa clé dans la serrure, en maudissant sa maladresse, mais elle parvint finalement à se calmer et entra dans le hall. Une fois la porte refermée derrière elle, elle se laissa aller contre le battant. C'était bon de se retrouver chez soi, dans son univers quotidien. Les tâches banales de la vie de tous les jours lui semblaient maintenant enviables. Cette vie-là, dans laquelle elle rentrait chaque soir du travail, râlait contre ses patrons, contre le bus bondé ou la vie chère, n'était pas si loin derrière elle.

Elle s'approcha de la porte de son appartement, glissa la clé dans la serrure…

Ce n'était pas fermé.

La porte s'ouvrit lentement. Lorsque Inga découvrit le saccage, son cœur se mit à tambouriner dans sa poitrine.

Chacun de ses meubles avait été réduit en pièces. Ses vêtements jonchaient le sol et, depuis le couloir, elle voyait qu'on les avait déchirés et tailladés. Une odeur épouvantable d'eau de Javel envahissait tout. Hébétée, elle contempla ce champ de ruines. Symes avait dû bien s'amuser.

Il s'agissait d'un avertissement. Elle recevait le message cinq sur cinq.

Alors, elle tourna les talons et s'enfuit.

25

Kim trouva Karen seule à la cuisine, occupée à nettoyer. Celle-ci lui adressa un pauvre sourire. Aujourd'hui, elle ne portait plus ni bijoux ni maquillage.

— Bonjour, Kim, j'espère que tu n'as pas passé une…

— Pouvons-nous faire quelques pas dehors ? J'ai besoin de te parler.

Karen cessa d'essuyer la vaisselle.

— Qu'est-ce qu'il y a ? Du nouveau ?

Kim secoua la tête et se dirigea vers les portes-fenêtres à petits carreaux. Karen se sécha les mains puis attrapa un châle noir dans l'office et s'en enveloppa les épaules. Elle en proposa un rouge à Kim, qui déclina.

— Que se passe-t-il ? s'enquit-elle une fois dans le jardin.

— Parle-moi de Robert, demanda Kim en s'éloignant des portes.

Karen lui emboîta le pas, l'air désorientée.

— Eh bien, c'est un homme vraiment merveilleux. Ma première impression n'a pas été celle-là, quand on s'est rencontrés, mais il a su se montrer très persévérant.

D'un signe de tête, Kim l'invita à poursuivre. C'était le moment ou jamais pour Karen de lui dire la vérité.

— Je travaillais de nuit dans une société de location de voitures de luxe. Chaque semaine, il venait louer une voiture pour le week-end. Il aimait changer de modèle, mais il ne voyait pas l'intérêt d'en posséder toute une flotte dont il serait seul à profiter. On échangeait chaque fois quelques mots. J'avais vingt-deux ans et lui, quarante et un. Un jour, à sa cinquième visite, il m'a apporté un énorme bouquet de fleurs. Je ne voulais pas les accepter mais tu sais ce qu'il m'a dit ?

Karen s'interrompit, sourit avant de citer les mots de Robert :

— « Je vous en prie, ne me regardez pas comme un pervers. En dépit de notre différence d'âge, je ne suis pas un vieux dégoûtant ; je fais simplement la cour à la femme que je voudrais épouser. »

— Tout en douceur, conclut Kim.

— C'était très intelligent de sa part. De tout le week-end, je n'ai pas cessé de penser à ce qu'il m'avait dit – et donc à lui. J'avais décidé de lui expliquer ma façon de penser lorsque nous nous reverrions, mais il ne s'est pas montré pendant près d'un mois. C'est là que je me suis rendu compte qu'il me manquait. Quand il est revenu, il portait un smoking… Je l'ai trouvé tellement élégant que j'en ai oublié ce que je voulais lui dire. Il a fait comme si de rien n'était et il a demandé notre voiture la plus luxueuse. Une Bentley décapotable. Quand je lui ai demandé si c'était pour une occasion spéciale, il m'a répondu : « Pour un premier rendez-vous très important. Le nôtre. » Il aurait pu piquer l'idée dans une comédie romantique ; n'empêche que ça a marché et Robert s'est révélé quelqu'un de très agréable. Nous nous sommes mariés un an après jour pour jour. Un beau mariage.

Karen tardait à aborder le point essentiel. Il y avait une faille dans son parfait conte de fées et Kim décida de couper court à ce récit sirupeux en se montrant directe.

— Robert sait-il que Charlie n'est pas sa fille ?

Karen descendit brutalement de son nuage.

— Mais comment… ?

— J'ai bien observé la photo que nous avons accrochée au mur. Charlie et Robert n'ont pas un trait en commun. J'ai noté les lèvres de ta fille, en particulier.

Karen s'effondra, en pleurs.

— Oh, Kim, c'est un tel soulagement de pouvoir enfin…

— Ne cherche pas de réconfort de mon côté. Je ne suis ni le bon Samaritain, ni un prêtre, ni même un conseiller. Mon job, c'est officier de police et je n'ai besoin de savoir qu'une seule chose.

— Son vrai père, c'est Lee, murmura Karen, les yeux baissés.

Kim l'aurait parié. Elle se souvenait très bien de cette bouche étonnamment féminine, et du visage de ce type. Un vrai taré, agressif et mauvais.

— Ça n'est arrivé qu'une fois, reprit-elle. C'est juste que je n'ai pas pu…

— Karen, je m'en moque, rétorqua Kim. Ce qui me fout en rogne, c'est que tu n'aies pas jugé crucial de me dire immédiatement la vérité. As-tu bien conscience que le moindre élément d'information est vital ? Tu crois vraiment que dissimuler ce genre de détail va m'aider à te ramener ta fille ?

Karen porta la main à sa gorge, visiblement navrée.

— Et Lee, reprit Kim, il connaît la petite ?

Karen se décomposa.

— Tu ne penses tout de même pas que…

— Je ne peux pas négliger cette hypothèse. Il va falloir que je vérifie.

— Non, il ne sait pas pour Charlie, déclara Karen avec véhémence. Je ne l'ai jamais revu après… Pour moi, depuis toujours, le père de Charlie est…

— Comptes-tu parler à Robert ? demanda Kim sèchement.

Si une révélation embarrassante s'annonçait, il valait mieux qu'elle le sache. Mais Karen semblait affolée.

— Pas maintenant. Et je ne veux pas que tu lui en parles non plus.

Révéler la vérité à Robert ? Kim n'en avait nullement l'intention. Ce n'était pas son rôle. En revanche, elle allait enquêter sur l'implication possible du père biologique de Charlie. Évidemment, elle comprenait que Karen refuse de briser le secret : Robert tenait les cordons de la bourse, et quel homme envisagerait de se ruiner pour un enfant qui n'était pas le sien ?

— Écoute, reprit Karen, je t'assure que ce n'était qu'…

Kim se détourna et s'éloigna. Pour une fois, elle allait suivre le vieux proverbe selon lequel si on n'a rien d'aimable à dire, mieux vaut s'abstenir de parler. Ou quelque chose de ce genre. Pourtant, elle détestait toute forme de tromperie et, quand cela s'appliquait à une relation humaine, elle ne pardonnait pas. Si on quittait quelqu'un, par exemple, la seule chose à faire était d'enterrer la relation et d'aller de l'avant, certainement pas de créer des problèmes à celui ou celle qu'on avait aimé.

Elle entra dans la salle de crise et se frotta les mains.

— Stacey, j'ai besoin de savoir où se trouve un certain Lee Darby. Il doit figurer dans nos bases de données.

— C'est parti, cheffe.

— Hum… cheffe, intervint Bryant. Histoire de vous accueillir joyeusement, Woody a téléphoné. On est convoqués.

Fabuleux… Kim saisit sa veste. La journée avait mal commencé et elle sentait que ça n'était pas fini.

26

— Qu'est-ce qu'il peut bien nous vouloir ? pesta Kim.

Bryant avait pris le volant et se faufilait dans le trafic autour de Halesowen.

— Il sait très bien sur quoi on bosse et il nous fait quand même nous déplacer ? poursuivit-elle.

— Faut croire que c'est important.

Mais Kim n'était pas d'humeur accommodante. Dès que Bryant fut garé sur le parking, elle déboucla sa ceinture de sécurité et lança :

— Attendez-moi ici et laissez tourner le moteur. Je ne serai pas longue.

Elle courut jusqu'au bâtiment et grimpa les marches de l'escalier quatre à quatre. Arrivée devant le bureau de Woody, elle frappa et entra dans la seconde. Son chef était seul.

— Vous vouliez me voir, monsieur ? dit-elle depuis le seuil.

— Asseyez-vous, Stone, répondit-il en ôtant ses lunettes.

— Je n'ai pas beaucoup de temps pour…

— Asseyez-vous.

Kim avança et obtempéra.

— Alors, où en sommes-nous ? s'enquit Woody.

Il n'y avait aucune foutue raison de la faire venir pour un simple rapport. Il aurait pu passer un coup de fil. Néanmoins, elle joua le jeu :

— Notre équipe est installée chez les Timmins, de même que les Hanson. Helen a pris son poste auprès d'eux. Hier soir, les deux familles ont reçu un nouveau texto qui disait que le jeu commencerait aujourd'hui. Les enregistrements de vidéosurveillance au centre de loisirs nous ont appris que le ravisseur s'est fait passer pour un officier de police. Et Bradley Evans est mort, mais je suis certaine que vous êtes déjà au courant.

Woody serra son stylo entre ses doigts.

— Qu'étions-nous censés faire exactement, Stone ? demanda-t-il à voix basse.

Il avait raison, évidemment. Mais ça n'effaçait rien : Brad était mort.

— Je ne sais pas. Je voulais simplement le protéger, monsieur. C'est notre boulot.

— Vous avez essayé, de votre mieux et à votre façon. Il demeure que la responsabilité du décès de M. Evans repose entièrement sur l'individu qui l'a tué à coups de pied dans la tête sur cette route. Et nous devons rester concentrés sur les petites filles.

Il lâcha le stylo et saisit la balle antistress. Mauvais signe.

— Stone, ce que je m'apprête à vous dire n'est pas négociable, enfoncez-vous ça dans le crâne. Vous pourrez protester autant qu'il vous plaira, ça n'y changera rien.

— Bonne nouvelle, alors ?

— Deux experts vont venir vous assister sur cette enquête. Le premier arrive aujourd'hui et l'autre, demain.

— J'ai l'impression d'être dans un roman de Dickens…

— Le premier est analyste comportemental…

— Un profileur, monsieur ?

— Non, un analyste comportemental.

Aucune différence. Kim s'était forgé sa propre vision du profilage et elle se réjouissait de la partager avec cet « analyste ».

— Eh bien, j'ai hâte d'entendre les déductions qu'il va tirer de deux textos.

— Le second expert est négociateur… poursuivit Woody.

— C'est une blague ? s'exclama Kim, stupéfaite.

— … qui pourrait être utile une fois que le contact se sera précisé, acheva Woody, imperturbable.

— Je n'ai pas besoin d'assistance pour négocier. Dès que j'aurai chopé ces fumiers, je négocierai une peine de prison à perpétuité sans possibilité de liberté conditionnelle. Qu'est-ce que vous dites de cette négo ?

— L'idée de vous adjoindre un négociateur vient de moi, Stone.

— Quoi ? Mais pour quelle raison, monsieur ?

— Disons simplement que, selon moi, vos compétences sont ailleurs.

Très bien. Elle respectait ce jugement.

— Dans ce cas, j'ai un marché à vous proposer, tenta-t-elle. Je prends le négociateur et vous gardez le profileur.

Woody se retint difficilement de sourire.

— Je vous fais confiance pour rester à la fois courtoise et professionnelle en toutes circonstances, poursuivit-il en reposant sa balle sur le bureau.

Kim avait appris à choisir ses batailles avec sagesse. Elle s'inclina.

— Ça va de soi, dit-elle. Vous me connaissez.

En guise de réponse, Woody afficha une expression aussi sévère qu'éloquente. Kim soupira ostensiblement et demanda :

— Autre chose ?

— Non. Je crois avoir bien assez éclairé votre journée comme ça.

— Absolument, monsieur, se contenta-t-elle de répondre.

Il valait mieux qu'elle tienne sa langue.

Elle quitta Woody et dévala l'escalier. Une fois en bas, elle fit une courte pause et prit rapidement sa décision. Un détour par son bureau ne prendrait pas plus de cinq minutes.

— Alors, on va avoir une augmentation ? s'enquit Bryant.

Kim jeta un dossier sur la banquette arrière.

— Mieux que ça. Un profileur et un négociateur.

— Et un fabricant de balais ?

— Pas tout de suite, mais qui sait ?

Bryant s'esclaffa.

— Bon, ça va servir à quoi, exactement ?

— À satisfaire la hiérarchie. Si cette affaire tourne mal, ils pourront dire qu'on m'avait donné toutes les ressources pour réussir, et ils me lâcheront.

— Ça ne va pas mal tourner, cheffe.
— Mieux vaut miser là-dessus.
— Et maintenant, s'enquit Bryant en souriant, on repart pour notre petite virée à Featherstone ?
— Eh oui.

La perspective de ce rendez-vous ne l'enchantait pas, mais ils devaient parler à Lee Darby. Stacey l'avait localisé en quelques minutes à peine. Il vivait actuellement aux crochets de Sa Majesté. À la prison pour hommes de Featherstone.

27

Karen se surprenait elle-même. Elle constatait que, pour peu qu'elle s'occupe à une tâche méthodique, elle était capable de fonctionner normalement. En son for intérieur, une voix lui disait que, si elle suivait sa routine habituelle, Charlie se matérialiserait soudainement dans la maison. Contre toute raison.

Elle ne pouvait s'empêcher de jeter des coups d'œil en direction de la porte, elle avait envie d'arpenter le quartier en appelant Charlie, qui l'entendrait et se montrerait. Alors, elle découvrirait que les textos n'étaient qu'une sorte de plaisanterie et que les filles n'avaient jamais couru aucun danger.

Quand la réalité crue la rattrapait, elle ne pouvait s'empêcher de pleurer. Quelques secondes d'apaisement, puis l'implacable vérité lui explosait au visage : vingt-quatre heures s'étaient écoulées et son enfant n'était toujours pas de retour. Préparer le repas de midi lui avait permis de détourner son esprit d'une pensée tenace et destructrice. Karen luttait pour la chasser. Elle s'accrochait à l'idée que Charlie était vivante. Elle en avait l'absolue certitude.

Elle s'attaqua à la vaisselle. Ils avaient à peine touché à leurs assiettes, mais cela n'avait aucune importance ; si elle avait cuisiné, c'était juste histoire d'avoir à s'occuper. Pour la même raison, elle délaissa le lave-vaisselle et fit couler de l'eau chaude dans l'évier. Elle aurait voulu rester active ainsi pendant des heures. Jusqu'au moment où elle reverrait Charlie.

— Tu veux un coup de main ?

Elizabeth venait d'entrer dans la cuisine. Karen s'apprêtait à refuser pour ne surtout pas écourter sa distraction, mais un regard à son amie la fit changer d'avis. Elle, au moins, était dans sa propre maison. Elle pouvait cuisiner, nettoyer, s'activer. Un luxe. Ce n'était pas le cas d'Elizabeth.

— Attrape ce torchon, dit-elle. Que font les garçons ?

Leurs maris n'étaient plus des garçons depuis belle lurette, mais elles continuaient à les appeler ainsi quand elles parlaient d'eux.

— Ils ont le nez dans leur ordinateur portable. Robert fait semblant de consulter ses e-mails ; en fait, il n'a pas pressé une touche depuis dix minutes.

— Et Stephen ?

— Il a dû passer quelques coups de fil. Apparemment, il ne peut pas tout déléguer. Ce n'est pas sa faute. C'est moins facile pour lui que pour moi de confier ses dossiers à quelqu'un d'autre.

Elizabeth avait l'air embarrassée.

— Vraiment ? demanda Karen.

— Je suis loin d'être aussi indispensable que mon mari. Si je dois m'absenter, le juriste le plus proche prendra le relais pour examiner les requêtes qui nous arrivent, mais c'est impossible pour Stephen. On le sollicitera même s'il est cloué au lit par une intoxication alimentaire.

Karen fit mine de ne pas entendre l'amertume qui perçait dans les propos d'Elizabeth. Son amie avait rencontré Stephen pendant leurs études de droit. En dernière année, quand ils essayaient tous les deux de décrocher leur diplôme, leur relation s'était compliquée. Elizabeth avait fini par mettre de côté sa propre carrière pour soutenir Stephen, en prévoyant de reprendre ses études une fois que celui-ci aurait ouvert son cabinet. Là-dessus, Amy s'était annoncée par surprise, bientôt suivie de Nicholas. Elizabeth était une mère merveilleuse et elle n'en voulait aucunement à ses enfants de cette situation. C'était moins simple avec son mari, qui semblait lui inspirer une sourde animosité.

Karen et Elizabeth avaient fait connaissance d'une manière très banale, en déposant ou récupérant chaque jour leur fille respective à la garderie. Une amitié profonde s'était progressivement nouée entre elles, qui ne tenait plus seulement au fait que leurs enfants s'adoraient. Elles avaient pris l'habitude de se retrouver tous les vendredis soir, pour partager leur goût de la musique et de la cuisine chinoise. Leurs maris n'étaient pas vraiment proches, mais ils se supportaient pour faire plaisir à leurs épouses et leurs enfants.

Karen aurait aimé avoir un deuxième enfant, elle aussi. Une autre fille, ou même un fils. Encore aujourd'hui, elle gardait espoir qu'un jour, peut-être, elle porterait l'enfant de Robert. Elle n'utilisait aucun moyen de contraception et lui n'avait aucune raison de s'interroger sur sa fertilité. Il était convaincu d'avoir conçu Charlie...

Il devenait de plus en plus difficile de le regarder en face et de garder le secret. Les reproches de Kim étaient justifiés. D'ailleurs, si la vérité avait eu une incidence quelconque sur la sécurité de sa fille, Karen l'aurait criée sur les toits. Seulement, ce n'était pas le cas. Ça ne pouvait pas être le cas.

Alors que Stephen, Elizabeth et Robert avaient téléphoné à leurs employeurs, collègues et amis pour expliquer leur absence, l'impossibilité d'honorer des rendez-vous ou de participer à des événements mondains, Karen n'avait passé aucun coup de fil. Son cercle personnel était très restreint. Ça ne la dérangeait pas. Ainsi, elle avait toujours refusé d'employer une femme de ménage pour entretenir cette si grande maison, malgré l'étonnement d'Elizabeth et l'invitation répétée de Robert à le faire.

— Tu as pris des nouvelles de Nicholas ? demanda-t-elle.

Elizabeth acquiesça.

— Il s'amuse bien. Je n'ai pas pu lui parler longtemps. J'aurais été trop tentée… de briser le silence.

Karen comprenait les sentiments d'Elizabeth. Celle-ci se disait sûrement que, plus il y aurait de gens au courant, mieux ce serait. Un peu comme si on sonnait le rappel des troupes. Quelqu'un pouvait finir par faire une suggestion utile.

— Tu crois qu'on fait bien de garder les journalistes à l'écart ? Peut-être qu'on devrait en impliquer certains ?

C'était exactement l'avis de Karen. Si elle s'était écoutée, le monde entier aurait su qu'on avait enlevé sa fille. Des centaines de personnes auraient été sur le pont, si son cœur lui avait dit que cela la ramènerait… Sauf qu'elle n'imaginait pas pire qu'un défilé d'amis, de collègues, de membres de la famille se relayant dans sa maison pour lui servir de bienveillantes platitudes. Non, vraiment, elle ne pouvait affronter l'obligation pesante de demeurer gentille et polie alors qu'elle ignorait où se trouvait son enfant. Quand Charlie serait rentrée, d'accord, elle lancerait de véritables invitations et tout le monde pourrait venir à la fête.

— Tu sais quoi, Kaz ? reprit Elizabeth d'une voix qui tremblait d'émotion. J'espère qu'ils n'ont pas séparé les petites.

Karen sentit sa gorge se nouer. Parfois, il lui semblait qu'elle n'avait plus de larmes ; et puis, elle se rendait compte qu'elles étaient intarissables. Comme maintenant, alors qu'elle les voyait rouler sur les joues de son amie. Elles tombèrent dans les bras l'une de l'autre et sanglotèrent désespérément, partageant ce chagrin qu'elles seules pouvaient comprendre.

— Moi aussi, j'espère qu'elles sont ensemble, murmura Karen.

Elizabeth sécha ses yeux et se ressaisit.

— Tu lui fais confiance ? demanda-t-elle.

Karen acquiesça sans hésitation. Évidemment, son amie parlait de Kim. Pendant leurs années d'enfance, cette fille aux cheveux d'ébène et aux traits sombres l'avait intriguée. Son allure avait quelque chose d'exotique. Et puis Kim était une solitaire, ce qui la rendait hautement intéressante. Karen ne lui connaissait pas la moindre copine. Elle ne cherchait pas à nouer des amitiés et décourageait tout effort destiné à l'amadouer.

Elle ne voulait ni entrer dans un groupe ni s'y associer pour se rendre la vie plus facile. Elle ne voulait qu'une chose : survivre.

À l'époque, la meilleure amie de Karen était Elaine, et celle-ci détestait furieusement Kim parce qu'elle avait essayé de l'intégrer à son groupe, mais s'était cassé les dents. Après cela, ça n'avait plus été que regards méchants et bousculades occasionnelles. Un jour, elle avait même passé la journée entière à jouer au jeu des ombres, un jeu cruel qui consistait à mimer chaque mouvement de Kim en la suivant pas à pas. Beaucoup d'enfants du foyer trouvaient ça très amusant et, à l'heure du goûter, ils se réjouissaient quasiment tous d'assister à ces singeries. Karen avait suivi. Pas parce qu'elle avait peur d'Elaine. Parce que l'impassibilité de Kim la captivait. Celle-ci vaquait à ses affaires comme si elle était seule. Jusqu'à l'heure du coucher, elle avait opposé à ces vingt gamines stupides qui imitaient ses gestes une attitude de fer, se déshabillant devant elles, se brossant les dents et se lavant le visage sans leur prêter la moindre attention. Elle avait rangé sa brosse à dents, puis s'était tournée vers Elaine en souriant et avait dit : « Oh, pardon, je ne t'avais pas vue. » Aucune des filles n'avait pipé mot et Kim avait ajouté : « Tu ne trouves pas ça un peu triste, d'accorder autant d'attention à quelqu'un pour qui tu n'existes pas ? » Elle avait attendu quelques secondes, au cas où une réponse viendrait, avant d'écarter tout ce petit monde et d'aller tout droit au lit. Elle avait treize ans. C'était la première fois que Karen tombait sur une fille qu'Elaine n'intimidait pas.

— Je lui confierais ma vie, répondit-elle à Elizabeth, en toute sincérité.

Mais, en même temps qu'elle prononçait ces mots, elle se rappela que ce n'était pas sa propre vie qu'elle remettait entre les mains de la détective.

28

— Vous êtes préoccupée, cheffe ? demanda Bryant tandis qu'ils traversaient Dudley.

— Pas du tout, affirma Kim.

— Bien sûr que si. Vous ne me laissez le volant que lorsque vous avez besoin de réfléchir.

— C'est juste un détail… Je vais le régler.

— Je n'en doute pas, mais vous pourriez le régler plus vite si vous m'en disiez un mot.

— Ah bon, ça m'aiderait ?

— Je connais votre tempérament et je vous jure que je ne vous donnerai aucun conseil utile ! Je pense seulement que vous gagneriez à réfléchir à haute voix.

Kim se jeta à l'eau.

— Tracy Frost n'est pas à l'origine du décès de Dewain Wright, dit-elle, et elle s'avoua qu'elle éprouvait effectivement un léger soulagement maintenant qu'elle l'avait dit. Je l'ai trouvée qui rôdait autour de la maison des Timmins, la nuit dernière – ce qui est un autre sujet embêtant – et elle est revenue sur l'affaire. Du coup, j'ai pris le dossier quand on est passés au commissariat et j'ai regardé ça de plus près.

— C'est quand même elle qui a divulgué l'histoire, alors comment… ?

— Nous avons, ou plutôt j'ai supposé que c'était elle parce que tout est arrivé très vite. C'est bien elle qui a sorti l'info, aucun doute là-dessus, mais Dewain était déjà mort à ce moment-là. Dix minutes avant que le premier journal soit distribué.

— Ah ! merde… Lyron a donc appris par quelqu'un d'autre que Dewain était toujours vivant.

Kim hocha la tête et regarda au-dehors. Les innombrables feux de circulation de Birmingham New Road les obligeaient à s'arrêter sans cesse et cela commençait à l'irriter. Il aurait suffi que Bryant accélère un peu pour passer une fois à l'orange, et ils auraient eu la voie libre.

— Ce gosse vous a touchée, n'est-ce pas ?

Elle se détourna pour éviter le regard de son collègue. Oui, Dewain Wright l'avait émue, il était l'un des jeunes les plus courageux qu'elle avait jamais croisés. Conscient de risquer sa vie en quittant le gang, il avait essayé malgré tout.

— Alors, que comptez-vous faire ? Je sais bien que vous détestez qu'il reste des détails non réglés, et là…

— Je n'imagine pas travailler sur une autre affaire que l'enlèvement de Charlie et Amy, et pas seulement parce que je l'ai promis à Karen. C'est une question de concentration.

D'un signe de tête, Bryant approuva.

— Donc, vous ne pouvez pas reprendre le dossier Dewain Wright.

— Non. Mais je ne vais pas non plus fermer les yeux sur cette nouvelle info. Dewain mérite mieux.

— Votre religion personnelle vous interdit de laisser quoi que ce soit en suspens, seulement, vous ne pouvez pas vous éloigner de chez les Timmins.

Kim lança à Bryant un regard en biais.

— Dites, on vous paie pour répéter tout ce je dis ? lança-t-elle.

— Non, ça me plaît.

— Je sais ce que vous pensez, et j'aime ça.

— Je ne pense rien du tout, rétorqua Bryant, j'écoute, comme j'ai dit que je le ferais.

Ils arrivaient en vue de la prison. Kim avait maintenant les idées plus claires et une perspective. Elle lui expliquerait tout pendant le trajet de retour.

— Merci d'avoir été aussi inutile que d'habitude, Bryant, déclara-t-elle en se tournant vers lui.

— À votre service, cheffe.

Quand elle voyait de loin les portes de la prison de Featherstone, enchâssées dans un haut mur de brique, Kim ne pouvait s'empêcher de penser à une image de dessin animé. On aurait cru que l'architecte de ce bâtiment imposant et inébranlable n'avait pensé qu'au tout dernier moment qu'il fallait bien ajouter une porte quelque part.

Featherstone – dans la ville de Wolverhampton – n'avait jamais été un modèle d'efficacité carcérale. À l'aube du troisième millénaire, une étude avait conclu que 34 % des détenus admettaient consommer des drogues. Au moins un tiers de plus niaient. En 2007, la prison s'était démarquée en présentant le pourcentage le plus élevé de tout le Royaume-Uni de détenus testés positifs aux opiacés comme l'héroïne. Ces dernières années, deux blocs flambant neufs avaient été ajoutés, requalifiant Featherstone en super-prison, et doublant presque sa capacité d'accueil pour les prisonniers de catégorie C[1].

Kim et Bryant furent reçus par une toute jeune femme en uniforme, menue, à l'expression innocente, qui avait l'air de jouer à se déguiser en officier de police. Elle ne devait pas avoir plus de vingt et un ans. Les apparences pouvaient être trompeuses, Kim ne l'ignorait pas. Elle espérait simplement que cette jeune fille ne se faisait pas d'illusions en pensant que les prisonniers étaient des types bien et qu'en les traitant avec respect ils lui rendraient la pareille.

Ils n'étaient pas des types bien. Et ils ne la respecteraient pas.

Bryant montra son badge et la jeune femme le regarda attentivement.

— Il y a un problème, dit-elle alors. On est lundi, il n'y a pas de visites.

C'était trop gentil de leur rappeler quel jour de la semaine on était… Kim s'apprêtait à répliquer mais, par chance, Bryant fut plus rapide :

— Nous avons téléphoné et parlé à…

À cet instant, un homme apparut à l'entrée de la prison et demanda :

— Que se passe-t-il, Daisy ?

1. Le système carcéral britannique est organisé en quatre catégories, du rang A (les détenus les plus dangereux) au rang D (prisons dites ouvertes). Les détenus de rang C ne sont pas considérés comme aptes à la prison ouverte mais ne présentent pas de risques de tentatives d'évasion.

Bryant brandit son badge.

— Nous avons une autorisation. Appelez…

— On m'a informé, répondit l'homme avec brusquerie.

— Nous devons nous entretenir avec l'un de vos détenus. C'est important.

L'homme avait la petite cinquantaine. Sa chemise froissée au col ouvert laissait entrevoir une peau irritée par le rasoir.

— Passez là-dessous, dit-il en désignant le détecteur de métaux.

Ils vidèrent leurs poches et déposèrent clés, téléphones et monnaie sur un plateau. Alors que Kim venait de passer sans encombre, un stylo oublié dans la poche intérieure de Bryant fit sonner le portail. Puis, lorsque Kim voulut reprendre ses affaires, l'homme l'arrêta et se saisit du plateau pour le donner à la jeune femme officier qui le fit disparaître sous un bureau.

— Officier Burton, dit Kim qui venait de lire son badge, j'aimerais autant que mes…

Il l'interrompit aussitôt.

— Vous n'irez pas plus loin avec vos clés, vos téléphones et vos cartes de police.

— Allez, cheffe, on la joue cool, lui glissa discrètement Bryant.

De mauvaise grâce et en soupirant lourdement, elle se rangea à son avis. Après tout, Burton était sur son terrain, pas elle. Il se pencha par-dessus le bureau et leur tendit deux badges visiteurs :

— Vous n'avez rien de tranchant sur vous ? leur demanda-t-il.

— Si, sa langue, répondit Bryant avec un léger sourire en direction de Kim. Vous pouvez la lui enlever ?

— Nature de la visite ? poursuivit l'officier Burton, guère sensible à l'humour.

— Nous devons parler à Lee Darby. Le motif est confidentiel.

Burton toisa Kim pendant cinq bonnes secondes, sans la faire ciller. Finalement, il annonça :

— Je vous accompagne au parloir.

— Nous préférerions le voir seul.

— C'est tout à fait irrégulier, protesta Burton.

— Je comprends, mais c'est un cas d'extrême urgence et je ne saurais trop insister sur son importance.

Darby devait croire à une visite fortuite. L'objectif prioritaire était d'établir si, oui ou non, il était impliqué dans l'enlèvement de sa fille. Et, tout d'abord, s'il avait connaissance de l'existence de l'enfant.

L'officier consulta sa montre et déclara :

— À cette heure, le détenu doit jouer au basket dans le gymnase. Il y aura du monde.

— Si vous vous inquiétez pour Bryant, railla Kim, sachez que j'arriverai à le protéger.

— Je suis responsable de votre sécurité, inspectrice, rétorqua Burton le plus sérieusement du monde.

— Je vous le concède, officier. Je promets de ne pas m'éloigner de vous. Sommes-nous d'accord ?

De toute façon, vu la manière dont elle comptait s'y prendre, elle n'aurait pas besoin de s'éloigner.

Burton prit le temps de la réflexion puis donna son assentiment.

— Quel est le profil de notre gars ? lui demanda Bryant alors qu'ils remontaient le couloir.

Le corridor était séparé en plusieurs secteurs identiques, ponctués de lourdes portes à verrouiller et déverrouiller. Quelque part dans le bâtiment, une petite équipe surveillait chaque détenu individuellement, pour savoir qui parlait à qui, identifier les inimitiés et, encore plus important, les amitiés.

— Lee Darby fait partie des ambitieux, déclara Burton.

— Les quoi ? s'étonna Kim.

— Nous classons les détenus par type de personnalité. Lee aime bien essayer de frayer avec plus gros que lui.

Puis, en réponse à la sollicitation de Bryant, il expliqua :

— En prison, c'est comme partout, il y a une hiérarchie, des échelons. Tout en bas de l'échelle, c'est-à-dire pour la grande majorité des détenus, on trouve les délits mineurs : vol à l'étalage, vol de voitures, ce genre de trucs. Les récidivistes se retrouvent ici pour des peines relativement courtes et ils ont tendance à se regrouper et à se tenir à l'écart des magouilles. Surtout parce qu'ils ne restent pas bien longtemps. Au niveau supérieur, vous avez les voleurs professionnels et les coupables de coups et blessures volontaires. Ceux-là sont incarcérés pour une durée moyenne et c'est leur compagnie que Darby recherche. Bon, on ne peut pas dire qu'ils papotent toute la journée, ils le dégagent assez vite.

— Autrement dit, il n'est pas populaire ?

Burton haussa les épaules.

— Pas chez les vrais durs pour qui cogner sur madame n'est pas suffisant. Encore plus dans le cas de Lee.

— Pourquoi ça ?

— Sa femme a témoigné devant le tribunal et l'a fait condamner. Ça veut dire que même elle n'a pas peur de lui. Disons qu'il n'est pas aussi méprisé que les pédophiles, mais c'est tout comme.

— Et pourtant, il insiste ?

Burton hocha la tête.

— Ça l'occupe.

— Est-ce qu'il a causé des problèmes ? demanda Kim.

— Des bagarres, rien de sérieux. Ça a rallongé sa peine de quelques mois, mais il doit être libéré sur parole à la fin de cette année.

L'officier les fit entrer dans un local où se trouvait la porte d'accès au gymnase. La prison de Featherstone proposait de nombreuses activités sportives – badminton, volley, foot et jeux de boules. Les détenus passaient environ dix heures par jour en dehors de leurs cellules.

Si seulement Kim avait dirigé le monde… Burton se tourna vers elle :

— Il n'y a vraiment pas moyen que vous ne vous montriez pas et que vous laissiez votre collègue…

— Bryant, ordonna-t-elle en guise de réponse, allez parler à ce petit monsieur, là-bas. Faites comme si vous le connaissiez.

Bryant la regarda bizarrement mais s'exécuta. Quant à elle, elle passa la tête dans l'entrebâillement de la porte du gymnase, fit un pas à l'intérieur et s'adossa au mur. Son regard ne se fixait sur rien de particulier. Burton soupira et se posta près d'elle.

L'odeur d'une femme inconnue agissait comme la cocaïne sur un chien renifleur. Kim s'attendait presque à voir ces types accourir et s'asseoir à ses pieds. Sans surprise, tous les yeux se braquèrent sur elle. Une poignée de secondes plus tard, ils avaient compris qu'elle était flic et se détournaient. Tous, sauf un. Kim évita de le regarder en face, mais elle vit qu'il inclinait la tête et s'approchait nonchalamment. Apparemment, il adoptait sa démarche de gangster du dimanche rien que pour elle. Le truc le plus amusant qu'elle ait vu depuis des jours.

Burton se rapprocha un peu plus d'elle mais Lee Darby leva aussitôt les mains en signe d'apaisement.

— T'inquiète, vieux. Je connais cette salope.

— Hé ! Surveille ton langage, intervint Burton.

— Kim, c'est ça ? demanda Darby en se campant devant elle. Hein ? Kim Stone ?

Elle posa enfin les yeux sur lui. Des yeux dans lesquels ne filtraient aucune émotion.

— C'est moi, Lee… Lee Darby, poursuivit-il. On a poussé ensemble. On était potes, comme qui dirait.

Ma parole, songea Kim, il avait vraiment l'air de croire aux conneries qui sortaient de sa bouche pleine de dents abîmées. Elle-même avait des souvenirs un brin différents et un sourire discret lui monta aux lèvres. Mais elle allait jouer son jeu un petit moment. Elle se frappa le front :

— Mais bien sûr, je me souviens de toi. On était ensemble à Goodhampton.

Lee Darby sourit largement, ce qui n'arrangeait en rien sa sale gueule.

— C'est ça. J'ai entendu dire que t'étais devenue une sale flic. Pour être honnête, j'y ai pas vraiment cru.

Kim regarda autour d'elle comme si elle venait juste de comprendre dans quel environnement se tenait leur conversation.

— Dis donc, comment t'as atterri ici ? Je pensais que tu t'en étais sorti, dit-elle sèchement.

— Y a eu erreur. Vous autres, les poulets, vous chopez jamais le bon mec. J'ai rien fait. J'étais juste au mauvais endroit, au mauvais moment.

Si Lee s'était trouvé dans le prolongement du poing qui avait envoyé sa copine en soins intensifs, c'était une espèce d'erreur… ? Vraiment pas de bol.

— Et qu'est-ce que tu fais quand tu es au bon endroit et au bon moment ?

— J'ai un petit commerce.

Kim lui fit un signe de tête entendu. S'il pensait qu'elle allait avaler ça…

— Une femme, des gosses ?

— Nan, libre comme l'air, répondit-il en secouant la tête. Moi, les chiards qui vous sucent le sang, je peux pas les saquer.

Il lui adressa un clin d'œil et Kim eut un haut-le-cœur. Elle se couvrit la bouche et toussa, le signal convenu pour signifier à Bryant qu'elle en avait terminé. Puis elle s'autorisa à tomber le masque et laisser la répulsion qu'elle éprouvait transparaître dans ses yeux.

— Tu t'es pas arrangé avec l'âge, Lee. Tu n'es peut-être pas là où tu l'espérais, mais *moi*, je ne suis pas surprise de te trouver exactement ici.

Burton s'approcha, mais elle tourna les talons et s'éloigna. Lee Darby était innocent, elle en était certaine. S'il avait trempé dans une opération aussi complexe qu'un double kidnapping, il aurait pris des airs supérieurs, affiché une arrogante satisfaction, la jouissance d'être un petit malin. Par ailleurs, il ignorait complètement l'existence de Charlie ; aucune ombre n'était passée sur son visage lorsqu'elle avait mentionné de possibles gosses. Évidemment, elle aurait pu se faciliter la vie en lui posant des questions directes ; mais, en agissant ainsi, elle l'aurait alerté. S'il avait découvert l'existence de sa fille, nul doute qu'il aurait cherché à utiliser cette donnée à son avantage, à un moment ou à un autre. Franchement, elle se moquait de préserver le fragile rempart élevé par Karen autour de son foyer. Celle-ci devrait bien, un jour, se confronter à ce mensonge. En fait, Kim n'avait pensé qu'au bien de Charlie : la petite n'avait pas besoin d'un père comme Lee Darby. Elle avait Robert. Pour l'instant.

— On rentre, dit-elle.

La piste Darby ayant abouti à une impasse, elle espérait trouver dans les dossiers quelque chose à se mettre sous la dent.

29

— On a du nouveau, Kev ? demanda-t-elle sitôt arrivée.

Dawson avait été rappelé chez les Timmins pour faire le point avant que l'analyste comportemental débarque et manifestement, il était frustré.

— Si j'en crois mon nouveau copain du rez-de-chaussée, voilà des mois qu'Inga n'a ramené personne chez elle. Les autres voisins ne lui parlent pas beaucoup et aucun ne l'a jamais vue accompagnée. J'ai montré sa photo aux commerçants du coin. Elle est allée quelques fois au salon de coiffure et achetait à emporter chez le chinois à l'occasion, mais elle ne bavardait jamais. Sinon, je suis tombé sur l'équipe de Bierley Hill chargée du cambriolage ; ils se demandent pourquoi personne n'est venu déposer plainte.

Maintenir les forces de police dans l'ignorance de l'affaire était tout aussi ardu que de leurrer la presse. Quant à Inga, retrouver sa trace se révélait impossible. Il fallait d'ailleurs espérer pour elle que les ravisseurs arrivent à la même conclusion, car si elle s'était enfuie de l'ambulance, c'est qu'elle avait pris peur. Elle s'était dégonflée. Kim n'imaginait pas d'autre explication sérieuse. Il aurait été beaucoup plus logique que cette femme attende ses complices à l'hôpital ; ou au moins qu'elle y reste plus longtemps. Après qu'elle s'était fait remarquer juste à son arrivée, elle n'avait plus eu qu'à s'enfuir, paniquée.

— Stace ?

— J'ai dû supplier les compagnies de téléphone et ils ont été assez aimables pour ne pas carrément me rire au nez. J'ai obtenu une adresse pour une des familles de l'affaire précédente, mais c'est plus compliqué pour l'autre. Ils ont sans doute déménagé et changé de nom. On a trouvé un individu, dans les listes fournies par les parents, qui a déjà été condamné pour un vol mineur – Robert a confirmé qu'il connaissait cette information quand il l'a embauché. Les autres sont clean, sauf bien sûr pour la plupart de ceux qui figurent sur la liste de Stephen. Je vais m'y atteler.

— Rien d'utilisable sur les deux mobiles du ravisseur ?

— Ce sont des téléphones prépayés qui fonctionnent sur deux réseaux différents. Ils ont été achetés avec une fausse carte de crédit enregistrée à Manchester et livrés dans une boîte postale à Ealing.

— Bien, ça nous donne…

— C'était il y a onze mois, cheffe, précisa Stacey.

— Putain…

Retrouver la personne qui avait loué une boîte postale si longtemps avant, il ne fallait pas y compter.

— Ça démontre que l'enlèvement des deux petites a été préparé de longue date, déclara Bryant.

— Ils ne visaient pas forcément ces deux petites-là, objecta Kim. Le projet est ancien, mais ça n'indique pas qu'ils avaient déjà choisi leurs victimes. Il doit y avoir un rapport avec l'une des familles, ou les deux. Pour une raison ou une autre, l'attention des ravisseurs s'est portée sur l'une de nos familles, ou les deux. Bon, tout le monde attrape une pile de dossiers, conclut-elle en prenant sa part de paperasse dans la boîte la plus proche. Je veux qu'on trouve pourquoi les deux filles de l'affaire précédente ont été choisies ; ça nous donnera peut-être de nouveaux indices.

Alors que chacun se mettait au travail, Dawson suggéra en souriant :

— Hé, cheffe, si ça se trouve, l'analyste va essayer de vous profiler !

— Dans ce cas, elle gagnera toute ma sympathie, et une invitation à dîner chez moi, ironisa Bryant.

— Plus une augmentation bien méritée, ajouta Dawson.

Kim leur sourit en retour.

— Attention, Dawson, la cheffe a souri ! reprit Bryant.

— Je crois que je vais me taire…

— En voilà, une bonne idée, répliqua Kim.

Elle se mit à parcourir les documents posés devant elle – pêle-mêle, des témoignages, des listes d'appels, des rapports de police contenant diverses déclarations et des comptes rendus d'appels sur la ligne dédiée aux enlèvements.

Soudain, une image lui vint à l'esprit. Elle sortit de la pièce pour aller chercher la photo encadrée posée sur le chevet de Charlie, puis retira le cadre et lut fébrilement la coupure de presse. Quand elle eut terminé, elle posa la photo sur la table et la fit glisser vers Bryant.

— Cet article nous donne pas mal d'informations, il mentionne même « l'estimé procureur » et « un chef d'entreprise local ».

Deux petites filles issues de parents fortunés, qui adoraient la natation et qui posaient en tenant leurs médailles… Même sans aide et en un rien de temps, il avait été facile pour un ravisseur de les localiser au centre de loisirs d'Old Hill et de les identifier.

Bryant siffla :

— Un article innocent qui dit tout.

Il regarda de près le haut de la page et ajouta :

— Ça a été publié en juin.

Kim avait fait le calcul de son côté : si cette photographie avait servi de déclencheur, alors les ravisseurs avaient mis neuf mois à monter leur coup.

— Cheffe, est-ce qu'on doit se désintéresser des membres de la famille ou des possibles ennemis ? demanda Dawson. Cette nouvelle information réduit le champ de notre enquête ?

— Au contraire, Kev, ça l'ouvre en grand.

Désormais, Kim ne pouvait plus seulement considérer qu'un complice connu des familles était impliqué. Avec ce scénario, elle avait cru tenir un début de piste, mais le constat s'imposait que les ravisseurs avaient aussi bien pu choisir leurs petites victimes au hasard, sur la base d'une simple coupure de presse.

L'espoir auquel elle devait s'accrocher, c'était qu'elle avait affaire aux mêmes ravisseurs qu'à Dudley. Pas une phrase, pas un fait, aucun contact ou témoignage conservé dans les dossiers ne devait échapper à son équipe. Ils réexaminaient l'intégralité de ces pages et peut-être, peut-être, quelque part, elle tomberait par inadvertance sur une miette de quelque chose.

— Allez, on s'y remet, ordonna-t-elle.

C'était le moment de se retrousser les manches.

30

Will vérifia la charge de son mobile numéro 3. Les deux autres étaient posés au bout de la table, à gauche, éteints. Il n'attendait pas de réponse. Pas encore. Cela viendrait plus tard, après le prochain message.

Il aligna les autres téléphones, à cinq centimètres d'intervalle et en s'assurant que les bords supérieurs étaient bien au même niveau.

Satisfait de voir son équipement en ordre, il se concentra de nouveau sur le message qu'il avait rédigé, choisissant et soupesant chaque mot, les savourant mentalement. Il l'avait déjà relu cent fois, mais il fallait que ce soit parfait. Il y avait eu trop d'imperfections, précédemment, quand il s'était imaginé pouvoir tout faire tout seul. Ce coup-ci, il avait reçu de l'aide, et sous deux formes. La première, la plus invraisemblable, était venue à lui ; la seconde, il l'avait recherchée.

Lorsqu'il avait rencontré Symes – bien avant d'avoir sélectionné les familles –, il s'était dit : *Voilà mon homme !* L'opération devait suivre plusieurs étapes incontournables et, en fin de parcours, il aurait besoin d'un Symes. La brutalité glaçante de ce type lui épargnerait de se charger de la partie du boulot qui l'intéressait le moins.

Will relut le message. Il fallait que chaque mot frappe fort. Il aurait tellement voulu les voir quand ils le liraient… ! Rien que d'y penser, il avait le souffle court, se sentait plus excité encore que les veilles de Noël de son enfance. Il était le quatrième d'une fratrie de sept, alors il n'y avait pas grand-chose à espérer ces jours-là. Dans son tout premier souvenir, il revoyait sa mère, épuisée, lui tendre le catalogue Argos avec la consigne d'écrire ses initiales à côté d'un jouet qui coûterait moins de dix livres. Puis elle passait le gros catalogue à l'enfant suivant.

Le jour de la rentrée, les gamins de sa classe avaient énuméré tous les cadeaux que le père Noël leur avait apportés. Alors, l'envie avait enflé en lui. L'envie d'avoir toutes ces choses, mais aussi de croire en la magie. Il leur avait dit que le père Noël n'existait pas, que c'était un gros mensonge, et toute la classe avait pleuré, protesté, débattu, pleuré encore plus. Will s'était enfin senti joyeux. Parce qu'il avait réussi à exister.

À présent, il voulait de l'argent, lui aussi. *Leur* argent. Quelque chose de ces familles qui avaient tout. Il essaya de se représenter les visages de celles et ceux dont il était en train de foutre en l'air la vie. Il aurait adoré assister en direct à ce spectacle, mais ce n'était pas possible. Il devait se contenter de se le figurer en attendant d'envoyer, dans une heure, le texto qui ferait prendre à leurs existences un virage définitif.

Ses pensées dérivèrent vers son associé. Il aurait déjà dû être de retour, sa tâche accomplie. Inga ne leur avait pas laissé le choix en agissant inconsidérément ; elle devait payer. De toute façon, elle en savait beaucoup trop pour qu'il lui laisse la vie sauve. Quelle conne… Elle avait craqué et il n'éprouvait aucune compassion pour les froussards. L'émotivité d'Inga leur avait été utile au début de l'opération ; à présent, elle menaçait de faire dérailler tout le projet.

Elle devait disparaître.

Et Will espérait que Symes avait vraiment pris son temps.

31

— On devrait flanquer un bon coup de pied aux fesses à celui qui a trié ces rapports.

— Arrêtez de vous plaindre, Kev, et avancez, répliqua vivement Kim.

N'empêche. Elle était complètement d'accord avec lui. Charlie et Amy avaient disparu depuis trente-six heures, leur première journée complète d'investigation touchait à sa fin et il lui semblait qu'ils n'allaient nulle part. Plus inquiétant encore, si on avait mené l'enquête précédente avec aussi peu d'efficacité qu'on avait constitué ces dossiers, il ne fallait pas s'étonner que les choses aient dérapé.

— D'après vous, pourquoi une seule des filles est-elle revenue ? demanda Bryant.

— J'en sais rien. Mais je vous parie que la réponse est dans ces boîtes.

À cet instant, Helen ouvrit la porte de la salle à manger.

— Quelqu'un veut vous voir, madame : une certaine docteure Lowe.

Kim repoussa sa chaise et se leva pour aller à sa rencontre. En passant à proximité de la cuisine, elle sentit flotter une odeur délicieuse.

La femme qui se tenait devant elle était svelte et grande, vêtue d'une jupe crayon, d'un blouson, et chaussée de talons hauts. Sophistiquée. Ses cheveux châtains étaient coupés au carré, avec une frange bien droite. Elle adressa à Kim un sourire figé qui n'éclairait pas ses yeux d'un bleu froid, puis elle se présenta.

— Docteure Alison Lowe, dit-elle aimablement. Vous m'attendiez ?

— La profileuse ? crut bon de préciser Kim.

— Je préfère le terme d'analyste comportementale, répondit Lowe avec une pointe d'agacement.

— Bien entendu.

Kim lui sourit. Woody avait été clair sur ce point : elle devait se montrer cordiale avec les deux experts. Or elle se doutait bien que son expression ne devait pas exprimer beaucoup d'aménité. Elle tendit la main à la docteure Lowe, qui parut étonnée. Avait-elle bougé trop vivement ? Au vrai, Kim détestait les contacts physiques avec des inconnus – à moins que ce soit pour les envoyer au tapis.

— Enchantée, dit-elle en même temps que l'analyste.

— Vous êtes l'inspectrice en chef ?

Précisément, Kim avait le titre d'« inspectrice principale » mais elle ne releva pas. Elle la remercia d'être venue directement mais lui suggéra, si elle le souhaitait, de prendre le temps de s'installer dans une chambre d'hôtel et de les rejoindre plus tard…

— Je me suis déjà organisée, inspectrice, répliqua l'analyste.

Quel genre de femme s'habillait de cette façon dès 6 heures du matin ?

— Si vous voulez bien me suivre, je vais vous présenter à l'équipe, lui proposa Kim. Ils meurent d'impatience de faire votre connaissance.

À peine ces mots prononcés, elle eut conscience d'être allée un peu loin. Mais sa disposition naturelle ne la portait pas à rechercher l'appréciation des autres femmes.

— Hé, vous tous ! Voici la docteure Alison Lowe, notre analyste comportementale.

— Appelez-moi Alison, je vous en prie, ajouta cette dernière en allant se placer en bout de table, avant d'offrir un sourire à chacun.

Elle avait manifestement l'habitude de parler en public. Puis elle posa sa mallette sur la table, manquant renverser une tasse que Stacey rattrapa in extremis.

— Je vous fais passer mon curriculum vitae pour que vous ayez une meilleure idée de mes qualifications.

Kim y jeta machinalement un coup d'œil. Alison avait-elle été une enfant prodige, un de ces gosses qui terminent leurs études de médecine à douze ans, obtiennent un double diplôme en sociologie et en psychologie, et sortent majors de leur promotion ? En tout cas, Kim ne voyait pas clairement ce que cette femme avait fait de concret.

— Si vous avez des questions, n'hésitez pas.

Bryant toussota. Kim pouvait lui faire confiance : il avait deviné ce qu'elle pensait, et il saurait bien mieux qu'elle formuler la question.

— Sur quel genre d'affaires avez-vous travaillé ? s'enquit-il.

Alison lui sourit, comme si elle s'était attendue à ce test.

— J'ai été consultante dans l'enquête sur un triple meurtre à Édimbourg ainsi que sur une affaire de viols en série à Hertfordshire.

Consultante… Que cela signifiait-il ? Kim n'aurait pas su répondre. Mais, après tout, ce n'était pas son job d'interroger la docteure Lowe ; aussi choisit-elle de ne pas insister. Puisque Woody se fiait au discernement de cette femme, elle se fierait à Woody.

— Alors, par où voulez-vous commencer ? demanda-t-elle.

— Si vous pouviez me décrire dans les grandes lignes ce qu'il en est à cette date… On m'a dit qu'un incident similaire avait eu lieu l'an passé.

— Effectivement.

— J'aimerais voir les dossiers.

— Je vous en prie, déclara Kim en désignant les piles de paperasse.

— Je suppose que tout cela n'est pas classé…

Un coup frappé à la porte l'empêcha de répondre. Dawson se leva et ouvrit. Karen venait leur annoncer que le dîner était prêt. S'ils avaient le temps. Toute l'équipe regarda Kim avec envie.

— C'est bon, dit-elle en levant les yeux au ciel. Allez-y.

Il faudrait quand même qu'elle touche un mot à Karen. Celle-ci n'était pas censée nourrir l'équipe et, quand bien même cela lui donnait un but, il ne fallait pas que ça se répète. Partager des repas créait de l'intimité, or ils n'étaient pas une famille qui se réunissait le soir pour discuter de la journée écoulée. L'équipe ne devait pas se laisser aller à bavarder.

Elle proposa à Alison de se joindre aux autres, mais celle-ci déclina :

— J'ai déjà dîné, merci. Je préférerais me mettre au travail.

Kim attendit que la porte soit fermée puis elle récapitula :

— Deux petites filles de neuf ans ont été enlevées dans un centre de loisirs voisin. Quelqu'un a trafiqué la voiture d'une des mères pour qu'elle ne puisse pas aller les chercher. Notre premier ravisseur s'est fait passer pour un policier en uniforme. Un membre du personnel lui a parlé. Ce garçon a été assassiné la nuit dernière. Les ravisseurs communiquent par texto. Jusqu'à présent, on a reçu deux messages, que vous pouvez voir sur le tableau.

« Les petites sont très amies. Il y a quelques mois, elles ont fait l'objet d'un article de journal qui mentionnait aussi les professions de leurs pères. Et je devine ce que vous allez me demander : non, aucune rançon n'a encore été exigée.

Alison considéra le tableau avec perplexité. En faisant sa synthèse, Kim avait pris la mesure du peu d'informations dont ils disposaient pour l'instant… Elle poursuivit néanmoins :

— À ce stade, nous travaillons sur des listes de gens qui pourraient en vouloir aux familles. Mais nous devons considérer que c'est sur la base de cet article de presse que le ravisseur a choisi ses victimes.

— Mmmm… le dernier message est un peu inquiétant.

— Oui. J'ai bien peur que nous n'ayons affaire à un psychopathe.

32

Symes but au goulot sa deuxième bière, ce qui n'améliora pas son humeur. Toute la journée, il avait couru après cette salope sans poser son cul une seconde. Il avait pourtant prévenu que c'était une mauvaise idée de s'encombrer de cette bonne femme. Ils n'avaient pas besoin d'un gros boulet ! Mais ce chieur de Will avait insisté. Le problème, c'est que Will le sous-estimait sérieusement. S'il avait été aussi bête qu'il en avait l'air, on ne l'aurait pas envoyé en Afghanistan, et deux fois !

Symes s'était tout de suite renseigné sur Inga. Sa méfiance naturelle lui dictait qu'il fallait toujours savoir avec qui on faisait affaire. Il connaissait ses habitudes – de l'endroit où elle prenait son café au coiffeur qui lui coupait les cheveux, en passant par les magasins où elle faisait ses courses. Il savait aussi que, dans les moments de panique extrême, l'être humain retournait toujours à sa tanière, son abri.

En tout cas, elle n'irait pas loin. Pas sans son passeport. C'est pour le trouver et empêcher Inga de filer qu'il avait mis à sac son appartement. Il voulait aussi lui donner un aperçu de ce qu'elle allait subir quand il lui mettrait la main dessus. Parce qu'il le ferait, tôt ou tard. Elle essayait de sauver sa peau depuis déjà presque trente-six heures et le temps jouait contre elle.

En attendant, il allait rentrer bredouille et devoir affronter la mauvaise humeur de Will. Symes connaissait bien son air entendu, son expression de dégoût, de répulsion, même. Il serait tenté de lui faire ravaler sa morgue, mais il ne pouvait pas se le permettre. Ils avaient besoin l'un de l'autre – pour l'instant.

Will était comme ça depuis toujours. Tout gosse, il avait sans cesse un pet de travers, une maladie, une allergie... Le vrai pote de Symes avait été Larry, le frère aîné de Will. Un mec coriace, qui s'était bien défendu contre lui dans une bagarre. Il avait l'habitude de cogner les petites merdes pour rigoler. Une paire de fois, un clan l'avait accepté et le gamin, bêtement, s'était cru arrivé. Et puis, à la fin de l'adolescence, une balance avait parlé et on l'avait bouclé pour recel. Une peine de trois ans. Au bout de deux semaines d'incarcération, Larry s'était fait planter pendant une mutinerie. Son frère n'avait même pas assisté aux obsèques. Putain de famille.

Symes avait retrouvé Will onze mois plus tôt, dans un pub de Gornal. Contre toute attente, il s'était montré incroyablement sympa et lui avait payé des coups toute la soirée. Ils s'étaient revus deux ou trois semaines après, et Will lui avait laissé entendre qu'il bossait sur un truc très intéressant. Grâce à ses antennes, Symes avait détecté quelque chose d'énorme.

Il leva la main pour demander une autre pinte. S'il n'avait pas eu de boulot le lendemain, il se serait bourré la gueule. Il avait besoin de soulager un peu sa colère. Juste la faire baisser d'un cran. Travailler avec Will, c'était vraiment pas le paradis. Ce mec avait toujours l'air de ricaner. Rien que d'y penser, ça l'échauffait. Et il se connaissait : s'il ne se calmait pas avant de rentrer, il ne pourrait pas s'empêcher de le cogner. Alors, le brouillard viendrait et il ne se rappellerait ce qu'il avait fait que plus tard. Pour délivrer son corps de cette tension, il ne connaissait que deux moyens. Il descendit sa pinte d'une traite et se demanda si l'autre moyen serait aussi disponible ce soir…

Il quitta le pub, se dirigea vers le Tesco Express où était garée sa voiture. Puis il roula vers Stourbridge, le sourire aux lèvres. Il s'arrêta dans la grand-rue et entra dans un bar où il s'était rendu deux semaines plus tôt avec des potes. Il n'avait rien vu, rien entendu. Mais aujourd'hui, il tendait l'oreille. Il s'approcha du bar et commanda un scotch. Stuart, le serveur, le reconnut.

— Salut, colosse. Ça roule ?

Stuart avait une voix douce, gentille. Il était vaguement décalé dans ce pub d'ouvriers.

— Ça va, mec, répondit Symes. Et toi ?

— Encore mieux maintenant que tu es là.

— Tu peux t'échapper un moment ?

Stuart consulta sa montre.

— Tout de suite, si ça te va.

— Ça me va, répondit Symes en souriant. Je te retrouve derrière.

Il sortit du pub, contourna le bâtiment qu'une ruelle étroite et sombre séparait des poissonneries voisines, s'adossa au mur et attendit. Bientôt, la lourde porte de métal s'ouvrit et Stuart sortit à son tour. Il affichait un sourire timide. Vêtu de noir des pieds à la tête, Symes se trouvait plutôt beau gosse.

— Alors, tu voulais qu'on parle ? demanda le barman en laissant son doigt courir sur le bras de Symes.

Il le repoussa et ouvrit sa braguette. Stuart baissa les yeux.

— Oh, mon Dieu, murmura-t-il en attrapant le sexe de Symes.

Symes durcit davantage à mesure que Stuart le caressait en gémissant. Il gardait le regard fixé sur un point loin derrière le serveur. Il posa la main sur l'épaule de Stuart et, d'une pression, le fit s'agenouiller. Stuart le prit dans sa bouche, agrippa ses couilles. Décidément, il n'y avait que les folles pour sucer aussi bien. Il sentit la chaleur l'envahir, fourra les doigts dans la tignasse blonde de Stuart, forçant le mouvement de va-et-vient de sa tête tandis qu'il plongeait dans sa bouche. Manifestement, le garçon se faisait plaisir, mais Symes ne voulait pas le regarder faire. Voir un homme au bout de sa bite l'aurait l'écœuré.

N'empêche. Plus le plaisir montait, plus les préoccupations s'éloignaient. Bientôt, plus rien ne compta que la jouissance. Symes s'enfonça plus profondément dans la bouche de Stuart et lui tira les cheveux violemment. Son front était trempé de sueur. Sa délivrance était proche. Et il rugit lorsqu'il explosa.

L'effet de soulagement fut immédiat, mais un reste de stress demeurait, comme de l'eau au fond d'un seau qui fuit.

— Mec, t'aurais pu attendre…

Symes ne laissa pas à Stuart le temps de finir. Il le frappa à la tête et l'autre s'écroula sur le flanc. Un coup de pied dans le dos le fit hurler de douleur. Symes remonta sa braguette.

— Putain, tu croyais quoi, espèce de tarlouse ? Vous, les pédés, vous êtes tous les mêmes.

Il lui envoya un coup de pied dans l'estomac.

— Tu me débectes.

Stuart roula par terre en se tenant le ventre et en gémissant. Le sexe de Symes était flasque. Une vision dégoûtante. Il sentit monter une nausée qui alimenta sa rage. Alors il le frappa encore, à la cuisse, très fort.

— Putain, la honte ! Tu sais pas que c'est un putain de péché, de sucer des bites ?

Encore un coup de pied. Stuart voulut ramper pour lui échapper, mais Symes ne le lâchait pas.

— S'il te plaît… Arrête… supplia Stuart.

— Ouais, je devrais mettre fin à ta misère, cracha Symes.

— Non… Pitié…

Il enjamba le corps recroquevillé et contempla le visage terrifié.

— D'accord. Je te laisserai tranquille quand t'auras dit pardon.

— Co… comment…

Un coup dans les côtes.

— Demande pardon. Excuse-toi d'être un sale pédé dégueulasse et excuse-toi pour ce que tu m'as fait faire.

Un autre coup.

— Dis-le, bordel.

Le garçon répéta mot pour mot ; une larme lui échappa. Alors, enfin satisfait, Symes sourit : puisque le gosse avait reconnu la responsabilité de ses actes, il allait le laisser vivre. Quant à lui, il était absous de ce qui venait de se passer, et purifié.

Il remit de l'ordre dans sa tenue et quitta la ruelle.

Maintenant, il était prêt à rentrer.

33

Kim marqua un temps d'arrêt dans sa lecture d'un feuillet intitulé « Transcription du troisième message ». Il n'y avait qu'une page… Elle balaya du regard les paquets de piles qui jonchaient la table. Une aiguille dans une botte de foin, voilà ce qu'il allait falloir retrouver… Ses yeux s'attardèrent sur Alison. L'analyste la regarda avec un demi-sourire. Kim essaya de l'imiter, mais ne réussit qu'à produire une grimace, comme si son image était renvoyée par un miroir déformant.

— Pourquoi essayez-vous d'être aimable avec moi ? demanda Alison, amusée.

— Je n'essaie rien du tout, prétendit Kim.

— Bien sûr que si. Et maintenant vous mentez, ajouta sérieusement Alison. Je ne comprends pas vos raisons.

— Qu'est-ce qui vous fait penser que je joue la comédie ?

— Je suis experte du comportement, inspectrice. Si quelqu'un adopte une posture, je le détecte à un kilomètre. Alors, vos raisons ?

Pour la première fois depuis qu'elles s'étaient rencontrées, Kim fut naturelle.

— D'après mon boss, je ne suis pas facile à vivre dans le boulot.

Alison eut l'air soulagée.

— Ah… donc, ce n'est pas une antipathie personnelle. Juste que vous n'aimez pas les gens en général.

Bravo pour la perspicacité, songea Kim.

— Quelque chose comme ça, oui. Puisque nous avons cette conversation, je ne vais pas vous mentir : globalement parlant, le profilage m'exaspère.

— Vous ne pensez pas qu'aider à identifier un criminel grâce à sa psychologie soit un bénéfice pour les forces de police ?

— Ce que je sais, c'est qu'il n'y a encore pas si longtemps, le profilage consistait à pratiquer des mesures. Petites mains, front étroit et cheveux clairsemés égale violeur ; cheveux drus, bosses crâniennes égale voleur.

— Je crois que nous avons un peu évolué depuis cette époque, sourit Alison. La science a développé beaucoup d'outils psychométriques : les tests de Myers-Briggs, de Guilford-Zimmerman, d'Edwards.

Kim posa le papier qu'elle tenait. Elle connaissait toutes ces méthodes d'évaluation de la personnalité.

— Tous ces tests s'appuient sur le postulat que le sujet ne ment pas. Cela suppose que les criminels soient absolument honnêtes et accèdent à leur intériorité. Première faille dans le système. Deuxième faille, on ne peut interroger que les criminels qu'on a attrapés. Tous ceux qui sont dans la nature passent à travers les mailles. Les données sont incomplètes.

— Je comprends ce point de vue…

— Troisième problème, vos données sont historiques. Vous pensez prévoir ce qui va se passer à partir de ce qui s'est *déjà* produit. Tel profil réagira de telle façon… Votre système réduit l'être humain à une machine, ce qu'il n'est pas.

— Mais les gens ont des comportements types. Certains traits de personnalité sont enracinés.

— Le stress a une influence majeure. Les gens font des choix, et ces choix ne sont pas prévisibles.

Alison se rencogna dans sa chaise.

— Les comparaisons de profils comportementaux s'appuient sur des schémas – et les schémas comptent.

Elles en étaient là de la discussion quand Bryant vint leur proposer un café.

— J'adorerais une tasse de thé, répondit Kim.

— Mais, cheffe, vous n'en buvez jamais… s'étonna Bryant.

Elle se tourna vers Alison :

— Vous voyez ? C'est ce que j'essayais de vous dire. Normalement, je bois du café, mais ça n'empêche pas que, parfois, j'ai envie de thé, pour changer.

— Sauf que, la majorité du temps, vous prenez du café. Ça n'est pas par hasard qu'un cliché s'appelle ainsi.

— Il y a toujours une exception qui confirme la règle, objecta Kim. Chaque affaire, chaque criminel est unique. La modélisation fondée sur les actions passées d'autres criminels ne peut pas fonctionner.

— Alors, selon vous, les analystes du comportement ne servent strictement à rien ?

Kim prit le temps de réfléchir, puis elle répondit :

— Je crois fermement qu'une enquête bien menée résulte d'un bon équilibre entre observation, déduction et connaissances.

— La méthode Sherlock Holmes, en résumé !

— Eh bien, pas vraiment, parce que Holmes est un personnage de fiction. Mais je ne démords pas d'un certain nombre de principes : il n'y a pas de délit sans mobile et il peut en exister autant que de délinquants. Le comportement humain se développe uniquement en réponse à l'environnement et à la biologie, alors, franchement, je me fiche que notre ravisseur souffre d'un complexe de Jocaste ou qu'il soit un ermite asocial qui pratique le tricot dans ses moments de liberté. Parce que, si vous ne me refilez pas son adresse, tout ça n'apporte rien.

Alison éclata d'un grand rire qui laissa Kim surprise.

— Ça vous arrive de reprendre votre souffle ? s'enquit l'analyste.

Kim admit qu'elle y était peut-être allée un peu fort. Son intention n'était pas de piétiner le choix de carrière de cette femme.

— Écoutez, Alison, je suis preneuse de toutes vos propositions fondées sur du concret.

— Certainement, inspectrice.

— Et par pitié, ajouta Kim en la regardant de la tête aux pieds, portez des vêtements appropriés, demain. Vous avez l'air d'un croque-mort et ce n'est pas bon pour les familles. Sans compter que, franchement, le look « *executive woman* » fait un peu fin des années 1980.

— En tant que femme, je dois me battre pour qu'on me prenne au sérieux. Mes codes vestimentaires m'assurent le respect et l'écoute.

Sauf que, d'expérience, Kim savait que le respect d'une équipe ne s'obtenait pas avec des fringues. Il se gagnait par les bonnes décisions qu'on prenait.

— Soyez rassurée, doc, mon équipe ne vous méprisera pas au motif que vous êtes une femme. Elle vous méprisera seulement si vous dites des conneries.

L'analyste riva sur elle un regard glaçant.

— Je plaisante, précisa Kim.

— Je vois. L'humour des habitants de Birmingham…

— Non, non. Et ne dites pas ce genre de choses, c'est risqué. Le Pays noir, ce n'est pas Birmingham !

Et ça, ce n'était pas une plaisanterie.

— Inspectrice, je pense que…

Un cri aigu venu du salon interrompit l'analyste. Kim se précipita vers la porte en piétinant des piles de papiers et traversa le hall d'entrée comme une tornade.

— Texto, annonça Dawson en brandissant le téléphone de Karen.

Stephen Hanson tenait fermement celui de sa femme, bien qu'on ait interdit aux familles de lire les messages qui arriveraient. Kim lui tendit sa main.

— Monsieur Hanson, si vous…

— Je vais lire ce message, inspectrice, déclara-t-il en passant le pouce sur l'écran.

— Monsieur Hanson, s'il vous plaît, dit Kim en s'approchant, donnez-moi ce…

— Il s'agit de mon enfant, objecta-t-il en reculant d'un pas, pas du vôtre.

Ce téléphone lui appartenait. Rien n'autorisait Kim à le lui retirer de force.

Tandis qu'il ouvrait le message sur le téléphone d'Elizabeth, les deux femmes se rapprochèrent l'une de l'autre sur le canapé et se prirent les mains. Toute l'équipe, y compris Alison, était réunie dans la pièce.

Stephen pâlit à mesure qu'il prenait connaissance du texto.

Combien aimez-vous votre fille ? Estimez votre amour en livres sterling. Une saine compétition faisant ressortir ce que chacun a de meilleur, le couple qui offrira le montant le plus élevé reverra sa fille. Pas l'autre. Voilà les règles et elles ne changeront pas. Je vous contacterai. Ne commettez pas d'erreur. Un seul enfant vivra.

Une cacophonie de cris explosa. Kim se tourna du côté des mères. Leurs mains s'étaient désunies.

34

— Helen, j'ai un mot à vous dire.

Kim quitta le salon à grands pas, traversa la réception et sortit par la porte de devant. Elle s'éloigna d'une dizaine de mètres dans l'allée. La conversation devait rester privée.

Lorsque Helen la rejoignit, Kim se tourna vers elle, les poings serrés dans ses poches.

— C'est ce qui s'est passé dans l'affaire précédente, hein ? Ce jeu à la con ! Vous comptiez me le dire quand ?

— Je ne savais pas que ça se répéterait. Je ne savais pas… J'ai juste…

Elle avait l'air navrée et même peinée, mais Kim n'éprouvait aucune empathie.

— Il n'y a rien dans les dossiers sur ce troisième message. Aucune transcription. Il vaudrait mieux pour vous que vous vous décidiez à être transparente, sinon je vous jure que je…

— En effet, ça ne figure pas dans ces dossiers, admit finalement Helen.

Kim desserra les poings.

— Pourquoi ça, bon sang ?

— Nous étions seulement deux ou trois à connaître l'existence de ce troisième message et on nous a fait jurer de ne rien dire. Nous étions loin d'avoir attrapé les ravisseurs et nous apprenions qu'un seul enfant serait relâché vivant, ce qui n'était pas bon pour l'image de la police. Si vous êtes honnête, vous reconnaîtrez que, dans certaines affaires, l'intérêt public réclame qu'on ne divulgue pas toutes les informations.

— Nous ne parlons pas de l'intérêt public, mais de restituer une affaire dans son intégralité ! fulmina Kim.

— L'officier chargé de l'enquête est toujours mon patron, madame, rétorqua Helen.

Kim passa une main rageuse dans ses cheveux.

— De mieux en mieux ! Autre chose que je devrais savoir ?

Helen secoua la tête. À présent, deux options se présentaient : retirer cette femme de l'enquête, ou continuer avec elle en essayant d'en tirer le meilleur parti.

— Je suis sincèrement désolée, reprit Helen. J'aurais dû vous en parler, vous alerter sur ce qui risquait de se produire. Je n'ai pas d'excuse.

— Je vous le confirme ! déclara Kim qui ne décolérerait pas.

Helen repoussa une mèche de cheveux ; ses doigts tremblaient.

— Si je vous garde, poursuivit Kim, je veux être certaine que vous ne me dissimulez rien d'autre. Votre unique priorité, c'est de contribuer à ramener les fillettes à leurs parents, pas de soigner votre image.

— Madame, je vous assure, je le…

— Rentrez, Helen. Et… préparez donc du thé.

Kim fit encore quelques pas dehors pour ne pas rapporter toute sa colère dans la maison. Bon sang, les dix doigts de ses mains et ses dix orteils ne lui auraient pas suffi pour compter le nombre de ratés de l'enquête précédente. Résultat, ce dossier bâclé affectait maintenant Charlie et Amy. Elle n'aimait pas ça. Pas du tout. Demain, elle informerait Woody qu'il manquait une pièce au dossier. À lui de se bagarrer. De son côté, elle ne menait qu'une seule bataille : la sécurité des petites.

35

Kim retourna dans la salle de crise, où l'humeur était sombre.

— Allez, tout le monde, appelez chez vous : on va bosser cette nuit.

— C'est déjà fait, cheffe, répondit Bryant.

Dawson et Stacey firent signe en écho. Cette équipe la connaissait sur le bout des doigts.

Ils allaient enchaîner leurs premières vingt-quatre heures d'enquête. Les fillettes, elles, passeraient une deuxième nuit loin de chez elles. L'affaire engendrait une telle énergie que tous avaient l'impression de s'y consacrer depuis déjà plusieurs jours.

— Notre première tâche est de gratter tout ce que nous pourrons dans ces dossiers, rappela Kim. Ils sont incomplets, mais il est désormais à peu près certain que nous sommes face aux ravisseurs de Dudley. Alors, tout peut nous être utile.

Elle consulta l'horloge. Presque 21 heures.

— Alison, vous pouvez y aller, si vous voulez. On vous débriefera demain matin.

— J'ai des yeux, inspectrice, répliqua la consultante. Et je sais lire.

Kim n'allait pas batailler.

— OK, on se reposera à tour de rôle dans le fauteuil. Et nous avons une autre priorité : s'assurer qu'on ne tombe pas en panne de café !

— Noté, cheffe, répondit Bryant.

— Je vous laisse. Je vais parler aux familles.

Lorsque Kim entra dans le salon, Helen se faufilait dans la cuisine. Envolée, la solidarité des deux couples : d'un côté, Karen était lovée dans les bras de son époux, qui lui caressait les cheveux ; plus loin, Stephen Hanson, dont la rage était tangible, était perché sur le bras du fauteuil où sa femme s'était assise et regardait dans le vide. On était loin de la scène dans laquelle les deux mères se tenaient les mains.

Kim prit place dans un fauteuil.

— Ce rebondissement est un choc aussi violent pour vous que pour moi, commença-t-elle. Il n'empêche que…

— La même chose s'est produite la fois précédente ? coupa Stephen.

— Je ne suis pas en mesure de discuter avec vous des détails de ce dossier.

— Je prends cela pour un oui, répliqua-t-il, puisqu'un seul enfant est revenu.

— Monsieur Hanson, j'ai besoin de vous parler…

— Et nous, nous avons besoin de quelqu'un qui ait la compétence pour conduire cette enquête.

Sa femme et ses amis se tournèrent vers lui.

— Quoi ? s'écria-t-il en ouvrant les bras. Je ne fais que dire tout haut ce que nous pensons tous.

Karen faillit répondre, mais Robert Timmins la devança. Calmement, mais fermement, il déclara :

— Je ne te permets pas de parler pour moi, Stephen. Inspectrice, je ne partage pas du tout ce point de vue.

Karen le soutint et Elizabeth Hanson renchérit à son tour :

— Poursuivez, je vous en prie, inspectrice.

— Merci. La coupure de presse nous fournit une hypothèse utile ; cependant, je ne peux pas encore exclure que quelqu'un de votre entourage soit impliqué dans cet enlèvement. Je vais donc vous demander de réfléchir à une possible omission dans vos listes. Même si cela ne vous paraît pas pertinent, s'il vous plaît, informez-moi.

Kim se leva. Avant de quitter la pièce, elle décida d'insister :

— Je vous redemande aussi de ne pas réagir aux textos. Je sais quel effort cela va vous coûter, mais il n'y a pas le choix. Sommes-nous d'accord ?

Les réponses ne furent pas aussi catégoriques qu'elle l'aurait voulu.

— Karen, on va envahir ta maison pour la nuit ; on fera de notre mieux pour rester discrets.

Sur ces mots, elle retourna dans la salle de crise. C'était l'heure de reprendre la lutte.

36

Dans la salle de crise, un silence sidéré régnait. L'équipe ne devait pas se laisser abattre par l'horreur du message. Kim invita tout le monde à se concentrer sur les raisons de leur présence :

— On ne peut pas se permettre de rester paralysés face aux événements. Le jeu des ravisseurs est vicieux, d'accord, mais nous, nous ne jouons pas. Ça continue, les gars : on veut les deux petites filles.

— N'empêche que c'est affreux, murmura Stacey.

Bryant ne cachait pas sa peine.

— Si l'un d'eux fait une offre, cela scellera potentiellement la mort d'une fillette.

C'était à vomir, en effet, mais telle était la réalité.

— Les ravisseurs ont réussi à diviser pour régner. Ils ont détruit le lien entre les familles. Elles n'uniront plus leurs efforts, à présent. C'est chacun pour soi. Mettez-vous à leur place : vous préoccuperiez-vous autant de l'enfant d'un autre que du vôtre ?

— Je ne comprends même pas…

Bryant laissa mourir sa phrase en même temps qu'il prenait conscience du conflit entre la conduite qu'il aurait voulu adopter dans pareille situation et celle qu'il adopterait sans aucun doute.

— Les parents vont probablement prendre contact, fit calmement remarquer Alison.

Kim acquiesça. Hélas, elle était bien d'accord. Elle se demandait juste quel couple céderait le premier.

— Bryant, ne réfléchissez pas. Je n'envisage qu'une issue : Charlie *et* Amy rentreront. En vie.

Elle saisit son téléphone portable et entra les trois numéros utilisés jusque-là par les ravisseurs. Elle allait leur donner le sien. Une bonne chose, selon elle.

— Qu'est-ce que vous faites ? s'enquit Bryant.

— J'envoie un petit mot à notre ami.

— Vous pensez qu'il vérifie les téléphones dont il s'est déjà servi ?

— Absolument, affirma Alison. Il a lancé son jeu, à présent. Et, puisqu'il ne peut pas jouir du spectacle en direct, il va chercher à obtenir toutes les formes de gratification possibles. En l'absence d'échos dans la presse, les validations restent très limitées.

Stacey se tourna vers l'analyste :

— S'il cherche ce genre de reconnaissance, alors ce n'est qu'une question de temps pour qu'il avertisse les médias…

Alison prit le temps de réfléchir puis répondit par la négative :

— Je ne crois pas. Coller à son plan va rester sa priorité. C'est ensuite qu'il aura besoin de respect, et du bruit énorme que cette affaire finira par produire. Il a déjà démontré sa capacité de contrôle et sa patience. Il saura attendre.

Pendant qu'Alison parlait, Kim avait enregistré les numéros sous les noms de KN1, KN2 et KN3. Dans le silence qui retombait, on n'entendait que le bip assourdi de son téléphone chaque fois qu'elle pressait une touche. Elle appuya sur « envoi ».

— Vous lui avez demandé quoi, cheffe ? s'enquit Bryant.

Tous les yeux étaient posés sur elle.

— J'ai demandé à ce salopard de me prouver qu'elles sont vivantes.

37

Charlie mordilla la pince qu'elle avait retirée de la frange d'Amy. Elle surprit son amie en train de se gratter l'avant-bras.

— Arrête ça, Ames, murmura-t-elle.

Depuis la visite de ce type, la veille au soir, elles ne parlaient plus qu'à voix basse. Charlie ne savait pas trop pourquoi, mais ça semblait mieux.

— J'y arrive pas, souffla Amy en glissant la main sous son genou.

Charlie savait bien qu'elle ne pouvait pas s'en empêcher. Amy se grattait toujours quand elle était nerveuse. La première fois qu'elle l'avait vue faire, elle avait six ans et c'était avant un test d'orthographe.

— Je comprends toujours pas ce que tu fais, chuchota Amy.

Finalement, le plastique recouvrant la pince céda sous les dents de Charlie, qui s'en débarrassa en le crachant. Il ne resta qu'une pièce de métal, fine et pointue. Elle frotta la pointe de ce petit outil sur la brique du mur. Bientôt, une marque commença à apparaître.

— La dernière fois qu'il est venu, il a remporté des trucs. J'essaie de compter combien de sandwichs on a eu. Ça nous aidera à savoir depuis combien de temps on est là.

Amy se gratta de nouveau. Une seule longue griffure.

— Tu te souviens des sandwichs, toi qui as une très bonne mémoire ?

Amy se mit à compter sur ses doigts, ce qui lui occupa les mains :

— Il y en avait un au fromage, un au jambon et encore un autre au fromage.

Elle marqua une pause. Charlie s'en souvenait aussi. Des encas secs et insipides.

— Et aussi le premier, à l'œuf. Tu te rappelles l'odeur ?

Amy fronça le nez. Cela fit sourire Charlie. Celui-là, elle l'avait oublié. En fait, elles n'y auraient pas touché si elles n'avaient pas été affamées.

— Bravo, Ames. Ça nous fait donc quatre repas, peut-être deux par jour, dit-elle en traçant deux marques dans le mur. Je crois qu'on est lundi soir parce que…

Elle s'interrompit au milieu de sa phrase ; elle venait d'entendre des pas dans l'escalier. Le dernier sandwich rassis remontait à trop peu de temps pour que le type vienne leur apporter de quoi manger.

— Coucou, mes petites beautés. Je vous ai manqué ?

Les filles s'enlacèrent pour essayer de se protéger l'une l'autre.

— Ça va aller, Ames. N'écoute pas, c'est tout.

Mais la voix de Charlie tremblait et elle avait de nouveau mal au ventre.

— Aujourd'hui, j'ai forcé un mec à me sucer la bite. C'est super dégoûtant, vous savez ça ?

De quoi parlait-il ? Ça n'avait pas l'air joli. Elle sentit Amy frissonner contre elle.

— Après, je lui ai cassé la gueule. Vous voulez savoir pourquoi ? Parce que je suis impatient. J'ai hâte de vous faire mal, en fait.

Charlie se bouchait les oreilles mais elle entendit les gémissements d'Amy. Elle sentait le sang pulser dans ses veines. Au moins, tant que le bonhomme restait de l'autre côté de la porte, à parler, elles ne craignaient rien.

Sauf que, soudain, la clé tourna.

Un rire éclata tandis que la porte s'ouvrait. Et puis il fut là, dressé devant elles comme un géant, sur le seuil. Il souriait. Une lueur cruelle éclairait ses yeux.

— Mes chéries, le moment est venu d'enlever vos vêtements.

Des mots qui glacèrent Charlie jusqu'aux os.

38

Kim repoussa la troisième pile de dossiers. Cela faisait pas mal d'arbres abattus pour pas grand-chose… Ces documents posaient un cadre, une stratégie à l'intérieur de ce cadre, des grandes lignes et des objectifs – tout ce qu'il était d'usage de définir prioritairement en début d'investigation. Mais cela lui fournissait seulement une ossature, il manquait tout ce qui pouvait l'habiller : des pistes d'enquête, les actions concrètes menées, des rapports d'entretiens détaillés et, surtout, une cohérence.

Il était maintenant presque minuit, elle n'avait plus échangé avec son équipe depuis une heure. Ils avaient épluché attentivement la totalité des dossiers. À l'exception d'un seul – celui de Dewain Wright.

Elle se leva. Le bruit de sa chaise fit se tourner quatre visages fatigués.

— Bryant, Stace, prenez votre tour de repos.

Stacey alla se recroqueviller dans le fauteuil, tandis que Bryant tirait à lui la chaise désormais vacante et y posait les pieds. Il croisa les bras et laissa sa tête rouler sur le côté. À peine une heure plus tôt, Kim avait convaincu Alison de rentrer à son hôtel. Dawson leur jeta un coup d'œil envieux et désigna la porte du menton :

— Cheffe, faut juste que j'aille aux…

— On n'est pas à l'école, Kev. Vous n'avez pas besoin de ma permission pour ça.

Elle s'étira. Il y eut un craquement et elle sentit quelque chose se débloquer entre ses omoplates. Sans tout ce verglas sur les routes, elle aurait enfourché sa Ninja et battu quelques records de vitesse pour s'éclaircir les idées. Dans une affaire comme cet enlèvement, la nuit était son ennemie. D'habitude, ses « clients » étaient plutôt des cadavres. Ils ne risquaient plus rien. Tandis que Charlie et Amy… Les fillettes étaient vivantes, elle en avait la conviction, et le fait qu'elles le restent reposait sur ses épaules. Que pouvaient bien se dire les familles, là-haut dans les chambres ?

À cet instant, la porte s'ouvrit lentement. Kim pensait voir revenir Dawson, mais c'était Helen.

— Je voulais vous informer que j'ai fini, annonça-t-elle.

Merde, elle était encore là… Kim s'apprêtait à lui répondre quand on frappa un coup léger mais décidé à la porte d'entrée. Elle posa sur Helen un regard préoccupé puis se leva. Lucas attendait son accord pour ouvrir. Elle lui fit signe et s'approcha, Helen sur les talons. Lorsque la porte s'ouvrit, elle dut baisser les yeux. La visiteuse était une petite bonne femme corpulente, enveloppée dans un manteau qui lui battait les chevilles et la faisait paraître encore plus petite. Une épaisse écharpe de laine s'enroulait autour de son cou, laissant apparaître une figure ronde et ridée sous un bonnet rouge tricoté. Cette femme s'était certainement égarée. Elle avait l'air lasse. Ou peut-être n'était-ce qu'une impression.

— Vous êtes officier de police ? demanda-t-elle.

Kim acquiesça vaguement. La femme lui tendit la main, mais Kim ignora son geste et croisa les bras. Alors elle se présenta :

— Je m'appelle Éloïse Austen. Je sais des choses.

— À quel sujet ? s'enquit sèchement Kim.

L'affaire n'était pas publique et, en dehors de cette maison, on pouvait compter sur les doigts d'une main les personnes informées. Quatre.

— Les… Les… petites filles… L'enlèvem…

— J'ignore de quoi vous parlez et je ne vous connais pas.

— Moi, je sais qui c'est, déclara Helen.

Son expression trahissait le dégoût, exactement comme si elle avait dans la bouche quelque chose d'infect que ses bonnes manières lui interdisaient de cracher.

— Elle se produit une fois par mois à la salle municipale, expliqua-t-elle. Elle est mentaliste.

— Vous plaisantez, je suppose ?

— Lors de la précédente affaire, elle est venue rôder autour de la maison, elle s'est débrouillée pour entrer et elle a traumatisé les parents en disant toutes sortes de…

— Non, il faut que vous m'écoutiez, supplia la femme en les regardant à tour de rôle. Je sais des choses. Les petites filles… les petites filles… elles sont vivantes mais elles sont sous la terre. Elles ont froid… peur…

— Sans blague ? s'écria Kim. Comme si je ne m'en doutais pas.

Elle éprouvait sans cesse leur peur dans sa propre chair. La femme continua :

— Il y a des secrets, des mensonges, une trahison, et le nombre 278. Souvenez-vous, le nombre 278.

Elle ajouta sur un ton urgent :

— Il n'a pas encore fini.

— Pas encore fini ? répéta Kim.

— Avec la précédente. Il a des plans… Je sens de l'amertume… de la colère…

— Ça suffit, Éloïse, déclara Helen en l'incitant doucement à faire demi-tour. C'est l'heure de rentrer chez vous, maintenant.

La femme essaya d'accrocher le regard de Kim.

— Je vous en prie… Vous devez m'écouter…

— En aucun cas.

Écouter des excentriques et des illuminés ? Non, merci. Mais la femme ne désarmait pas.

— Il sait. Il sait que vous ne pouviez pas le sauver…

Kim fit aussitôt volte-face.

— Qu'est-ce que vous venez de dire ? Qui sait ça ?

Les yeux d'Éloïse se mirent à papilloter.

— Il sait que vous avez essayé et il vous aimait, alors…

— Helen ! hurla Kim. Faites-la dégager de ma vue.

— Regardez mieux, inspectrice, quelqu'un…

Helen prit la femme par le bras.

— Allez, allez, Éloïse, lui chuchota-t-elle. Cette fois, il est plus que temps d'aller vous coucher.

Dans son dos, Kim entendit encore la femme évoquer un portail bleu. Mais elle ne voulait plus écouter un seul mot. Furieuse, elle tourna les talons et repartit vers la salle de crise.

Entre-temps, Stephen Hanson s'était levé et l'attendait dans l'escalier. Formidable ! Encore un indésirable.

— Qui était-ce ? demanda-t-il.

— Personne qui mérite que vous vous inquiétiez, répondit Kim.

— Cette femme a dit qu'elle savait des choses, objecta Hanson en cherchant à voir si la visiteuse était encore là.

Mais la porte était fermée et Lucas posté à côté. Hanson n'irait nulle part.

— Retournez dans votre chambre, monsieur Hanson, s'il vous plaît.

— Pour y faire quoi ? protesta-t-il. Vous n'imaginez quand même pas que quelqu'un dort dans cette maison !

Il avait haussé la voix. Si par hasard certains avaient réussi à trouver le sommeil, cet éclat venait probablement de les réveiller…

— Monsieur Hanson, chuchota-t-elle dans l'espoir qu'il allait l'imiter. Remontez et laissez-moi m'occuper de mon enquête. S'il vous plaît.

Il posa sur Helen qui revenait son regard froid et implacable avant de dire :

— Jusqu'à ce que vous ne vous en occupiez plus, inspectrice.

Kim respira un bon coup et se dirigea vers la cuisine. Comment cette foutue Éloïse était-elle au courant ? Bon Dieu, encore ce matin, elle avait prévenu Woody que des informations fuitaient de son côté !

— Navrée de vous avoir oubliée, Helen. Je pensais vraiment que vous étiez rentrée chez vous, dit-elle en remplissant la bouilloire.

Vu l'heure, elle se contenterait d'un instantané.

Helen s'assit au comptoir et se frotta les mains.

— J'ai fait un peu de rangement quand les parents sont enfin montés dans leurs chambres. Je m'installerai sur le sofa dans un moment et je fermerai les yeux quelques heures.

Kim attrapa une seconde tasse dans le placard.

— Du lait ? Du sucre ?

— Les deux.

— Comment ont-ils réagi, après le message ?

Les officiers de liaison avec les familles fournissaient un soutien aux parents, sans engagement émotionnel et avec le recul nécessaire pour identifier tout ce qui pouvait faire avancer l'enquête. Ce n'était pas donné à tout le monde de savoir côtoyer ce degré de peur et de désespoir sans se laisser envahir.

— Ils n'ont échangé que quelques mots, répondit Helen. On aurait dit deux équipes se retirant chacune dans son coin.

— Et sur Éloïse, vous diriez quoi ? demanda Kim.

— Son nom figure quelque part dans les dossiers. Il n'y a pas grand-chose à son sujet mais j'aurais peut-être dû mentionner…

Kim l'arrêta d'un geste. Elle ne pouvait pas reprocher à Helen tous les ratés de la précédente enquête. L'officier de liaison avait joué son rôle, et celui-ci n'incluait pas qu'elle se renseigne en externe ni qu'elle veille à ce que les notes soient complètes.

— Moi non plus, je n'aurais sans doute pas rapporté la visite d'une médium, reconnut-elle pour la rassurer. Je connais peu d'officiers de police qui accorderaient de la valeur aux divagations d'une excentrique. Néanmoins, quelqu'un l'a-t-il écoutée, la dernière fois ?

— Pas vraiment. Elle ne disait rien de précis et affolait les parents. Elle a fini par s'accrocher à la main de Mme Cotton en répétant qu'elle était désolée.

Kim tiqua :

— Mme Cotton… La mère de l'enfant qui n'est jamais rentrée ?

Helen acquiesça.

— C'était épouvantable.

— Ne me dites pas que vous croyez au surnaturel !

— Je n'accorde aucun crédit aux gens qui profitent des espoirs des plus vulnérables. Éloïse prétend communiquer avec les morts.

— Alors, c'est une voyante ?

— Plutôt une mentaliste, apparemment, répondit Helen en souriant pour elle-même. Mais pour répondre à votre question : non, je ne crois pas au surnaturel. C'est plutôt difficile de croire à la magie quand on a été élevée par une ancienne suffragette, qui avait connu les grèves de 1910.

— Vraiment ?

Il était notoire que, à l'époque, les ouvrières d'usine qui travaillaient à la chaîne à Cradley Heath, payées à l'heure en dessous du prix d'une miche de pain, constituaient la population la plus pauvre du pays. Parmi ces femmes, en août 1910, un groupe avait franchi un pas impensable : entamer une grève. Leur mouvement attirant sur la ville l'attention internationale, les dix semaines de résistance avaient abouti au premier salaire minimum qu'on ait connu.

— Quand vous aviez traversé ces années-là, reprit Helen, vous ne croyiez plus en rien que vous ne constatiez de vos propres yeux. Ma grand-mère ne faisait pas exception.

Helen ne souriait plus.

— Et vous, vous avez été élevée dans la religion ? demanda-t-elle à Kim.

En fait, elle avait à peine été élevée…

— Vos parents ?

— Morts tous les deux, prétendit-elle.

Pour autant qu'elle sache, son père – qu'elle n'avait jamais connu et dont elle se fichait – l'était. Mais sa mère, hélas, vivait toujours. Elle résidait à Grantley Care, une unité psychiatrique de sécurité.

Kim avala une gorgée de café, impatiente de ramener la conversation sur les faits présents et de ne plus parler d'elle.

— Et des enfants, vous en avez ? demanda-t-elle à Helen.

— Je me suis toujours dit que j'en aurais un jour, répondit tristement celle-ci. Mais je n'ai jamais trouvé le temps. J'adorais mon boulot, j'étais excellente. Chaque fois qu'une possibilité de promotion s'est présentée, j'ai choisi de la saisir plutôt que de tomber enceinte. J'ai été DCI, vous le saviez ?

Kim dissimula sa surprise.

— Et puis, il y a quatre ans, au moment de la grande restructuration, on m'a mise devant un choix. Mon emprunt immobilier courait et j'étais seule pour payer mes factures, alors, franchement, le choix en question était très limité. J'ai suivi une formation, et pris en plus des cours de conseil et de psychologie. Pour aider les autres, il fallait que je comprenne ce qu'ils éprouvaient et, surtout, leur manière d'agir.

Elle eut soudain un sourire d'excuse.

— Pardonnez-moi, j'empiète beaucoup trop sur votre…

— Au contraire, poursuivez.

Quelle solitude, chez cette femme qui consacrait sa vie professionnelle à soulager le malheur d'autrui…

— Je n'ai pas vu filer les années. Pour les hommes, c'est plus facile ; ils peuvent fonder une famille sans entraver la progression de leur carrière. Tandis que c'est tout le contraire pour nous, même si on parle d'égalité. La durée du congé maternité compte aussi… Cela dit, je n'ai jamais eu personne dans ma vie qui m'aurait donné envie d'avoir des enfants. Personne qui ait compté. Et maintenant…

— Vous avez des regrets ?

Après avoir réfléchi un moment, Helen répondit en souriant :

— Non. Ce sont mes choix et je les assume. Cet enlèvement sera sans doute ma dernière affaire importante. On me met à la retraite, en application de la réglementation A19.

Kim connaissait cette mesure controversée, qui permettait d'envoyer en retraite, au terme de trente années de service, les officiers de police en dessous du grade de Chief Officer. La réglementation en question, établie pendant une période d'austérité, prétendait depuis 2010 bénéficier à tous et assurer l'efficacité des agents en exercice en renouvelant les effectifs. Sauf que si beaucoup se sentaient prêts à se retirer à cinquante-cinq ans, après tant d'années de travail, d'autres ne l'étaient pas.

— Vous avez fait appel ? demanda Kim.

— Ça n'a pas marché, répondit Helen avec un soupir, avant de terminer son thé. Sur ces bonnes paroles, je vais aller me reposer un peu.

Kim la remercia pour son aide. Puis elle remplit d'eau la cafetière. Il ne fallait pas qu'elle compte dormir avant un long moment.

39

Dans la salle de crise, Stacey dormait profondément et Bryant ronflait doucement. Dawson, toujours plongé dans les dossiers, se frottait les yeux. Kim l'observa et se décida :

— Kev, vous pouvez vous interrompre une seconde ? demanda-t-elle en s'agenouillant près de lui.

Il prit un air résigné, manifestement trop épuisé pour se demander ce qu'elle pouvait bien avoir à lui reprocher.

— Détendez-vous, je veux juste vous parler d'une chose.

Visiblement soulagé, il jeta un coup d'œil sur la pochette qu'elle venait de poser sur la table, entre eux.

— Il s'agit du cas Dewain Wright, expliqua Kim.

— Ah bon ? Mais je croyais que le dossier était clos… dit-il en plissant les yeux, révélant de fines pattes-d'oie.

— Moi aussi. Il s'avère que je me suis trompée. Au moins sur un point.

Les éléments de l'affaire étaient encore frais dans les esprits puisque cela ne faisait que quelques jours qu'on avait classé l'affaire. Ce n'était ni la première ni la dernière fois qu'un gang réglait ses comptes. Sur la liste des villes rongées par ce genre de mal, Birmingham arrivait en quatrième position après Londres, Manchester et Liverpool. Certaines zones de Londres et Manchester héritaient progressivement les codes culturels des Crips et des Bloods américains[1]. À Birmingham, les Brummagem Boys, les Burger Bar Boys et The Johnsons s'étaient taillé une réputation. Mais le nombre de crimes violents avait sensiblement diminué dans certains quartiers. Un documentaire télévisé racontait l'âpre vendetta entre les Burger Bar Boys et The Johnsons, ainsi que la trêve qui s'était ensuivie.

Le gang des Hollytree Hoods, qui avait descendu Dewain, ne suivait pas des critères raciaux, mais territoriaux. Ils sévissaient dans une zone peuplée d'environ quatre mille habitants où, sans jouer dans la même catégorie que les Brummagem Boys, The Johnsons ou les Burger Bar Boys, ils contrôlaient entièrement la prostitution et le trafic de stupéfiants.

— La mort de ce gosse vous a foutu un coup, n'est-ce pas, cheffe ?

— Oui… Ouvrez le dossier et relisez les deux premiers rapports.

1. Les Crips et les Bloods, mis en scène dans le film documentaire de Stacy Peralta *Crips and Bloods : made in America* (2008), sont des gangs rivaux du quartier South Central de Los Angeles, premier foyer de la culture afro-américaine. Ce sont deux des gangs les plus célèbres et les plus violents des États-Unis. La véritable guerre civile qu'ils se sont livrée a duré des décennies et causé plus de quinze mille morts.

Kim se souvenait de ce fameux samedi matin… Elle s'était résignée à quitter le chevet de Dewain en milieu de matinée, et à midi il était mort. Deux heures plus tard, on avait coincé Lyron, le chef de gang, grâce aux enregistrements vidéo de l'hôpital qui le montraient en train de retirer son masque dans une voiture. Le gang n'avait pas envisagé qu'une caméra serait pointée tout droit sur la barrière du parking.

Dawson se mit à lire. Le premier rapport – une déclaration sur l'honneur de Conroy Blunt, rédacteur en chef du *Dudley Star* – confirmait le créneau horaire au cours duquel l'article de Tracy Frost avait été reçu, validé et envoyé à l'impression. Puis venait le certificat de décès de Dewain Wright. Dawson consulta plusieurs fois chacun des documents puis regarda Kim. Il avait compris.

— Il était déjà mort au moment où l'article de Frost est sorti. Elle n'y est pour rien.

Kim acquiesça mais crut bon de préciser :

— Entendons-nous bien : c'est elle qui a révélé au public que Dewain était encore vivant. Seulement, le gang l'a su avant.

Dewain s'était laissé avoir par les techniques de séduction le plus souvent utilisées par les Hollytree Hoods. Le gang organisait régulièrement des fiestas destinées aux gosses qui vivaient sur son territoire, et faisait miroiter tout ce dont un ado de douze ou treize ans pouvait rêver : de l'argent, du sexe, de l'adrénaline… Si cette stratégie échouait, le gang usait d'autres méthodes, en se présentant comme une sorte de club, un groupe d'amis qui les protégerait. Lyron et ses sbires savaient repérer les enfants livrés à eux-mêmes et les persuader que leur famille ne les aimait pas. D'autres mômes se retrouvaient engagés auprès du gang parce qu'ils étaient redevables d'un service, d'une facture payée, d'un ennemi castagné ; en contrepartie, Lyron exigeait leur loyauté. Et, bien entendu, pour obtenir ce qu'il voulait, le gang n'hésitait pas à recourir à la menace ou à la violence sur les familles.

Intégrer le gang était on ne peut plus facile. Mais en sortir…

— Alors, Kev, reprit Kim, vous diriez quoi ?

— Que l'individu qui a vendu Dewain au gang est quelque part dans la nature. Bon Dieu, cheffe, il faut qu'on trouve qui c'est.

Kim sourit. C'était exactement la réaction qu'elle espérait voir chez ce jeune sergent. Ce besoin de savoir, de résoudre une affaire, d'aller au bout.

— Eh bien, au boulot. Trouvez-moi ce salaud.

Il en eut le souffle coupé.

— Vous me passez le dossier ? C'est pas une blague ?

— Il est à vous. Puisque vous allez vous déplacer, voyez ce que vous pouvez découvrir lors de vos trajets. Je n'interférerai pas ; tenez-moi seulement au courant.

Il se redressa sur sa chaise.

— Vous pouvez compter sur moi, cheffe.

— Il y a un canapé dans le petit salon, allez vous reposer.

Dawson obtempéra mais prit le dossier avec lui. Kim posa les yeux sur la photo de Charlie et Amy. La fatigue aidant, elle eut l'illusion de voir deux autres visages d'enfant s'y superposer ; une fille et un garçon ; beaucoup plus jeunes que les fillettes.

Sa vision se brouilla et elle battit des paupières pour chasser cette image.

Il fallait absolument qu'elle sauve ces petites.

Les deux.

40

— D'accord, ce n'est pas notre meilleure nuit de sommeil, mais on va quand même faire un point avant qu'Alison nous éclaire de ses lumières. Je commence.

Du regard, Kim fit le tour de la table. Son équipe avait récupéré, ils étaient bien réveillés et prêts à travailler.

— On a eu de la visite, hier soir. Une femme qui s'appelle Éloïse Hunter. Elle raconte qu'elle est mentaliste ou médium, ou je ne sais quoi du genre. Stace, cherchez à vous renseigner sur elle : elle s'est déjà manifestée lors de la précédente affaire.

— Vous avez sympathisé ? s'enquit Bryant.

— Pas franchement, répliqua Kim.

— Si elle est bonne dans son domaine, elle aurait dû le prévoir.

Kim fit comme si elle n'avait pas entendu.

— Stacey, l'historique des familles nous apprend quelque chose ?

— Rien de frappant, cheffe. On n'a pas de traces de Karen depuis quelques années mais on ne lui connaît pas de casier judiciaire. Quant aux Hanson, leurs finances sont aussi inaccessibles que le portefeuille de Kev. Je continue à chercher.

— Ne lâchez pas. Autre chose ?

— Toujours pas d'infos de la part des compagnies de téléphone. J'ai tout de même une adresse pour les Cotton, ceux dont la fille n'a pas reparu. Pour l'autre famille, ça s'annonce un peu plus ardu.

— Ils ont probablement déménagé et changé de nom. On ne lâche pas non plus. Kev, vous savez ce que vous avez à faire.

À cet instant, Helen appela depuis le pas de la porte :

— Excusez-moi, madame, un certain Matt Ward vient d'arriver. Il affirme que vous l'attendez.

— Faites-le entrer, Helen. Merci.

Kim attendit que la porte se referme puis soupira :

— Et voilà le second expert qui vole à notre secours… Ne le prenez pas mal, ajouta-t-elle avec un coup d'œil à Alison.

La maison accueillait désormais quatre parents, quatre détectives, deux experts, un policier en faction et une officier de liaison. Par chance, elle était spacieuse et à distance des voisins. Dans un pavillon de trois chambres, on se serait vite cru dans un hall de gare, et il aurait été difficile de cacher l'effervescence qui régnait.

Matt Ward était un homme froid et sévère. Il devait approcher la quarantaine, mais son expression austère le vieillissait de dix ans et des fils d'argent couraient dans ses cheveux noirs au niveau des tempes. Il avait le teint hâlé, d'une chaude couleur dorée. Sous son manteau noir, qu'il avait déjà ôté, il portait un pantalon également noir et une chemise bleu clair dont le premier bouton était ouvert, comme le remarqua Kim quand il se débarrassa de son écharpe.

Elle l'invita à entrer, se leva, se présenta puis présenta son équipe.

— … Et voici Alison Lowe, notre analyste comportementale.

— Je suis Matt Ward, dit-il à son tour, le négociateur.

Il ajouta qu'il venait de passer quatorze heures dans l'avion puis il adressa un bref salut de la tête, sans s'adresser à personne en particulier. Kim lui indiqua une chaise à l'autre bout de la table. Il s'avança entre les piles de papiers dispersées sur le sol avec l'aisance d'un athlète au repos.

— Alors, reprit-il, on a quoi ?

Kim appréciait qu'on soit direct mais elle ne dédaignait pas un minimum de respect. Et si Stacey n'était pas aussitôt intervenue, elle aurait peut-être répliqué sans se contrôler.

— Du café, Matt ? proposa celle-ci.

Il changea d'expression. Pas vraiment un sourire, mais peut-être un air un poil plus amène.

— Faute d'un double whisky, je me contenterai d'un café, répondit-il.

Kim récapitula rapidement le déroulé factuel des événements, concluant par la réception du troisième texto et la demande qu'elle avait faite aux ravisseurs pour recevoir une preuve que les fillettes étaient saines et sauves. Matt Ward se leva et se campa devant le tableau pour lire ce dernier message, copié sous les textos de menaces.

— Hummm… fit-il dans sa barbe.

Puis il retourna s'asseoir sans avoir même jeté un coup d'œil à la photo des petites filles.

— Vous avez déjà rencontré un cas comme celui-ci ? lui demanda Kim.

— Non. Et quand j'aurai quelque chose à dire, je le dirai. D'ici là, je veux que vous n'entriez plus en contact avec les ravisseurs. C'est ma décision.

Kim ravala son envie d'argumenter. On n'a qu'une occasion de faire une bonne première impression – l'adage n'avait jamais été aussi juste. De toute évidence, ce type était mal élevé, arrogant et désagréable ; elle n'avait sûrement aucune chance de changer ça.

— Très bien, dit-elle. Alison, on vous écoute.

Celle-ci se leva et ajusta la position du tableau. Le nouveau venu regardait ailleurs. Kim songea qu'il faudrait vivement remercier Woody de lui avoir envoyé ce glaçon. Bryant se pencha vers elle :

— C'est comme vous regarder dans un miroir, hein ?

— Bryant, rétorqua-t-elle entre ses dents, je vous suggère de fermer votre grande bouche avant que je…

— Quoi ? Il y a des témoins. Vous ne pourriez pas me faire bien mal.

Rien que pour cette remarque, Kim l'aurait étranglé.

41

Debout à côté du chevalet, un marqueur à la main, Alison prit la parole sur un ton qui aurait mieux convenu dans un amphi ou une salle de classe que dans cette salle à manger transformée en salle de crise.

— Puis-je avoir votre attention ? Commençons par quelques faits basiques. Je ne vais pas vous révéler la couleur des cheveux ou la pointure des kidnappeurs. Cependant, et bien qu'il y ait des sceptiques autour de cette table, les comportements constatés sont les meilleurs indicateurs de ce que seront les actions à venir.

À tous les coups, songea Kim, c'est à elle qu'Alison faisait allusion en parlant des « sceptiques ».

— Donc, en identifiant des traits de personnalité, on peut construire un type qui, à son tour, constitue un profil. Je ferai référence à celui des deux kidnappeurs qui écrit les textos comme au Sujet 1, et c'est de lui que je vais vous parler en premier.

Kim l'interrompit en consultant ses notes :

— Excusez-moi, pourrions-nous commencer par Inga ? C'est la seule que nous connaissions, et notre unique piste. Votre éclairage nous serait utile.

Kim vit passer un léger agacement dans le regard d'Alison. Celle-ci réfléchit un moment puis, tout en jouant avec son stylo, elle livra le fruit de sa pensée :

— Les personnes qui prennent soin d'un enfant unique développent couramment avec celui-ci une relation d'attachement quasi maternelle. Elles assistent à beaucoup de « premières fois » de l'enfant, peut-on dire. Cela crée un lien pseudo-maternel. Inga n'a pas été congédiée par la famille Hanson, elle les a quittés de son plein gré il y a juste deux mois ; on peut en déduire qu'elle s'occupait très bien d'Amy, mais qu'un des ravisseurs l'a persuadée d'aller contre son attachement.

— Pour de l'argent ? s'enquit Dawson.

— Ce n'est pas mon sentiment. On n'a pas besoin de mettre un enfant en danger pour s'enrichir.

— Par amour ? suggéra Kim.

— C'est plus vraisemblable. Qu'est-ce qu'on peut proposer de mieux que de l'amour ? Et ça ne s'achète pas.

— En revanche, un amour peut rivaliser avec un autre, non ?

— Oui, répondit Alison. Il est possible qu'Inga ait été séduite par l'un des ravisseurs. Il la comble d'affection et d'attentions, la fait se sentir unique au monde, adorée. À côté, l'amour qu'Amy lui apporte n'est que celui de l'enfant d'autres gens.

Kim prit des notes sur son bloc. La théorie d'Alison lui paraissait valable ; seulement, elle se demandait lequel des ravisseurs possédait suffisamment de chaleur humaine pour jouer ce jeu-là. Elle encouragea l'analyste à poursuivre. Cette dernière lui avait fourni matière à penser.

Alison passa à la feuille intitulée Sujet 1. Elle utilisa son marqueur pour souligner les caractéristiques qu'elle avait relevées.

— Il ne fait aucun doute que nous sommes face à deux criminels. Le Sujet 1, qui écrit les messages, a d'ores et déjà démontré son intelligence. Il semble froid et méticuleux. Il exerce un contrôle extrême, comme le prouve sa façon de suivre son plan. Il détient deux jeunes enfants mais il reste capable de conduire une stratégie sans se précipiter. Sa communication est réglée pour produire l'effet dramatique maximum. Il est assez instruit et ne cherche pas à le cacher. Même dans ses textos, la grammaire et la ponctuation sont correctes.

« Ce jeu le fait jouir. En même temps qu'il envoie les messages, il imagine ce qui se passe quand ils sont reçus. Il est aux commandes et il adore ça. Cela m'amène à conclure que sa capacité d'adaptation est limitée et que, en cas de stress, il pourrait déraper.

— Inga a échoué à suivre le plan. Quelle a pu être la réaction de ce Sujet 1 ? demanda Kim.

Contrariée d'être de nouveau interrompue, Alison lui lança un regard irrité.

— La tuer, la faire taire, l'éliminer du paysage pour ne pas avoir à affronter cet échec. Mais il n'a certainement pas exécuté la sale besogne lui-même. Selon moi, s'il est connu des services de police, c'est sûrement pour des affaires financières : détournement de fonds, délinquance en col blanc ; des crimes qui font appel à son intelligence et qui visent un but, une récompense. Il est principalement non violent – ce qui m'amène au Sujet 2.

— Un instant, coupa Kim. Pourquoi « non violent » ? Précédemment, vous avez dit qu'il pourrait déraper si le plan devait changer.

— J'ai dit : principalement non violent. Cela signifie qu'il se maîtrise.

— Mais il est capable de violence, n'est-ce pas ? Je ne veux pas que nous nous fassions une idée fausse.

Alison la regarda droit dans les yeux.

— OK, je reformule : il est moins susceptible de se comporter violemment que le Sujet 2.

Satisfaite, Kim hocha la tête et Alison passa à la page suivante.

— Les quelques informations dont nous disposons sur ce complice nous indiquent qu'il se situe à l'opposé de son acolyte. L'état du corps de Bradley Evans et les photos de l'appartement d'Inga révèlent un penchant prononcé pour la violence gratuite. S'il s'était seulement agi de tuer Bradley Evans…

— Brad, corrigea Kim. S'il vous plaît, dites Brad.

Elle préférait, c'était le nom écrit sur son badge.

— Donc, poursuivit Alison, si le seul motif de violence était de tuer, il y avait des moyens plus rapides que de se déchaîner sur la tête de Brad comme sur un ballon de foot. Le ravisseur s'est fait plaisir. Il a couru un risque plus élevé mais s'est assuré un degré de jouissance plus élevé aussi. Il y a sûrement eu du bruit, Brad Evans a dû…

— Pas la peine d'entrer dans le détail, objecta sèchement Kim.

Elle sentit sur elle le regard de Bryant. Ni elle ni lui n'avaient besoin d'imaginer cette scène.

— De la même façon, tout détruire chez Inga n'était pas nécessaire. Il a tout cassé sans se soucier que quelqu'un l'entende. Il se sentait en confiance, certain que personne ne pourrait l'arrêter. C'est probablement ainsi qu'il vit. À ce stade de l'analyse, je ne peux pas identifier l'origine d'une telle rage mais, selon moi, l'échec d'Inga ne suffit pas à l'expliquer.

— Quelles sont les chances de négocier avec le Sujet 1 ? demanda Kim.

— Ce sera un vrai défi. Vous ne l'aurez probablement pas au téléphone, et tout message devra être soigneusement formulé afin qu'il n'ait pas l'impression qu'on empiète sur son contrôle ou…

Matt Ward intervint alors de manière inattendue :

— Merci pour ces éléments, coupa-t-il avec un professionnalisme parfait et un signe de tête poli. Je garde en tête vos observations.

Il avait l'intention de faire les choses à sa manière, sans tenir compte des mises en garde d'Alison, en conclut Kim. Elle consulta ses propres notes. Elles étaient presque complètes.

— Une chose, tout de même, dit-elle en se levant.

Alison posa sur elle un regard conciliant.

— Passez-moi la colle.

— Je vous demande pardon, inspectrice ?

Kim s'approcha du tableau de conférence et arracha la première page, qu'elle juxtaposa à la deuxième. L'intérêt de Matt sembla s'éveiller.

— Nous avons donc deux personnalités extrêmes. Qui est le leader ? Dans toute équipe, même réduite à sa plus simple expression, il y a une personnalité dominante. Je ne suis pas sûre qu'aucun de ces deux-là puisse occuper cette place. Leurs personnalités sont trop extrêmes, justement. Un violent *vs* un non-violent. Un méthodique *vs* un excessif. Je ne crois pas que nos deux sujets puissent coexister sans un troisième ; une force qui les équilibre ; une autorité.

Alison manifesta son désaccord :

— Non. Il paraît évident que le Sujet 1, qui rédige les textos, est le leader ; le Sujet 2 est le bras armé. La hiérarchie est claire.

— Sauf que le Sujet 2 n'est pas juste un crétin, objecta Kim. Il s'est débrouillé pour remonter jusqu'à Brad Evans, pour l'identifier alors qu'il ne l'avait jamais vu, et le tuer sans qu'on le remarque. Alors, oui, il est violent et potentiellement imprévisible, mais il a un cerveau et il n'est pas si facilement contrôlable.

Elle dévoila une troisième feuille, entièrement blanche, et annonça :

— Je crois que vous allez devoir écrire ici : Sujet 3.

42

Elizabeth attacha ses cheveux en queue de cheval. Elle avait pris une douche rapide, à peine le temps de s'éclabousser, mais toute activité lui permettait de se changer les idées une minute ou deux. Le grand luxe aurait été de dormir, pour mettre en pause les images qu'elle avait en tête. Il était déjà bien assez inconfortable de vivre ailleurs que sous son propre toit, mais, depuis le dernier message, la situation était devenue insupportable. Elle avait essayé de parler à Stephen, parce qu'ils avaient besoin de communiquer, d'échanger sur leurs options, de prendre des décisions ; seulement, il se débrouillait pour la fuir et elle avait eu beau déambuler jusqu'à minuit en le cherchant, elle ne l'avait pas trouvé.

Il lui semblait que toute sa famille avait disparu. Sa belle petite fille était Dieu savait où, terrifiée, on l'avait séparée de son fils, son mari l'évitait ; et elle vivait chez sa meilleure amie et désormais rivale.

Par moments, elle éprouvait l'envie urgente, incontrôlable, de rire. Ce qu'elle était en train de vivre paraissait si absurde que, par intermittence, elle se persuadait d'être engluée dans une espèce de cauchemar. Elle se réveillerait bientôt, dans sa maison, dans sa vie ordinaire, entourée de sa fille et de son fils… Et puis soudain, elle revenait à la réalité : ce n'était pas du tout un cauchemar et elle ne réussissait même plus à se rappeler sa vie d'avant l'enlèvement.

Elle descendit l'escalier et, comme d'habitude, marqua une pause devant la salle à manger. Jusqu'à maintenant, elle n'avait rien pu surprendre, mais elle ne perdait rien à essayer de nouveau.

Un bruit de vaisselle lui indiqua que Karen se trouvait dans la cuisine. La veille encore, elles étaient inextricablement liées par l'horreur de l'enlèvement ; seule une autre mère aurait pu comprendre ce qu'elles traversaient. Et voilà qu'aujourd'hui elles ne pouvaient plus se regarder. Comment se parler alors qu'elles se trouvaient en compétition dans un jeu démoniaque ? Elle avait besoin de son mari ! Elle prit une grande bouffée d'air et demanda depuis le pas de la porte :

— Karen, est-ce que tu as vu… ?

À cet instant, le téléphone de Karen reçut une notification. Elles fixèrent l'appareil, Elizabeth brûlant d'envie de se jeter dessus. Karen lut le message une première fois, puis le relut à haute voix :

Cherchez bien les cadeaux que j'ai envoyés. Creusez profond tout en imaginant votre enfant.

— Qu'est-ce que… commença Karen en la regardant.

Puis elle s'interrompit, comme si elle venait de se rappeler qui se tenait face à elle. Elle sortit de la cuisine avec son téléphone en main, laissant Elizabeth seule, comme anesthésiée par la pluie de questions qui noyait son esprit.

Que signifiait donc ce message ?

Pourquoi ne l'avait-elle pas reçu, elle aussi ?

Et, bon Dieu, où était passé Stephen ?

43

— C'est forcément ici, dans la maison ou le jardin, déclara Kim après avoir fait doucement reconduire Karen hors de la salle de crise. Notre Sujet 1 pèse toujours ses mots. Il a écrit : « que j'ai envoyés » ; cela signifie qu'il y a quelque chose ici, quelque part.

Elle avait parfaitement mémorisé le texte dès la première lecture.

— C'est probablement dehors, aucun des deux ravisseurs n'ayant pu déposer quoi que ce soit dans la maison, poursuivit-elle. Bryant, Kev, Stacey, vous venez avec moi. Alison, vous aiderez Helen à empêcher les parents de sortir dans le jardin. Quant à vous, monsieur Ward, ajouta-t-elle en regardant le nouveau venu, gardez la maison, s'il vous plaît. Personne ne doit pénétrer dans cette pièce.

Il hocha la tête. Kim quitta la salle, traversa la buanderie et sortit dans le jardin de derrière. La brume de l'aube avait tourné au crachin et elle fut vite transie. Ils allaient devoir fouiller un périmètre de la taille d'un terrain de football. Si elle le divisait en quatre couloirs, ils travailleraient plus efficacement.

Une allée tapissée d'écorces séparait en deux parties égales l'étendue de gazon. L'une des pelouses accueillait un portique de balançoires et un bac à sable. L'autre était consacrée aux herbes aromatiques. De vieux chênes noueux entouraient l'ensemble. En face, des cabanes pour ranger les outils de jardinage. Sur la droite, une cabane de jeux placée devant une rocaille décorative. De chaque côté de la maison, une couverture de gravillons au sol, les poubelles et des bacs de rangement.

Kim essuya ses paupières mouillées par la pluie.

— Stace, vous prenez le côté gauche de la maison ; Kev, le côté droit. Bryant, fouillez le côté droit du jardin, moi, je me charge de l'autre.

Ils se dispersèrent, les yeux rivés au sol, en quête d'un des « cadeaux » du ravisseur. Kim resta bredouille. Au moment où elle allait fouiller les bacs, la pluie forcit.

— Hé, cheffe ! cria Stacey depuis les arbres. J'ai une veste !

— Cachez ça hors de la vue des parents ! ordonna Kim. On va en trouver d'autres.

À présent, ils étaient tous trempés jusqu'aux os. Aucun d'eux ne portait de vêtements d'extérieur. Kim souleva le couvercle du premier bac de rangement ; il contenait une tondeuse et une débroussailleuse. Elle les sortit du bac et s'assura que rien n'était dissimulé derrière. Le second bac, à hauteur de genoux, semblait renfermer d'autres outils ; elle l'ouvrit et dégagea un souffleur à feuilles. Dessous, il y avait un legging.

— J'ai trouvé un pantalon, ici ! cria Dawson à son tour.

— Moi aussi, déclara Kim en écho.

Bryant accourut ; sa chemise bleu clair trempée lui collait à la peau ; il apportait un T-shirt dont ils savaient tous deux qu'il appartenait à la petite Amy.

— Cheffe…

— Je sais, Bryant.

La même image leur était venue à l'esprit.

— Il y a un pull dans la cabane de jeux, annonça Stacey.

Entre-temps, Dawson avait trouvé une seconde veste. À présent, les vêtements formaient une petite pile.

— Mais merde ! Comment ont-ils réussi à jouer à ce cache-cache pourri sans que personne dans cette maison ne les remarque ou ne les entende ? ragea Kim en regardant tout autour.

La question demeurait sans réponse.

Elle fit le compte des vêtements et, se rappelant les enregistrements des caméras de surveillance, rhabilla mentalement les petites filles. Une odieuse pensée surgit alors en elle.

— On a fouillé la rocaille ? demanda-t-elle, en priant pour que quelqu'un l'ait fait.

— J'y vais, cheffe, répondit Dawson.

— A priori, fit remarquer Bryant tandis que son collègue se dirigeait vers la rocaille, les petites ne portaient rien d'autre que ce qu'on a déjà trouvé.

Kim préféra ne pas répondre. Penché sur la rocaille, Dawson s'était figé.

— J'en étais sûre… murmura Kim entre ses dents serrées de rage.

Elle savait déjà ce que Dawson venait de découvrir.

Celui-ci revint à pas lents et leur montra ce qu'il tenait dans les mains : deux petites culottes.

Le message ne laissait aucun doute : Charlie et Amy étaient maintenant complètement nues.

44

Inga se sentait défaite. Son corps était si douloureux qu'il lui semblait que seule la crasse la faisait tenir debout. Depuis quand n'avait-elle pas pris de douche ? Se rafraîchir rapidement dans les toilettes publiques lui avait laissé l'impression d'être encore plus sale.

Une irrésistible envie de pleurer la submergea, pourtant les larmes refusèrent de couler. Sa vie normale d'avant ce dimanche lui paraissait presque irréelle. Tout ce qu'elle savait, parce qu'elle l'avait entendu dire par quelqu'un, c'est qu'on était mardi. Elle était aussi à peu près sûre que, la veille, elle avait marché des kilomètres. Elle ne s'était arrêtée que pour s'acheter un gobelet de thé sur un stand de marché, un répit pendant lequel elle s'était autorisée à s'asseoir. Mais, aujourd'hui, son apparence lui aurait interdit jusqu'à ce misérable luxe : elle avait beau essayer de se démêler les cheveux avec les doigts, rien n'y faisait. Sans savon, elle n'avait pas réussi à se laver correctement le visage à l'eau et son jean jaune était souillé.

Elle n'avait rencontré Symes qu'une seule fois mais elle croyait le reconnaître à tous les coins de rue.

Maintenant qu'elle avait fait capoter leur plan, ils ne la lâcheraient jamais. Elle aurait dû se faire enregistrer à l'hôpital et attendre là que « son mari » vienne la chercher pour la conduire jusqu'à la cachette où elle aurait pris soin des fillettes jusqu'à l'échange. Mais elle avait reculé… Parce que, si elle était allée jusqu'au bout, alors la petite Amy ou sa copine Charlie auraient compris qu'elle était de mèche avec les ravisseurs qui les terrorisaient. Au lieu d'être soulagée de la voir, Amy l'aurait regardée avec incrédulité, et avec méfiance.

La peur ne la quittait pas un seul instant, elle ne bougeait plus sans trembler. Elle savait parfaitement ce qui arriverait si elle s'arrêtait de fuir… Il y avait chez Symes une forme de détachement qui le rapprochait d'un robot. Il lui avait adressé un sourire sans chaleur, qui tenait de la menace, comme s'il savait quelque chose qu'elle ignorait. Tandis qu'il regardait autour d'eux dans le café, il avait fait craquer ses jointures sous la table, l'une après l'autre. C'était comme si ces mains-là mouraient d'envie de se refermer sur sa gorge et ne s'abstenaient que parce qu'elle était utile. À présent, elle était devenue un danger pour eux, un détail à régler, et plus rien ne la protégeait.

Si Symes réussissait à l'attraper, alors la mort serait un cadeau du ciel. Car cet homme n'était pas du genre à faire preuve de pitié. Il la torturerait. Quant à la personne en qui elle avait placé sa confiance… elle n'interviendrait pas.

Depuis des années, Inga ne pouvait compter que sur elle-même. Malgré cela, jamais elle ne s'était sentie si seule. Le corps meurtri et l'esprit au bord de la déroute.

Elle sut ce qu'elle devait faire.

45

Depuis toujours, Will souffrait d'amnésies sévères si l'on perturbait ses repères.

Quand les choses étaient organisées, il restait calme, stable. Une petite musique tranquille jouait en arrière-plan dans sa tête. Mais qu'un événement inattendu survienne et tout un orchestre se déchaînait – un tonnerre d'instruments désaccordés, des cordes qui crissaient douloureusement – et il ne pouvait échapper à cette cacophonie.

Il repoussa sa chaise. Le raclement des pieds de métal sur la pierre lui fit l'effet d'un coup de couteau en plein plexus. Alors, il se mit à aller et venir dans la pièce. Dix fois dans un sens, dix fois dans l'autre. Après quatre longueurs, le bruit commença à s'atténuer. Encore six et sa conscience se trouva protégée.

Jamais il n'aurait dû accepter d'intégrer une personne de plus.

Il détestait qu'on lui donne des ordres ; travailler en solo lui avait toujours mieux réussi. Qui avait sélectionné les familles ? Qui s'était renseigné sur leur business ? Lui. Ça lui avait pris des semaines de débusquer les meilleurs candidats, des familles riches qu'on pouvait mettre en compétition puis démolir. D'ailleurs, le plan aurait très bien fonctionné dès la première fois, s'il n'y avait pas eu cet événement sur lequel il n'avait eu aucune prise. L'association avec Symes, d'accord, c'était son idée ; ce gars avait un talent que Will ne possédait pas et qui lui serait indispensable, il le savait bien. L'erreur, c'était d'avoir accepté l'aide de quelqu'un d'autre. Parce que maintenant, il était coincé.

Dépossédé du contrôle absolu… C'était ça qui le rendait nerveux, et même carrément dingue. Il y avait trop de monde à bord. Comme pendant son enfance. Il occupait la place du milieu dans sa fratrie, entre les aînés et les plus jeunes qui se regroupaient naturellement entre eux et l'excluaient, si bien qu'il n'était apparié ni aux uns ni aux autres. Il avait endossé le rôle de souffre-douleur, de punching-ball. Sans personne vers qui se tourner – sa mère semblait considérer que la violence était inévitable chez les garçons – et nulle part où aller, il lui avait fallu endurer. Il avait trouvé sa consolation, sa libération, dans la préparation et l'exécution de sa revanche – son frère Larry, le plus vicieux de tous, en avait fait les frais.

Symes et lui se ressemblaient davantage qu'il voulait bien l'admettre. Abandonné par sa mère à un père militaire, cruel et dépourvu de sentiments, Symes avait grandi sous les coups. Il s'était senti seul, comme Will. Tous deux avaient trouvé une issue à leur solitude dans la vengeance : Will en torturant psychologiquement ; Symes en faisant souffrir physiquement les autres. Il n'*aimait* pas Symes, mais il le *comprenait*.

Encore cinq pas et la tension qu'éprouvait Will se dissipa.

Les vêtements avaient été déposés à l'endroit exact où ils devaient l'être. Une partie du plan parfaitement exécutée. Un appel lancé aux parents pour qu'ils agissent et vident leurs comptes en banque. Ils avaient de quoi imaginer leurs petites chéries entièrement nues.

Mais voilà qu'une connasse demandait la preuve qu'elles étaient en vie. Jusque-là, ils n'avaient jamais pensé recevoir d'autres messages que ceux des parents. Et juste parce que le grand patron l'avait dit, il allait vraiment falloir changer les règles ?

46

— Le GPS indique que nous sommes à 1,6 kilomètre, cheffe, annonça Bryant, assis à côté de Kim qui conduisait.

Elle prit un virage serré à gauche pour traverser une zone résidentielle, un raccourci qui diminuait la distance presque de moitié.

— Ne le prends pas mal, elle n'écoute personne, déclara Bryant au micro du GPS.

Kim ne fit pas de commentaires.

— Ces vêtements, reprit-il tandis qu'ils approchaient d'un petit terre-plein, ce n'est pas une preuve…

— Non. À mon avis, cela fait partie du plan et ça ne prouve pas qu'elles soient vivantes. Les ravisseurs voulaient que les parents trouvent les vêtements. Et qu'ils imaginent leurs enfants nues.

— Eh bien, voilà qui a légèrement foiré. Selon vous, pourquoi n'ont-ils envoyé ce message qu'à une seule des deux familles ?

— Pour jouer, Bryant ! Notre Sujet 1 adore la dimension psychologique de toute cette histoire. Il veut aller jusqu'aux dernières extrémités de son jeu de malade.

— Dans ce cas, il n'avait pas du tout envisagé de vous trouver sur son chemin.

Elle l'espérait. Elle avait fait regrouper les vêtements et demandé à Dawson de les envoyer à la police scientifique. Il y avait une toute petite chance d'en tirer quelque chose, mais il serait délicat de les exposer devant un tribunal, aussi souillés de crasse, d'herbe et de Dieu sait quoi d'autre.

— Vous pensez que vous auriez dû dire la vérité aux familles ?

Sa conscience parlait de nouveau avec la voix de Bryant.

C'était la première fois qu'elle mentait aux parents, et peut-être pas la dernière… Pourtant, il valait mieux ne pas leur en dire trop. Ils avaient déjà été traumatisés en apprenant que l'équipe avait trouvé des vestes. Stephen Hanson avait insisté pour identifier celle d'Amy, s'assurer que c'était bien la sienne. Dawson étant déjà parti avec l'ensemble des vêtements, Kim avait expliqué qu'elle s'en était elle-même assurée grâce aux enregistrements des caméras.

— Leur dire la vérité pour quoi faire ? répondit-elle à Bryant. Noircir encore les images qu'ils ont dans la tête ?

À cet instant, elle repéra le numéro de porte qu'elle cherchait et se gara, échappant à toute autre justification.

Le temps s'était montré cruel avec la femme qui leur ouvrit.

Jenny Cotton, trente-six ans seulement. Incontestablement, les trente-cinq premières années avaient été plus tendres que celle qui venait de s'écouler.

Sa queue-de-cheval faite à la va-vite laissait voir des tempes prématurément grises ; elle portait un jean et un sweat-shirt trop grands pour elle, et de simples tongs. Pour cette femme, s'habiller devait être une victoire sur chaque nouveau jour.

— Nous sommes les détectives Stone et Bryant, madame Cotton. Nous souhaiterions vous parler.

Un éclair d'espoir traversa son regard las.

— Malheureusement, nous n'avons rien de neuf concernant Suzie, s'empressa de reconnaître Kim afin d'éteindre immédiatement toute possible illusion.

Le dossier Suzie Cotton demeurait ouvert…

Mme Cotton s'effaça pour les laisser entrer. Kim pénétra dans une pièce tout en largeur qui comprenait une cuisine et un coin repas. L'absence de vie lui sauta aux yeux : la pièce n'avait ni caractère ni personnalité ; propre, fonctionnelle, donnant sur un petit jardin dallé ; ni arbre, ni fleurs, ni plante en pot… Soudain, Kim se détesta d'être venue. C'était inhumain de débarquer chez cette femme sans avoir rien à lui offrir qui soit en rapport avec la disparition de sa fille, juste dans l'espoir de gratter quelque information, quitte à la replonger dans les heures les plus épouvantables de son existence. Parce qu'on avait enlevé deux gamines et que c'était la priorité d'aujourd'hui. Kim adorait son job, mais certains jours elle aurait volontiers fait autre chose.

— Madame Cotton, commença-t-elle, bien que ce soit pénible pour vous, nous devons vous poser quelques questions sur ce qui s'est produit l'an passé…

Le regard intelligent de Jenny Cotton la transperça.

— Pourquoi ?

— Il m'est impossible de…

— Évidemment, coupa-t-elle avec amertume. Ce n'est pas comme si j'avais un peu le droit de savoir, n'est-ce pas ?

Kim ne répondit pas. Oui, Jenny Cotton avait le droit – le droit d'être en colère parce que son enfant n'était jamais rentrée. Seulement, partager avec elle les détails de l'enquête en cours… non, ce n'était pas possible. Allait-elle le comprendre ? Kim croisa son regard triste, désolé. Puis elle l'entendit prendre une courte inspiration, la vit fermer les yeux, pincer les lèvres, autant de signes qu'elle acceptait.

— Posez-moi toutes les questions que vous voulez, dit-elle alors, mais, je vous en prie, ne prétendez pas que vous « comprenez ». Parce que c'est impossible.

— Vous avez raison, admit Kim à voix basse. Je vous serais reconnaissante si vous pouviez nous décrire, de votre point de vue et depuis le début, ce qui s'est passé.

Jenny Cotton hocha la tête tout en s'asseyant à la table ronde en bois. Elle les invita à l'imiter.

— N'espérez pas que je me souvienne. Aujourd'hui, tout ça n'est plus qu'un brouillard plein de gesticulations et de larmes. Je ne suis sûre que d'une chose : elles ont disparu toutes les deux un lundi matin et on a retrouvé Emily le mercredi après-midi. Mon Dieu, deux jours seulement… Ça me paraît tellement plus long…

De nouveau, Kim déplora d'avoir à infliger ce moment à Jenny Cotton. Mais si elle avait affaire aux mêmes criminels que l'an passé, alors n'importe quelle information pouvait s'avérer inestimable. Rouvrir le dossier pouvait apporter des indices cruciaux. En acquérant de l'expérience, un criminel optimisait son mode opératoire, se perfectionnait, tirait les enseignements de la première tentative. Identifier des erreurs commises précédemment – s'il y en avait – fournirait de la matière à Kim.

— Suzie a été kidnappée dans un magasin qui se situe à mi-chemin entre chez nous et son école. Emily, elle… ils l'ont attrapée à cinquante mètres de la maison de ses parents. J'ai reçu un texto à 11 heures, comme Julia.

— Avez-vous la moindre idée de ce qui a pu pousser les ravisseurs à enlever précisément vos deux filles ?

Jenny Cotton hocha la tête.

— Elles avaient répondu à l'appel de *Children in Need*[1] et récolté plus de cinq cents livres sterling en lavant des voitures. Le journal en a parlé et mon mari était cité dans l'article – il dirigeait un service de location de limousines. D'ailleurs, je crois que c'est toujours le cas.

Elle eut un sourire triste.

— Cette vie-là est révolue, désormais. Alan, le mari de Julia, possédait un groupe d'agences immobilières. Nous n'étions pas sur un pied d'égalité… Quand la police est arrivée, c'est chez moi que nous avons tous été interrogés. Alan et Julia étaient de très bons amis, nous passions presque tous nos week-ends et nos vacances ensemble. Julia et moi nous sommes accrochées l'une à l'autre comme à une bouée de sauvetage. Jusqu'à ce troisième message…

— Avez-vous reçu la consigne de ne pas entrer en contact avec le ravisseur ? demanda Kim.

---

1. *Children in Need* : émission caricative de la BBC créée en 1980 au profit des enfants et des jeunes handicapés.

— Oui.

— L'avez-vous fait quand même ?

— Inspectrice, si vous aviez des enfants, vous ne poseriez même pas la question. Bien sûr que nous l'avons fait.

— Combien de temps vous avait-on laissé ?

— Jusqu'au mercredi après-midi.

À peine plus de quarante-huit heures après l'enlèvement. Autrement dit, songea Kim, on était à une heure de cette échéance précise.

— Qu'avez-vous fait ?

— Nous leur avons envoyé une offre. Ça représentait tout ce que nous pouvions rassembler : nos économies, l'hypothèque de second rang de la maison, les aides de la famille. La réponse a été instantanée : l'offre des autres était supérieure. Les enchères sont montées comme ça jusqu'au mercredi matin. Nous avons offert des sommes que nous n'avions pas les moyens de rassembler mais… quand la vie de votre enfant est en jeu, il n'y a pas le choix.

Dans le cas d'une demande de rançon classique, toutes sortes d'émotions s'exprimaient ; mais cette stratégie de spéculation, qui donnait aux parents l'illusion que l'issue dépendait en partie d'eux, qu'ils détenaient le pouvoir de l'influencer s'ils se montraient capables de réunir assez d'argent, dégoûtait Kim par sa cruauté. Elle laissa Jenny Cotton parler ; c'était bien le minimum.

— La disparition de Suzie m'a détruite. J'ai tout perdu. Je ne pouvais plus regarder mon mari en face parce que j'étais obsédée par l'idée que, s'il avait eu un meilleur job, notre fille aurait été près de nous.

Elle riva sur Kim un regard dur.

— Vous pouvez faire quelque chose pour moi, inspectrice ?

Kim ne baissa pas les yeux mais ne répondit pas. Elle ne ferait pas de promesses.

— Madame Cotton, selon vous, qu'est-ce qui a provoqué la libération anticipée d'Emily ?

— J'ai pensé que c'était évident : Julia et Alan avaient payé la rançon.

47

Kim n'attendit pas d'être dans la voiture pour téléphoner.

— Stace, retrouvez-moi cette famille Billingham. Mettez le paquet. Ces gens pourraient peser beaucoup plus lourd que prévu.

— C'est en cours, cheffe, mais cette famille n'a pas envie qu'on la retrouve.

Pas étonnant.

— Continuez. Il est possible qu'ils aient payé la rançon.

— Il n'y a rien dans les dossiers qui indique…

— Ces dossiers n'indiquent pas grand-chose, Stace.

— C'est compris, cheffe.

Kim mit fin à l'appel.

— Jusqu'à maintenant, on est partis de l'hypothèse que les ravisseurs ont paniqué à cause de la fuite dans les médias. On n'a jamais envisagé qu'une des familles avait payé.

— Dans ce cas, souligna Bryant, ils ont eu des contacts plus poussés avec les ravisseurs : des instructions, un lieu d'échange…

C'était horrible. La mort de Suzie Cotton avait peut-être découlé des agissements de l'autre famille.

48

Symes était aux anges. Rien n'aurait pu assombrir son humeur aujourd'hui. Il ne tarderait plus à régler le détail. Bien sûr, il aurait pu traquer Inga, arpenter les environs, la pister. Mais, au lieu de dépenser bêtement son énergie, il avait choisi de rester où il était et d'attendre que ce soit elle qui vienne à lui. Parce qu'elle viendrait.

Cette connasse était en cavale depuis presque quarante-huit heures. Elle devait être crevée, sale et terrorisée. Physiquement épuisée et moralement vidée, incapable de raisonner. Son instinct de survie faiblissait.

Pour attraper Inga, il fallait comprendre ce qu'était la peur.

Ses deux années en Afghanistan avaient enseigné à Symes à quelles décisions la peur, la vraie, vous poussait. Une peur qu'on ne connaissait pas dans la vie quotidienne. Qu'on n'éprouvait que lorsqu'on tremblait pour sauver sa peau.

Avant un saut à l'élastique, l'émotion qui montait brusquement était mêlée d'excitation et d'adrénaline. Tandis que la peur véritable ne laissait de place à rien d'autre. Elle vous travaillait au corps, de la peau jusqu'aux os. Elle s'emparait entièrement de vous. Chaque souffle, chaque regard, chaque mouvement n'était que peur, et tous les exercices de respiration du monde ne réussissaient pas à la chasser.

À l'armée, on acceptait de vivre avec cette peur-là, jour après jour : plutôt que de passer la journée à lutter pour ne pas mourir, Symes consacrait une minute chaque matin à s'y préparer. Chaque jour, pendant les opérations, il se persuadait que son heure était arrivée. Il imaginait sa propre mort. Ainsi, quand venait la nuit, il s'estimait heureux de pouvoir encore se brosser les dents.

À la fin, de qui Inga aurait-elle le moins peur : lui, ou la police ? Symes connaissait la réponse.

Il sourit encore et fit craquer les jointures de ses doigts.

49

Un pas après l'autre, en espérant que tout aille pour le mieux.

La peur rongeait Inga. Partout où elle posait les yeux, des gens la regardaient. Dans chaque homme qu'elle croisait, elle croyait voir Will. Ou Symes. On avait placé des ombres au bon endroit pour la terroriser. Le monde la cernait. Autour d'elle, ce n'étaient qu'angles droits et formes dangereuses, prêts à bondir.

Elle avait vécu toute une vie en deux jours. Impossible de se rappeler les semaines, les mois, les années précédents. Une époque où ses cellules n'auraient pas été chargées de peur.

La menace était partout et, bien qu'elle soit en fuite depuis quarante-huit heures, elle avait le sentiment que c'était maintenant qu'elle prenait le risque le plus élevé.

Sa cible se situait à moins de trois cents mètres. Elle la distinguait. Seuls obstacles entre elle et son salut : la foule qui déferlait à l'heure du déjeuner, un passage piéton et un carrefour animé. Elle se laissa bousculer par la cohue qui la poussa jusque de l'autre côté de la route. Deux cents mètres. De peur que le bâtiment ne disparaisse, elle ne le quittait pas des yeux. Elle allait tout avouer. À commencer par ce qu'elle avait fait. Puis elle guiderait la police. Les petites seraient en sécurité chez leurs parents pour l'heure du goûter, tandis qu'elle-même accepterait avec bonheur son châtiment. Cent mètres. Elle trébucha, rétablit son équilibre sous les sarcasmes de deux types dans son dos. Et alors ? Encore quelques pas et elle rirait avec eux. En sécurité dans une cellule. Peu importait la sanction qu'on lui infligerait, elle était prête. Rien ne pouvait être pire que ce qu'elle vivait en ce moment.

À quinze mètres de l'entrée, elle commença à se détendre.

Une main forte et puissante s'abattit sur sa nuque. Une main qui la fit se détourner de la porte du commissariat alors qu'elle aurait pu la toucher.

— Bien essayé, petite salope, mais c'est raté.

Inga se sentit embarquée. Ses pieds touchaient à peine le sol.

— Un son, un seul, et je te tranche la gorge sur place.

Incapable de parler avec ce bras lourd de muscles qui pesait sur ses épaules, elle essaya au moins de crier. Seulement, elle avait la bouche trop sèche. Symes profita de sa sidération pour l'entraîner dans une allée derrière le commissariat.

Dire qu'elle était si près du but…

Vus de l'extérieur, ils devaient avoir l'air d'un couple enlacé. Personne ne pouvait se douter que Symes lui broyait les os de l'épaule.

Bientôt, elle n'entendit plus le bruit de la grand-rue.

— Du calme, on va juste aller papoter.

— Non, non ! hurla-t-elle.

Elle puisa dans ce qu'il lui restait d'énergie pour se débattre et tenter de poser les pieds au sol. Symes l'agrippa par le cou et la douleur fusa directement dans sa tête. Avec cette force, il pouvait la briser d'un seul mouvement.

— S'il te plaît... Ne me... fais pas de mal...

— T'aurais dû y penser avant.

Elle était prête à oublier toute fierté et à le supplier. C'était sa seule chance de survivre.

— Symes, pardon, je n'aurais pas dû... J'ai eu peur...

— Alors t'as pas idée de ce qui t'attend, ricana-t-il en ouvrant la portière du van.

Il claqua la portière et contourna le véhicule au pas de course.

Si elle s'était écoutée, Inga aurait de nouveau hurlé. Mais, soudain, les moments qui lui restaient à vivre lui parurent plus précieux. Elle allait mourir et plus rien ne comptait, sauf :

— Les filles ?

Symes se tourna vers elle, comme en transe. Ses yeux brillaient d'excitation et il salivait par anticipation.

— Les f-filles ? répéta-t-elle.

Il rejeta la tête en arrière et éclata de rire.

— À cause de toi, elles sont mortes.

50

Un silence sinistre régnait sur Hollytree. Dawson se gara devant la rangée de magasins qui marquaient la frontière de ce vaste territoire. Il était de notoriété publique qu'au-delà on « entrait » dans le quartier. C'était comme pénétrer en terre étrangère, à ce détail près qu'un passeport ne vous y assurait pas la sécurité ; mieux valait exhiber une condamnation pour trafic de stupéfiants.

On envoyait vivre à Hollytree les familles à problèmes, celles que les autres voyaient partir avec soulagement. Beaucoup de communes du Pays noir s'en trouvaient plus propres, assainies, plus agréables à vivre. Seulement, créer un ghetto n'était jamais une bonne idée : un gang se mettait à faire la loi et opérait à l'écart de toute autorité locale.

Par quelque ironie du sort, le petit Dewain Wright avait habité un appartement au-dessus d'un de ces magasins situés juste à la frontière. Tout près de la sortie. S'échapper, voilà à quoi ce pauvre gosse aspirait.

Dawson n'avait pas connu le niveau de violence de Hollytree, mais il était depuis longtemps familier de la culture des gangs, même si ça lui déplaisait de l'admettre. Enfant, il souffrait d'un surpoids qui ne tenait ni à un déséquilibre hormonal ni à une obscure maladie. Tout simplement, sa maman solo, qui travaillait, utilisait un peu facilement la poêle à frire. Dawson était prêt à tout pour qu'un groupe l'accepte, n'importe lequel. Et il avait bien failli atteindre son objectif. Jamais il n'oublierait cet épisode de son adolescence dont le souvenir lui faisait encore honte. Au tournant de ses seize ans, il s'était inscrit dans un club de gym, s'était mis à préparer lui-même ses repas en limitant la quantité de graisses saturées. Il avait tourné la page.

Il emprunta la cage d'escalier située à l'arrière du bâtiment. Les appartements occupaient deux niveaux ; les terrasses, séparées par une simple balustrade de métal, donnaient sur un dédale de boxes à louer dont très peu servaient à ranger une voiture.

Il se fraya un passage entre deux barbecues rouillés et une collection de chaises de jardin dépareillées. Un landau de poupée gisait à droite de la porte. Là, il frappa deux coups et une ombre assombrit aussitôt le verre à motif. Une jeune fille lui ouvrit, sans doute âgée de moins de vingt ans. Shona, la sœur aînée de Dewain, d'après les photos qu'il connaissait. Ses cheveux tombaient en boucles soyeuses de part et d'autre de son visage sévère.

— C'est pour quoi ? demanda-t-elle sans amabilité.

Selon toute apparence, elle avait décidé d'avance qu'il n'était pas le bienvenu.

— Detective Sergeant Dawson.

Il sortit sa carte, mais la jeune fille ne la regarda même pas. Les faux qui circulaient dans Hollytree étaient d'une telle qualité qu'ils semblaient plus vrais que les vrais.

— Je peux parler à votre père ?

— À quel sujet ?

Cette arrogance agaça Dawson. Mais la famille venait de subir une perte que ses collègues de la police n'avaient pas su éviter, alors il garda son calme.

— Votre frère, répondit-il. Il y a du nouveau.

— Ah bon ? Il est plus mort ?

Cette fois, il se montra plus ferme :

— Votre père est là ou pas, Shona ?

— Bougez pas, je vais vérifier.

Elle lui ferma la porte au nez. Vérifier ? Ces appartements comprenaient seulement deux chambres, un séjour, une cuisine et des sanitaires. Elle devait forcément savoir si son père était à la maison.

Quelques secondes plus tard, la porte se rouvrit et Dawson se trouva face à face avec Vin Wright. L'homme n'affichait ni animosité ni aménité.

— Qu'est-ce que tu veux, fiston ?

« Fiston », sérieusement ? Même son propre père ne l'avait jamais appelé comme ça, y compris cette fameuse nuit où il s'était barré dans les Highlands d'Écosse – pour « se trouver », avait-il dit. Aux dernières nouvelles, son père se cherchait toujours. Quoi qu'il en soit, Dawson n'était le « fiston » de personne : il était officier de police, membre de la brigade criminelle.

— Monsieur Wright, je viens vous informer de nouveaux éléments concernant Dewain. Puis-je entrer ?

Vin Wright hésita puis lui céda le passage.

Il n'y avait pas de Mme Wright, du moins plus depuis douze ans, lorsqu'elle avait trouvé la mort en accouchant de leur quatrième enfant.

Dawson entra dans une étroite cuisine tout en longueur. Shona était occupée à ranger des pots et des paquets dans le placard, un rouleau de sacs en plastique posé près d'elle, sans doute destiné à trier les restes des barquettes repas de ses deux sœurs cadettes. Devant la bouilloire étaient posées plusieurs brochures présentant des pierres tombales et des couronnes ; Vin Wright préparait les obsèques de son fils. L'homme n'avait pas bougé du pas de la porte ; signe que Dawson allait devoir faire vite. Tant mieux ; il ne tenait pas à prolonger plus que nécessaire ce moment pénible pour le père de Dewain.

— Monsieur Wright, je voulais vous dire que la fuite qui a causé la mort de votre fils ne vient pas de la journaliste.

Une assiette échappa à Shona ; le bruit surprit Dawson et Wright qui observa sa fille puis revint à la discussion.

— Je ne vous suis pas. Je croyais que c'était évident…

— Chronologiquement, ça ne colle pas. Nous sommes désormais certains qu'au moment de la mort de Dewain, les journaux quittaient juste les imprimeries. Tout est allé si vite que nous avons supposé…

Dawson s'autorisa à baisser la voix ; une note d'excuse s'y était insinuée. Vin l'entendit. Ses yeux n'exprimaient aucun reproche, juste une profonde tristesse.

— Comme nous tous, fiston… Autrement dit, la fuite vient d'une autre personne.

La police n'avait donné qu'un seul coup de fil, destiné aux proches de Dewain. Ceux-ci avaient reçu l'ordre de ne parler à personne jusqu'à ce que l'état du garçon se stabilise.

— Qui, hormis les membres de votre famille, a su que Dewain était vivant ?

Vin passa la main dans ses cheveux, coupés court et drus.

— J'en sais rien, je suis dans le brouillard. La semaine dernière, mon fils était… et puis… tout est arrivé si vite ; on m'a téléphoné au boulot, moi, j'ai appelé les gosses et…

— Lauren, dit alors calmement Shona.

Dawson attendit la suite. La jeune fille se tourna vers lui.

— On a prévenu Lauren. C'est… c'était la petite amie de Dewain. Je lui ai laissé un message, mais elle ne m'a jamais rappelée.

Elle regarda son père.

— Souviens-toi, papa, elle n'est même pas venue à l'hôpital.

Voilà qui devenait intéressant.

— Vous savez où je peux la trouver ?

— Je vais vous écrire ça sur un papier, déclara Shona avant de sortir de la pièce comme une fusée.

— Vous avez eu des ennuis avec le gang depuis le décès de Dewain ? demanda Dawson.

L'homme secoua la tête.

— Après l'arrestation de Lyron pour meurtre, Kai s'est pointé. Il est moins méchant que Lyron. Je crois qu'on leur a donné l'ordre de nous ficher la paix.

À voir… Ce n'était pas parce qu'un membre de la famille était mort que les trois filles Wright ne risquaient plus rien. Ça ne marchait pas comme ça, un gang. Vin Wright devrait veiller sur ses filles jusqu'à la seconde où elles pourraient fuir Hollytree.

Shona reparut en brandissant un morceau de papier.

— Voilà son adresse.

— Merci, j'apprécie…

Il fut interrompu par la sonnerie de son téléphone.

— Pardonnez-moi, dit-il en se détournant pour répondre.

— Enfin, je réussis à joindre quelqu'un ! s'écria le dispatcheur qu'il avait en ligne. J'ai essayé votre numéro puisque ni votre boss ni le DS Bryant ne répondent.

C'était désagréable qu'on souligne ainsi qu'il n'arrivait qu'en troisième position dans la chaîne alimentaire.

Il demanda un instant, posa la main sur le micro et s'adressa à Vin Wright :

— Merci pour votre temps. Je vous tiens au courant, promis.

Wright hocha tristement la tête et ouvrit la porte pour laisser Dawson sortir.

— Alors, qu'est-ce qui se passe ? demanda-t-il en marchant au milieu des rebuts déposés dans le jardin.

Il se figea net tandis qu'on prononçait les mots qui lui faisaient toujours aussi mal, bien qu'il soit en exercice depuis six ans :

— On a un mort sur les bras. Jusqu'à ce qu'on mette la main sur votre cheffe, il est à vous.

Enfin, il était responsable d'équipe ! Même si ce n'était que pour un temps très bref.

51

— Je vous écoute, Kev, déclara Kim en décrochant son téléphone.

— Cheffe, je suis à quelques mètres du corps d'une femme d'environ vingt-cinq ans mais j'ignore s'il s'agit de notre…

— De quelle couleur est son pantalon ?

— Euh… jaune.

— C'est elle, ragea Kim en fermant les yeux.

Elle écouta Dawson lui communiquer les détails, puis elle mit fin à l'appel et se tourna vers Bryant.

— Putain… On arrive trop tard.

Le décès d'Inga la laissait froide. Elle n'éprouvait aucune sorte d'empathie pour cette femme capable de trahir de la pire manière deux petites filles auxquelles elle était pourtant liée, surtout Amy. Mais sa mort privait Kim de sa seule piste solide. Sans compter qu'elle aurait préféré voir Inga rougir de honte à la barre des témoins.

— Elle n'avait peut-être pas le choix, cheffe, argua Bryant.

Elle apprécia ce point de vue charitable mais ne put y adhérer.

— On a toujours le choix. Les gamines lui faisaient confiance et elle a tout de même participé à ce coup.

— N'empêche que quelque chose lui a fait prendre la fuite. Sa conscience, peut-être…

— Bryant, grandissez un peu ! répliqua sèchement Kim.

Parfois, l'optimisme de son partenaire la mettait hors d'elle.

— Sa conscience… reprit-elle. Si c'était ça, elle aurait pu aller au bout et attendre la première occasion de filer avec les filles. En fait, elle n'a agi que pour sauver sa peau. Elle avait pcur.

— Et maintenant, elle est morte, déclara Bryant, comme pour dire que l'ardoise était effacée.

Pas pour Kim. Parce que Amy et Charlie étaient soumises, au mieux, à une terrifiante épreuve, et au pire à une mort horrible.

— Bryant, faites-moi une faveur : contentez-vous de conduire.

52

Kim enjamba le cordon de sécurité, montra rapidement son badge et pénétra sur la scène de crime. C'était une allée étroite qui courait entre un supermarché et un magasin de bricolage, le long de Brierley Hill High Street.

Dawson lui barra le chemin. Il était blanc comme un linge.

— Cheffe, elle est dans un état… C'est l'horreur.

— Je suis une grande fille, Kev, rétorqua-t-elle en le poussant.

— Ah, inspectrice ! Il me semblait bien avoir entendu votre douce voix si chaleureuse.

— Keats, je n'ai aucune envie de rire.

Le médecin légiste venait d'arriver à sa hauteur. On aurait dit que tous ses cheveux avaient glissé le long de ses mâchoires pour former une moustache bien nette et un bouc. Il lui tendit des gants de latex bleu identiques à ceux qu'il portait et ouvrit la bouche pour lancer un nouveau trait d'humour quand Bryant intervint.

— Keats, faites-moi confiance, elle n'est vraiment pas d'humeur.

Kim faisait déjà les premières constatations. Elle contourna le photographe de la scientifique pour y regarder de plus près. Le corps formait un angle impossible ; il lui rappelait les silhouettes de ruban blanc utilisées lors des week-ends de *murder mystery* pour décrire la victime. Au bout du bras droit, étendu au-dessus de la tête, le poignet pointait dans la mauvaise direction. Le bras gauche reposait le long du flanc. L'épaule paraissait beaucoup plus basse que la normale et le plat de la main était retourné. Dans ce visage méconnaissable, l'œil gauche disparaissait sous la chair de la joue et du front, tandis que le droit regardait fixement le ciel. Au milieu, il fallait imaginer un nez brisé d'où partait une traînée de sang qui descendait jusqu'au menton. Des touffes de cheveux blonds étaient dispersées tout autour ; on aurait dit un chien qui avait perdu ses poils.

Kim se releva pour laisser le photographe prendre des gros plans du visage et rejoignit Keats au pied du cadavre.

— À première vue, il y a de multiples fractures. Je dirais au moins quatre.

— Tous les membres ?

Le légiste hocha la tête et désigna la jambe droite. La cheville avait tourné de 180 degrés. Kim approcha d'un pas pour observer la zone où s'arrêtait la traînée de sang. Une fine ligne courait d'une oreille à l'autre. Vu la largeur de la blessure, on avait dû utiliser une lame. Mais Inga n'avait pas été tuée sur place. Ceci n'était pas une scène de crime. Dans le cas contraire, et parce que le tueur l'avait torturée, les cris auraient alerté le voisinage. En fait, on avait traîné le corps depuis un véhicule avant de l'abandonner là.

— Cause du décès ? s'enquit-elle.

Keats haussa les épaules.

— Pas de certitude tant que je ne l'aurai pas ramenée pour un examen détaillé. J'ai pensé que tu voudrais la voir avant.

Il s'approcha du haut du corps et souleva doucement le col de veste qui cachait le cou d'Inga.

— Mon Dieu, fit Kim, atterrée.

Elle compta sept ou huit marques de plus, qui faisaient le tour du cou.

— Des traces de lutte, cheffe ? demanda Bryant en venant se poster à côté d'elle.

Elle secoua la tête. Les marques étaient trop prononcées. Si Inga s'était débattue, elles auraient été plus superficielles. Dawson approcha à son tour.

— Et vous, Kev, vous en pensez quoi ? lui demanda Kim.

Dawson prit le temps d'observer les marques et tout le reste du corps.

— Il l'a torturée, cheffe. En l'étranglant jusqu'à ce qu'elle tombe dans les pommes, puis en la frappant chaque fois pour qu'elle reprenne connaissance.

Kim approuva.

— Elle n'a probablement pas arrêté de souffrir avant de mourir.

— Quel salopard, murmura Bryant en s'éloignant.

Pas faux, mais Kim portait sur le tableau une vision dépassionnée. Inga avait fait ses choix, contribué à l'enlèvement de deux pauvres gamines. Cette femme pitoyable avait connu la peur, mais elle en était libérée, à présent, non ? Pour ses victimes, le cauchemar continuait. Du moins, ils en étaient réduits à l'espérer…

Des petites filles, perdues, terrifiées et seules, quelque part… Leurs parents qui s'accrochaient pour ne pas devenir fous dans ce jeu cruel d'enchères, avec pour enjeu la vie de leurs enfants…

Kim regarda une dernière fois le corps inerte d'Inga ; sa mémoire lui ferait office de photographies. Elle s'attarda sur la cheville tordue : le tissu du jean jaune remontait un peu sur la jambe. Elle se pencha, le repoussa avec précaution. Un tatouage à l'encre noire représentant une espèce de domino à deux points apparut.

— Faites des gros plans de ça, dit-elle au photographe en se relevant.

— C'est grossier, observa Keats, elle a fait ça elle-même.

Bryant se pencha à son tour et jeta un coup d'œil.

— Qui l'a signalée ? demanda Kim.

— Le livreur qui apporte les snacks au pub, répondit Dawson. Il s'est éclipsé par ici pour pisser avant sa livraison suivante. Il est toujours en train de vomir. Mais ça ne va plus durer longtemps parce qu'il ne doit rien lui rester dans l'estomac.

— Et ?

— Tout ce que je peux dire, c'est qu'autour de 23 heures, quand le patron du pub a vidé la poubelle, cette femme n'était pas là.

— Kim, intervint Keats, tu ne vas pas me harceler pour connaître l'heure précise du décès comme tu le fais d'habitude, hein ?

— Eh bien, si tu as mieux à me proposer que ce créneau de deux heures, ne te gêne pas.

— Je dirais, plutôt en fin de créneau.

Le portable de Kim vibra dans sa poche arrière. Elle savait d'avance qui l'appelait.

— Stone, annonça-t-elle.

— C'est la femme qu'on cherche ?

Manifestement, Woody avait à peu près les mêmes compétences qu'elle quand il s'agissait de faire preuve de courtoisie…

— Oui, monsieur. C'est bien elle.

— Cela nous fait deux morts, Stone.

Elle s'écarta du cercle de personnes qui entouraient le cadavre d'Inga.

— On a tout fait pour la retrouver depuis que…

— Mais vous avez échoué, coupa Woody. Qui était sur le coup ?

Dawson avait donné le maximum pour tracer Inga.

— Monsieur, Inga nous fuyait et fuyait les ravisseurs. Elle était impliquée ; à choisir, je préfère avoir trouvé son cadavre plutôt que celui des petites.

À l'autre bout du fil, Woody prit une inspiration.

— Stone, je répète : qui est responsable de cette partie de l'affaire ?

Nom de Dieu, un vrai dogue avec son os ! Il voulait absolument un nom.

— Moi, monsieur. En tant que cheffe d'équipe.

Elle aurait pu jurer qu'il tripotait sa balle antistress…

— Vous, évidemment, conclut-il.

Et il raccrocha. Sur une grimace, Kim retourna près du corps. Keats l'avait entendue parler.

— Tu cherchais cette femme ? demanda-t-il.

Kim hocha la tête.

— Enquête de routine.

À l'évidence, Keats attendait davantage d'explications, mais elle ne lui lâcherait pas un mot. Il valait mieux se concentrer sur le cadavre. En général, une agression d'une telle brutalité résultait d'un accès de rage pathologique – une incontrôlable explosion de colère de la part d'un tueur. Pourtant, Kim eut l'intuition intime que ce tueur-là s'était *amusé*.

— Bryant, par pitié, dites-moi que ce n'est pas une Audi, là-bas, gémit-elle en reprenant le chemin de leur véhicule.

La journaliste les avait suivis jusqu'à la voiture.

— Eh si ! Votre chien de chasse préféré est bien là…

Un certain nombre de mots doux lui vinrent à l'esprit mais elle se garda bien d'ouvrir la bouche. Et, comme Tracy Frost approchait pour lui parler, elle l'en dissuada aussitôt d'un geste de la main.

— Même pas la peine d'essayer.

— Je suis très patiente, inspectrice, répondit la journaliste en secouant ses longs cheveux blonds.

— Moi aussi, Tracy. Mais là, vous feriez bien de ne pas pousser le bouchon.

— Vos menaces me stimulent, sachez-le.

— Lesquelles ? demanda Kim, puis elle haussa les épaules et ajouta : Aucune importance, j'en trouverai d'autres.

— Vous n'ignorez pas que certains officiers de police sont beaucoup plus coopératifs que vous avec la presse. On peut vous être utiles, figurez-vous.

Quelle bonne blague. Celle-ci, Kim ne pouvait pas la laisser passer.

— Amenez-moi tout de suite un journaliste utile et on discutera. Mais si ce sont vos services que vous me proposez, je passe mon tour, merci.

— Depuis combien de temps ces deux petites filles ont-elles disparu ?

Kim se retourna d'un bloc comme un chat en colère.

— Cheffe… tenta Bryant.

Elle ne tint pas compte de son avertissement et, nez à nez avec Tracy Frost, elle lança :

— Reposez cette question à quelqu'un d'autre et je vous promets que j'en ferai une affaire personnelle. Vous vous tairez, quitte à ce que je perde mon poste.

Kim veillait à ne pas la toucher, mais si cette femme, d'une manière ou d'une autre, jouait avec la sécurité de Charlie et Amy, elle ne lui laisserait plus jamais une minute de repos. Parole.

Elle recula et regagna pour de bon sa voiture.

— Cheffe, vous avez été un peu…

— Bryant, parlez de l'affaire ou taisez-vous, répliqua-t-elle, vraiment pas disposée à subir une leçon de morale.

Son partenaire soupira lourdement et jeta un coup d'œil derrière eux au cordon de sécurité.

— Si le gars qui a fait ça est à proximité des petites…

— OK, taisez-vous, finalement ça vaut mieux, conclut-elle durement en montant en voiture.

Elle pouvait visualiser la scène…

53

— Charl', tu trembles, dit Amy.

Charlie essayait désespérément de se contrôler. Tremblait-elle de peur ? De froid ? Elle ne savait plus. De temps en temps, elle se mettait à claquer des dents sans pouvoir se contrôler.

— Ça va, Ames, j'ai juste un peu froid, répondit-elle en se décalant pour que leurs peaux se touchent.

Le maillot de bain mouillé qui lui collait au corps la veille au soir avait séché, mais elle était transie jusqu'aux os. Elles étaient assises sur la serviette d'Amy, le froid passait à travers et transperçait aussi le matelas. Elle avait jeté sur leurs épaules la serviette de Charlie pour se faire un châle, dont elles tenaient chacune un coin.

Soudain, le bruit de la clé dans la serrure. Charlie sursauta. Elle n'avait pas entendu les signes qui l'avertissaient jusque-là. Progressivement, elle devenait moins attentive à ce qui se produisait autour d'elle.

Elle se colla davantage contre le mur, serra plus fort la main d'Amy.

Une vive lumière entra soudain et une silhouette se découpa dans l'encadrement de la porte.

C'était de nouveau le géant. L'homme qui leur avait pris leurs vêtements.

— Charl', qu'est-ce qu'il… ?

— Chuuuut…

Campé jambes écartées, l'homme dissimulait une de ses mains derrière son dos. Puis il la passa lentement devant lui : au creux de sa paume, il tenait un tout petit chaton noir et blanc, aux yeux endormis et dociles.

Aussitôt, Charlie éprouva un élan d'affection pour la petite boule de fourrure qui essayait de voir ce qui l'entourait. Un nœud se forma dans son ventre, toujours plus serré, comme lorsqu'elle devait aller chez le dentiste, mais en pire. Elle entendait son cœur qui battait très fort. Si seulement elle avait pu bondir et arracher ce chaton des mains du géant ! Mais elle tremblait de la tête aux pieds.

Elle déglutit, s'efforça de nouveau de se contrôler. Sa bouche était sèche et les mots avaient trop peur pour sortir de sa gorge.

L'homme leva sa main libre et la posa sur le chaton.

Là, d'un geste vif, il lui brisa le cou.

Charlie et Amy hurlèrent.

54

La salle de crise était à l'arrêt. L'équipe fixait le téléphone. Kim écouta une seconde fois l'enregistrement. Le cri était tellement affreux… Elle crut qu'elle allait vomir. Soudain, elle jeta le téléphone sur la table et quitta la pièce comme une tornade. Dehors, fouettée par l'air froid de la nuit, elle marcha autour de la pièce d'eau, les poings serrés. Elle se serait frappée. Voilà ce qu'elle avait gagné à exiger une preuve que les gamines étaient vivantes ! Ce n'était pas ça, son job ; elle était censée les protéger. À l'heure actuelle, elle aurait même déjà dû les ramener à leurs parents. Des enfants… affolées, nues et maintenant blessées.

— Putain de merde ! s'écria-t-elle en donnant un coup de pied dans un tronc d'arbre.

— Cet arbre ne vous a rien fait. Ce n'est pas très loyal.

Elle se tourna. Matt Ward était adossé au mur derrière elle.

— Qu'est-ce que vous me voulez ?

— Voir si vous savez bouder. J'ai déjà vu mieux.

— Je n'ai pas l'intention d'afficher ma frustration devant mon équipe. C'est mauvais pour leur moral.

— Ah, vous pensez qu'à l'intérieur ils se lancent des confettis ? Ils ont entendu exactement la même chose que vous.

— Merci de me le rappeler.

— Mais eux, ils ne se sont pas précipités dehors comme une certaine enfant gâtée que je connais. Excellente façon de soutenir votre équipe, inspectrice. Ils sont scotchés à ce téléphone.

Toute la colère de Kim se retourna contre Matt Ward.

— Vous ne savez rien de moi ni de mon équipe, alors foutez le camp !

— Quel est votre problème, Stone ? demanda-t-il, impassible.

Sidérant. Il n'exprimait aucune émotion.

— Vous n'avez pas entendu l'enregistrement ? Vous êtes un putain d'iceberg ?

— Si. Et même deux fois.

— Donc, vous savez qu'ils leur ont fait du mal et que j'en suis la cause.

— Arrêtez un peu et ressaisissez-vous, dit-il en levant les yeux au ciel. Je ne vous croyais pas du genre martyre. Bien sûr, vous avez demandé la preuve qu'elles étaient en vie – si j'étais arrivé ici plus tôt, j'aurais fait la même chose. Alors, descendez de votre croix et écoutez-moi bien parce que ce n'est pas dans ma nature de réconforter les gens : ils ne leur ont pas fait de mal.

— Que voulez-vous dire ?

— C'étaient des cris d'horreur, pas de douleur. Il y a une différence.

— Qu'en savez-vous ?

— Faites-moi confiance, dit-il sans ciller. Je le sais.

Et, comme elle demeurait sceptique, il ajouta :

— Vous oubliez ce qu'il y a de plus important.

Nul besoin de lui demander quoi, de toute façon il allait le lui dire.

— Maintenant, vous savez qu'elles sont vivantes. Toutes les deux.

Sur ce, il tourna les talons. Kim le regarda rentrer dans la maison.

Elle ne l'aimait pas. Son détachement glacial la déconcertait. Non, vraiment, elle ne l'aimait pas et elle ne lui faisait pas confiance – mais, bon sang, elle espérait de toutes ses forces qu'il avait raison.

55

Jenny Cotton jeta dans la poubelle les restes de ses lasagnes passées au micro-ondes. Mécaniquement, elle porta son assiette dans l'évier et la rinça tout de suite. Un triste sourire flotta sur ses lèvres. À quoi bon la laver, à présent ? Ce n'était plus la peine. Néanmoins, elle attrapa le torchon.

C'était le même cinéma depuis ces treize derniers mois. Rien n'avait de sens et pourtant son corps fonctionnait sans en tenir compte. Chaque jour, elle trouvait la volonté de le mettre en route. Chaque matin, elle essayait d'espérer. *Peut-être aujourd'hui*, se disait-elle.

Elle entra dans le séjour et rangea soigneusement les magazines qu'elle avait tenus sur ses genoux. Éteignit la télévision. Saisit le téléphone qui n'avait pas sonné pendant des semaines. À côté de celui-là, il y en avait un autre. Celui qu'elle gardait comme dernier lien avec sa fille.

Évidemment, à l'époque, la police le lui avait réclamé et s'était même montrée hostile devant son insistance à affirmer qu'il était introuvable. Elle leur avait donné l'autorisation de chercher dans la maison, sûre qu'ils ne risquaient pas de le localiser dans le nichoir accroché au mur dehors.

Elle relisait souvent les messages, cherchant des indices – les mots demeuraient inchangés et Suzie n'était toujours pas de retour à la maison.

Aujourd'hui, elle éprouvait une sorte de libération : elle n'aurait plus à faire semblant. Plus besoin de s'arracher au lit chaque matin pour réintégrer le monde, ni de s'habiller, ni de se peigner. De tenir bon.

Parce que, à présent, elle savait avec certitude que Suzie ne reviendrait jamais.

La visite de la police avait confirmé ses pires craintes. Elle avait lu dans les yeux de l'inspectrice que le cauchemar avait repris. Et si les ravisseurs de sa fille s'étaient emparés de deux autres petites, la vérité la regardait en face : elle ne reverrait jamais Suzie.

Elle monta l'escalier lentement. Pas d'autre bruit que celui de ses pas dans la maison et, pour une fois, elle s'en fichait. Ce calme la comblait. L'acceptation était venue. La fin, atteinte.

Elle n'attendait plus rien, ni ne cherchait à retirer quelque satisfaction que ce soit du peu de temps qui lui restait. Cela viendrait lorsque tout s'arrêterait pour de bon.

Elle se déshabilla. Plia ses vêtements sur le lit. Fit une pause. Fallait-il écrire une lettre d'explication ? Mais à qui ? Son geste ne surprendrait pas son entourage. Ses amis, sa famille ne s'inquiétaient plus d'elle que de temps à autre en lui passant un coup de fil, par culpabilité ou souci de responsabilité. Ils l'avaient poussée à déménager, ils n'avaient pas laissé tomber quand elle s'en était montrée incapable. Jenny espérait qu'ils comprendraient qu'elle ne fuyait pas : elle s'envolait. Car tout ce qui lui restait encore d'espoir dans le cœur s'était évanoui.

Elle se laissa glisser dans l'eau du bain et ferma les yeux. Un instant – un instant seulement –, elle douta et hésita. Et si elle ne pouvait pas retrouver Suzie dans l'au-delà ? Et si, du fait de ses actes, elle était propulsée dans une plus grande noirceur encore et condamnée à une quête éternelle ?

Mais non. Elle secoua la tête et la peur s'évanouit aussi vite qu'elle était apparue. Pour s'inquiéter de ce genre de conséquences, il aurait fallu qu'elle croie dans un être supérieur. Ce n'était pas le cas. Plus maintenant.

Elle prit la lame de rasoir. Elle savait qu'il fallait ouvrir les veines du haut vers le bas et non en travers du poignet. Un sourire lui vint tandis qu'elle se sentait appelée par sa fille.

— J'arrive, Suzie, j'arrive, murmura-t-elle au moment où la lame se posait sur sa peau.

Une sonnerie de téléphone retentit.

L'autre téléphone.

56

— Allez, les enfants, on remballe.

Il y eut quelques murmures de protestation, auxquels Kim coupa court d'un geste.

— Stop. Je vous veux reposés. Je vais lister les priorités et vous les trouverez en arrivant demain, à 6 heures.

Ils sortirent de la pièce à la file. Seul resta Matt Ward, plongé dans un dossier.

— Cela vaut aussi pour vous, monsieur Ward.

— Je finis, dit-il sans lever la tête.

Dans la salle déserte, elle s'affaira autour de lui, rangeant les chaises, les dossiers encore ouverts. Puis elle attrapa son sac de voyage glissé sous une chaise.

— Bon, je suis sûre que vous avez terminé votre lecture, alors, si vous voulez bien…

— Je reste. Simplement, je n'allais pas batailler avec vous devant vos subordonnés.

Elle soupira.

— Si vous cherchez la bagarre, déclara-t-elle, ça peut peut-être attendre…

— Je bosse, rien d'autre.

Kim abattit son poing sur la table. Sans résultat. Matt Ward ne lui accorda même pas un regard.

— En tant que cheffe d'équipe, je vous ordonne…

— Eh bien, le voilà, votre premier problème, dit-il en levant les yeux vers elle. Je ne suis pas sous vos ordres. Je n'obéis même pas à la police, je n'en fais pas partie. Ce n'est pas la peine d'aller en référer à votre boss pour qu'il en réfère au mien, comme d'habitude. Parce que vous allez le chercher longtemps.

— Je mène mes batailles moi-même, merci ! explosa Kim. Et nous sommes secondés par la police des West Midlands. Alors, dans la mesure où vous ne faites pas partie de mon équipe, bougez vos fesses, s'il vous plaît…

— Sinon quoi ? Vous allez user de la force ?

Pour la première fois de la journée, elle crut le voir vaguement sourire.

— S'il le faut, répliqua-t-elle du tac au tac.

Ils se mesurèrent du regard. Elle ne céderait pas.

Finalement, il déclara forfait.

— Bien, je vous crois.

Il se leva, rassembla les trois dossiers qu'il étudiait.

— Je déménage dans la cuisine…

Super, ils grignoteraient des biscuits ensemble et pourraient même s'amuser à se faire les ongles.

— … mais je ne quitterai pas cette maison tant qu'on n'y aura pas ramené les fillettes saines et sauves.

Matt Ward, l'homme le plus exaspérant de la terre. Chez lui, l'arrogance ne cédait la place qu'à l'obstination ; une obstination inattendue compte tenu de la froideur absolue du bonhomme.

Il lança depuis le pas de la porte :

— Vous avez l'habitude de toujours obtenir gain de cause, inspectrice ?

— Assez souvent, répondit-elle après un petit temps de réflexion.

— Eh bien, ça ne va peut-être plus tarder à changer.

— Monsieur Ward, j'adorerais papoter avec vous de la valeur que j'accorde à votre opinion. Néanmoins, puis-je poliment vous prier de sortir de ce qui est maintenant ma chambre ?

— Putain, oui.

Une fois qu'il eut franchi la porte, Kim desserra les dents. Mais, au même moment, on frappa :

— Merde, Ward, quoi encore ?

— Madame, je voulais juste vous prévenir que je m'en vais…

Re-merde, elle avait de nouveau oublié Helen. Ça devenait une habitude.

— Désolée, je n'ai pas eu le temps de débriefer, aujourd'hui.

— Il n'y a pas grand-chose à signaler, madame. Chaque couple garde ses distances avec l'autre tout en prétendant le contraire.

Kim prit note. Mais la fracture dans leur amitié ne l'intéressait pas.

— L'un des couples a-t-il déjà pris contact avec les ravisseurs, d'après vous ?

— Pas encore. Ils s'accrochent tous à l'espoir que vous allez leur ramener leurs filles d'un coup de baguette magique.

Comme elle-même… Pendant qu'elle y pensait, elle demanda :

— Vous êtes au courant pour la rançon versée la dernière fois ?

— Une rançon ? Non. Les familles étaient en pourparlers avec les kidnappeurs pendant les enchères, mais je ne crois pas qu'il y ait eu une remise d'argent. Quand Emily est rentrée, tous les parents étaient sous le choc.

Soupçons confirmés ! Si la seconde famille avait pu confirmer aussi, ç'aurait été encore mieux ; mais une intuition disait à Kim que l'argent n'était pas à l'origine du dénouement.

— Jenny Cotton est convaincue que les autres ont payé, dit-elle.

On pouvait la comprendre. Leur fille était vivante ; on n'avait plus revu la sienne. Pourtant, Helen n'adhéra pas à cette conclusion.

— Je m'en serais aperçue, affirma-t-elle. Leur comportement aurait changé. On ne peut pas garder un tel espoir pour soi, ne pas l'exprimer.

— Alors, qu'est-ce qui aura entraîné la libération d'une seule petite ? demanda Kim en faisant tourner sa chaise.

Helen hésita un instant :

— Le SIO[1] pensait que…

Kim l'interrompit :

— Helen, je ne vous parle pas du SIO. S'il me disait que je suis de sexe féminin, je courrais vérifier aux toilettes. C'est à vous que je pose la question.

— Quelque chose a dû mal tourner pour les ravisseurs. Je me suis creusé les méninges pour découvrir ce qui s'était produit dans la maison… Mais rien.

1. SIO ou *Senior Investigating Officer* : inspecteur en chef.

— Merci, Helen. On en reparle demain. Reposez-vous.

L'officier de liaison avait les yeux cernés par seize heures de travail.

— Vous aussi, madame.

Helen se retirait à peine que Kim l'interpella :

— Au fait, juste par curiosité, quel couple craquera le premier, à votre avis ?

— Elizabeth et Stephen, répondit-elle sans aucune hésitation.

Inutile de demander à Helen ce qui motivait sa conviction : Kim avait exactement le même sentiment.

— OK, on se voit dans…

La sonnerie de son mobile ne lui permit pas d'achever. Un numéro inconnu s'affichait…

— J'écoute, dit-elle en décrochant.

Silence.

Bon Dieu, elle détestait les petits malins qui passaient des appels bidon.

— Dites, si vous n'avez rien de mieux à faire de votre temps, je vous suggère de prendre…

— Inspectrice…

Ce filet de voix lui était familier. Mais elle ne l'identifiait pas.

— Qui est-ce ?

— C'est… c'est Jenny Cotton. Je suis… euh… je crois…

Kim bondit comme un diable hors de sa boîte.

— Quelque chose est arrivé, madame Cotton ?

— Le téléphone, l'autre téléphone… J'ai reçu un message…

— Ne touchez à rien, ne faites rien. J'arrive immédiatement.

57

Épuisée, Elizabeth s'assit au bord du lit.

Son corps résistait à la fatigue de la journée mais son esprit s'emballait, ses émotions se télescopaient.

Ses enfants lui manquaient tant… la douceur douillette d'Amy et l'espièglerie de Nicholas. Il lui semblait qu'on les lui avait arrachés tous les deux.

Stephen sortit de la salle de bains attenante à la chambre. Il déposa ses vêtements sur la chaise, près de la valise. Elizabeth se leva, fit le tour du lit et prit son jean.

— Il faut qu'on se décide à discuter, dit-elle calmement.

Stephen joua silencieusement avec sa montre. Elle saisit la chemise bleu ciel.

— Écoute, on ne peut pas faire comme si de rien n'était. Ça fait vingt-quatre heures qu'on évite le sujet. Nous devons absolument en parler.

Elle tint la chemise contre elle pour la plier. Chaque mot qui passait ses lèvres était une trahison, elle en avait bien conscience.

— On vit chez eux, on mange à leur table, on dort sous leur toit et tu veux qu'on discute de la somme dont on dispose pour tuer leur fille ? demanda Stephen en soupirant.

Elizabeth serra la chemise dans ses mains.

— Tu as lu le message : c'est la leur ou la nôtre.

Elle connaissait Charlie depuis ses quatre ans, elle l'aimait comme une nièce – mais pas comme une fille. Son affection n'allait pas jusque-là.

Sa petite fille à elle avait un tempérament moins ardent, plus tendre, calme et serein. Elle laissait Charlie décider de tout ce qu'elles faisaient, simplement contente d'être en sa compagnie.

Pourvu qu'ils ne les aient pas séparées… qu'elles soient encore ensemble… Charlie était la plus forte des deux, pourquoi ne pas l'admettre ? Elle en avait eu la démonstration pas plus tard que la semaine précédente quand, dans la piscine à balles, un garçon plus âgé avait bousculé Amy, la projetant au sol. Tandis qu'elle soignait la petite coupure au coude de sa fille, elle avait vu Charlie attendre que le garçon monte sur le toboggan ; lorsqu'il s'était frappé la poitrine comme Tarzan, Charlie s'était jetée sur lui et il avait dégringolé tête la première. Puis la petite avait crié : « Désolée ! »

Alors, elle espérait que Charlie continuait de protéger Amy. Et que Dieu la pardonne pour ce qu'elle allait dire à son mari.

— Il faut en parler, Stephen, répéta-t-elle dans un murmure, en se détestant de sceller le sort d'une enfant pour assurer la libération de la sienne. Je veux savoir combien nous pouvons offrir à ces gens.

Voilà, elle avait enfin réussi à lâcher les mots qui la débordaient, et elle ne pourrait pas les ravaler.

— Tu n'es pas sérieuse. Tu imagines vraiment leur faire ça ?

— Et toi, pour revoir Amy, tu ne le ferais pas ?

Elle ne pouvait pas le croire ! Son mari hésitait à assurer la sécurité de leur enfant ? Elle l'aimait, mais elle n'était pas aveugle à ses errements.

— Tu es prêt à laisser mourir notre fille ?

Il détourna le regard. Elizabeth jeta la chemise et marcha vers lui.

— Qu'est-ce que tu t'imagines ? Qu'ils n'ont pas la même conversation que nous, en ce moment même, en bas dans le vestibule ?

Stephen enfouit la tête dans ses mains et Elizabeth se sentit abandonnée. N'étaient-ils plus une équipe, chacun luttant pour la vie de leur fille ? Son mari venait de quitter le ring…

— Robert a probablement appelé son conseiller à la banque, son comptable, tous ceux à qui il peut s'adresser ! s'écria-t-elle. Si ça se trouve, il a fait une offre.

Stephen s'éloigna, mais elle le suivit.

— Stephen, merde, qu'est-ce qui ne va pas ? Il faut qu'on essaie de sauver la vie de notre enfant !

Il lui fit face et répondit :

— En tuant celui d'autres parents ?

Elizabeth recula. Des mots, mais pas la moindre émotion dans les yeux de son mari. De nouveau, il lui tourna le dos.

— Je ne parviens pas à réaliser, dit-il. C'est une barbarie.

Mais il y avait dans son ton une inflexion qui démentait ses paroles.

— Combien, Stephen ? demanda Elizabeth, qui ne désarmait pas. Combien pouvons-nous lever pour sauver la vie d'Amy ?

Il s'assit sur le lit. Son regard errait dans la chambre, comme toujours quand l'exaspération le gagnait.

— Réponds-moi. Combien vaut la vie d'Amy pour toi ?

Ses yeux lancèrent des éclairs. Tant mieux ! Elizabeth attendait une réponse qui vienne du cœur, qui soit vraie, qu'il se mette à nu.

— Je l'ignore. C'est compliqué.

— Non, ça ne l'est pas. Tu connais nos avoirs.

— Elizabeth, il est tard, argua-t-il en fuyant son regard.

— Il y a notre épargne.

— Arrête, Liz. S'il te plaît. Tu ne comprends rien à ces questions financières.

Elle vint se planter devant lui.

— Ne sois pas condescendant. Il te faudrait combien de temps pour lever la deuxième hypothèque de la maison ?

— Arrête. C'est insensé.

— Si on vend les voitures, les bijoux, on devrait approcher la somme de…

— Liz ! Je te demande une dernière fois d'arrêter là !

Elizabeth se figea : il ne lui avait donné aucune véritable réponse. Elle l'observa : il était debout près de la fenêtre, les épaules raides de tension. Elle aurait été avisée de le laisser tranquille, mais c'était au-delà de ses forces. Alors, elle s'approcha, si près qu'il fut bien obligé de l'affronter malgré toute la rage qu'il avait dans le regard.

— Sois honnête, Stephen, quelle valeur attribues-tu à notre enfant ?

Elle lut dans ses yeux qu'il se contrôlait difficilement.

Une seconde plus tard, il lui envoyait son poing dans la figure.

58

Les plaques de verglas rendaient périlleux le trajet de cinq kilomètres vers Netherton. Plus d'une fois, la roue arrière de la moto avait failli échapper au contrôle de Kim, et la colline menant chez Jenny Cotton ressemblait à une piste de ski. Mais elle arriva tout de même neuf minutes exactement après avoir reçu ce coup de téléphone complètement inespéré.

Jenny Cotton l'attendait sur le pas de sa porte, hagarde. Juste vêtue d'un peignoir en tissu-éponge, elle serrait un téléphone dans sa main. Le téléphone de sa fille, qu'elle n'avait jamais remis à la police. Honnêtement, dans la même situation, Kim l'aurait gardé aussi.

Elle retira son casque, s'approcha et fit rentrer Jenny Cotton, puis ferma la porte derrière elles.

— Merci d'être venue… Je ne savais pas quoi…

— Tout va bien. Vous avez bien fait.

Jenny Cotton se déplaçait mécaniquement, comme engourdie par le choc. Elle trébucha contre une chaise de la salle à manger et serait tombée si Kim ne l'avait pas retenue et obligée à s'asseoir. Il leur fallait une boisson chaude et sucrée, à toutes les deux. Kim alla dans la cuisine, remplit la bouilloire et finit par trouver des mugs, du café, des sucrettes et du lait.

— J'étais sur le point… murmura Jenny Cotton juste au moment où la bouilloire s'éteignait.

Kim se tourna vers elle. Jenny Cotton regardait le téléphone au creux de sa main en pleurant.

— Sur le point de quoi ?

Au fond d'elle, elle connaissait déjà la réponse.

— Trouver la paix.

Kim posa les mugs de café sur la table et s'assit.

— Ce n'est pas la solution, déclara-t-elle doucement.

— Si, parce que alors il n'y a plus de problème.

Comme l'avait dit Albert Einstein, « la vie ne vaut la peine d'être vécue que si on la vit pour quelqu'un ». Cette femme assise devant elle en était l'illustration parfaite. Misérable, défaite, elle avait essayé d'exister sans son enfant. Mais dans quelle direction faire le premier pas ?

Kim se pencha, lui toucha la main.

— Vous avez lu le message ? demanda-t-elle.

Jenny Cotton hocha la tête, serra le téléphone contre sa poitrine. Kim tendit la main.

— Vous permettez ?

Jenny Cotton lui tendit l'appareil avec réticence. Kim le saisit, fit défiler les messages jusqu'au plus récent. Il ne provenait d'aucun numéro connu – elle avait eu le temps de mémoriser ceux qui, dans la salle de crise, étaient affichés au tableau au-dessus de chaque texto.

Le texte était court et simple :

Voulez-vous jouer de nouveau ?

Kim ferma les yeux. Au pire, il s'agissait d'une plaisanterie des plus cruelle, une tentative pour extorquer de l'argent à cette femme toujours plongée dans le deuil ; au mieux, on se moquait de cette mère en négociant le cadavre de sa fille.

Soudain, une image lui vint à l'esprit : Éloïse, qu'on avait chassée sans ménagement de chez les Timmins. Éloïse d'après qui « il » n'en avait pas fini. Avait-elle voulu dire que… ? Kim s'empressa de chasser cette pensée. Les dingues vous tombaient dessus de temps à autre, voilà tout. Il n'y avait là que des coïncidences. Elle, en revanche, en tant qu'officier de police, ne s'attachait qu'aux faits.

Elle se leva, remit sa chaise en place et déclara :

— Je dois vous demander de me laisser ce téléphone.

Jenny Cotton parut horrifiée. Elle fixa l'appareil, prête à le reprendre pour le bercer contre elle. Elle s'en empêcha.

— Y a-t-il une chance, une toute petite chance que vous rameniez le corps de ma fille à la maison ?

Kim répugnait à faire des promesses qu'elle n'était pas certaine de tenir. Cela dit, ce visage, cette femme si près du gouffre la rendaient malade.

— S'ils ont votre petite fille, je la trouverai.

59

Il allait falloir affronter le connard qui se trouvait dans la cuisine. Kim n'y échapperait pas. Parce qu'il lui fallait de l'eau chaude. Elle se gelait, la cafetière était vide et elle avait besoin d'un coup de fouet.

L'idée d'un nouvel affrontement ne la réjouissait pas, mais comment se passer de café, surtout après minuit ? Fonctionner sans amour, elle pouvait. Sans sexe, c'était dans ses cordes. Sans manger, cela arrivait très souvent. Mais sans café, jamais. Alors, elle attrapa fermement la verseuse vide et sortit à grands pas de la salle de crise. Elle n'allait quand même pas se laisser impressionner !

Mal lunée, elle entra dans la cuisine et s'arrêta net. Matt Ward avait posé la tête dans ses mains ; sa respiration était régulière et profonde. À pas de loup, elle se dirigea vers l'évier, ouvrit le robinet au minimum et tint la cafetière sous le filet d'eau.

— Merci pour votre délicatesse, mais je ne dors pas.

Kim ricana en son for intérieur.

— Ah bon ? dit-elle. À vous entendre ronfler, on pouvait penser le contraire.

— Je pratique la méditation profonde. Ma conscience reste en alerte et mon subconscient se repose. Très utile quand on traite avec des personnalités difficiles.

— Je comprends. Vivre avec vous-même doit être sacrément traumatisant.

— Bien trouvé, inspectrice, reconnut-il.

Et, alors qu'elle s'apprêtait à quitter la cuisine, il lui jeta :

— Au fait, le crétin qui s'est chargé de la négociation lors de la précédente affaire… on devrait le fusiller.

— Pourquoi ça ? demanda Kim en revenant sur ses pas.

— Parce qu'il a abordé la situation comme un trader sur un marché. Un positionnement mais aucune stratégie.

— Vous voulez bien préciser ?

— Il y a quelques années, commença Matt Ward en soupirant, un *tiger* s'est produit en Bolivie.

— Je vous demande pardon ?

— Excusez-moi. Un tiger-kidnapping. C'est ainsi qu'on appelle une prise d'otage destinée à forcer l'entourage de la victime à commettre une action illégale.

Tout ouïe, Kim s'assit.

— Un petit garçon de cinq ans a été enlevé. Le fils d'un juge. Le ravisseur exigeait la libération de son frère, un activiste responsable de la mort de dix-sept personnes dans un bus de ville. Une vie contre une vie, pas d'échange d'argent. Et un choix impossible puisque le juge n'avait pas le pouvoir de faire ce qu'on lui demandait.

— Comment cela s'est-il terminé ?

— Au bout de deux jours, on a trouvé le corps de l'enfant au bord d'une rivière. C'est ce qui arrive quand un négociateur opère sans aucun respect des procédures. Mais dans le cas d'un incident express…

— Express ?

Kim n'avait jamais entendu ce terme.

— Quand la rançon exigée est modeste et que la famille peut aisément la payer. Dès le départ, il est entendu que l'argent sera versé et l'enfant relâché. On ne négocie que le montant.

— Est-ce qu'on réussit à attraper ces gangs ?

— Rarement. Ils sont très forts. Et du moment que la négociation suit correctement son cours, c'est du gagnant-gagnant.

Il y avait un « mais », Kim l'entendait percer dans les paroles de Matt Ward.

— Mais parfois, ça tourne mal ?

Il se leva, s'approcha de l'évier et répondit :

— Parfois, oui.

C'était bien la première fois qu'il laissait transparaître une émotion.

— Puisque, dans notre cas, les ravisseurs n'ont pas fixé de montant, comment comptez-vous lancer les négociations ?

— Cette fois, on se fout de l'argent et de qui peut payer quoi, expliqua-t-il en se servant un verre d'eau. On négocie des vies. Le message ne parle que d'une seule fillette ; moi, je veux les deux.

— Ce schéma d'enchères s'est-il déjà présenté ?

— Jamais. Une fois, j'ai dû négocier une rançon pour deux frères. Mais ensemble.

Aucun précédent, donc. Une nouvelle peu réconfortante…

— Alors, que proposez-vous ?

— D'abord, évaluer leurs attentes. Ils n'ont pas réclamé de montant précis, mais ils ont certainement des espérances. Je dois découvrir s'ils visent une famille en particulier. Peut-être que les Hanson les intéressent davantage et que les Timmins ne servent qu'à faire monter le prix. Ou vice versa. Toutes les réponses que j'obtiendrai me fourniront de quoi orienter les étapes suivantes.

— Une stratégie souple, conclut Kim.

— Nécessairement. Jusqu'à ce qu'ils réagissent, répondit-il, avec une note amusée dans la voix.

— Dites, vous venez presque de sourire, observa Kim. Méfiez-vous, je pourrais m'imaginer que vous présentez un certain niveau de capacités émotionnelles.

Ward remit aussitôt son masque et rétorqua :

— Dans la mesure où votre opinion ne compte absolument pas pour moi, elle ne m'empêchera pas de dormir. Néanmoins, sachez ceci : mes émotions pourraient être fatales aux fillettes.

— Vous feriez votre boulot aussi bien si vous souriiez de temps en temps, non ?

— Possible. Sauf que si je suis dans de bonnes dispositions, juste parce que le soleil brille ou que j'ai passé une chouette soirée, je risque de concéder quelque chose à tort. A contrario, si je suis d'humeur négative – par exemple, parce que vous êtes dans mes pattes –, cela peut entraîner une conduite irrationnelle inopportune. On sait qu'un négociateur nerveux privilégiera des stratégies fondées sur le rapport de force et sera moins enclin à la coopération. Alors, s'il vous plaît, restez hors de mon chemin…

— Faites-moi confiance pour ça, répliqua Kim en se levant, puis, avant de franchir la porte, elle ajouta : Au fait, pour ajouter à votre stress, Jenny Cotton, une des…

— Je sais qui elle est, coupa-t-il sèchement.

— Elle a reçu un texto : on lui demande si elle veut jouer de nouveau.

Il se rassit, perplexe.

— C'est une blague ?

— J'ai le téléphone en ma possession.

— Vous ne croyez pas sérieusement que cette gosse est encore vivante ?

Kim inspira profondément. Penser qu'elle allait devoir utiliser la mort d'une gamine et le malheur de sa famille pour essayer d'en sauver deux autres la rendait malade.

— Il faut que vous leur répondiez, déclara Ward. Dites que vous êtes d'accord et attendez de voir ce qui se passe.

Exactement ce qu'elle avait prévu de faire. Elle sortit de la cuisine, sa cafetière à la main, mais se ravisa une fois de plus et revint sur ses pas.

— Simple curiosité, quelle va être votre tactique pour commencer ?

— Justement, j'y travaillais quand vous avez déboulé dans ce qui me sert de chambre.

— Prenez votre temps, je reste à votre disposition. Deux gosses ont disparu mais je ne voudrais surtout pas vous bousculer.

— Inspectrice, je peux vous garantir que je ne suis jamais bousculé. Simple curiosité pour moi aussi, si d'aventure vous aviez le chef de bande au téléphone, quelle serait votre entrée en matière ?

Kim ne réfléchit même pas avant de répondre.

— Je lui dirais : Rends-les saines et sauves et je te laisse la vie.

Il la fixa une bonne poignée de secondes ; elle soutint son regard sans ciller.

— Maintenant, je comprends pourquoi on m'a sollicité, conclut-il.

60

— Charl', je me sens pas bien… dit Amy en se tenant le ventre.

Charlie la comprenait. Elles ne pouvaient s'empêcher de penser au petit corps tout mou du chaton qui se balançait entre les doigts du géant. Chaque fois qu'elle fermait les yeux, Charlie revoyait la jolie boule de poils noir et blanc endormie, confiante. Mais elle avait aussi la nausée à cause du sandwich. Il était tiède et il avait une drôle d'odeur. Elles ne l'avaient pas terminé.

Voilà qu'elle regrettait le ragoût de sa maman, celui qu'elle n'aimait pas. Un mélange de légumes et de morceaux de viande dans une sauce pleine de petites billes blanches que sa maman appelait de l'orge perlé ou quelque chose comme ça. Quand l'hiver se terminait, Charlie avait une raison supplémentaire de se réjouir : finis, les ragoûts ! Sauf que là, tout de suite, elle avait envie de pleurer en y pensant.

— Je-je… c-crois… qu'on est là depuis trois jours, dit-elle après avoir compté les marques sur le mur. Alors on doit être mar-mardi…

— Ça y est, tu retrembles, Charl', observa Amy en posant la main sur son bras.

— J-j'ai f-froid, c'est tout.

Amy ajusta la serviette de bain autour de Charlie, puis elle la frictionna. Ce simple geste déclencha les larmes que Charlie retenait en permanence.

— J'ai p-peur, Ames, dit-elle en s'essuyant le visage avec un coin de la serviette.

— Moi aussi, Charl', mais je te promets que tant qu'on est ensemble, on ne te fera pas de mal.

Les larmes ruisselèrent de plus belle le long des joues de Charlie. Des larmes venues du plus profond de son être. Elle avait pourtant essayé de se montrer forte, pour son amie.

— Nos parents nous cherchent, lui assura encore Amy en lui réchauffant les jambes. Ils vont nous trouver, j'en suis sûre.

— Reviens sous la serviette avec moi, dit Charlie d'une voix étranglée.

Amy ne devait pas rester plus longtemps sans se couvrir. Leurs maillots ne les protégeaient ni de l'humidité ni du froid.

Vite, Amy se blottit de nouveau près de Charlie.

— T-tu le p-penses vraiment, qu'ils vont nous trouver ? demanda Charlie.

Amy pouffa et les larmes de Charlie en furent séchées pour de bon.

— Tu ne te souviens pas, quand on est allés à Great Yarmouth ?

Charlie hésita. Amy lui donna un petit coup de coude.

— Mais si ! On a vu un clown, et on l'a suivi parce qu'il tenait des ballons Olaf. Après, on ne savait plus où on était. On a marché, cherché les parents partout et puis, finalement, on s'est assises et on a attendu. La fête foraine a fermé, il commençait à faire nuit, mais ils nous ont retrouvées.

Sauf que ce n'était pas pareil.

— Cette fois-là, fit remarquer Charlie, ils savaient où nous chercher.

— N'empêche. Ils ne seraient pas repartis sans nous, répondit Amy simplement.

Les rôles s'inversaient, Amy était la plus forte des deux. S'en rendait-elle compte ? Charlie allait lui répondre quand elle entendit le bruit désormais familier des pas.

— Non… Pas encore lui, Charl'…

— Bien le bonsoir, les filles, lança le géant depuis l'autre côté de la porte.

Elles demeurèrent muettes, tendant l'oreille et attendant le cliquetis de la clé dans la serrure.

— J'ai croisé une de vos copines, aujourd'hui. Inga, vous vous souvenez ?

Amy se raidit.

— Réponds…

— Oui, oui ! s'écria Charlie.

Vu ce qu'il avait été capable de faire au chaton, elle ne voulait surtout pas le mettre en colère. Amy laissa tomber la serviette et voulut prendre le bras de Charlie, qui l'en empêcha.

— Bouche-toi les oreilles, lui dit-elle tout bas.

Mais Amy refusa ; elle ne lâchait pas la porte des yeux.

— Vous allez être contentes, les filles. Elle est morte.

Le cri d'Amy rencontra le silence. À tous les coups, l'homme ricanait tout bas.

— Ames, répéta Charlie, n'écoute pas !

Elle voulut plaquer les mains sur les oreilles de son amie, mais Amy la repoussa. Le géant reprit :

— Ouais, elle est kaput, et je l'ai fait souffrir beaucoup plus que Brad. Je lui ai fait sacrément mal, mes cocottes. Et, à la fin, je lui ai brisé le cou.

Amy se mit à secouer la tête.

— Elle pleurait, elle me suppliait, et elle hurlait chaque fois que je lui donnais une raclée. Une minable. Vous savez pourquoi il fallait qu'elle meure, hein, les filles ?

Elles ne firent pas un bruit.

— Elle nous a laissés tomber ! Elle était avec nous, figurez-vous, elle nous a aidés à vous embarquer. C'est elle qui nous a dit où vous trouver. En fait, elle se fichait complètement de vous.

En dépit de la pénombre, Charlie voyait bien qu'Amy était devenue toute pâle. Elle frottait son estomac de sa main libre et fixait la porte de ses yeux écarquillés.

— Il ment, Ames, n'écoute pas.

Elle connaissait Inga depuis ses cinq ans ; elle ne voulait pas croire à ces histoires. Et pourtant, comment ces hommes auraient-ils pu savoir, sinon ?

— Devinez ce qu'elle m'a dit juste avant que je la tue, poursuivit le géant. Qu'elle ne vous avait jamais aimées et qu'elle espérait que vous étiez mortes.

À ces mots, Amy vomit.

61

Un courant d'air s'engouffra dans la salle de crise quand l'équipe y entra. Une fine couche de neige tombée dans la nuit avait givré, se transformant en un tapis qui crissait sous les pas.

— C'est pas une mince affaire de venir jusqu'ici, tempêta Bryant en passant devant Kim.

Ils payaient un mois de février trop doux.

— Servez-vous un café et on se met au boulot, déclara Kim dès qu'ils eurent tous déposé leurs manteaux sur un fauteuil.

— Matt, vous en prendrez ? demanda Stacey qui se tenait à côté de la machine.

— Ça ira, merci, Stacey, répondit-il en indiquant du menton le mug qu'il gardait entre ses mains depuis un quart d'heure.

Depuis que Kim l'avait autorisé à entrer. Ils n'avaient pas échangé un mot.

— Allez, tout le monde. C'est un nouveau jour, alors on se secoue, dit-elle tandis que l'équipe prenait place autour de la table.

On était maintenant mercredi et personne n'oubliait que l'enlèvement datait déjà de dimanche.

— Stace, à vous l'honneur.

Mais l'inspectrice n'eut pas le temps de parler car la porte de la salle à manger venait de s'ouvrir. Kim se leva immédiatement. On n'entrait pas dans cette pièce sans sa permission. Personne.

Le mètre quatre-vingt-quinze du DCI Woodward s'imposa dans l'encadrement. Kim sentit le sang se figer dans ses veines et elle s'appuya à la table. Mon Dieu, pourvu qu'on n'ait pas découvert les corps des petites…

— Je viens juste pour le briefing, Stone. Comme vous.

Elle se sentit si soulagée qu'elle faillit se laisser tomber sur sa chaise. Mais elle se ressaisit, resta droite dans ses bottes et présenta son boss à Matt et Alison. Ils échangèrent des poignées de main, des saluts, puis Woody se mit en retrait dans un coin de la pièce, près de la sortie, droit comme un I lui aussi, les bras croisés sur l'insigne sportif de son polo bleu clair. Dieu merci, il n'était pas venu en uniforme. Même si, sur lui, les vêtements de ville semblaient déplacés, ils convenaient mieux au contexte actuel. Sans aucun doute, il repasserait chez lui pour se changer avant d'aller au commissariat.

Elle lui tourna le dos et fit signe à Stacey de commencer.

— J'ai l'adresse de l'autre famille, annonça celle-ci. Ça n'a pas été facile.

— Envoyez-la à Bryant par e-mail.

— En revanche, toujours rien de la part des compagnies de téléphone, et je ne me fais pas beaucoup d'illusions sur la suite. Pas grand-chose non plus à propos de la médium, sinon quelques critiques – cela dit, même les Rolling Stones en récoltent. Les gens du coin assistent volontiers à ses prestations, et je n'ai pas trouvé trace d'un quelconque business, ni livres vendus sur Amazon, ni CD, rien. Elle demande cinq livres à l'entrée de son show et reverse la moitié à la SPA. Elle n'a pas de compte sur les réseaux sociaux…

— Un instant, coupa Kim.

Son portable venait de vibrer. Le légiste Keats lui envoyait un e-mail – il était donc tombé du lit, lui aussi. Difficile de croire qu'ils avaient inspecté la scène de crime la veille seulement.

— Kev, dit-elle, l'autopsie commence à 9 heures.

Il fit signe qu'il y serait.

— Quelque chose à ajouter, Stace ?

Cette dernière indiqua que non.

Kim ouvrit les pièces jointes envoyées par Keats et passa son téléphone à Alison.

— Déroulez les photos jusqu'à celle du tatouage.

Il y avait forcément quelqu'un ici qui connaissait la signification de ce signe.

— J'ai eu un coup de fil de Jenny Cotton, annonça-t-elle à son équipe. Hier soir. Elle aussi a reçu un texto.

Une vague de surprise déferla.

— Le téléphone se trouve entre les mains de M. Ward, au cas où d'autres messages arriveraient. Le texte est bref et direct : il demande à cette femme si elle veut jouer de nouveau.

— Bon Dieu, quelle cruauté ! commenta Bryant, affligé.

— C'est bidon ? demanda Dawson.

— Pas moyen de le dire, répondit Kim. Le message ne provient d'aucun des numéros identifiés ; mais, comme notre homme en change chaque fois, cette info ne nous apporte rien.

— Alors, s'enquit Stacey, ce sont les ravisseurs de Dudley ?

Kim soupira.

— Voilà treize mois que Jenny Cotton conserve ce téléphone en espérant qu'il sonnera un jour. Que cela arrive au moment précis où nos deux victimes sont enlevées n'est pas une coïncidence. Et je ne crois pas à une mauvaise blague de la part d'un inconnu. Personne n'est au courant de l'enlèvement de Charlie et Amy.

— Cheffe, intervint Dawson, vous pensez que… ?

— Non. Si Suzie Cotton est liée à notre affaire, le mieux que nous pouvons espérer est de récupérer son corps.

Le silence se fit dans la salle. Tout le monde devinait ce qu'elle avait en tête : pour la mère de Suzie, cela ne suffirait pas à tourner la page.

— C'est l'horreur, murmura Alison en rendant son téléphone à Kim, qui approuva d'un hochement de tête.

— Sans trop nous avancer, nous pouvons considérer que le Sujet 2 est à l'origine de ce texto. Qu'en pensez-vous ? demanda Kim.

— Si cet individu est connu des services de police, c'est forcément pour des crimes violents et brutaux. Il pourrait travailler dans un abattoir, ou exercer un autre métier qui implique de tuer. Vous pourriez même regarder du côté des vétérans.

— Vous pensez à un soldat ? demanda Bryant.

— D'après certaines études, les forces armées considéraient encore récemment la haine comme un levier des plus efficaces. La haine de l'ennemi permet de lever toute inhibition.

« La rage et l'agressivité constituent le régime de base de la vie militaire, mais, pour fabriquer une machine à tuer, vous devez abolir chez le sujet toute empathie, ainsi que sa capacité à pardonner. Si un soldat connaît un moment d'hésitation devant un ennemi qui le supplie de l'épargner, cela peut laisser le temps à l'ennemi de s'armer et décimer un peloton entier.

« Tout ça marche très bien, jusqu'à ce que le soldat soit réintégré dans la société. Le conditionnement qu'il a subi n'est pas un état temporaire, mais une altération durable. Le problème est que, dans la société civile, il ne parvient plus à identifier un ennemi, un guide, ni des camarades unis au service d'une même cause. La société lui renvoie que la violence, le fait de tuer, c'est mal. Or il n'est pas possible de lui laver le cerveau, juste parce qu'on voudrait qu'il s'adapte à une société "normale". La haine ne disparaît pas. Simplement, elle n'a plus de cible claire.

Kim observa son équipe. Pour une fois, Alison captait leur attention. Elle l'invita à poursuivre son raisonnement.

Tuer faisait jouir leur homme, comme le montraient à l'évidence les corps de Brad et d'Inga. Et cela, il l'avait appris quelque part.

— Si le Sujet 2 était dans l'armée, reprit l'analyste, il s'y sera trouvé dans son élément et ne sera pas parti de son plein gré.

— On a affaire à une vraie machine, alors ? demanda Dawson.

— Pas tout à fait. Il a forcément des points de vulnérabilité, mais profondément enfouis et en relation avec ses sentiments personnels. De retour dans la société civile, cet individu n'est plus en terrain connu. Il est probablement perdu, dérouté, largué. Malheureusement, ses émotions ne font qu'alimenter sa haine. Si j'ai raison, ajouta-t-elle à l'intention de Kim, les filles ont tout à redouter de lui.

Kim n'avait nul besoin d'une telle confirmation.

— Vous dites qu'il n'hésitera pas à faire du mal à des enfants innocents ? s'étonna Bryant.

L'indestructible optimisme de Bryant… Il aimait penser que tout le monde avait des limites. Qu'il pouvait conserver sa naïveté malgré le métier qu'il exerçait. Un mystère constant pour Kim.

— Plus maintenant, répondit Alison.

— Dawson, enchaîna Kim, quand vous en aurez terminé avec l'autopsie, poursuivez votre partie de l'enquête.

Il saisit sa veste et sortit. Woody lui emboîta le pas mais laissa la porte ouverte.

— Inspectrice, je veux vous dire un mot.

Bryant entonna quelques notes de *La Marche funèbre* tandis que Kim quittait la pièce derrière Woody.

Elle le rattrapa au moment où il arrivait à sa voiture, garée de l'autre côté de la pièce d'eau.

— Stone, vous n'ignorez pas que Baldwin veut être tenu au courant heure par heure ou presque.

Elle fut tentée de répondre qu'elle passerait le message aux ravisseurs…

— Vous n'ignorez pas non plus ce qui est en jeu.

— La vie de deux petites filles de neuf ans prénommées Charlie et Amy, répliqua-t-elle.

— Ainsi que ?

— Monsieur, avec tout le respect qui vous est dû, vous êtes en train de gaspiller votre précieux temps et de me faire perdre le mien. Je n'ai pas de motivation plus grande que de voir ces petites saines et sauves. Rien d'autre ne peut m'encourager à travailler plus vite, plus dur ou plus méticuleusement, et si…

— Je le sais, Stone, et je n'ai aucune critique à vous faire sur votre manière de mener cette enquête.

Elle lui concéda un sourire.

— Monsieur, préoccupez-vous des aspects politiques et moi, je m'occupe des fillettes.

Il hésita un long moment avant d'ouvrir sa portière, puis :

— Ramenez-les, Stone, c'est tout ce que j'ai à dire.

Sur ce, il monta en voiture et démarra.

Kim tourna les talons, retourna auprès des autres et récupéra son téléphone qui avait fait le tour de la table. Son pouce effleura l'écran, qui s'alluma et afficha la dernière photo prise sur la scène de crime. Là, quelque chose la poussa à élargir l'image.

— Stace, vous avez reçu l'e-mail de Keats ?

— À l'instant, oui.

— Je veux les photos en plein écran.

Kim se posta derrière Stacey pendant que celle-ci pianotait sur le clavier de l'ordinateur.

— La dernière.

Stacey obtempéra et Kim pointa le symbole chinois qui envahissait l'écran.

Stacey se pencha, scruta l'écran et secoua la tête.

— Zoomez.

Le symbole grossit encore.

— Il y a des lignes qui courent d'un côté à l'autre, nota Stacey. Plusieurs.

— Regardez le coin supérieur droit.

Bryant aussi s'était approché pour observer la photo.

— Du sang séché, déclara-t-il en se grattant la tête. Je ne pige pas…

La voix de Matt Ward s'éleva alors à la gauche de Kim.

— C'est l'idéogramme chinois pour « maman », dit-il.

Comment savait-il cela ? Kim se garda bien de lui montrer sa surprise. Elle regarda d'encore plus près.

— Et ce sang séché indiquerait qu'elle a essayé de s'en débarrasser récemment ? demanda-t-elle.

Postés derrière l'écran, ils fixaient tous l'image, plongés dans leurs réflexions.

— Stace, finit par dire Kim, creusez ça. Je veux tout savoir sur Inga. Même morte, elle a encore des choses à nous dire.

62

Le jour de la naissance de Charlie, Robert avait apporté un petit ours brun à l'hôpital. Au fil des années, la peluche avait subi tous les outrages. Charlie l'avait traînée partout par l'oreille et il ne restait pas grand-chose de son rembourrage. Récemment, l'ours s'était trouvé relégué sur la plus haute étagère de sa chambre, pour faire de la place à des objets plus indispensables à une fille de neuf ans. Mais il restait en vue. Et, trois semaines plus tôt, quand Charlie avait attrapé une angine, la petite peluche était mystérieusement redescendue de son étagère pour se nicher sur l'oreiller.

Assise au bord du lit, Karen serrait l'ours contre elle. Cette chambre, c'était son refuge, l'endroit où elle pouvait encore être aux côtés de sa fille, au milieu de ses trésors. À chaque objet correspondait un souvenir : un cadre jamaïcain décoré de coquillages ; un miroir à éclairage intégré au-dessus de la coiffeuse ; une brosse et un peigne achetés lors d'une sortie à Londres… Ici, Karen sentait la présence de Charlie comme si celle-ci était tout bêtement en train de prendre une douche en bas. C'était aussi la seule pièce qui n'était pas envahie.

Depuis l'enlèvement, Karen ne se sentait plus chez elle. Sa maison était devenue un champ de bataille, un hôtel, une forteresse. Mais, au fond, ce sentiment d'être une étrangère sous son propre toit lui venait moins de l'activité inhabituelle qui régnait que de l'absence de sa petite fille.

— Je t'aime, mon ange, murmura-t-elle. Courage, maman va te retrouver.

Les larmes lui piquèrent les yeux puis roulèrent. Pourtant, parler tout haut à Charlie l'avait soulagée quelques secondes.

— Je pensais bien te trouver là, ma chérie.

Robert, la seule personne avec qui elle acceptait de partager cette chambre. Elle tapota le lit à côté d'elle. Robert s'assit, l'attira dans ses bras. Quand les gens regardaient son mari, ils voyaient un homme grand, bien bâti, aux cheveux gris, au nez un peu long et aux oreilles un peu décollées. Ils voyaient aussi les premières taches de vieillesse sur ses mains, alors qu'elle-même n'en avait aucune. Mais ils ne pouvaient pas voir ce que Karen percevait ; en regardant mieux, au fond des yeux de son mari, ils auraient compris. Ils auraient vu l'amour, la force, la compassion, la générosité. Tout ce qu'elle voyait chaque jour.

— On va la ramener, chérie, lui promit-il de sa voix chaude et rassurante. La police progresse d'heure en heure.

Elle se blottit contre sa poitrine, ferma les yeux. Une minute de sécurité.

— Pauvre petit ours, dit Robert en attrapant la peluche par l'oreille. Tu te souviens du jour où Charlie lui a fait manger un sandwich à la confiture ?

Karen s'en souvenait, oui.

— Il fallait le laver. On a tout essayé pour le lui prendre ; quand elle a compris ce qu'on voulait faire, elle s'est accrochée à lui encore plus fort. Finalement, on a lancé une partie de Twister pour détourner son attention et tu en as profité pour t'éclipser avec l'ours, qui a fini dans la machine à laver. Mais Charlie est entrée par hasard dans la cuisine et elle a vu son ours tourner dans le tambour, par le hublot. Elle a cru qu'on voulait le tuer. Elle a hurlé.

— Je me rappelle.

Robert soupira.

— Cette nuit-là, je suis resté longtemps éveillé, tu sais. Je me demandais si on ne l'avait pas traumatisée pour de bon.

— Et tu prétends que c'est moi qui la protège trop ?

— Elle et toi, vous êtes ma famille, je vous aime.

Robert était un homme de valeurs ; à ses yeux, les protéger relevait de son devoir.

— Rob, dit-elle en lui prenant la main, tu n'as pas de reproches à te faire. Tu n'aurais rien pu empêcher. Et moi non plus.

— Il faut absolument qu'on nous la rende, Kaz, dit-il en caressant les cheveux de sa femme.

Karen hocha la tête. Ils avaient passé la nuit entière à parler, jusqu'à épuiser le sujet. La douleur causée par l'absence de leur fille, sa survie, leur priorité, tout cela entrait en concurrence avec le sentiment de trahir leurs amis et leur propre intégrité morale. Mais, à 4 heures du matin, ils étaient parvenus à une décision.

L'heure était venue d'envoyer un texto.

63

Tandis qu'ils roulaient, Kim doutait. Avaient-ils raison de ne rien dire à la presse ? Cette décision ne leur accordait qu'un sursis ; bientôt, l'école s'étonnerait de l'absence des fillettes, les rendez-vous annulés attireraient l'attention. Les gens finiraient par parler. Les Timmins et les Hanson n'allaient plus tarder à recevoir des coups de fil et à voir se manifester leurs proches. Menacer Tracy Frost n'empêcherait rien : il ne faudrait pas longtemps avant que Sky News titre sur l'affaire. Alors, ce serait le moment de vérité : si la décision de boycotter la presse avait été une erreur, Kim paierait la note, c'en serait fini de sa carrière. Elle servirait de bouc émissaire et peu importait que le black-out ait été décidé avant qu'elle prenne la direction de l'enquête.

La plupart des enquêteurs gardaient en tête le cas Lesley Whittle, parce qu'il était affreux, mais aussi parce qu'il illustrait les conséquences d'une mauvaise décision. Lesley, jeune fille de dix-sept ans, avait été enlevée chez elle dans le Shropshire en 1975. Le ravisseur était déjà connu des services de police sous le pseudo de Black Panther – il portait une cagoule noire quand il braquait les bureaux de poste. Nielson, de son vrai nom, s'était rendu coupable de quatre cents vols et de deux fusillades fatales avant de kidnapper Lesley. Il avait caché la pauvre fille dans un puits de drainage d'un parc du Staffordshire. La police avait commencé par appliquer un black-out ; mais, dès le début, l'enquête était partie de travers et les deux tentatives de négociation avec Nielson – qui demandait cinquante mille livres – s'étaient soldées par des fiascos. Finalement, on avait retrouvé le corps de Lesley suspendu par un nœud coulant à l'intérieur du puits, la tête encapuchonnée, sans possibilité de prouver si elle était tombée ou si Nielson l'avait poussée. Elle ne pesait plus que quarante-quatre kilos et son estomac était complètement vide. Après cela, le Superintendent chargé de l'affaire avait été rétrogradé au rang de simple agent.

Simple agent… Si même un Superintendent risquait une sanction pareille, Kim s'estimerait heureuse de décrocher un job de gardienne de nuit chez un ferrailleur…

On ne décidait d'informer le grand public que si le bénéfice escompté surpassait le risque de fausses pistes. Or il ne faisait aucun doute que cette histoire d'enlèvement allait soulever un intérêt médiatique inimaginable ; des dizaines de reporters chercheraient à interviewer les parents et à reconstituer le contexte et l'historique de chaque famille. Ils verraient leurs vies étalées aux yeux du monde, mises à nu, consommées, jugées. Une expérience pénible, plus particulièrement pour Karen. Et où serait le bénéfice ? L'intrusion des médias n'apporterait rien à l'enquête.

— C'est encore loin ? demanda-t-elle à Bryant, de plus en plus agitée.

Ce n'était pas en restant assise dans une voiture qu'elle allait résoudre son enquête.

— Un peu moins de trois kilomètres, indiqua Bryant après un coup d'œil à son GPS.

Ils avaient quitté depuis longtemps la zone urbanisée des villes industrielles et traversaient la première couronne verte, où des rangées de maisons s'attachaient les unes aux autres – un défilé ponctué par des boutiques ou des pubs. À l'arrière, les jardins donnaient sur les champs. Dans cette zone, le réseau était intermittent. Un cauchemar pour Kim.

Son estomac commença à lui jouer des tours. Être si loin de la civilisation la rendait nerveuse. Elle se sentait bien plus à l'aise au milieu des grands ensembles habités et des aciéries à l'abandon. Oui, elle aimait respirer les mélanges de polluants qui lui prouvaient qu'ils étaient des centaines à batailler pour occuper le même espace. Elle avait l'habitude d'être réveillée par les coups de klaxon et le vrombissement des moteurs, pas par les oiseaux. Dans son monde, c'étaient les tours qui projetaient des ombres, pas des arbres.

La voix féminine du GPS leur annonça que leur destination se trouvait sur la droite.

— Elle se fout de nous ? s'exclama Kim.

Un code postal classique couvrait une zone de douze habitations. Ici, il pouvait couvrir plusieurs kilomètres. Ils dépassèrent un portail qui portait le numéro 5.

— On cherche le 4, dit Bryant. J'ignore si on l'a dépassé ou s'il est devant nous.

Il continua un peu et, quatre cents mètres plus loin, ils atteignirent le numéro 6. Bryant fit marche arrière dans l'allée pavée. Comme ils n'avaient pas croisé de voiture depuis des kilomètres, il prit son temps pour manœuvrer. Il remonta jusqu'au numéro 5, ralentit. Une haie d'un mètre quatre-vingts bordait le trottoir. Finalement, ils se trouvèrent de nouveau devant le portail à double battant d'une maison qui affichait fièrement son numéro 3.

— Bon, les meilleures plaisanteries ont une fin, s'agaça Kim au bout de dix minutes, tandis que Bryant faisait de nouveau demi-tour.

Cette fois, ils roulèrent au pas et Kim fouilla du regard chaque centimètre de la haie. Aucun doute, la famille qu'ils cherchaient ne voulait pas qu'on repère sa maison. Les parents d'Emily Billingham avaient déménagé, changé de nom pour prendre celui de Trueman, et ils se cachaient.

— Là ! s'écria-t-elle soudain.

Un portillon bas, large d'un mètre à peine, trouait discrètement la barrière de la haie. Pas de boîte à lettres, pas de numéro.

Bryant se gara à cheval sur le trottoir. Ils passèrent le portillon et la haie de troènes s'enroula autour d'eux majestueusement. On se serait cru dans un labyrinthe. Dix mètres plus loin, un autre portail les attendait, composé d'un simple battant de fer forgé fixé dans un mur de brique surmonté d'éclats de verre colorés. Il aurait mieux valu essayer d'arrêter un disque de meuleuse à mains nues que de s'attaquer à l'escalade de ce mur… Quant au battant de fer forgé, il était surmonté par des flèches de trente centimètres, artistiquement façonnées mais franchement dissuasives.

— Voilà des gens accueillants, observa Bryant en pressant le bouton de l'interphone placé sur le mur de droite.

Une voix perturbée par des parasites leur répondit.

— Qui êtes-vous ? demanda-t-on seulement.

— Madame Trueman ? Je suis le sergent Bryant, et l'inspectrice Stone est à côté de moi.

— Montrez vos badges à la caméra, je vous prie.

Une caméra ? Où cela ?

La voix précisa :

— À côté du bouton de l'interphone.

Bryant, agacé, regarda de plus près. La caméra miniature ressemblait à une tête de vis. Il plaça sa carte devant.

— L'autre, maintenant, exigea la voix.

Kim donna sa carte à Bryant qui l'exhiba à son tour.

— Très bien, reprit la voix. Que voulez-vous ?

— Vous parler, répondit brièvement Bryant.

Lui aussi commençait à perdre patience, à ce jeu de trouve-moi-si-tu-peux.

— De quoi est-il question, inspectrice ?

Kim s'approcha de l'interphone pour répondre :

— Cela concerne votre fille, madame Trueman, alors, s'il vous plaît, ouvrez-nous, que nous puissions parler dans de bonnes conditions.

Un clic se fit entendre et Bryant appuya sur la poignée du portail.

Verrouillé.

— Cheffe, je vais péter les p…

Il y eut alors un deuxième bruit métallique, puis un troisième.

— Trois verrous électroniques ? s'écria Bryant. Mais enfin, ils gardent les joyaux de la Couronne là-dedans ou quoi ?

Kim ferma soigneusement le portail derrière eux et répondit en soupirant :

— Non, Bryant. Leur enfant, c'est tout.

De nouveau, ils entendirent le bruit du triple verrouillage électronique. Puis ils entrèrent sur un terrain d'environ un hectare. Depuis le portail, une allée circulait entre deux zones de pelouse symétriques. À gauche, face à la fenêtre de la cuisine, une balançoire solitaire. Le mur hérissé d'éclats de verre encerclait la propriété. Comme ils approchaient de la façade de la maison, une petite femme ouvrit la lourde porte de chêne. Brune, elle portait un jean et un T-shirt d'homme constellés de peinture vert citron.

— Madame Trueman ?

Bryant lui tendit une main qu'elle accepta sans sourire. Puis elle s'effaça pour leur laisser le passage et jeta un coup d'œil soupçonneux au-dehors avant de fermer la porte. Kim avisa un escalier et compta cinq portes, mais leur hôtesse ne les invita pas à aller plus loin.

— Vous disiez vouloir parler de ma fille ? demanda-t-elle.

— Oui, de son enlèvement, répondit Kim.

Mme Trueman joignit les mains.

— Vous les avez arrêtés ?

Kim secoua la tête et Mme Trueman parut infiniment abattue.

— Alors, quoi ? dit-elle en se tordant les mains.

— Nous réexaminons le dossier et nous avons besoin de votre aide.

Il n'était pas question d'ajouter à l'angoisse de cette femme en la laissant suspecter une nouvelle affaire d'enlèvement. Elle aurait pu se briser en mille morceaux.

Enfin, elle leur désigna une porte. Leurs pas résonnèrent sur le sol de l'entrée. On n'entendait aucun bruit, dans cette maison : pas de télévision, pas de radio, aucune conversation. Un silence épais et oppressant. Dans le petit salon où ils entrèrent, de profonds canapés étaient disposés face à la cheminée. Derrière, des livres tapissaient le mur du sol au plafond. Une baie vitrée offrait une vue sur l'arrière de la propriété, où une allée de gravillons s'arrêtait devant un portail en bois aussi haut que le mur. Au-delà, une petite rue conduisait certainement vers la civilisation, quelques centaines de mètres plus loin.

Mme Trueman s'assit au bord d'un fauteuil tandis que Kim et Bryant s'installaient dans un des canapés.

— Madame Trueman, hier, nous nous sommes entretenus avec Mme Cotton. Elle…

— Comment va-t-elle ? la coupa-t-elle vivement.

— Je déduis de votre question que vous ne vous parlez plus ?

— Comment voulez-vous ? J'ai retrouvé ma fille et elle a perdu la sienne. Je ne pourrais même pas la regarder en face. Dire que nous étions comme des sœurs… Elle me manque. Toutes les deux me manquent.

Elle suivit le regard de Kim, qui fixait un agrandissement photo des deux familles au complet attablées devant un énorme plat de paella. Six visages rougis par le soleil.

— C'étaient nos dernières vacances tous ensemble, commenta doucement Mme Trueman. Suzie était une si belle enfant… Ma filleule… Jenny et moi nous connaissions depuis l'école. En quelques jours, tout ça a été balayé…

Kim s'apprêtait à évoquer la rançon, mais Mme Trueman la regarda fixement.

— Inspectrice, est-ce que vous savez qui vous êtes ? demanda-t-elle. Qui vous êtes profondément ?

— J'aime à le penser.

— C'était aussi mon cas – jusqu'à ce qu'un texto remette tout en question. Ce qu'ont fait ces individus est impardonnable ; le désespoir et la peur vous transforment de manière épouvantable. Comparée à la vie de nos enfants, notre amitié n'a plus compté pour rien. Ma meilleure amie est brusquement devenue mon ennemie. Nous étions coincées dans cette compétition surréaliste, une seule de nous deux pouvait gagner.

— Avez-vous versé la rançon ? demanda Kim avec autant de délicatesse que possible.

On lisait dans les yeux de Mme Truman toute la terreur de ces heures effrayantes. La terreur, et la honte.

— Non, on n'a rien payé. Mais on était sur le point de le faire, répondit-elle honnêtement.

Kim et Bryant échangèrent un coup d'œil.

— Alors, pourquoi Emily a-t-elle été relâchée et pas Suzie ?

— On ne sait pas. On s'est posé la question des millions de fois.

Qui avait pris cette décision, bon Dieu, et pour quelle raison ?

À cet instant, ils entendirent la porte s'ouvrir doucement et virent passer une tête. Kim reconnut Emily, même si elle était plus âgée et bien plus pâle que sur la photo de famille. Dès qu'elle nota la présence d'étrangers, la fillette fut troublée et chercha le regard de sa mère. Mme Trueman se leva.

— Tout va bien, Emily. Tu as fini ta leçon d'histoire ?

Emily hocha la tête mais posa de nouveau les yeux sur Kim. Et, malgré les efforts de sa mère pour l'en empêcher, elle entra dans la pièce.

— Emily, il n'y a pas lieu de t'inquiéter. Remonte et commence…

— Vous avez retrouvé Suzie ? demanda la petite fille, pleine d'espoir.

— Non, répondit Kim, la gorge nouée.

Alors, les yeux de l'enfant se remplirent de larmes qu'elle refoula bravement. Et dire que, treize mois après la tragédie, sa meilleure amie était toujours dans ses pensées…

— Emily, répéta sa mère, s'il te plaît, remonte. Je te rejoins dans une minute pour noter ton travail.

La petite hésita, mais sa mère posa la main sur son bras et la fit obéir.

— Elle ne va pas à l'école ? demanda Bryant.

— Elle suit les cours à la maison, expliqua Mme Trueman en refermant la porte. Pour sa sécurité.

— Pourrions-nous passer quelques minutes avec elle ?

— Certainement pas, répondit-elle avec véhémence. On ne parle jamais de ça, ni avec elle ni avec personne. Le mieux pour elle est d'oublier.

Cette stratégie ne semblait pas tellement efficace. À rester ainsi enfermée dans cette forteresse, la fillette ne risquait pas d'oublier pourquoi on lui interdisait toute interaction avec l'extérieur.

— Est-ce qu'Emily a vu un thérapeute ?

— Non, nous avons décidé de laisser le passé derrière nous. Les enfants sont résilients, ils rebondissent. Nous refusions qu'un thérapeute lui mette dans le crâne un sentiment de culpabilité et lui dicte quoi ressentir. Ça n'aurait aidé personne.

Le sentiment de culpabilité de qui cette femme cherchait-elle en fait à enterrer ?

— C'est pour cela que je ne peux pas vous permettre de l'approcher. Vous feriez remonter les souvenirs.

Sauf qu'aucun des souvenirs en question ne s'était jamais effacé…

— À présent, si vous voulez bien m'excusez. J'ai à faire.

Kim se leva, prête à sortir. Mais, soudain, une pensée lui vint : puisque la famille avait failli payer, les ravisseurs leur avaient forcément dit comment.

— Vous ont-ils indiqué où déposer l'argent ?

Mme Trueman hésita, mais Kim insista :

— Comprenez-nous, madame Trueman, nous avons besoin de votre aide.

— De votre côté, vous devez comprendre que ces individus sont toujours dans la nature.

— J'entends, mais ils ne reviendront pas pour Emily.

— Je n'y crois pas. Vous ne pouvez me donner aucune garantie.

Kim soupira.

— Néanmoins, reprit Mme Trueman, je vous répondrai si vous me promettez qu'ensuite vous nous laisserez tranquilles.

Puisqu'elle ne verrait jamais Emily seule à seule, Kim prit ce qu'on lui offrait.

— Ils nous ont demandé de déposer l'argent le mercredi, à midi, dans un des bacs à sel municipaux, sur Wordsley High Street.

Elle s'interrompit en fronçant les sourcils avant d'ajouter :

— Mais… vous devriez le savoir puisque vous avez encore mon ancien téléphone.

Kim se mordit la langue. Elle venait de dévoiler son jeu. Car si elle avait rouvert l'enquête, comme elle le prétendait, elle aurait déjà vérifié cet élément – toujours archivé puisque l'affaire n'avait jamais été résolue. Elle se dépêcha d'improviser :

— Je m'assurais juste que c'était bien le dernier message que vous ayez reçu.

À la seconde où elle quitterait cette maison, elle ordonnerait à Dawson de récupérer le téléphone.

À tout hasard, elle déposa une carte de visite sur la console de l'entrée.

— Appelez-moi s'il vous revient quelque chose. S'il vous plaît.

Elle brûlait de dire à cette femme que Jenny Cotton donnerait sa vie pour pouvoir enterrer sa fille, mais elle se retint. Elle laissa son collègue partir devant et ajouta encore :

— Madame Trueman, je comprends que vous vouliez protéger votre fille, mais vous en faites trop. Vous l'étouffez. Elle a besoin de voir du monde. De courir et de rire avec des enfants de son âge. Il faut qu'elle se construise des souvenirs heureux pour pouvoir laisser partir les mauvais.

Mme Trueman demeura impassible.

— Merci, inspectrice, mais je sais mieux que vous ce qui est bon pour ma fille.

— Pour elle… ou pour vous ? Elle va devenir une enfant nerveuse, angoissée, qui aura peur de tout le monde.

— Je la garde en vie.

Dans une absence complète de joie.

— Oui, mais quelle vie…

La porte de chêne lui claqua au nez. Juste avant, Kim avait vu passer une ombre en haut de l'escalier.

64

Emily ferma doucement la porte de sa chambre et s'assit sur son lit, incapable d'ouvrir son livre de géographie comme elle aurait dû. Sa mère lui faisait l'école à la maison et tenait au respect des horaires scolaires. Emily était devant son bureau à 9 heures pile, et elle bûchait sur quatre leçons par jour.

L'école lui manquait, surtout l'animation : les bavardages, les éclats de voix, les cris… Ici, dans leur nouvelle maison, c'était le calme plat. Le mur et la haie étouffaient les bruits de la circulation et de la rue. Emily n'entendait jamais les voisins : leurs maisons se trouvaient à dix minutes de marche de la sienne. Y avait-il des enfants de son âge à proximité ? Elle n'en savait même rien.

Chez elle, le silence régnait. En semaine, sa mère s'affairait au ménage au rez-de-chaussée sans qu'Emily perçoive le moindre bruit de fond : ni télé ni radio – comme si sa mère était constamment sur le qui-vive, au cas où quelque chose d'inhabituel se produirait. Seul le crissement assourdi des pneus sur le gravier venait mettre un peu de vie, quand son père rentrait du travail. Alors, l'angoisse de sa mère s'apaisait et, pendant quelques heures, le soir, ils faisaient comme si tout était normal.

Emily regrettait bien des moments de son ancienne vie. Mais surtout, surtout, son amie lui manquait.

Elle se pencha et tira de sous le lit un album. Sur la première page, il y avait une photo imprimée d'elle et Suzie, radieuses, au-dessus du titre : « Nos voyages ». Page après page, on les voyait en vacances, pilotant des voitures à pédales, tournant sur des manèges, à la mer… Sur la dernière, elles étaient au concert de Justin Bieber.

Et, tout à coup, une page vierge. Emily la regardait toujours sans y croire : il n'y aurait plus de page à remplir dans l'album. Elle devrait se contenter de ces souvenirs-là. Pour toujours.

Elle se rappelait bien ce concert dans la grande salle de Birmingham ; Suzie était si fière de son T-shirt « Belieber », à l'effigie du chanteur. Pendant tout le trajet du retour, elles avaient ri comme des folles, bataillant pour savoir laquelle des deux allait se marier avec leur idole. Finalement, elles avaient décidé de se le partager. Assises à l'avant de la voiture, leurs mamans s'étaient beaucoup amusées en les entendant.

Trois jours plus tard, elles étaient kidnappées.

Suzie avait des yeux si pleins de joie et de malice, sur la photo… Des yeux tellement différents de ce jour où on les avait arrachées l'une à l'autre. Emily effleura du doigt ce visage qui vivait encore dans ses rêves, et il commença à devenir flou.

L'enlèvement l'obsédait comme s'il avait eu lieu la semaine précédente. Le jour, elle se sentait coupable de vivre alors que Suzie était morte ; et la nuit, la peur revenait la hanter dans son sommeil. Le cauchemar du dernier jour, surtout.

Elle croyait encore sentir les bras de l'homme noués autour de sa taille tandis qu'il la séparait de Suzie. Il était maigre, elle pouvait sentir ses os saillants. Il l'avait traînée dans la pièce. Elle avait essayé de se cramponner à la main glacée de Suzie. Si elles s'agrippaient l'une à l'autre, rien ne pourrait les séparer, elle en était sûre !

Elle avait tort.

Un coup de poing dans la tête avait envoyé Suzie valser au sol. Emily ne pouvait plus s'accrocher à elle. Dans la seconde, on l'avait empoignée par la taille et soulevée. Elle avait hurlé : « Suzie ! Réveille-toi ! » Mais Suzie ne se relevait pas.

Après cela, elle n'avait plus jamais revu son amie.

Elle se mit à pleurer. Une larme tomba sur la photo ; elle l'essuya et serra l'album contre son cœur, secouée de sanglots.

— Pardon, Suzie. Pardon, pardon.

65

— Qu'est-ce qui vous tracasse, cheffe ? demanda Bryant tandis qu'ils montaient en voiture après leur visite à Mme Trueman.

— Faites chier, répliqua Kim.

Pourquoi la connaissait-il aussi bien ? C'était exaspérant.

— Vous avez la tête d'un gosse qui n'a trouvé que des morceaux de charbon au pied du sapin de Noël, dit-il en tournant la clé de contact.

— Quelque chose ne colle pas, expliqua-t-elle. Mon cerveau est du genre à classer facilement ce qui lui paraît logique, et là, un truc résiste.

— Un truc comme quoi ?

— Peut-être que j'aurais dû écouter, reconnut-elle, le regard perdu au-delà de sa fenêtre.

— Ça, ce serait une première ! railla Bryant. Mais il va falloir préciser un peu…

— Éloïse.

— C'est une plaisanterie ? s'exclama Bryant en coupant le moteur. Vous envisagez de modifier les habitudes de toute une vie à cause d'une cinglée, une voyante, médium ou je ne sais quoi ?

C'était ridicule, Kim en était bien consciente, mais les renseignements pris par Stacey sur cette femme semaient le doute. Elle s'était imaginé qu'Éloïse était une manipulatrice, un charlatan qui se nourrissait de la vulnérabilité des autres. Notamment en écrivant un livre ou deux. Mais non.

— Elle m'a dit que le ravisseur n'en avait pas fini avec les autres. Et voilà que, la nuit suivante, Jenny Cotton reçoit ce message qui lui demande si elle veut de nouveau jouer.

— Coïncidence, rétorqua Bryant avec dédain. Qu'est-ce qu'elle a dit d'autre ?

— Elle a parlé du numéro 278. Elle l'a répété en me disant qu'il fallait que je me le rappelle.

— C'est tout ?

Kim hocha la tête. Elle ne tenait pas à partager la troisième information, qui concernait Mikey. Les paroles d'Éloïse résonnaient encore en elle. Les dernières qu'elle ait prononcées pendant qu'Helen l'obligeait à partir.

— Elle a juste dit quelque chose au sujet d'une personne proche de…

— Je crois que vous lui accordez beaucoup trop d'importance. Ce n'est qu'une arnaqueuse.

— Mais qu'aurait-elle à gagner ?

— Vendre un max de tickets d'entrée en profitant des retombées d'une affaire tonitruante. Et peut-être une apparition à la télé. Qui sait ?

— Non. Pour ça, elle aurait pu aller voir directement les journaux ou la radio… Pourquoi ne cherche-t-elle pas à retirer un bénéfice financier de ce qu'elle prétend savoir ? Tant que je n'aurai pas compris ça, je continuerai à chercher.

Bryant lui lança un regard en coin.

— Ce regard ne me fera pas changer d'avis, déclara-t-elle.

Il soupira.

— Sérieusement, quoi qu'elle ait dit, vous pensez qu'elle peut nous aider à retrouver Charlie et Amy ? Vous allez en tenir compte ?

Aux deux questions, la réponse était négative. Et pourtant… Éloïse avait bien dit que le jeu n'était pas terminé.

Et elle avait parlé de Mikey.

Alors que personne n'était au courant pour Mikey.

66

Dawson vérifia. Il était bien à la bonne adresse. 42, Rosemary Gardens, comme écrit sur le papier donné par Shona. Une impasse en retrait d'Amblecote Road, dans Brierley Hill. C'était à moins de deux kilomètres de Hollytree, mais on se serait cru sur une autre planète tant les différences étaient criantes… Shona avait dû se moquer de lui. L'envoyer à la chasse au dahu. Une fille qui vivait à Rosemary Gardens ne pouvait pas être du genre à mettre délibérément les pieds sur le territoire de Hollytree – dans le cas contraire, ses parents avaient intérêt à la boucler dans sa chambre.

Pourtant, il fallait interroger cette Lauren Cain. C'était l'étape logique qui venait après la discussion avec la famille de Dewain, et Dawson espérait dégoter une piste qui le mènerait à l'informateur de Lyron. On saurait ainsi de qui venait la fuite.

Dawson avait déjà bossé seul sur une enquête, mais celle-ci dépassait de loin le braquage d'une station-service, une agression ou même un cas de violences domestiques. Cette affaire-là affectait profondément sa cheffe. On racontait même que, de rage, elle avait plaqué

Tracy Frost contre un mur dans une salle de sport. Vrai ou faux ? Elle ne lui en avait pas parlé mais ça ne l'aurait pas étonné. Quelque chose chez le jeune Dewain faisait écho en elle. Quand ils étaient allés au chevet du gamin, dont la poitrine se soulevait au rythme du respirateur artificiel, il avait vu sa patronne effleurer le poignet inerte posé sur le drap blanc et frais. Si elle n'avait pas eu à rechercher Charlie et Amy, elle se serait occupée elle-même de cette enquête. Alors, puisqu'elle comptait sur lui pour découvrir qui était l'informateur, il ne voulait pas la décevoir. Il ne *devait* pas.

Il s'avança jusqu'à un large porche d'entrée décoré de jardinières de plantes vertes feuillues. Le carillon de la sonnerie s'égrena.

La porte d'entrée s'ouvrit sur une jeune fille qui devait avoir entre dix-sept et dix-neuf ans. Elle portait un legging à motif, un jacquard coloré sur une jupe noire, et un simple T-shirt rose qui lui tombait sur les épaules. Un effluve de parfum flotta jusqu'à lui. Reckless, de chez Roja… celui qu'il avait offert à sa fiancée pour son anniversaire. Elle avait plaisanté en le déballant, et demandé ce qu'il voulait se faire pardonner en lui offrant un cadeau aussi cher. En effet, ce flacon lui avait coûté un bras, et il lui semblait bien au-dessus des moyens d'une ado comme Lauren Cain. Cela donnait à réfléchir…

— Lauren Cain ? demanda-t-il en montrant son badge.

Elle le dévisagea mais n'accorda pas un regard à sa carte pour vérifier son identité. Elle se contenta de reculer d'un pas et de s'effacer devant lui.

— Ben… Entrez, dit-elle en souriant.

Il obtempéra en prenant grand soin de ne pas frôler la jeune fille et ne bougea pas en attendant qu'elle ferme la porte. Une envie furieuse de faire machine arrière le démangeait.

— Je vous en prie, dit-elle encore en lui indiquant sa droite avec des manières impeccables.

Il pénétra dans un salon traversant. Un immense jardin offrait une vue en surplomb sur Lye, jusqu'aux collines de Clent.

Lauren Cain l'invita à s'asseoir. Elle inclina la tête et le jaugea ostensiblement. Lui-même l'évalua d'un coup d'œil. Elle avait le nez trop fort pour être jolie, mais elle savait tirer le meilleur parti de ce dont la nature l'avait dotée. Un maquillage parfait, des cheveux teints dans une nuance de blond séduisant. Et surtout, un sex-appeal qui frappait dès qu'on la voyait.

Il y avait de nombreux fauteuils, mais elle vint se poser dans le canapé juste à côté de lui et laissa son genou frôler celui de Dawson.

— Je suis venu vous parler de Dewain, commença-t-il en se décalant.

Elle haussa les sourcils, comme si elle ne savait pas de qui il était question. De quoi horripiler Dawson.

— Dewain Wright, précisa-t-il. Votre ex-petit copain. Celui qui est mort la semaine dernière.

Elle fit comme si elle ne remarquait pas son agacement. Et, sans aucune gêne, elle pressa son biceps. Dawson eut l'impression d'être un jouet qu'elle essayait de faire fonctionner.

— Beaux muscles, déclara-t-elle.

— Merci, répliqua-t-il sèchement en se dégageant.

Puis il s'installa à l'autre bout du canapé.

— Parlez-moi du jour où Dewain est mort, Lauren.

Il était resté délibérément vague. Allait-elle admettre spontanément qu'elle avait reçu le message de Shona ?

Elle se laissa aller contre le dossier et croisa les jambes, effleurant au passage la cheville de Dawson. Cette fois, il se leva et alla se poster à côté de la cheminée. Apparemment, cette jeune fille ne voulait pas comprendre.

— Je ne me souviens pas très bien, dit-elle, faussement désolée. Vous êtes marié ?

— Ce ne sont pas vos affaires, répondit-il laconiquement.

Si elle voulait s'amuser, elle allait en être pour ses frais.

— Comment avez-vous appris l'agression de Dewain ? reprit-il.

— Honnêtement, je ne me souviens pas, répéta-t-elle en haussant les épaules.

Il était clair qu'elle ne faisait aucun effort.

— Lauren, soyez sérieuse…

Elle se leva à son tour et susurra d'une voix aguicheuse :

— Moi, je n'ai pas de petit copain.

— Saviez-vous que Dewain appartenait à un gang ?

Elle leva les yeux au ciel et s'approcha.

— Ben… évidemment.

— C'est ce qui vous plaisait chez lui ?

De nouveau, elle haussa les épaules.

— Je ne…

— Vous ne vous souvenez pas, je sais, acheva-t-il à sa place.

Sans se formaliser, elle le regarda avec candeur, comme s'ils étaient en train de jouer à baisers-volés dans la cour de récré.

— Après qu'il a été poignardé, vous a-t-on dit qu'il était mort ?

— Il me semble. Oui, absolument, on me l'a dit.

— Et vous avez reçu un message de Shona, n'est-ce pas ?

— Ouais, j'ai eu un truc de sa part. Environ une heure ou deux après, je crois.

Elle approcha encore, en enroulant une mèche de cheveux autour de son doigt.

— Mes parents ne rentreront pas avant des heures…

Fut un temps, et pas si lointain, Dawson avait lui aussi été un ado travaillé par ses hormones. À l'époque, il aurait adoré qu'une fille se conduise comme celle-ci et, hélas, ça n'était pas arrivé. Mais, aujourd'hui, cette gamine tellement à l'aise dans son rôle de séductrice l'embarrassait. D'autant qu'elle était avant tout un témoin, voire une suspecte dans une affaire criminelle.

— Laissez tomber, Lauren. J'ai une compagne, un enfant, et je ne suis venu ici que pour vous poser des questions.

— Ça me dérange pas que vous ne soyez pas libre, répondit-elle.

Malgré lui, il avait permis à la conversation de s'écarter du sujet : la mort de Dewain. Il s'en voulut. Et l'insistance de Lauren Cain commençait à l'énerver pour de bon. Cette fois, il alla droit au but :

— Le message de Shona vous disait-il que Dewain était vivant ?

— Je ne crois pas.

Puis elle ajouta en se penchant vers lui :

— Je prends la pilule.

OK, c'en était trop. Dawson était seul dans cette maison avec une jeune fille. Le caractère délicat de la situation ne lui échappait pas, même s'il n'avait transgressé aucune règle – Lauren Cain avait dix-neuf ans et un accord parental n'était pas nécessaire pour l'interroger. Mais se trouver ainsi coincé avec elle risquait de devenir dangereux pour l'évolution de sa carrière. Il était temps de partir.

Comme il quittait le salon et se dirigeait vers la porte d'entrée, elle lui emboîta le pas.

— Je peux très bien dire à mes parents que vous m'avez droguée, vous savez !

Ah, si elle le menaçait, c'est qu'elle avait enfin compris le message ! Ce soudain changement d'attitude la faisait ressembler à un enfant à qui on refuse des bonbons.

Il attendit d'être dehors pour se tourner de nouveau vers elle et aborder une dernière fois le seul sujet important :

— Lauren, avez-vous dit à quelqu'un que Dewain était encore vivant ?

Elle lui adressa un sourire timide ; il aurait pu réciter à sa place ce qu'elle s'apprêtait à dire : elle ne se le rappelait pas…

67

Karen vida l'évier et prit le produit à récurer. Elle avait toujours tenu sa belle cuisine aussi propre qu'un laboratoire, mais, ces derniers jours, on aurait carrément pu y pratiquer une opération à cœur ouvert sans craindre aucun risque d'infection.

La maison s'était installée dans sa routine de l'après-midi. Le policier gardait l'entrée, sans grand-chose à faire. Toujours zélée, Helen circulait, désireuse d'aider qui se risquait à bouger un cil… Parfois, sa présence exaspérait Karen ; elle n'avait pas d'animosité personnelle envers cette femme, mais ces tentatives incessantes de faciliter la vie de tous finissaient par l'agacer. Karen refusait qu'on la prive de ses distractions. Elle voulait manipuler des assiettes, des mugs, des verres. N'importe quoi pour occuper ses mains et son esprit ne fût-ce qu'une seconde. Oui, tout ce qui faisait taire son discours intérieur, ses questions, représentait un soulagement bienvenu.

Avait-on pris la bonne décision en maintenant le black-out médiatique ? Stephen considérait qu'il s'agissait d'une erreur, de même qu'Elizabeth dans une certaine mesure. Jusque-là, Karen avait réussi à les persuader de faire confiance à Kim, mais pour combien de temps encore ? Stephen n'était pas un homme facile à convaincre.

Pourtant, au fond d'elle, Karen savait qu'ils avaient raison de se fier au jugement de Kim. À l'époque où elles s'étaient connues, Kim était une petite fille revêche aux cheveux noirs qui ne voulait de l'amitié de personne, évitait à tout prix de tisser des liens, si bien qu'elle intriguait tous les enfants et qu'ils ne savaient rien d'elle. Comme les détenus en prison, les enfants placés en foyer se confiaient rarement ce qui leur était arrivé. Mais un jour, beaucoup plus tard, Karen avait eu connaissance du passé de Kim. Un passé tragique. Quelle résilience stupéfiante il avait fallu à la petite Kim pour porter un tel bagage… Alors, oui, elle était prête à s'en remettre à cette femme forte, franche et directe.

Elle avait aussi une autre bonne raison. Une raison que Kim ignorait.

L'événement s'était produit douze ans plus tôt. Karen vivait dans un squat, un pub abandonné dans une banlieue périphérique de Wolverhampton. Plus de travail depuis deux ans. Plus de logement. Un jour, il y avait eu une descente de police. Douze hommes et trois travailleurs sociaux étaient venus chercher les sept enfants qui vivaient là. Elle avait aussitôt reconnu Kim parmi les officiers de police et elle s'était caché le visage.

Une squatteuse prénommée Lynda s'était enfermée dans sa chambre et refusait d'ouvrir. Elle menaçait de jeter son fils de deux ans par la fenêtre si quelqu'un essayait d'entrer. Pendant que des officiers faisaient évacuer les autres, Kim était restée derrière la porte pour maintenir la communication avec Lynda. Elle lui avait promis que personne ne toucherait son fils et qu'on ne les séparerait pas, mais il fallait qu'un médecin puisse l'examiner. Les officiers pressaient Kim de les autoriser à défoncer la porte ; elle s'était mise en travers de leur chemin.

Au bout de quarante minutes de négociations, Lynda, enfin rassurée, avait ouvert sa porte. Aussitôt, deux assistantes sociales avaient voulu se ruer sur l'enfant ; là encore, Kim s'était interposée.

— J'ai donné ma parole.

C'est tout ce qu'elle avait dit.

Karen avait tout vu, tout entendu – parce qu'elle était dans la chambre quand Lynda s'y était enfermée. Elle s'était dépêchée de filer en douce et, dès le lendemain matin, elle s'était rendue à l'agence pour l'emploi, refusant de partir avant qu'ils lui aient trouvé un travail.

— Pardon, je ne savais pas que tu étais là…

Karen se tourna et vit Elizabeth quitter la cuisine.

— On ne peut même plus rester dans la même pièce, maintenant ? demanda-t-elle tristement.

Dire que, si peu de temps auparavant, ici même, elles se soutenaient, se réconfortaient, partageaient un chagrin qu'elles seules pouvaient comprendre.

— C'est juste que… commença Elizabeth.

C'était juste que, deux jours plus tôt, elles étaient comme des sœurs ? Et qu'elles se trouvaient désormais embarquées dans une compétition pour sauver la vie de leur enfant ? Une situation hallucinante qui, soudain, frappa Karen de plein fouet. Quelle que soit l'issue, Elizabeth et elle ne s'en relèveraient jamais. Ce ne serait jamais un de ces souvenirs que l'on se rappelle avec bonheur pendant un dîner, dans la douceur d'un samedi soir.

Elles se tenaient chacune à des coins opposés de la cuisine, séparées par bien davantage que le comptoir du petit déjeuner. Karen aurait tellement voulu trouver les mots qui les auraient ramenées à la nuit où elle avait confié à sa meilleure amie son plus grand secret. Car seule Elizabeth savait que Robert n'était pas le père de Charlie.

Quelque chose attira son attention.

— Mais… tu as la lèvre enflée, dit-elle.

— Rien de grave, je me suis cognée dans la salle de bains.

Karen n'essaya même pas de dissimuler son incrédulité. Elles se connaissaient depuis trop longtemps.

— Cognée sur quoi ? demanda-t-elle.

— J'ai glissé sur…

— Ce n'est pas la première fois que tu « glisses » dans la salle de bains. J'ai de la mémoire.

Elizabeth se défila.

— Non… Je n'ai pas…

— Tu avais dit que tu ne le laisserais plus faire.

— C'est cette situation. Je l'ai poussé à bout et…

— Nous vivons la même chose que vous et Robert ne m'a pas frappée pour autant.

Karen se mordit la langue. Ses paroles lui avaient échappé. À présent, elle avait l'impression de rivaliser avec Elizabeth sur le terrain du désespoir.

Leurs regards se rencontrèrent enfin. Elizabeth se toucha la lèvre avec précaution ; elle pleurait. Quelques jours plus tôt, Karen aurait franchi la distance qui les séparait pour la consoler. Aujourd'hui, elle aurait eu le sentiment de trahir sa propre fille en le faisant. Ce n'était pas ainsi qu'on traitait une ennemie. Ennemie… Cette réalité lui faisait l'effet d'un coup de poignard en plein cœur ; jamais plus Elizabeth et elles ne pourraient se regarder en face alors qu'elles lisaient chacune dans les pensées les plus intimes de l'autre ce qu'elles étaient prêtes à sacrifier pour sauver leur enfant.

Karen aurait donné sa vie et celle de n'importe qui d'autre pour qu'on libère Charlie. Même la vie d'Amy. Et elle savait qu'Elizabeth ressentait exactement la même chose. Aucune amitié n'aurait pu résister dans une telle situation… Et en ce moment même, alors qu'elles s'observaient de part et d'autre de la table de cuisine, elles ne se faisaient aucune illusion.

Karen retourna à ses occupations.

Il n'y avait plus rien à dire.

68

Kim balaya du regard Wordsley High Street. Le bac à sel jaune se trouvait à l'angle.

— Quelle heure est-il ? demanda-t-elle.

— 11 h 55.

Elle remonta la rue. Sur sa gauche, un chapelet de magasins dont un café, des boucheries, des bijouteries et une supérette. De l'autre côté, une rangée de maisons de ville toutes neuves.

Elle redescendit et, au milieu de la rue, continua d'observer les deux côtés en faisant abstraction de la foule qui se pressait dans les magasins. Pourquoi les ravisseurs avaient-ils choisi cette rue ?

— Bryant, quand ces maisons ont-elles été construites ?

— Récemment. Ce sont principalement des studios.

Une image se forma dans l'esprit de Kim.

— Donc, auparavant, il n'y avait rien…

— Je crois. Pourquoi, cheffe ? À quoi vous pensez ?

— De ce côté de la rue, je ne vois aucun endroit où installer une surveillance policière. Il n'y a rien ; n'importe quel officier qui attendrait ici se ferait remarquer.

Le seul point d'observation possible, c'est là-bas. Il me manque quelque chose qui…

Elle n'eut pas besoin d'achever. La dernière pièce du puzzle venait de se présenter.

— Le voilà.

Bryant regarda sur sa gauche. Un bus à impériale arrivait au pas. Il s'arrêta pile devant le bac jaune.

— Bon sang, si le ravisseur s'est posté au coin de la rue, il a pu entendre le bus repartir et on n'y aura vu que du feu, dit-il.

Kim approuva.

— Quelques passagers descendent du bus et, ensuite, il faut une minute pour ouvrir le container et prendre ce qui y a été déposé.

— Simple, mais malin.

Prise d'un pressentiment soudain, Kim se lança en courant derrière le bus.

— Hé, cheffe ! lui cria Bryant. Qu'est-ce qui se passe ?

Elle avait pu voir tourner le bus, et lire son numéro.

— Le 278.

69

— J'en reviens pas, Symes. T'étais obligé de faire autant de dégâts ?

Will relut l'article de journal, beaucoup plus détaillé que les reportages de la télé.

Symes balaya la remarque d'un haussement d'épaules et sourit.

— J'ai fait le boulot et j'aime mon travail. C'est quoi, ton putain de problème ? Elle est morte, non ?

Will préféra ne pas répondre. Inutile d'essayer d'expliquer à cet imbécile qu'il prenait des risques inutiles. Plus le crime était violent, plus Symes s'exposait à laisser derrière lui une trace analysable par la police. Encore heureux qu'il n'ait pas violé cette fille. Encore heureux aussi qu'il ne se soit servi que de ses pieds pour tuer le gosse du centre de loisirs. Ses baskets venaient du supermarché, alors rien ne permettrait de remonter jusqu'à lui. N'empêche, ça restait un risque inutile.

Will fit rouler sa chaise jusque devant la table où étaient posés les téléphones. Il mit en marche le numéro 1 et ne fut pas surpris de trouver un appel manqué. Puis il activa le téléphone numéro 2. Un autre appel manqué, provenant du même numéro. Enfin, il alluma le numéro 3 : il avait reçu un message vocal et un texto. Il activa le haut-parleur. Une voix agréable déclara posément :

— Je m'appelle Matt Ward, je suis négociateur. Appelez-moi, nous allons trouver une solution. Je peux vous aider à satisfaire vos attentes.

Will effaça le message. Un négociateur ? Pour quoi faire ? Il avait posé ses conditions ; qu'ils se débrouillent.

— T'as pas ça en tête, des fois, hein ? demanda Symes.

— Quoi donc ?

— Changer les plans, négocier avec eux. Parce que, toi et moi, on a déjà un deal, t'as pas oublié ?

Non, Will n'avait pas oublié. Il avait accepté cet accord pour empêcher Symes d'approcher des gamines. Pour l'instant. Il ne s'agissait pas d'abîmer la marchandise avant de toucher l'argent. Après, eh bien…

— Oui, Symes, on a un deal, lui assura-t-il.

Il ouvrit ensuite le seul message entrant qui l'intéressait. Il venait de l'un des parents.

Enfin le jeu commençait…

Il se tourna vers Symes qui s'impatientait et, lui passant le téléphone, il lança :

— Eh ben… Je ne m'attendais pas à ça.

70

— Ça va réellement nous servir, cheffe ? demanda Bryant en arrêtant la voiture.

— Aucune idée, répondit Kim avec honnêteté.

Bryant avait raison, elle ne croirait probablement pas un mot de ce que lui dirait cette femme. Tout ce qu'elle savait, c'est qu'elle se sentait poussée à l'interroger.

Éloïse habitait un bungalow modeste, en haut d'une côte dans une petite zone résidentielle. Une vieille Fiesta bleue était stationnée dans une allée dégagée.

— Si vous préférez, attendez ici, suggéra Kim en ouvrant sa portière.

Après tout, on était en plein milieu de l'après-midi, la femme pouvait très bien être sortie faire les marchés du mercredi.

— Avec tout le respect que je vous dois, cheffe, la dernière fois que je suis resté dans la voiture, vous avez essayé d'entrer par effraction dans un centre de loisirs. Je vais plutôt vous suivre.

Ils passèrent à côté de la Fiesta puis frappèrent à la porte du bungalow.

— Si je demande gentiment, vous croyez qu'elle me donnera les numéros gagnants de la loterie de samedi ? ironisa Bryant.

Kim le fit taire. Elle tendit l'oreille au moindre bruit qui pourrait indiquer du mouvement dans la maison. Rien. Elle frappa de nouveau et se pencha pour regarder par le battant de la boîte aux lettres. La porte d'entrée ouvrait sur un petit couloir et deux portes blanches, rien d'autre. Et toujours pas un bruit. Le silence absolu. Elle frappa encore, plus fort cette fois, puis plaqua son visage contre la fenêtre. Un voilage épais l'empêchait de distinguer quoi que ce soit.

Elle recula de quelques pas tandis que Bryant tambourinait à son tour. On n'y voyait pas mieux par la fenêtre de droite que par celle de gauche.

— Bon, je vais faire le tour. Essayez chez les voisins, dit-elle en désignant du menton la propriété adjacente.

— Mais cheffe…

— Ne discutez pas.

Sur le côté, il n'y avait pas de barrière. Une clôture de rondins haute de trente centimètres marquait la limite avec la propriété de gauche. La porte de derrière était constituée d'un panneau de verre dépoli ; au travers, Kim ne put voir que des formes, pas davantage. Quant à la fenêtre, dépourvue de rideau, elle donnait sur une petite cuisine lumineuse. Et vide.

Kim sentit monter sa frustration.

— Bon Dieu, Éloïse, où êtes-vous passée ? lança-t-elle tout haut.

— Le voisin l'a vue pour la dernière fois hier après-midi, lui annonça Bryant en revenant. Elle portait des sacs de chez Aldi.

— Regardez par cette fenêtre, demanda Kim en lui laissant la place.

Comme il était plus grand qu'elle, il en verrait peut-être davantage.

Il scruta longuement l'intérieur… puis, soudain, il ajusta sa position et pressa le visage contre la vitre.

— Attendez, j'ai l'impression que…

— Quoi ?

— Je vais vous hisser, proposa-t-il en lui tendant la main. Regardez au fond à gauche.

Il enlaça les cuisses de Kim et la souleva de sorte qu'elle le dépasse d'une bonne tête. À l'endroit indiqué, elle put apercevoir une petite partie d'un fauteuil à oreilles. Et une forme grise.

— Reposez-moi, demanda Kim.

Sitôt les pieds au sol, elle fila directement vers la porte et frappa fort.

— Bryant ! cria-t-elle. Vous voyez un mouvement ?

Il répondit par la négative.

— OK, on entre, déclara-t-elle, cherchant du regard un objet lourd dans le jardin.

— Minute, cheffe, on va d'abord essayer ça…

Il tira un mouchoir de sa poche et actionna la poignée. La porte s'ouvrit. Il jeta un regard à Kim, un peu trop content de lui.

— Pas de commentaire, ordonna-t-elle.

Sur ce, elle passa devant et entra.

En trois enjambées, elle avait traversé la cuisine. Le fauteuil voisinait avec une petite table ronde sur laquelle était posé un exemplaire d'*Orgueil et Préjugés*, un mug encore plein d'une boisson refroidie et un bol de cristaux colorés.

Kim se campa face au fauteuil : Éloïse avait les yeux fermés et les lèvres entrouvertes. Vêtue d'un gros cardigan, elle semblait plus frêle que lorsque Kim l'avait vue pour la première fois. Un châle rouge et bleu couvrait ses jambes.

Kim lui pressa doucement l'épaule.

— Éloïse ?

Pas de réponse.

Elle la secoua plus fermement et éleva la voix.

La tête d'Éloïse roula sur le côté.

— Elle ne dort pas, cheffe.

— Merde… jura Kim en reculant.

— Elle a l'air assez paisible. Peut-être une crise cardiaque pendant son sommeil.

Kim secoua la tête, furieuse contre elle-même.

— J'aurais dû l'écouter, putain ! Qu'est-ce que ça m'aurait coûté ?

Dire que, deux ou trois jours plus tôt, cette femme était sur le point de lui parler. Et elle, bornée comme elle était, avait refusé de l'entendre.

— On appelle une ambulance, dit-elle.

Pendant que Bryant sortait son téléphone, elle observa la scène qu'offrait cette pauvre vieille, morte sans personne pour recueillir son dernier soupir. Derrière elle, une bibliothèque laissait penser que les livres avaient été ses compagnons. Une amoureuse des grands classiques, apparemment : Tolstoï, Jane Austen, les œuvres complètes de Dickens. La photo de deux chiens ornait le bord de la fenêtre, mais on ne relevait pas d'autre signe de leur présence.

— Elle avait l'air drôlement…

Kim n'acheva pas. Dans le tableau qu'elle avait sous les yeux, elle venait de remarquer un détail qui ne collait pas.

— Venez voir, dit-elle à Bryant. Rien ne vous frappe ?

— Non, je la trouve tranquille, installée douillettement…

— Justement.

Elle se déplaça sur la droite, puis la gauche.

— Regardez le châle, Bryant. Il couvre ses mains.

Les mains d'Éloïse étaient glissées sous son châle. Bryant interrogea Kim du regard puis il observa de nouveau le châle, les mains, toujours sans comprendre… Soudain, il tiqua lui aussi sur le même détail.

— Mais oui ! On dirait que quelqu'un l'a bordée.

Tout se présentait comme si on avait placé le châle en travers de ses jambes pour le caler ensuite des deux côtés de son corps. À première vue, on pouvait envisager qu'elle l'avait mis en place toute seule avant de glisser ses mains sous le tissu – mais cela devenait impossible si l'on prenait en compte qu'elle devait tenir un mug et un livre.

Kim approcha et se pencha le plus près possible, en s'appuyant sur les bras du fauteuil :

— Il y a un fil bleu foncé, là, sur sa lèvre.

Bleu comme le bleu du châle.

Elle retroussa doucement la lèvre inférieure d'Éloïse. Ce qu'elle vit la fit bondir en arrière.

— Cheffe, qu'est-ce qui se passe ?

Elle se ressaisit et réfléchit à toute allure. De nouveau, elle s'approcha de la femme et plaça deux doigts sur son cou.

— Bryant, rappelez l'ambulance et dites-leur de se magner. Notre victime est encore en vie.

Il sortit son téléphone dans la seconde tandis que Kim essayait de faire reprendre connaissance à la vieille dame.

— Éloïse, vous m'entendez ? On s'occupe de vous. Une ambulance arrive, on ne vous lâche pas.

Pas de réaction.

Kim sentait son cœur battre follement.

— Ils seront là dans deux minutes, annonça Bryant en raccrochant.

Bien qu'elle n'en ait jamais fait l'expérience, Kim savait que les victimes d'asphyxie tombaient dans le coma avant de mourir. L'inconnu qui avait étouffé Éloïse s'était imaginé que l'objectif était atteint ; mais la vieille dame s'était accrochée à un fil ténu de vie.

— Vous pensez que notre machine à tuer a découvert qu'Éloïse risquait de faire des révélations ? s'enquit Bryant.

— Pas une seconde. Le Sujet 2 était occupé à commettre d'autres meurtres. Quant au Sujet 1, il devait rester auprès des petites. À mon avis, le job a été exécuté par le Sujet 3.

Le hurlement des sirènes se fit entendre au loin. Kim prit soudain conscience qu'Éloïse avait parlé d'un portail bleu. La mentaliste avait essayé de la prévenir qu'elle arriverait trop tard. Mais trop tard pour sauver qui ?

71

L'ambulance démarra.

Si Kim l'avait pu, elle aurait suivi le véhicule pour accompagner Éloïse – parce qu'il n'y avait personne d'autre pour le faire, tout simplement. À l'instant où l'ambulance quittait la rue, une voiture de police arriva. Les officiers allaient sécuriser le périmètre de la propriété et Kim pourrait quitter les lieux.

Woody venait d'annoncer qu'il envoyait sur place un petit effectif scientifique. Quand elle l'avait appelé, le silence pesant qu'il avait laissé planer en disait long sur sa déception, mais celle de Kim était bien plus cuisante.

Deux petits groupes de voisins s'étaient rassemblés dans la rue, mais aucun ne se donnait la peine de venir prendre des nouvelles. Éloïse arriverait à l'hôpital comme elle était partie d'ici : absolument seule.

— Regardez-moi ces gens-là, déplora Bryant. Tout ce qu'ils voient, c'est que c'est tombé sur elle et pas sur eux.

— Woody a pu vous aider ? demanda-t-il en faisant démarrer la voiture.

— Non. On ne peut pas vraiment lui en vouloir, répondit Kim. Charlie et Amy devraient déjà être libres…

— Cheffe, arrêtez de vous faire des reproches ! Vous donnez déjà tout pour ramener ces gamines.

— Pauvres gosses. Quand je pense à leurs vêtements, dans le jardin… Je dois les protéger.

— Les « protéger » ?

Avait-elle vraiment employé ce mot-là ? L'image de Mikey s'imposa à elle. Elle la chassa d'un battement de cils.

— Je voulais dire, les rendre saines et sauves à leurs parents.

— Vous savez bien qu'on va les retrouver, affirma Bryant.

— Qu'est-ce qui vous le garantit ?

— Vous. Parce que vous ne lâcherez pas.

Kim ne put s'empêcher de sourire : la vérité toute nue suffisait à dissiper les doutes.

— OK, Bryant. Reconduisez-moi chez les Timmins.

72

— Alors, qu'est-ce que ça nous apprend, docteur ? demanda Kim à l'analyste avec fébrilité.

Ils avaient scotché au mur une vue aérienne du Pays noir et situé à l'aide de punaises rouges le lieu de l'enlèvement, l'itinéraire complet du bus et l'endroit prévu pour le dépôt de la rançon. Des punaises bleues indiquaient les lieux des enlèvements d'Emily et Suzie, et l'endroit où l'on avait retrouvé Emily. Celui où l'on avait découvert le corps d'Inga était marqué d'une punaise jaune.

Encore une nuit que les fillettes passeraient entre les mains de leurs ravisseurs… Kim sentait se brouiller sa perception de la chronologie. Elle aurait juré que le dernier briefing s'était tenu trois jours plus tôt et non ce matin aux aurores, et elle dut se rappeler qu'on était mercredi.

L'image de l'ambulance emmenant Éloïse la hantait. Bon sang, elle se serait giflée pour ne pas avoir accordé un peu de temps à cette femme. Si elle lui avait donné la chance de parler, l'agression aurait peut-être été évitée, qui sait ? Dans un moment, elle tâcherait de joindre l'hôpital. Pour sa propre tranquillité d'esprit.

Cette affaire les affectait tous particulièrement. Son équipe, réunie autour de cette table, semblait démunie. Le nœud de cravate de Bryant en pleine déroute ; la chemise chiffonnée de Dawson ; les vaisseaux rouges dans les yeux de Stacey qui ressemblaient à une carte d'état-major.

N'empêche. Ce soir, ils avaient encore du pain sur la planche.

— Le profilage géographique n'est pas mon domaine d'expertise, déclara Alison. L'essentiel des données que j'étudie repose sur des constats : comment un tueur interagit avec la scène de crime, où et comment le corps a été disposé. On part du principe général que si l'assassin déplace un corps, c'est qu'il vit à proximité du lieu du meurtre. En revanche, s'il abandonne sa victime sur la scène du crime, il n'est probablement pas du coin.

Elle étouffa discrètement un bâillement. Sur elle aussi, les nuits de travail commençaient à peser.

— Quand la scène de crime se situe à proximité d'une route importante, on peut penser que le tueur ne craint pas d'être retrouvé. À un ou deux kilomètres, le tueur est probablement quelqu'un des environs. Mais ces observations restent hypothétiques. En fait, seuls les tueurs organisés collent à ce schéma ; les autres sont davantage nomades. Et la plupart n'ont pas de « point d'ancrage ».

Elle se tourna vers Kim, l'air de dire : *J'en ai terminé.*

Ils n'iraient pas loin avec ça, mais Alison n'y était pour rien. Et il y avait forcément un schéma parmi ces hypothèses ; il fallait juste trouver lequel.

— Matt, un contact avec les ravisseurs ?

— J'ai tenté le coup, répondit Ward sans la regarder.

— Ça vous ferait mal de développer un peu ?

— Oui.

Kim sentit l'irritation monter d'un coup. Manifestement, tous deux n'avaient pas du tout la même définition du mot « équipe ».

— Stace, renseignez-vous sur l'activité criminelle récente dans chacune des zones que nous avons identifiées. Il pourrait en sortir quelque chose. Et je veux toujours comprendre pourquoi l'affaire précédente a abouti à l'issue que nous connaissons. Pourquoi Emily a été libérée sans contrepartie financière, et pas Suzie. Par ailleurs, deux meurtres et une tentative de meurtre sont clairement à mettre au compte d'une tierce personne. Il faut trouver qui est ce foutu Sujet 3. Réfléchissez et faites des suggestions. Tout le monde.

— Difficile. On ne sait même pas qui sont les Sujets 1 et 2, objecta Bryant.

Toujours la même pierre d'achoppement. Sans information sur aucun des deux ravisseurs, ils ne pouvaient même pas travailler par association.

— Kev, que nous apprend l'autopsie d'Inga ?

— Ses vêtements présentent des traces d'huile de moteur, d'un produit servant à traiter le bois et de déjections de rongeurs. On constate dix-sept fractures en tout, trente-huit points de contact, coups de pied ou de poing, et neuf cercles autour du cou.

Kev n'avait même pas besoin de se référer à ses notes. Quant aux chiffres, ils témoignaient du mal que s'était donné cette femme pour éviter l'inévitable le plus longtemps possible. Son meurtrier était un monstre pur, dépourvu d'empathie. Un être déséquilibré, sans considération pour la vie. Au point de prendre des risques inconsidérés. Lorsqu'on intégrait ce genre d'individu à une équipe, on ne pouvait avoir qu'une seule bonne raison. Une raison qui tordait les tripes de Kim.

— Ne pas les rendre, murmura-t-elle en regardant ses équipiers à tour de rôle. C'est ça, l'objectif du Sujet 2 : tuer les petites.

Tous les yeux se fixèrent sur elle. Elle était absolument sûre de son intuition.

— C'est aussi mon avis, déclara Matt Ward.

— Dans ce cas, pourquoi une enchère ? demanda Bryant.

— Pour obtenir deux rançons, répondit Kim.

— Imaginez un type qui court un dix mille mètres, ajouta Matt. En l'absence d'autres coureurs, il est certain d'arriver le premier. Mais ajoutez huit autres gars dans les couloirs, affamés de victoire, et notre type ira chercher très loin au fond de lui des réserves d'énergie qu'il ne pensait même pas posséder.

— Alors, c'est ça ? s'étonna Stacey.

— Ils veulent gagner sur les deux tableaux, conclut Kim. Ils définiront deux points de dépôt et deux horaires différents. Et ils rafleront la totalité.

Matt approuva le raisonnement. Alison se montra plus circonspecte.

— C'est une supposition audacieuse…

À cet instant, le téléphone de Matt émit une sonnerie. Il venait de recevoir un message.

La salle retint son souffle, les yeux braqués sur lui.

— C'est eux, déclara-t-il.

Il parcourut le message.

— Eh merde… dit-il en regardant Kim. Ce n'est pas bon du tout.

73

Kim réunit les parents dans le salon, s'efforçant de maîtriser sa colère. Helen alla se poster près de la fenêtre, tandis que Matt s'appuyait au chambranle de la porte. Les autres membres de l'équipe étaient restés dans la salle de crise.

Elle les regarda tous, les uns après les autres. S'attarda quelques secondes sur Elizabeth, qui baissa les yeux en touchant machinalement sa lèvre enflée.

— Lequel de vous a pris contact avec les ravisseurs ?

Elizabeth et Stephen se décomposèrent. Ils échangèrent un coup d'œil puis se tournèrent vers leurs amis d'un air accusateur.

— C'est moi, déclara Robert.

Il était calme. Sa voix ne laissait percer aucun regret. Il se contentait d'énoncer un fait.

— Tu as fait ça ? s'écria Elizabeth.

— Demande-moi plutôt comment j'aurais pu faire autrement, répliqua-t-il en la regardant droit dans les yeux.

À ces mots, Stephen fonça sur lui. Matt s'interposa à temps. Quant à Robert, il ne parut pas intimidé.

— Espèce de sale bâtard ! cracha Stephen. Tu as osé ! Merde, tu sais pourtant que…

— Du calme, Stephen, reprit Robert.

Il devait savoir quelque chose de plus que les autres, songea Kim. Mais quoi ? À voir son expression perplexe, Elizabeth se posait exactement la même question.

Matt put éloigner Stephen sans que celui-ci oppose plus de résistance.

— Si tu n'es pas capable de maîtriser tes nerfs, lui lança Karen, alors je te prie de quitter ma maison.

Parce que Stephen était encore à fleur de peau, Kim s'empressa d'intervenir :

— Tout le monde va baisser d'un ton. Nous avons désormais un nouveau problème. Les ravisseurs ne traiteront pas avec un négociateur. Nous venons de recevoir un message dans ce sens : ils veulent répondre aux parents.

— Je vois, dit Robert. Je suis désolé. Mon intention était juste de…

Kim l'interrompit d'un geste. Ses excuses, même sincères, ne l'aideraient pas à avancer. Il fallait qu'elle se débrouille avec les nouvelles données. Ce qui l'étonnait, c'était que Robert ait craqué le premier, et pas Stephen. Il y avait certainement à cela une raison cachée.

Elle laissa de côté ce point et passa à la question suivante :

— Avez-vous reçu un message en retour ?

— Oui, répondit Robert. Il y a un quart d'heure.

— Qui disait quoi ?

— « Ce n'est pas une option. »

De quelle option s'agissait-il ? Robert avait pourtant dû offrir de l'argent.

— Que leur avez-vous proposé ? s'enquit-elle.

Robert précisa sans ciller :

— J'ai demandé : « Combien pour les deux ? »

Elizabeth tressaillit. Stephen se détourna. Karen n'eut aucune réaction ; évidemment, elle savait aussi… Ils s'observèrent les uns les autres.

— Bien, reprit Kim. Matt va travailler avec vous deux sur la manière de communiquer avec les ravisseurs. Il jouera son rôle de négociateur, mais par votre intermédiaire.

Stephen explosa de nouveau :

— Jamais rien entendu d'aussi débile !

Un soupir d'exaspération parcourut la pièce.

— Pourquoi ça doit reposer sur nous ? s'exclama-t-il. Qu'est-ce que vous faites, vous, exactement, pour retrouver nos filles ?

Kim serra les dents. Même Woody ne l'enquiquinait pas à ce point-là.

— Monsieur Hanson, commença-t-elle, lasse de toutes ces questions, mon équipe et moi…

— Je ne veux pas vous entendre dire que vous travaillez d'arrache-pied ! Je veux savoir où vous en êtes ! Je veux savoir quand vous allez enfin reconnaître votre échec et faire appel à la presse ! Qu'est-ce que vous attendez, que nos gamines reviennent dans des cercueils ?

— Dehors, tout de suite ! ordonna Kim. Suivez-moi.

Sous les regards interloqués, elle passa comme une furie devant Lucas, talonnée par Stephen Hanson. Elle chercha à s'éloigner de la maison le plus possible, afin que leurs éclats de voix ne portent pas jusque-là, mais

Hanson reprit sa diatribe avant cela. Il ne lui laissait pas le choix.

— Inspectrice, je n'apprécie pas que…

— Vous n'imaginez même pas comme je me fous de ce que vous appréciez ou pas ! Ne vous avisez plus jamais de parler en ces termes de votre fille ou de la leur.

— Mon avis sur…

— Gardez-le pour vous. Et maintenant, écoutez-moi très attentivement : j'en ai plus qu'assez de vos remises en question sur ma façon de mener cette enquête. Ça nous déconcentre, et je ne me laisserai pas bousculer comme certaines femmes, monsieur Hanson. Est-ce que nous sommes au clair ?

— Non, inspectrice, nous ne le sommes pas, rétorqua-t-il avec un air de défi.

Elle s'approcha. L'affronta plus directement.

— Dans ce cas, permettez-moi de lever toute ambiguïté : je ne suis pas votre épouse, et je ne tolérerai pas vos conneries. À partir de maintenant, si vous faites quoi que ce soit qui perturbe mon enquête – et ceci inclut le fait de frapper votre femme –, Karen ne sera pas la seule à vous prier de vider les lieux. Sauf que moi, je vous ferai dégager avec des menottes aux poignets et sous escorte.

Elle laissa passer un instant, à un souffle du visage de Stephen Hanson, avant de redemander :

— À présent, sommes-nous bien au clair ?

Il recula. C'était une réponse.

Jusque-là, vu la situation de cet homme, elle s'était efforcée de se montrer compréhensive. Mais, en la harcelant, il l'avait poussée à bout.

— Ça ne change rien, inspectrice, dit-il. Pour moi, vous êtes une incapable.

Kim se mordit la langue et ils regagnèrent la maison. Alors que Stephen Hanson entrait dans le salon, Bryant retint Kim à l'extérieur, devant la porte.

— Une minute, cheffe, lui dit-il en prenant soin de fermer derrière lui.

— Je suis sûre que ça peut attendre.

— Non, vraiment pas.

— Quoi, qu'est-ce qu'il y a ? répondit-elle impatiemment.

— Vous déconnez.

— Pardon ? Mais vous vous prenez pour…

— OK. Je reformule. Vous déconnez, *Kim*. Je vous parle en ami. Vous ne mangez pas, vous ne dormez pas, vous envoyez promener tout le monde et vous venez d'emmener un des pères dehors pour lui coller une raclée verbale. Qu'est-ce qui vous arrive ?

Elle le fusilla du regard.

— Vous êtes à deux doigts de franchir une limite et vous le faites délibérément, vous le savez ?

Bryant haussa les épaules.

— Il sera toujours temps plus tard de régler vos comptes avec moi, mais, pour l'instant, crachez le morceau : qu'est-ce qui vous arrive ?

— Il n'y a rien à cracher. Dégagez le passage. Si jamais vous sapez mon autorité devant…

— Ça ne se produira pas et vous le savez. Mais si ça peut vous faire du bien de passer votre colère sur moi, allez-y, je peux encaisser. Il faut que ça sorte, de toute façon.

— Il n'y a rien…

— Merde, Kim ! Arrêtez !

Bryant jurait rarement et haussait encore plus rarement le ton. Surtout, il n'avait jamais élevé la voix devant elle.

— Je vous vois faire. Vous prenez sur vous la frustration de tous et vous la retournez contre vous. Comme si vous étiez responsable de chaque sentiment négatif, parce que les petites sont toujours dans la nature. Vous essayez de chasser les inquiétudes d'une douzaine de personnes. Si solide que vous soyez, ce n'est pas possible.

Kim sentit gronder en elle la rage qu'elle éprouvait systématiquement face à ce genre de situation.

— Vous pouvez garder votre analyse. Comment osez-vous présumer de…

— J'ose, parce que personne d'autre ne le fera. Or il faut que vous entendiez que rien de tout cela n'est votre faute.

Il avait raison de lui tendre la perche, et Kim avait bien conscience que c'était sa chance d'exprimer ce qu'elle ressentait. Bryant trouverait certainement les mots justes pour la réconforter. Comme toujours. Mais il avait beau se conduire en ami, elle ne perdait pas de vue qu'il était un membre de l'équipe ; et elle ne permettrait pas qu'un seul de ses hommes perçoive son angoisse. Comment aurait-elle pu s'autoriser à aller mieux alors qu'on avait tué deux personnes, qu'une troisième se battait pour sa vie et que Charlie et Amy couraient un immense danger ?

74

— Alors, tu m'expliques ? demanda Elizabeth d'une voix sourde.

Ils venaient d'entrer dans leur chambre et elle avait attendu que la porte soit fermée pour parler.

Son mari passa devant elle en évitant son regard.

— L'inspectrice voulait me dire deux mots tranquillement. Rien de plus.

— Je ne te parle pas de ça. Je sais très bien ce qu'elle a fait : elle t'a pris à l'écart pour te passer un savon mérité. Mais ce n'est pas ce que je demande.

— Dans ce cas, je ne te comprends pas.

Elizabeth lui tourna le dos et s'assit sur le bord du lit. Elle se félicita de ne pas voir la tête de Stephen.

— Pour quelle raison n'avons-nous pas fait d'offre, Stephen ?

Son cœur battait très fort, mais elle ne renoncerait pas à cette conversation. Plus que de nouveaux coups, elle redoutait qu'émerge à la surface de sa conscience ce qu'elle essayait désespérément d'ignorer.

— Toi et moi, nous en discutions… nous n'étions pas encore tombés d'accord… argua Stephen.

— Robert et Karen se sont parlé, ont discuté et pris une décision pour sauver Amy et Charlie. Pourquoi pas nous ?

— Robert savait que les ravisseurs refuseraient. Ce qu'il a fait était vide de sens.

— Tu n'as pas honte ? Tu n'as pas honte d'essayer de dénigrer Robert rien que pour te sentir moins minable ? Au moins, lui, il a agi.

— Au nom du ciel, Liz, envoyer un texto est à la portée de n'importe qui.

— Eh bien, pourquoi on ne l'a pas fait ?

Les réponses de son mari étaient autant de clous plantés dans son cœur. Elle pressentait vers quoi cet échange les entraînait et n'avait vraiment pas envie d'entendre Stephen avouer. Pourtant, elle allait devoir en passer par là.

— Combien avons-nous en banque, Stephen ?

— Je ne sais pas, Liz. Il faut que j'aille sur Internet…

— Trois jours qu'Amy a été kidnappée et tu n'as pas vérifié une seule fois l'état de nos comptes ?

À cette question, il s'agita davantage.

— On n'a plus rien, n'est-ce pas ?

— Ne sois pas ridicule. Bien sûr que…

— Arrête de mentir, Stephen. Et notre maison ?

Il resta silencieux.

— As-tu pris une seconde hypothèque pour notre maison ?

— Laisse-moi t'expliquer, Elizabeth…

Elle se leva. Elle n'était même plus en colère, seulement comme morte à l'intérieur.

— Donc, nous sommes ruinés. Et tu n'as pas eu le courage de me le dire.

— Assieds-toi, s'il te plaît, qu'on puisse…

— Robert est au courant, n'est-ce pas ? Il sait qu'on ne peut pas faire d'offre pour sauver la vie de notre fille – voilà pourquoi il a essayé de sauver les deux.

Stephen se leva et s'approcha d'elle, accablé. Elle l'arrêta d'un geste.

— Ne me touche pas.

— On peut s'en sortir.

Elle lui sourit tristement et s'éloigna. C'était fini, elle ne l'aimait plus. Mais son cœur n'avait pas la ressource pour le détester. Parce qu'il faisait déjà le deuil de sa petite fille.

Pendant toutes leurs années de mariage, elle s'en était remise à Stephen, acceptant de repousser ses études de droit, soutenant chacune des étapes de sa carrière, passant seule d'innombrables soirées pendant lesquelles il travaillait. Elle s'était même montrée compréhensive la première fois que ses dettes de jeu avaient balayé leurs économies. Et quand il lui avait promis que ça n'arriverait plus, elle l'avait cru.

Oui, tout au long de leur mariage, elle s'était consolée en se persuadant que tout partenariat reposait sur un équilibre entre les coûts et les avantages. Désormais, elle devait prendre en compte le fait que l'entreprise venait de faire faillite.

— Tu te trompes, Stephen, reprit-elle. On ne s'en sortira pas. Je ne pourrai plus revenir après ça. Jamais. Notre mariage est mort, quoi qu'il arrive ces prochains jours.

Il essaya de nouveau de l'approcher ; de nouveau, elle l'en empêcha de la main et du regard. Sans essayer de dissimuler son dégoût.

— Reste dans cette maison si tu veux… Amy est toujours ta fille. Mais, à partir de maintenant, tu dormiras sur le sofa.

Il baissa la tête. Il ressemblait à un chiot abandonné, pathétique. Elle n'éprouva aucune pitié.

— Donne-moi les clés de la voiture, dit-elle en tendant la main. Je vais chercher mon fils.

75

Julia Trueman termina de charger le lave-vaisselle. Son mari était rentré dîner, s'était douché, changé, puis il était parti assister à la réunion mensuelle des managers régionaux de son agence immobilière.

C'était la toute première fois qu'il les laissait seules le soir, elle et leur fille.

Le dîner avait été morose. Emily, la tête ailleurs, n'avait pas dit grand-chose. Tout juste si elle répondait aux questions qu'on lui posait. Julia avait échangé des regards ennuyés avec son mari, puis elle avait chassé le sujet d'un haussement d'épaules. D'autant qu'elle préférait garder pour elle la visite de l'inspectrice. Cette affaire était close. Le kidnapping appartenait au passé et elle était déterminée à ce qu'il n'en sorte plus.

En dépit des épreuves, Emily était-elle une enfant maussade ? Non. Elle demeurait raisonnablement équilibrée, n'était pas sujette aux changements d'humeur soudains – son silence de ce soir était probablement dû au passage perturbant de la police. Bien sûr, Suzie lui manquait – l'album qu'elles avaient fabriqué ensemble n'était jamais loin du lit de sa fille. Bien sûr, Emily avait peu d'occasions de se faire de nouveaux amis. Alan et elle avaient mis sa vie sociale à l'arrêt : elle n'allait pas à l'école, et ils lui interdisaient les réseaux parce qu'ils savaient très bien qu'on pouvait les utiliser pour la localiser. Alors, quoi qu'en dise l'inspectrice, il n'était pas question de lui donner davantage de liberté. Julia ne tiendrait aucun compte des remarques de Kim Stone.

Une fois Alan parti, elle éteignit la télévision et se rendit dans la cuisine pour vérifier l'alarme. Les quatre clignotants fonctionnaient et l'écran ne montrait aucune activité. Elle pouvait aller tranquillement au salon.

Elle adorait cette petite pièce, sa préférée de la maison. Notamment parce qu'elle lui permettait de surveiller la porte d'entrée.

Elle parcourut des yeux sa bibliothèque et se décida pour un roman de Val McDermid. Avant de s'asseoir, elle hésita à monter voir une dernière fois si tout allait bien. Sa fille s'était plainte d'un mal de tête et s'était couchée de bonne heure.

Julia était déjà montée après le départ d'Alan… La chambre d'Emily étant plongée dans le noir, elle n'avait pas distingué grand-chose, mais la rumeur de l'iPod lui avait confirmé que la petite s'était endormie – à la deux millième chanson de sa play-list. Julia ne prenait jamais la peine d'éteindre l'iPod : à un moment ou un autre, faute de batterie, il s'arrêtait de lui-même.

Il fallait qu'elle laisse un peu d'air à sa fille. Les premières semaines après l'enlèvement, elle avait dormi dans la chambre d'Emily. Pour vendre leur maison rapidement, ils l'avaient proposée à bas prix. Alan en avait trouvé une autre dans son catalogue, dont la situation isolée, discrète, et le système de vidéosurveillance tout neuf l'avaient convaincue. Une fois installée, Julia était retournée dormir dans sa propre chambre, mais elle se réveillait toutes les heures pour s'assurer qu'Emily ne risquait rien dans la sienne. Même chose avec la caméra : au début, elle ne décollait pas de l'écran de toute la journée, telle une droguée. À présent, elle se limitait à un coup d'œil toutes les deux ou trois heures.

Elle s'assit enfin et ouvrit son livre, mais un fond d'anxiété persistait en elle et lui nouait la gorge. Impossible de lire même quelques pages, les mots s'enchevêtraient, formant une espèce de langue étrangère, et les phrases n'avaient pas de sens. Évidemment, elle pouvait comprendre qu'elle aussi était déstabilisée par la visite de la police – mais elle sentait qu'il y avait une autre raison à son état. Dès que ses pensées s'attardaient sur Emily, elle sentait une vibration en elle, comme si on venait de déranger un nid de guêpes.

Alors, elle ferma son livre et se leva. Elle devait absolument monter vérifier encore une fois. C'était plus fort qu'elle, et tant pis si Emily la surprenait.

Elle grimpa l'escalier, s'obligeant à rester calme. Demain, elle ferait mieux. C'était comme quand on essayait d'arrêter de fumer et qu'on en prenait juste une dernière.

Elle ouvrit doucement la porte. Tout était normal mais ses tripes lui disaient autre chose.

Le trait de lumière provenant du couloir éclaira la forme de sa fille endormie. Justin Bieber chantait sur l'oreiller. Julia approcha du lit et effleura le dos d'Emily.

Sa main s'enfonça dans le jeté de lit à motif écossais.

Son cœur se mit à tambouriner, couvrant le son de la musique.

Elle alluma la lampe de chevet et ses craintes se confirmèrent.

Emily avait fugué.

Elle hurla.

76

— Il est bientôt 22 heures. Ça fait quinze heures qu'on bosse. On s'arrête pour ce soir.

Kim se massa les tempes ; à ce stade, ils ne pouvaient pas avancer davantage. Ils avaient tous passé les dernières heures à examiner à la loupe les notes des vieux dossiers, relisant les dépositions des témoins, essayant de déceler quelque coïncidence géographique.

Chacun se mit à ranger son espace de travail, mais elle intervint :

— Laissez ça. Je le ferai plus tard.

Elle ignora le regard que lui jeta Bryant.

— Vous venez, Matt ? demanda celui-ci depuis le pas de la porte.

— Non, je suis en retenue, répondit-il.

Bryant sourit. Tous prirent le temps de saluer Matt. Les traîtres ! Et lui ! Progressivement, il avait réussi à les amadouer – préparant du café, rapportant à manger… Ce petit manège marchait peut-être sur les autres, mais Ward n'entrerait pas si facilement dans les bonnes grâces de Kim.

— Alors, quelle est votre stratégie ? demanda-t-elle. Et ne me dites pas que ce ne sont pas mes oignons, parce que justement, si, ça me regarde.

Ils se faisaient face de chaque côté de la table.

— C'est demandé si gentiment… Demain à la première heure, je ferai une offre par l'intermédiaire de Stephen.

— Les Hanson n'ont pas d'argent.

— Ah, vous aussi, vous avez pigé ça…

— Difficile de passer à côté. Évidemment, Robert était au courant ; c'est pourquoi il a tenté de négocier pour les deux petites filles. Même si ça ruine vos plans, je ne peux pas lui en tenir rigueur.

— Regardez-vous ! Une fois de plus, vous laissez parler vos émotions au lieu de votre logique.

Piquée au vif, Kim se sentit bouillir.

— Je ne prétends pas lui décerner une médaille ! Je reconnais juste sa générosité.

— Vous êtes trop impliquée, soupira Matt.

— Ne soyez pas ridicule ! répliqua-t-elle d'un ton cinglant.

— Alors, dites-moi pourquoi vous êtes allée vous expliquer dehors avec Stephen Hanson ?

— Sa référence aux cercueils devant les autres parents était inadmissible.

— Vraiment ? Votre réaction n'a rien à voir du tout avec le fait qu'il ait cogné sa femme ?

— Ce qui se passe à l'intérieur de ces couples ne me concerne pas.

Il ricana doucement.

— Du blabla. Je n'entends aucune conviction dans votre discours. Vous êtes en train de vous attacher à ces gens.

— Pas du tout, affirma Kim. Et quand bien même, en quoi cet « attachement » serait-il mauvais ?

Après un moment de réflexion, il répondit :

— Vous avez eu raison d'emmener Stephen Hanson dehors, vu ce qu'il a fait. Mais pour une femme de votre trempe, c'est un type facile à affronter : vous ne l'aimez pas, et en plus c'est un connard. Auriez-vous eu le même genre de conversation avec Robert Timmins ?

— Absolument, rétorqua-t-elle du tac au tac.

Elle ne mentait pas. Jamais elle ne s'attachait à qui que ce soit, son carnet d'adresses en était la démonstration.

— Mouais… bougonna Matt. Acceptez qu'on ait un avis différent sur ce point, vous et moi.

Agacée, elle fit semblant de bâiller.

— Maintenant, je voudrais dormir, dit-elle en lui montrant la porte.

Il rassembla ses affaires et quitta la pièce sans plus un mot. Les observations de Ward la mettaient hors d'elle ! Surtout parce qu'elles faisaient écho aux remarques récentes de Bryant. *Non*, elle n'était pas impliquée émotionnellement dans cette enquête. Seule la détermination la motivait. Elle ne s'autorisait pas à penser avec son cœur.

Elle regarda autour d'elle, cette pièce qui n'avait plus rien de commun avec une salle à manger… On aurait plutôt dit une imprimerie après une explosion.

Elle s'apprêtait à ranger les piles de papiers de Bryant quand elle entendit s'élever une voix dans son dos :

— Il y a un os.

Matt Ward était de retour. Kim leva les yeux au ciel.

— Je vous ai déjà dit que c'est chez moi, ici.

— Je n'ai plus de lit.

— Pardon ?

Matt ferma la porte mais continua de parler à mi-voix tout en posant ses dossiers sur la table.

— Hanson dort sur le sofa. J'imagine que sa femme est au courant pour l'argent.

Kim regarda les dossiers. Puis Matt Ward.

— Si j'ai bien compté, il y a au moins quatre canapés dans ce salon, cinq fauteuils et un pouf gigantesque. Je suis certaine que…

La sonnerie de son téléphone l'interrompit. Un numéro inconnu. Elle pensa d'abord que les ravisseurs utilisaient un nouvel appareil, mais le numéro commençait par l'indicatif local. Elle décrocha :

— Stone.

Silence à l'autre bout de la ligne.

— Stone, répéta-t-elle. J'écoute.

Rien. Mais l'interlocuteur n'avait pas raccroché. On entendait la rumeur de la circulation.

— Bonjour, dit-elle plus doucement.

— C'est la dame de la police ?

C'était la voix de quelqu'un de très jeune, une petite voix effrayée.

— Oui, je suis Kim Stone.

— C'est Emily… Emily Trueman. Je me suis enfuie.

— Oh mon Dieu, Emily ! Où es-tu ?

— À Lye, je crois. J'ai pris un bus.

— Dis-moi ce que tu vois autour de toi.

— Il y a un pub – le Railway. Et trois messieurs qui fument devant. Il y a aussi un restaurant indien à l'angle de la rue et un fast-food qui fait des pizzas à emporter sur le…

— Bravo, Emily. Je veux que tu entres dans le fast-food et que tu m'attendes là.

Kim connaissait bien ce commerce. Il était généreusement éclairé, animé, et situé sur un carrefour. Quant au pub, c'était un endroit minuscule mais convenable.

— J'ai pas d'argent, madame.

— Dis-leur que tu es perdue et que la police arrive. Tu vas réussir à faire ça pour moi, Emily ?

— Je... je crois.

— Formidable. Écoute, tu dois faire tout ce que je te demande. Ne bouge pas du fast-food. Tu restes là jusqu'à ce que je vienne te chercher. C'est bien compris ?

— Oui.

Un petit oui pétri de peur. Au fond, et malgré ce qu'elle avait traversé, Emily n'avait pas la maturité de ses dix ans. Rien que dans la zone de Hollytree, Kim connaissait cinq gamins de son âge qui s'enorgueillissaient d'une arrestation pour possession de stupéfiants. Mais il fallait bien reconnaître que, pour une petite fille séparée de sa mère pour la première fois depuis des mois, la nuit et l'heure avancée ne pouvaient qu'être effrayantes.

— Emily, ne t'inquiète pas. Tout va bien se passer, d'accord ? Tout va s'arranger dès que je serai auprès de toi. Maintenant, tu vas entrer dans le fast-food. Je serai là dans quelques minutes.

— D'accord, murmura la petite.

Kim raccrocha et se tourna vers Matt. Elle n'avait pas le choix.

— Vous avez une voiture ? Parce que vous venez avec moi.

77

Dawson en repéra sept. Sept groupes de jeunes du quartier qui avaient suivi des yeux sa voiture avant qu'il se gare au pied d'une tour, au cœur de Hollytree. Avec ça, Kai ne risquait pas d'être surpris par son arrivée.

Il pénétra dans Highland Court. Une caméra de surveillance était fixée sur le bâtiment. Il y avait vingt-sept de ces caméras dômes dans Hollytree, installées à des points stratégiques. Toutes vandalisées, bombées, fracassées un nombre incalculable de fois. Résultat, baissant les bras, le conseil municipal avait renoncé à les remplacer ou à les réparer.

Au moment de quitter la demeure des Timmins, Dawson n'avait pas hésité à enfiler son gilet pare-balles. C'était un équipement lourd et qui n'offrait pas de réelle protection si un individu cherchait sérieusement à s'en prendre à lui. Un coup de couteau au niveau du cou ou de la cuisse le blesserait très efficacement. Néanmoins, il se sentait mieux avec son gilet.

Il pressa le bouton de l'ascenseur. Le nouveau chef des Hollytree Woods habitait au treizième étage. Au sommet.

Quand la porte de la cabine s'ouvrit, Dawson laissa échapper un soupir. La journée avait été longue. À la sortie de l'ascenseur, comme il s'y attendait, un autre groupe de jeunes montait la garde. En revanche, qu'ils s'écartent pour le laisser passer lui sembla inattendu.

Tout comme les groupes croisés sur le trajet, celui-ci était multiracial. Les Hollytree Woods contrôlaient un territoire. Évidemment, ils portaient des signes de reconnaissance : des bandanas aux couleurs du gang noués sur la tête, au poignet ou encore à la boucle de leur ceinture.

Il frappa à la porte, s'efforçant d'ignorer les bruits de succion derrière lui. À qui devait-il cet accueil ? Il se tourna et rencontra le regard d'un petit roux qui se la jouait un peu trop gangster pour en être un. Son sourire narquois et autosatisfait confirmait que la provocation venait bien de lui.

Dawson ne releva pas. La porte venait de s'ouvrir. Comme prévu, Kai Lord n'avait pas du tout l'air étonné de le voir débarquer.

Campé devant Dawson, le gars évoquait un chien de combat : le bull-terrier Staffordshire. Kai n'en imposait pas par sa taille, mais il était costaud et manifestement soucieux d'exhiber ses abdos et ses pectoraux parfaitement dessinés et encore accentués par sa peau noire. Son jean tombait bas sur ses hanches et révélait l'élastique Armani de son slip.

Il recula un peu pour laisser Dawson entrer. Son visage n'exprimait rien.

Remontant un petit corridor aveugle mais éclairé par la lumière du séjour, Dawson pénétra dans une pièce où trônait un écran de télévision ridiculement surdimensionné. Il compta trois consoles de jeux empilées, avec leurs manettes et joysticks qui gisaient au sol. Plutôt qu'un canapé trois places traditionnel, Kai avait opté pour cinq fauteuils inclinables La-Z-Boy en cuir, installés en arc de cercle autour de l'écran géant. Sans être suffocante, une odeur de marijuana flottait dans la pièce.

Kai alla s'asseoir dans le fauteuil du milieu et adopta une attitude détendue.

— Tu veux quoi, mec ?

Dawson resta debout. Lui et ce chef de gang n'étaient pas potes.

— Quelles étaient tes relations avec Dewain Wright ? demanda-t-il.

— C'était un frère, tu vois le genre ?

— Tu savais qu'il voulait quitter le gang ?

— On peut dire ça.

— Il t'a demandé de le laisser partir ?

Dans la culture du gang, il y avait plusieurs façons de reprendre sa liberté. « Prendre de l'âge » se révélait le plus efficace. On entendait par là dégoter un boulot, s'attacher à une fille, se marier, avoir un enfant. Dewain n'avait pas pu user de cet argument : primo, il s'appliquait davantage aux membres périphériques qu'aux membres clés du système ; et, surtout, Dewain n'était encore qu'un ado.

— Il était zarb depuis un petit moment, tu vois.

— « Zarb ? »

Kai eut l'air de penser que le sens était évident.

— Ouais. Mou. Plutôt fuyant. On connaît les signes, mec, dit-il d'un air entendu. Ceux qui veulent se barrer y vont discrétos.

Dawson connaissait la méthode. Il fallait planifier son coup et avancer doucement. Très doucement.

— Lyron a remarqué ?

— Heureusement, sinon c'était la merde. Un rappel à l'ordre n'aurait pas suffi, alors Lyron a préféré la solution maison.

Autrement dit, plutôt qu'une raclée, ils avaient décidé de le planter au couteau. Dawson n'en revenait pas : Kai balançait. Sans doute parce qu'il supposait que Lyron serait écroué pour meurtre et ne ressortirait pas de sitôt.

— Quand tes potes et toi avez-vous appris que Dewain n'était pas mort ?

— Va savoir, gros.

Dawson insista :

— Toi, tu étais à l'hôpital ?

Haussement d'épaules.

— Donc, tu vas être accusé de complicité de meurtre. Tu as contribué à faire diversion en prenant part à la bagarre dans le couloir, pendant que ton « frère » entrait pour terminer le job.

Kai ne broncha pas.

— Vous êtes vraiment tous des racailles.

— Hé, mec, là tu dis de la merde.

Pour la première fois, Kai laissait filtrer un peu d'émotion.

— Lyron est un gros con. Avec lui, la règle, c'est du sang pour entrer et du sang pour sortir. J'suis pas comme ça.

Pour intégrer le gang comme pour le quitter, il fallait commettre un crime. Dewain avait payé cher son refus de se plier à cette loi.

— Ça t'arrange bien que Dewain soit mort comme ça, hein ? déclara Dawson.

Sous le masque affable, un éclair flamba dans les yeux étrécis de Kai.

— Y a une place à prendre. Pourquoi je me gênerais ?

— Qui a rencardé Lyron, Kai ? Qui lui a dit que Dewain n'était pas mort ?

Pas de réponse. Pas de haussement d'épaules.

Dawson comprit qu'il n'en tirerait rien de plus. Il jeta un coup d'œil par la fenêtre. En bas, dans la rue, trois groupes s'étaient rassemblés sous le réverbère, juste à côté de sa voiture.

— Tu as l'intention de me laisser partir d'ici vivant ?

Kai sourit.

— Tu me cherches pas, j'te cherche pas, OK ?

Dawson hocha la tête et emprunta le corridor. Les relents de marijuana s'étaient atténués, au profit d'une odeur plus puissante. Une odeur qu'il reconnut.

Évidemment… Comment n'y avait-il pas pensé plus tôt ? Agacé par sa propre stupidité, il frappa à la seule porte fermée du couloir et lança :

— Tu peux sortir de là, Lauren. J'ai fini.

Et, pour mettre de l'ordre dans ses idées, il oublia l'ascenseur et dévala l'escalier. Kai faisait le gentil mais, maintenant que Lyron allait croupir en prison pour un moment, c'était lui, le maître du château. Belle promotion.

Ses quatre potes zonaient en bas, autour de la voiture. Il émanait d'eux une agitation fébrile que Dawson n'avait pas perçue en montant chez Kai. Il les regarda. L'air vibrait de tension. Levant la tête, il vit la silhouette du chef de gang se découper contre la fenêtre, puis se détourner. Et s'éloigner juste au moment où un premier coup s'abattait sur sa nuque.

78

En hoquetant de douleur, Dawson tenta d'atteindre sa portière. Le deuxième coup s'écrasa contre sa tempe droite. Sa vision se voila, comme si un rideau de nuit piqueté d'étoiles tombait sur ses yeux. On le frappa une troisième fois dans les reins, et pas à main nue. Plutôt un coup-de-poing américain qui déclencha quatre explosions dans son corps. Un gémissement lui échappa et il eut envie de se plier en deux. Mais, s'il ne résistait pas à ce réflexe, il faciliterait la tâche à ses agresseurs. Il fallait lutter et rester droit sous la pluie de coups qui n'en finissait pas.

Quand un poing s'abattit derrière son oreille, il leva les bras pour protéger sa tête.

— Allez vous faire foutre ! réussit-il à cracher tout en tournant sur lui-même pour esquiver les assauts.

— Ta gueule, sale keuf !

— Kai vous avait… donné l'ordre de…

— J'emmerde Kai, mec. Ça, c'est pour t'apprendre à te pointer ici.

Un coup de pied dans le pli du genou le fit s'affaler. De nouveau, il se couvrit la tête. Une chaussure atterrit quelque part près de ses côtes, sur le gilet pare-balles.

— Il a un gilet, frères ! cria celui qui venait de frapper.

— Plante-le, frère, plante-le ! cria un autre.

Dawson leva la tête. Il vit l'éclat d'une lame dans une main. Alors, la peur lui noua vraiment l'estomac. Quelle partie de son corps devait-il essayer de protéger ? Impuissant à se défendre, il enrageait. Il avait horreur de ces bagarres de gang. Il aurait pu se battre avec n'importe lequel de ces gars d'homme à homme, mais cette raclée collective n'était pas loyale.

— Fous le camp, mec.

Celui qui tenait le couteau essayait de se rapprocher, mais ceux qui cherchaient à frapper lui passaient devant. Dawson se tournait dans tous les sens. Il se prépara mentalement à l'impact de la lame. À chaque seconde, le couteau risquait de s'enfoncer dans sa chair.

— Hé, vous, espèces de petits cons, lâchez-le ! cria une femme.

— Occupe-toi de ton cul, salope ! lança un membre du gang.

La voix s'éleva de nouveau. Dans le même temps, la lumière d'une torche éclaira le groupe.

— Encore trois secondes et je serai en mesure de tous vous identifier.

Forte. Assurée. Cette voix ne lui était pas inconnue mais Dawson ne la remettait pas. En tout cas, les coups cessèrent ; et rien que pour ce sursis il remercia de tout son cœur cette femme d'être passée par là.

— Gagné ! reprit-elle. Toi, là-bas derrière, je t'ai vu.

Soudain, Dawson entendit des bruits de course. Ils étaient tous en train de déguerpir. Dans la débandade, quelqu'un lui écrasa la main, puis il sentit qu'on soulevait son coude.

— Pas trop de dégâts ?

Il leva les yeux lentement. Découvrit d'abord des talons hauts. Un pantalon qui moulait des mollets galbés et une veste épaisse.

— Non, pas vous… soupira-t-il.

Les mots lui avaient échappé. Tracy Frost inclina la tête et haussa les sourcils.

— Sympa, dit-elle en l'aidant à se remettre debout.

— Toutes mes excuses, je ne voulais pas être si con. Merci de m'avoir tiré de leurs pattes.

— Appelons ça un retour d'ascenseur. Vous vous souvenez de la fois où j'ai été bien contente de pouvoir compter sur votre aide et votre discrétion ? À présent, nous sommes quittes.

— Vous m'avez sauvé la vie.

— Ne soyez pas stupide. S'ils avaient voulu vous tuer, je serais en train d'appeler une ambulance. Bon, je crois que vous survivrez, conclut-elle après l'avoir observé des pieds à la tête.

La douleur avait beau rugir partout dans le corps de Dawson, son cerveau fonctionnait et il n'était pas dupe : cette emmerdeuse de journaliste l'avait suivi. Si elle s'attendait à des infos en gage de sa gratitude, elle se trompait.

— Écoutez, Tracy, je ne vous dirai rien. Même si vous m'avez aidé.

Prise de court, elle se ressaisit tout de suite.

— Génial ! J'ai perdu ma nuit à vous filer, alors ?

— Vous n'étiez pas venue pour moi, nota-t-il avec un demi-sourire qui lui arracha aussitôt une grimace de douleur.

— J'ai cru que vous seriez plus facile à faire parler que la Perle.

— La Perle ?

— C'est comme ça qu'on surnomme votre boss, à mon bureau. Vous savez, l'huître fermée, hermétique, impénétrable. Perle, c'est son petit nom le plus gentil, pour être honnête.

— Vous ne savez rien d'elle. Elle est…

— Économisez votre salive, rétorqua Tracy Frost en l'interrompant d'un signe de la main. Je ne goberai pas un seul mot de ce que vous allez dire.

Sur ce, elle tourna les talons. Dawson lui concéda le point. Mais, soudain, il eut besoin d'ajouter :

— Pas de problème pour moi : votre secret est en sécurité.

— Quel secret ?

— Vous êtes venue à Hollytree pour comprendre ce qui est arrivé à Dewain. C'est important pour vous.

Elle soupira lourdement.

— C'est vrai, je veux comprendre. Mais ne vous méprenez pas : ce qui m'intéresse, c'est écrire un bon papier sur une bonne histoire. Rien d'autre.

Elle surjouait le détachement. Et même la cruauté, juste pour faire des effets.

Elle disparut dans l'obscurité. Dawson sourit et lança assez fort pour qu'elle l'entende :

— Promis, Tracy, je serai une tombe !

Qu'importait la raison pour laquelle elle s'était trouvée là, après tout. Grâce à elle, il venait de tromper la mort.

79

Matt se gara en double file devant le guichet du fast-food. Kim bondit sans même attendre l'arrêt complet de la voiture. Trois rangées de clients faisaient la queue tandis qu'une foule de gens déjà servis mangeaient leur kebab sur le trottoir. Elle joua des coudes pour atteindre le guichet, ignorant les protestations.

— Police ! Où est la petite fille ? demanda-t-elle au manager.

— Là-bas, répondit-il en désignant la machine à sous du menton.

Deux gamines étaient occupées à mettre des pièces dans la machine en poussant des cris d'excitation.

Mais pas d'Emily.

— Où ça ? répéta Kim, si fort que tous les regards se tournèrent vers elle.

Le manager jeta un œil par-dessus les têtes puis il haussa les épaules.

Kim se rua sur Matt.

— Putain, mais où est-elle passée ? s'écria-t-elle en se tournant de tous côtés sur le trottoir.

Le fast-food était situé en haut de Lye High Street. La petite avait pu prendre la route par laquelle ils étaient venus, mais, dans ce cas, ils l'auraient repérée. À moins que… Kim s'attendait à trouver Emily au fast-food, elle n'était pas restée aux aguets…

Une autre route montait vers le centre commercial de Merry Hill. À l'opposé, on allait directement vers Stourbridge Ring Road.

— Je ne sais même pas où chercher ! Il y a plusieurs directions possibles !

— Du calme.

— Du calme ? Alors qu'une gamine de dix ans vient de me filer entre les doigts ? Il faut que j'appelle sa mère. Si jamais elle a été enlevée…

— Faites marcher votre tête. Elle a su venir jusqu'ici et s'est débrouillée pour vous téléphoner. Si elle a quitté le fast-food de sa propre initiative, quelles options avait-elle ?

Il y avait le pub Railway. Deux hommes grillaient une cigarette devant l'entrée. Partout ailleurs, aussi loin qu'on regardait, rien que des réverbères. Et une station-service à côté d'une clinique vétérinaire.

De l'autre côté, un restaurant indien à peine éclairé. Pas d'autres lumières. Conclusion, Emily avait dû éviter de s'enfoncer par là.

Le long de Lye High Street, deux ou trois magasins restaient éclairés.

— Vous allez voir à la station-service et moi, je vais par ici.

Pour une fois, Matt Ward s'exécuta sans discuter.

Elle remonta lentement la rue, vérifiant les pas-de-porte des magasins. Son cœur battait un peu plus fort à mesure qu'elle avançait et sa conscience lui soufflait qu'elle aurait dû appeler la mère d'Emily au moment même où elle avait raccroché avec la petite. Mais elle était tellement sûre d'arriver au fast-food en quelques minutes !

Si jamais cette soirée tournait mal, elle ne se le pardonnerait pas.

Elle traversa pour explorer l'autre trottoir. Une rue sombre menait à un parking, à l'arrière d'un commerce. Le genre d'endroit où on hésitait à se risquer. Une ombre se dessina derrière elle et Kim se retourna. C'était le propriétaire d'une épicerie qui fermait boutique.

— Vous auriez vu une petite fille ? lui demanda-t-elle.

Il secoua la tête et s'éloigna. Elle héla les deux garçons qui patientaient à la caisse :

— Salut, est-ce que vous avez vu une petite fille traîner par ici ?

Ils n'avaient pas vu Emily.

Kim avisa alors un couple à l'intérieur d'une voiture stationnée sur une place de livraison. Apparemment, ils s'engueulaient. Elle cogna à la vitre du conducteur et la femme assise au volant sursauta, puis elle commença à baisser sa vitre.

— Mais enfin, merde, que…

— Vous avez vu une petite fille, toute seule, qui se serait égarée dans le coin ?

Toute colère retombée, la femme répondit que non.

Nom de Dieu ! Comment une gosse de dix ans errant dans les rues à cette heure avancée pouvait-elle passer inaperçue ?

Emily, où es-tu ?

Kim respira à fond et se remit en marche. Quelques mètres plus loin, un rai de lumière brillante tomba sur ses bottines. La double vitrine d'une supérette accueillante, sur le trottoir d'en face. L'espoir revint ; à la place d'Emily, c'est là qu'elle se serait réfugiée. Elle traversa au pas de course et regarda à l'intérieur. Personne à la caisse.

Par pitié, Emily, montre-toi !

Un carillon résonna dans le fond du magasin tandis qu'elle entrait. Puis une femme dans la petite cinquantaine apparut, vêtue d'un pantalon bleu marine et d'une polaire noire à fermeture Éclair.

— Je cherche une petite fille, expliqua Kim.

— Et vous êtes ?

Kim en aurait dansé de joie et de soulagement. Emily était ici ! Sinon, la femme lui aurait seulement dit qu'elle n'avait vu personne. Jamais elle n'avait été si contente de brandir son badge.

— Inspectrice Stone. La petite m'a appelée il y a quelques minutes pour que je vienne la chercher.

— Suivez-moi.

Elles se dirigèrent vers le fond du magasin et la porte qui portait l'inscription : « RÉSERVÉ AU PERSONNEL ».

De l'autre côté, Kim trouva une petite salle de repos, avec des provisions de thé et de café, plusieurs casiers… et Emily, assise dans un coin.

Elle se précipita vers la petite fille et lui prit les mains.

— Emily, pourquoi n'es-tu pas restée au fast-food ?

La pauvre gamine était toute pâle et tremblait. Elle avait les mains glacées.

— J'ai été obligée de partir, dit-elle en regardant Kim avec des yeux terrifiés.

Kim s'accroupit à sa hauteur. L'observa. Au téléphone, elle ne lui avait tout de même pas semblé si affolée.

— Qu'est-ce qui s'est passé, Emily ?

— Je l'ai vu, dit-elle en se mettant à pleurer. Celui qui m'a enlevée. Je l'ai vu.

80

Autour du fast-food, la foule s'était clairsemée. Il n'y avait plus que deux clients à attendre leur commande.

Kim entra en tenant la petite par l'épaule. Matt était déjà parti en quête d'une voiture bleue, le seul détail qu'Emily avait su leur fournir. Si ce type rôdait encore dans les environs, il fallait prier pour que Matt lui mette la main dessus. Hélas, c'était probablement perdu d'avance : le gars avait dix à quinze minutes d'avance. Kim ne prendrait pas le risque de lâcher la fillette une seule seconde.

Au départ, elle avait douté. Était-ce bien le ravisseur qu'avait vu Emily ? La petite était formelle. Leurs regards s'étaient croisés ; voilà pourquoi elle s'était enfuie. Si elle ne se trompait pas, l'homme avait passé les feux de circulation et pris la direction de Stourbridge Ring Road. Ce qui pouvait l'emmener absolument n'importe où…

Kim interpella le manager du fast-food et désigna la salle dont l'accès était barré pour la nuit par un cordon noir.

— On peut ?

Il hocha la tête et alluma. Elle aurait préféré attendre dans la salle de repos de la supérette, mais la gérante lui avait clairement fait comprendre qu'elle devait fermer.

Elle conduisit Emily jusqu'à une chaise et s'assit en face d'elle.

— Maintenant, explique-moi pourquoi tu as fugué.

— J'en peux plus, répondit la petite en baissant les yeux. Je suis en prison. Je peux pas bouger sans que maman me demande ce que je fais. Vous vous rendez compte, depuis treize mois, j'ai pas dû sortir de la maison plus de six fois. Une fois pour aller chez le médecin, deux fois pour le dentiste et le reste pour acheter de nouveaux vêtements.

Il y avait de quoi craquer. Certains détenus de Featherstone jouissaient de plus de liberté que cette petite. Emily jeta vers l'extérieur un regard anxieux.

— T'inquiète, lui assura Kim. Il ne reviendra pas. Tant que tu es avec moi, il ne peut rien t'arriver de mal. Promis.

— Je sais, répondit Emily en souriant, mais je le vois partout, maintenant.

La fillette ne se sentirait complètement en sécurité que lorsque ses parents arriveraient et l'emmènerait loin de ce quartier.

Kim se pencha et lui demanda doucement :

— Pourquoi tu m'as appelée, moi ?

— Parce que je vous ai entendue parler à ma mère, à propos de moi. Je sais que ça ne la changera pas, mais au moins vous comprenez. J'ai pris la carte que vous avez laissée.

La tristesse de cette fillette fendait le cœur.

— Emily, je dois téléphoner à ta mère. Tu le sais, n'est-ce pas ?

La petite hocha la tête. Son menton se mit à frémir.

— Elle ne sera pas en colère contre toi, affirma Kim. Elle doit être folle d'angoisse, à l'heure qu'il est.

— Ma vie sera toujours comme ça, hein ?

Que répondre ? Elle avait probablement raison… Kim tendit la main.

— Donne-moi ton téléphone…

— J'en ai pas. Maman me l'interdit, parce qu'on peut aller sur Internet avec.

— Bon, je vais utiliser le mien. Quel est le numéro de chez toi ?

Kim le composa immédiatement. Occupé. Elle pressa le bouton d'appel plusieurs fois. Au cinquième essai, on décrocha avant la fin de la première sonnerie.

— Allô ?

Toute l'angoisse et la peur d'une mère tenaient dans ce seul mot.

— Madame Trueman, Kim Stone à l'appareil. Nous nous sommes rencontrées…

— Libérez cette ligne, s'il vous plaît. Ma fille est…

— … avec moi.

— Qu-Quoi ?

— Elle va bien, madame Trueman. Rien de mal ne lui est arrivé.

— Mon Dieu… Oh mon Dieu, merci…

Kim passa le téléphone à la fillette. Elle imaginait la mère, sanglotant au bout du fil.

— Pardon, maman, je voulais pas… commença la petite. Je sais, maman, moi aussi, je t'aime.

Elle rendit le téléphone à Kim.

— Je me mets en route, inspectrice, lui annonça Mme Trueman. Je vous en prie, ne la quittez pas des yeux.

— Aucun risque, assura Kim.

Puis elle expliqua où elles se trouvaient et raccrocha. À cet instant, Matt reparut. À sa tête et comme elle l'avait prévu, elle comprit que l'homme entrevu par Emily n'était plus dans le secteur.

Il prit une chaise, s'assit.

— Ta mère t'aime très, très fort, reprit Kim. Elle pense bien faire.

— Je sais. C'est pour ça que je ne suis pas en colère contre elle. C'est pas sa faute.

Kim, elle, était en colère, et elle avait le cœur serré. Non, ce n'était pas la faute de Mme Trueman ; c'était la faute de ces salauds qui avaient enlevé Emily et Suzie, et qui détenaient probablement deux autres enfants.

— En attendant que maman arrive, je peux répondre à vos questions, dit doucement Emily.

Si seulement… Kim sourit à la petite fille.

— Non, ma belle, je ne peux pas t'interroger sans l'accord de tes parents.

— Moi, je peux, fit remarquer Matt en avançant sa chaise.

— Matt, non… Je ne vous permets pas de…

— Je n'ai pas demandé votre permission, coupa-t-il. Les règles de la police ne s'appliquent pas à moi ; et, si vous êtes de nature trop sensible pour le supporter, je vous suggère de vous éloigner.

Elle aurait beau dire, il ne lui obéirait pas.

— Emily, bouche-toi les oreilles, dit-elle à la petite tout en se penchant vers Matt. Vous, écoutez-moi :

je n'ai pas les moyens de vous empêcher de lui parler, mais dites seulement un mot qui la bouleverse et je vous suspends par les c…

— Je n'ai pas l'intention de la bouleverser. Et ce n'est pas parce que vous me menacez, mais parce que je ne suis pas un salaud sans cœur.

Kim s'écarta. Message reçu. D'un signe, elle autorisa la petite à retirer les mains de ses oreilles.

— Emily, je vais te montrer l'image d'un homme, expliqua Matt.

Il s'était approché de l'enfant et parlait gentiment. Si gentiment que Kim dut dissimuler son étonnement.

— Cet homme pourrait être celui qui t'a kidnappée. Tu es d'accord pour regarder cette image ?

Il s'agissait du portrait-robot élaboré à partir de la description du faux policier fournie par Brad. Un portrait qui n'avait rien évoqué aux Timmins ni aux Hanson. Emily déglutit péniblement, jeta un coup d'œil à Kim.

— Tu n'es pas obligée, lui rappela celle-ci en lui posant la main sur le bras.

— Ça va aider à retrouver Suzie ? demanda la petite.

Kim détourna les yeux. Cette enfant s'accrochait-elle à l'espoir que son amie était toujours en vie ?

— Madame, je sais qu'elle est morte, déclara-t-elle. Mais peut-être qu'on peut encore la ramener chez elle.

— Peut-être, répondit Kim, la gorge serrée.

Cette gamine faisait preuve de plus de maturité qu'elle ne l'avait d'abord cru.

Matt sortit le portrait de sa poche et le déplia. En le regardant, Emily retint son souffle.

— C'est lui ? demanda Matt.

Emily hocha la tête, incapable de regarder de nouveau, la main crochetée à celle de Kim. Matt replia le portrait et le mit de côté.

— OK, tu n'as pas besoin de regarder davantage. Est-ce que c'est l'homme qui t'a kidnappée ?

— Oui. Il avait un petit chaton roux. Il a dit que le chat était malade et qu'il avait besoin d'un câlin. Alors, je l'ai pris dans mes mains… et l'homme m'a mis du scotch sur la bouche et il m'a fait monter dans un van. Après, il a attrapé le chaton et il l'a jeté par la portière. Et puis, il m'a ligotée. Il a roulé un peu et il a pris Suzie aussi.

Elle ferma les yeux.

— J'étais contente de voir Suzie, c'était ma meilleure amie, j'avais moins peur.

Kim écoutait, sentait les doigts de la fillette la serrer plus fort par moments. Les souvenirs de sa captivité paraissaient incroyablement précis.

— Le dernier jour, que s'est-il passé ? s'enquit Matt

— Le grand est venu et il m'a tirée par les cheveux. Suzie a essayé de me retenir. Elle hurlait… En fait, on hurlait toutes les deux. Il l'a frappée et elle est tombée en arrière. Je l'ai appelée mais elle bougeait pas. Après, on a encore roulé, et puis il m'a fait descendre. Il m'a fait tourner plusieurs fois sur moi-même et je suis tombée. J'ai entendu le van s'en aller, mais je n'ai rien vu parce que j'avais les yeux bandés et j'avais le vertige.

— Tu te rappelles encore autre chose ? demanda Matt. Des bruits, des choses qui pourraient nous aider à savoir où vous étiez ?

— Non, j'avais trop peur. Je savais pas ce qu'il allait faire. Je pleurais et…

Kim l'apaisa.

— Ça suffira, Emily, ne t'inquiète pas.

Les souvenirs de cette petite fille ne les aidaient pas, si tristement nombreux soient-ils. Un mouvement attira son attention. Les Trueman arrivaient, Julia en tête, le regard rivé à sa fille. Les cernes formaient deux cercles violacés autour de ses yeux dans son visage exsangue. Alan Trueman était un homme séduisant aux cheveux blonds coupés court, manifestement inquiet mais moins tendu que sa femme.

Kim laissa un peu d'intimité à la famille. Ils pleuraient et ne cessaient plus de se serrer dans les bras les uns les autres.

Matt s'approcha et lui glissa :

— La petite ne nous a sûrement pas tout dit. Peut-être qu'avec davantage de temps…

Il n'eut pas le loisir d'achever, car M. Trueman venait les remercier.

— Votre fille voulait nous aider, lui expliqua Kim.

Mme Trueman se raidit, les lèvres pincées. Sans doute rendait-elle Kim responsable de la fugue d'Emily, et elle n'avait pas tort. Sans sa visite, ses questions, la petite n'aurait pas bougé de chez elle.

Pourtant, il fallait faire une dernière tentative. Elle pria le couple de la suivre à l'écart tandis que Matt occuperait la fillette.

— Écoutez, je comprends que remuer le passé soit pénible pour vous et que vous protégiez votre fille, mais Emily peut apporter une contribution précieuse si elle nous parle davantage. Elle ne demande que cela.

Je crois qu'elle a refoulé certains détails cruciaux. Nous pourrions envisager de la questionner… sous hypnose.

Mme Trueman laissa échapper un petit cri.

— Inspectrice, dit son mari, nous avons bouleversé notre existence pour éloigner Emily de ces événements. Je ne crois pas que…

— Je ne veux pas me montrer indélicate, fit remarquer Kim avec bienveillance, mais vous pensez vraiment que tout va pour le mieux ? Emily vous adore, seulement ce n'est pas une enfant heureuse. C'est comme si le kidnapping avait eu lieu la semaine dernière.

— Vous avez raison, reconnut Julia Trueman, mais imaginez que nous l'autorisions à vous aider et qu'ils s'en prennent de nouveau à elle ? Après tout, ils courent toujours.

Kim ne releva pas le reproche sous-entendu. Julia Trueman avait le droit d'en vouloir à la police.

Il ne restait plus qu'une seule option. Elle joua son va-tout :

— Ils ont recommencé, madame Trueman. Deux petites filles ont été enlevées ce dimanche. Il m'est interdit de vous donner des détails, la presse ne sait rien et je suis obligée de vous demander de garder cette information pour vous.

— Ce sont les mêmes ravisseurs ? s'enquit Alan Trueman tandis que sa femme restait sous le choc.

— Nous en sommes quasiment certains. Permettez-nous de travailler avec Emily. Je vous jure que je ne les lâcherai pas.

Kim n'y avait pas prêté attention, mais Emily s'était approchée de ses parents.

— S'il te plaît, maman. Je voudrais aider à ramener Suzie chez elle.

Les Trueman échangèrent un regard – un consentement. Si elle avait pu, Kim aurait couvert la petite de baisers.

— C'est entendu, conclut Mme Trueman. Faites-nous savoir comment vous voulez qu'on procède.

Lorsque le couple et la fillette eurent quitté le fast-food, Kim sortit pour téléphoner à Woody. Il lui fallait un professionnel qualifié pour le lendemain matin.

— Bon, eh bien, j'ai gagné ma tasse de café, déclara Matt. Vous en voulez une ?

Après une hésitation, elle accepta. Elle pouvait bien avaler un café en sa compagnie, même si elle préférait ratisser les rues pour rechercher le ravisseur d'Emily. À présent, il était beaucoup trop loin pour qu'on le rattrape.

Avait-il reconnu la petite ?

81

— Alors comme ça, on va faire ami-ami, se raconter nos vies et se respecter ? lança Kim.

— Ouh là ! Pour ça, il faudrait plus qu'une tasse de café, rétorqua Matt.

Elle savoura une gorgée. Le café était plutôt bon, pour un fast-food.

— Vous vous êtes trahi, vous savez ? reprit-elle avec un demi-sourire.

— De quoi parlez-vous ?

— D'émotion. Il s'en est échappé une goutte quand vous parliez avec Emily. Mais pas de panique, ça s'est à peine vu.

— Vous ne pouvez pas vous retenir, hein ? Je vous offre un café ; tout ce que je demande, c'est dix minutes de cessez-le-feu, mais c'est encore trop pour vous.

— C'est assez juste. Alors, racontez-moi votre histoire. Vous étiez négociateur dans la police ?

— En effet, pour la Met[1].

1. La Metropolitan Police, ou Met, est la force territoriale de police responsable du Grand Londres à l'exception de la Cité.

— Et vous n'y êtes plus.

— Non, répondit-il laconiquement.

— Seigneur, et moi qui croyais que je n'étais pas douée pour les interactions sociales…

— Désolé, les banalités, c'est pas mon truc.

L'insupportable Bryant avait encore raison : ses ressemblances avec Matt Ward commençaient à la rendre dingue. Comme elle, Matt s'animait surtout quand on lui parlait boulot. Aller sur ce terrain représenterait moins d'efforts pour elle et délierait la langue du négociateur.

— Est-ce que la Met vous a envoyé outre-Atlantique ?

Il confirma d'un signe de tête.

— À Mexico. Kidnapping de la petite-fille d'un membre de la Chambre des lords. Quarante-huit heures plus tard, elle était rentrée.

— Ça se passe toujours aussi facilement ?

— Chaque gang est différent. En Amérique du Sud, le premier motif d'enlèvement d'enfant, c'est la levée de fonds au profit d'organisations terroristes. Bien que ce soit un business, on ne doit jamais oublier avec quel genre de personne on traite.

— Continuez, demanda Kim. S'il vous plaît.

Elle était réellement intriguée. Et puis, ça ne lui faisait pas de mal de se reposer l'esprit.

— En tout premier lieu, il faut déterminer si on choisit le conflit ou la coopération. Adversaires ou partenaires. Peu de parents encouragent la stratégie conflictuelle quand on négocie pour la vie de leur enfant. Normalement, les gangs présentent leurs

---

La Met a également la responsabilité nationale de la lutte antiterroriste.

exigences de manière simple et directe. Une tactique est adoptée sur la base des informations disponibles.

— Par exemple ?

— Elles sont nombreuses. Les ravisseurs de Charlie, Amy, Emily et Suzie ont opté pour l'enchère, la négociation compétitive. Dans la tactique dite de la corde raide, l'une des parties définit des conditions non négociables. On parle de *bogey* quand on use d'une tactique qui sonde l'adversaire. Et le *flinch* consiste à jouer la carte de la réaction physique à une offre : par exemple, au téléphone, prendre une grande inspiration. Et il y a aussi les tactiques *highball*, *lowball*, *nibbling*, *snowball* et la vieille stratégie du gentil et du méchant.

— Laquelle est la plus efficace ?

Matt prit le temps de réfléchir.

— En fait, c'est pareil tant que vous ne dérogez pas aux règles. Les gangs connaissent ces tactiques mieux que nous. Ils s'y attendent. Il existe donc un accord tacite ; si tout le monde joue le jeu correctement, c'est du gagnant-gagnant.

— Donc, le ravisseur peut anticiper la stratégie que vous allez adopter ?

— Oui. Le point fondamental, c'est de rester fidèle à la stratégie choisie. Les gangs n'aiment pas les surprises. Si vous changez de plan en cours de route, ça les rend nerveux. Et là, ça craint.

— On suit toujours les plans, alors ?

— Au Panama, j'ai travaillé en duo à la libération d'un garçon de cinq ans, le fils d'un officiel. Nous avions adopté la stratégie du gentil et du méchant et, en deux jours, le montant de la rançon a été diminué d'un tiers. J'étais dans le rôle de celui qui ne lâche rien, et Miguel, mon partenaire local, concédait davantage. On savait que le petit était sain et sauf, parce que les parents avaient reçu par e-mail des photos où on le voyait, en culotte, pourchasser un poulet. C'est classique : ils emmènent l'enfant dans un village reculé et le confient à leur famille. Ils ne cherchent pas à faire du mal aux enfants qu'ils enlèvent, mais à financer la cause en laquelle ils croient.

— Que s'est-il passé ?

— On était très près de conclure… On le savait et eux aussi. Encore une journée et nous aurions trouvé un accord. Sauf que Miguel a pris un appel pendant que j'étais dans une autre pièce. Et il a changé les plans.

— C'est-à-dire ?

— Il a fait une offre non négociable.

— Pourquoi ça ?

Matt soupira et haussa les épaules.

— En introduisant un élément de surprise, il pensait les déstabiliser et les faire céder. Il aurait aussi impressionné la famille en lui faisant économiser la rançon…

La boule au ventre, Kim sentit venir la suite.

— Ils ont raccroché au nez de Miguel et n'ont pas rappelé. Six heures plus tard, on retrouvait le corps du petit Ethan.

— C'est affreux…

Matt fit tourner sa tasse vide. Son autre poing était serré.

— C'était il y a combien de temps ? demanda Kim.

— Quatre jours et demi.

— Matt, je suis…

Il l'interrompit d'un geste.

— Arrêtez. C'est pour le petit que vous devez compatir, pas pour moi.

— Tout de même, est-ce qu'il arrive qu'on déploie des moyens pour coffrer ces gangs ?

— Il y a des opérations pour surveiller l'endroit où l'argent est déposé. Mais, vous savez, au Panama, vingt-quatre pour cent de la population vit dans la pauvreté ; le nombre de criminels dépasse largement le nombre de ceux qui essaient de les combattre.

Après un silence, Kim posa la question qui la hantait :

— Et nous, à quoi devons-nous nous attendre ?

— Un message. D'après leur profil, ils rappelleront aux parents ce qu'ils risquent de perdre, juste pour les pousser à racler tous les fonds de tiroir. Il se pourrait qu'ils leur envoient le message vocal où l'on entend crier les fillettes, ou un autre dans lequel elles supplieraient leurs parents. Voilà pourquoi ils ne les ont pas encore tuées.

Kim devina la suite.

— Quand on aura reçu ce message-là, on sera en sursis. Les petites ne leur serviront plus à rien, exactement comme Inga.

Il se tut un instant.

— Vous êtes consciente que le jeu n'ira pas à son terme, n'est-ce pas ? Le jour où l'argent sera déposé, les fillettes seront déjà mortes.

Kim hocha la tête. Oui, elle en était consciente.

82

De retour chez les Timmins, Kim entra dans la salle à manger et s'assit à la table encore encombrée par la paperasse du jour. Matt s'était installé dans la cuisine pour mettre de l'ordre dans ses notes. Sa dernière mission s'était terminée par la mort d'un enfant et il était sur le pont, plongé dans une autre enquête, à peine quelques jours après. Cette capacité d'adaptation forçait l'admiration…

Elle regarda la photo de Charlie et d'Amy. En pareille situation, serait-elle capable de s'adapter aussi rapidement ? Elle n'aimait pas le bonhomme mais, même à contrecœur, elle était obligée de lui accorder son respect. Au moins en son for intérieur.

Elle examina de nouveau la carte géographique. À présent, elle savait que la négociation n'aboutirait pas. Un délai, voilà tout ce qu'elle pouvait espérer, alors cette carte était la clé. Forcément. Tous les autres éléments découverts n'apportaient rien au dossier. Un seul comptait : l'endroit où les ravisseurs cachaient les fillettes. Si elle ne les trouvait pas avant le jour où les parents déposeraient l'argent, on ne les reverrait pas vivantes…

Il fallait qu'elle se rafraîchisse… Elle descendit à la salle de bains du rez-de-chaussée. Puis elle se prépara du café et se remit au travail.

Quand la sonnerie de son téléphone lui indiqua l'arrivée d'un nouveau texto, Kim se jetta dessus. Zut, le message venait seulement de Bryant. Elle se renfrogna franchement quand elle en découvrit le contenu :

Venez dans le jardin

Minuit ! Il n'imaginait tout de même pas poursuivre leur discussion à cette heure ? Ça pouvait attendre que l'enquête soit bouclée. À quoi jouait-il, bon Dieu ?

Elle attrapa sa veste et fonça vers la porte.

— Tout va bien, madame ? s'enquit Lucas.

Elle hocha la tête et sortit. Bryant l'attendait à quelques mètres, à droite de la pièce d'eau, et il avait une laisse dans la main. Au bout de la laisse, Barney.

Bryant détacha le chien qui s'élança vers sa maîtresse. Elle s'agenouilla, lui ouvrit les bras. L'animal chaud et tout poilu lui fit la fête.

— Coucou, mon gars, comment tu vas ? lui demanda-t-elle, le nez dans sa fourrure.

Elle prit la tête de Barney entre ses mains, l'embrassa et le tint serré contre elle.

— C'est bon de te voir, dit-elle en lui grattant le dos.

Il en grogna.

— Si vous ne voulez pas me parler à moi… peut-être le ferez-vous avec lui, dit Bryant en tendant la laisse à Kim.

Elle n'avait pas besoin de cette longe. Son chien ne s'éloignait jamais d'elle. Elle fit quelques pas le long de la maison, Barney trottinant derrière elle et frottant son museau contre sa main, puis elle s'assit par terre. Aussitôt, le chien se nicha dans son giron et lui donna un grand coup de langue sur la figure. Elle éclata de rire et l'étreignit plus fort.

— Toi aussi, tu m'as manqué. Sage.

Le chien s'écarta un peu et s'assit comme elle le lui avait appris. Elle commença par examiner sa tête, tâtant ensuite chaque partie du corps. Avec une telle épaisseur de fourrure brillante, difficile d'évaluer s'il avait pris ou perdu du poids. Elle vérifia au passage qu'il ne présentait aucune de ces touffes de poils emmêlés inévitables chez les border collies. Barney se laissa faire, regardant droit devant lui. Elle le récompensa d'une caresse.

— C'est bien, mon chien, tu es en pleine forme.

Aucun doute, on prenait bien soin de lui. Il revint se blottir et Kim enroula un bras autour de lui.

— Oui, oui, je sais, bonhomme, on s'est manqué.

Son chien dans les bras, c'est tout juste si elle sentait encore la pierre froide et dure sur laquelle elle était assise ou le vent glacial qui lui mordait le cou. Il n'y avait plus qu'elle et Barney, et la chaleur réconfortante qu'il lui apportait.

— Il a raison, l'autre, là-bas, murmura-t-elle à l'oreille de son chien.

Elle désigna du menton Bryant qui attendait devant la maison – son seul ami dans le genre humain.

— Je ne le lui dirai jamais, mais j'ai vraiment peur, bonhomme. Je suis même terrifiée à l'idée de foirer cette mission.

Un vent mauvais lui chuchota qu'elle avait peut-être déjà échoué. Et même si le pire ne s'était pas encore produit, qui savait ce que ces malades avaient pu infliger aux petites ? Bon sang, ils leur avaient pris leurs vêtements juste pour faire monter l'enchère ! C'était ce qu'ils avaient osé de pire depuis l'enlèvement et cette abjection lui faisait bouillir le sang. Jamais encore elle n'avait eu affaire à de telles ordures.

Kim laissa aller sa tête contre le mur et ferma les yeux, s'accordant quelques minutes pour savourer la complicité rassurante avec son chien. La chaleur de Barney se communiquait à tout son corps tandis qu'elle le câlinait.

Elle enfouit le visage dans sa fourrure. Dix minutes… Juste dix minutes en sa compagnie pour guérir un peu.

Puis elle rouvrit les yeux, se redressa, embrassa le chien sur le museau.

— Merci, mon adorable ami.

Elle se leva, épousseta les jambes de son pantalon et se dirigea avec Barney vers Bryant qui patientait en faisant quelques pas près de la pièce d'eau.

Il avait eu tellement raison, quand il lui avait parlé un peu plus tôt ! Oui, elle avait envoyé promener tout le monde, même les pauvres parents. Stephen Hanson était peut-être un type imbuvable, mais on lui avait enlevé son enfant – comment avait-elle pu l'oublier, ne serait-ce qu'un instant ? Elle était sortie de son rôle, et seul Bryant avait eu le cran de le lui faire remarquer.

— Écoutez, commença-t-elle après s'être éclairci la gorge. À propos de ce qui s'est passé…

— Tout va bien, Kim, la coupa-t-il aussitôt avec un sourire en coin. Allez, je vais reconduire le prince Barney chez lui. On se voit dans quelques heures.

Kim sourit à son tour, hocha la tête. Puis elle suivit des yeux l'homme et le chien, ses deux indéfectibles et uniques compagnons, jusqu'à ce qu'ils échappent à son regard.

Et lorsqu'elle rentra dans la maison, elle avait recouvré l'espoir.

83

— Ames, faut que t'arrêtes de faire ça. Regarde, ton bras saigne.

— Je peux pas m'en empêcher, Charl'. Ça me pique tout le temps. Il faut que je me gratte.

— Essaie quand même. Sinon ça va mal tourner.

C'était ce que son papa lui disait toujours quand elle tripotait une croûte ou une plaie. Elle ne savait pas précisément comment ça pouvait « mal tourner », mais il valait mieux ne pas en arriver là.

Pour occuper Amy et l'aider à ne pas se gratter, elle la faisait marcher dans la pièce avec elle. Elles tournaient en rond dans ce petit espace, tout en tenant la serviette qui sentait maintenant drôlement mauvais, comme elles. C'était la seule façon de se réchauffer un peu et de ne plus claquer des dents.

Après leur dernier repas, elle avait gravé dans la brique un huitième trait. C'était plus difficile, elle avait moins de forces qu'au début et elle risquait de perdre le compte. Une fois, elle avait même oublié ce qu'elle essayait de faire ; et pourtant la barrette était bien dans sa main…

Mais, par rapport à l'état des bras d'Amy, ce n'était pas grave. Ses griffures étaient passées du rose au rouge foncé, colorant tout son avant-bras ; et maintenant la peau était déchirée. À part marcher en rond, comment faire pour qu'Amy arrête ça ? D'autant que Charlie était épuisée ; tout ce qu'elle voulait, en vérité, c'était se reposer.

— Charl', est-ce qu'on sortira d'ici un jour ? demanda Amy en se pelotonnant contre elle.

Dire qu'elle en avait été si sûre… entre-temps, elle avait perdu espoir.

— Mais évidemment ! répondit Charlie.

Amy posa la tête sur son épaule et les deux amies se blottirent l'une contre l'autre. Charlie tombait de fatigue. Elle récita mentalement la même prière qu'elle se répétait chaque fois qu'elle fermait les yeux :

Mon Dieu, faites que maman et papa nous trouvent vite et nous emmènent à la maison et nous gardent au chaud. Et s'il Vous plaît, mon Dieu, empêchez Amy de se gratter. Amen.

Quand elle se sentait glisser dans le sommeil, la peur commençait à refluer, juste un petit peu, tandis que l'obscurité paisible s'approchait. La respiration régulière d'Amy la berçait.

Mais ce soir-là, brusquement, un grand coup frappé à la porte les fit se dresser toutes les deux, en pleine confusion. Avaient-elles dormi des heures ou bien venaient-elles juste de s'assoupir ? Charlie était incapable de le dire. Tout ce qu'elle savait, c'est qu'elle tremblait de nouveau et que la peur lui tordait l'estomac.

— Hé, les chéries ! Je voulais juste vous souhaiter bonne nuit. J'ai bien aimé nos petits moments de bavardage du soir, comme ça, tous les trois, mais c'est la dernière fois. J'ai trop hâte de vous voir demain ! Et vous savez pourquoi ? Parce que je vais vous faire crier très fort.

Amy éclata en sanglots ; Charlie la serra contre elle, muette d'horreur. Elle venait de prendre conscience de ce qui les attendait : demain, elles allaient mourir.

84

Les membres de l'équipe arrivèrent les uns après les autres. À 5 h 59, la salle de crise en comptait cinq.

— Vous savez où est Dawson ? demanda Kim à Stacey.

Cette dernière secoua la tête. Par acquit de conscience, Kim vérifia sur son téléphone qu'il ne lui avait pas envoyé de message ; puis elle chercha son numéro et appela. Pas question qu'il mette le bazar dans une affaire aussi délicate que celle-ci.

Au même moment, une sonnerie de portable résonna dans le hall. La seconde qui suivit, Dawson paraissait dans l'encadrement de la porte.

— Eh ben, on t'a sacrément arrangé… déclara Bryant en découvrant la tête de son collègue.

Stacey n'en croyait pas ses yeux. Alison et Matt ne firent pas de commentaires mais la surprise se lisait sur leurs visages. Et reflétait celle de Kim.

— Putain, mais qu'est-ce qui vous est arrivé ?

Dawson avait l'œil gauche noir et tuméfié, la lèvre supérieure fendue et le côté droit de la mâchoire décoré d'un énorme hématome. Il s'assit avec mille précautions ; autrement dit, les blessures visibles en cachaient d'autres.

— Certains potes de Kai n'ont pas apprécié ma visite.

— Vous pourriez les identifier ? demanda Kim, déjà prête à chercher elle-même cette bande de petits cons.

— Non, il faisait trop sombre. Pas d'inquiétude, je me sens bien : par chance, j'ai reçu une aide inattendue. Je vous raconterai ça un autre jour.

— Êtes-vous au moins allé voir un…

— Cheffe, honnêtement, ça va, répéta-t-il en la suppliant du regard de ne pas insister.

Tu parles, songea Kim. Juste de la fierté. Peu d'hommes aimaient raconter dans quelles circonstances ils s'étaient fait passer à tabac. Pourtant, seul contre plusieurs adversaires, il n'y avait pas de quoi avoir honte.

Elle y reviendrait plus tard, en tête à tête avec lui. Pour l'instant, elle allait respecter son choix et passer à autre chose. Elle lança la réunion et Stacey demanda la parole.

— Cheffe, avant qu'on s'y mette, j'ai des infos sur Inga. Pas sûr que ça nous aide mais… Sa famille est originaire d'Allemagne de l'Est. Son père est semble-t-il l'avant-dernier transfuge qui ait trouvé la mort en essayant de passer à l'Ouest, deux ans avant la chute du Mur. Sa mère était à moitié britannique, et Inga et elle sont arrivées ici en 1991. Ensuite, on les perd de vue pendant deux ans. En 1993, Inga Bauer est volontairement confiée par sa mère à la protection de l'enfance. Elle a huit ans et va rester dans le système jusqu'à sa majorité.

— Et la mère ?

— Je ne trouve plus rien à son sujet. Pas de certificat de mariage ni de décès, et pas de changement de nom enregistré.

— Elle s'est donc contentée d'abandonner sa gamine ? Comme ça ? s'étonna Bryant. Merde, c'est rude. Un gosse est attaché à sa mère…

— Stop, ordonna Kim. Bon, en effet, ça ne nous sert pas pour l'instant, mais merci pour vos recherches, Stace. Et vous, Kev, vous avez pu piquer le téléphone ?

— Non, parce qu'il n'y en a pas, répondit Dawson.

— Comment ça, il n'y en a pas ? Il ne se trouve pas avec les autres preuves ?

— Il n'est même pas sur la liste.

Julia Trueman avait menti : elle n'avait jamais remis le téléphone à la police. Exactement comme Jenny Cotton. Kim décida de ne pas s'attarder sur la question et poursuivit :

— Matt pense qu'un message va nous être envoyé aujourd'hui pour faire grimper l'enchère. Une fois que nous l'aurons reçu, il ne restera que quelques heures avant que les ravisseurs tuent les enfants.

— C'est sûr ? demanda Stacey.

Matt intervint :

— On arrive au stade où les filles ont permis aux ravisseurs d'atteindre leur objectif. Elles n'ont plus aucune valeur pour eux.

Une logique implacable.

— À partir de maintenant, reprit Kim, c'est sur ces cartes que se trouve le salut des petites. Pas besoin d'un expert. Nous connaissons tous cette zone, nous ferons marcher notre bon sens pour localiser la cache des ravisseurs. Pour votre information, Emily Trueman s'est enfuie hier soir.

Elle leva les mains :

— Du calme ! Tout va bien, elle est en sécurité chez elle, à présent. Ce qui nous importe, c'est que, pendant sa courte fugue, elle est certaine d'avoir vu l'homme qui l'a enlevée l'année dernière.

— Ça a l'air plutôt invraisemblable, cheffe, déclara Bryant. C'est la première fois qu'elle sort en treize mois et elle rencontre son ravisseur ?

Formulé ainsi, le point de vue de Bryant tenait la route. Au fond, Kim n'était pas tout à fait convaincue non plus, bien que la petite se soit montrée formelle.

— Peut-être. Mais gardez en tête cette possibilité quand vous cherchez des indices, conseilla-t-elle.

— Cheffe, est-ce que la géographie du cas précédent pourrait nous induire en erreur ? s'enquit alors Dawson. En fait, rien ne suggère que les ravisseurs utilisent la même cache.

— Et rien ne suggère le contraire, répliqua Kim. D'autant plus qu'ils n'ont pas été attrapés. Stace, des infos sur ce qui aurait pu entraîner la fin de l'incident, la dernière fois ?

— Tout ce que j'ai, c'est un accident de la circulation sur la voie express Kidderminster, un feu de circulation grillé sur Thorns Road et l'inauguration d'un nouveau supermarché.

— Bon, on se souciera de tout ça plus tard, soupira Kim. Là, focus sur ces cartes. Ce qu'on cherche est *là*. Projetez-vous dans la tête du ravisseur.

L'équipe obtempéra. Kim, elle, n'en pouvait plus de les scruter. Elle se dirigea vers la cafetière qu'ils avaient vidée à leur arrivée et donna un coup de coude à Bryant en passant derrière lui. Il toussa. Il la connaissait assez pour savoir que c'était sa façon toute personnelle de le remercier pour son amitié.

— Kev, dit-elle en jetant un regard vers la porte.

Dawson laissa tout en plan et la suivit dans la cuisine.

— À nous deux, déclara-t-elle une fois qu'ils furent seuls. En vrai, où en est-on sur l'affaire Dewain Wright ?

Il afficha une expression confuse et expliqua :

— J'ai pas beaucoup dormi la nuit dernière.

Kim délaissa la cafetière et s'appuya contre l'évier.

— Je vous écoute.

Dawson lui fit un rapport complet des différents entretiens qu'il avait eus. Elle l'écouta sans l'interrompre et, au moment où il terminait, les premiers mouvements du matin se firent entendre à l'étage.

— Je ne sais pas trop comment poursuivre, reconnut Dawson. Vous diriez quoi ?

Elle savait exactement à qui elle irait parler, s'il ne s'était agi que d'elle. Mais ce n'était pas le sujet.

— Prenez un peu de champ, conseilla-t-elle à Dawson. Arrêtez de gratter toujours au même endroit, d'essayer de forcer la réponse. Laissez germer là-haut, ajouta-t-elle en indiquant sa tête, ça viendra, vous verrez.

— Vous croyez ? fit Dawson, aussi penaud qu'un petit garçon.

— J'en suis certaine.

— Vous savez, cheffe, autrefois, j'ai fait un truc dont je ne suis pas fier…

— Kev, on a tous fait des « trucs », la coupa-t-elle.

— Je ne vous dirai pas quoi, mais je l'ai fait pour m'intégrer à un groupe. Alors, je comprends pourquoi ces gosses finissent dans un gang. Je désapprouve carrément, mais je comprends. Ils sont conscients de la sournoiserie de toutes les techniques de recrutement, mais ils y vont quand même. Parce qu'ils ont besoin de s'intégrer quelque part.

Il secoua la tête de désespoir. Cette enquête parallèle l'avait mené sur un terrain où il ne voulait pas aller. Kim s'apprêtait à peser soigneusement ses mots pour lui répondre, mais Matt parut soudain.

— C'est le moment, inspectrice, lui dit-il. Je suis prêt à envoyer les textos.

85

Kim attendit les parents au pied de l'escalier et les invita à se réunir dans le salon.

Karen prit place sur le bras du fauteuil qu'occupait Robert. Sans se parler ni se regarder, ils joignirent leurs mains. Stephen se posta contre le mur, près d'une fenêtre. Quant à Elizabeth, elle s'assit dans un coin du canapé, Nicholas sur ses genoux. L'enfant commença à se tortiller en ronchonnant, mais sa mère le retenait.

Matt leva les yeux de son bloc-notes et s'adressa à elle :

— Elizabeth, j'ai besoin de votre attention totale à tous. Si vous le permettez, Helen va emmener Nicholas dans la cuisine.

Après un moment d'hésitation, elle accepta et Helen prit le petit dans ses bras. À sa façon de le tenir, on voyait qu'elle n'avait pas l'habitude. *Comme moi*, se dit Kim.

Une fois le calme rétabli, Matt commença à décrire sa stratégie :

— Nous entrons dans le dur. Nous allons commencer à négocier.

Robert manifesta son approbation, mais Stephen prit un air accablé.

— Nous n'avons pas du tout l'intention de leur concéder quoi que ce soit, nous jouons la montre, précisa Matt.

Un intense soulagement se peignit sur le visage de Stephen Hanson. *Dommage*, se dit Kim. Elle aurait bien aimé qu'il souffre plus longtemps. Juste un peu plus.

— Nous n'avons jamais été si près de vous ramener vos filles mais nous sommes obligés de jouer le jeu, sinon ils vont comprendre qu'on les cherche, dit encore Matt, puis il se tourna vers Hanson : Vous allez commencer par une offre basse de 894 000 livres sterling et nous attendrons leur réponse. Ensuite, Robert proposera beaucoup plus. 1 750 000 livres.

Si les ravisseurs réagissaient de la même façon aux deux offres, la preuve serait faite que leur but n'était pas de faire rivaliser les deux familles. L'hypothèse de l'élimination des deux petites serait donc confirmée.

Matt expliqua aux parents qu'ils devraient envoyer deux textes bien différents.

— Mais quel est exactement votre choix tactique ? s'enquit Hanson.

Plutôt que de lui répondre, Matt fit passer une feuille de papier à sa femme.

— Voilà ce que vous allez dire aux ravisseurs. Mot pour mot.

Hanson s'approcha pour lire par-dessus l'épaule d'Elizabeth, qui ne lui accorda aucune attention. Il se mit à fulminer :

— Vous espérez quoi avec ça, bordel ?

— Tais-toi, ordonna Elizabeth.

— J'ai le droit de savoir. Il s'agit de ma fille.

— Stephen, s'il te plaît, intervint Karen en venant vers lui. Calme-toi.

— Non ! Je ne vais pas me laisser traiter comme si je n'avais pas voix au chapitre.

À son tour, Kim se leva et croisa les bras. Tous les regards étaient fixés sur cet homme. Elle n'en revenait pas : il était franchement doué pour focaliser l'attention sur lui dans cette situation pourtant bien plus importante que sa petite personne…

— Ferme-la, Stephen.

C'était Robert qui venait de s'exprimer. Sans éclat ni colère. Calmement et fermement. Mais Stephen ne laissa pas passer :

— Répète un peu ça ! lança-t-il, rouge de colère.

— Non mais je rêve, siffla Matt.

— Messieurs, intervint Kim, ça ne va pas nous aider à…

— Stephen, ce n'est pas un concours, coupa Robert en soupirant lourdement. Il faut qu'on soit forts, pour nos filles.

Elizabeth jeta un regard d'avertissement à son mari. Ce qui allait se produire entre les parents n'était pas difficile à deviner et Kim ne pouvait pas le permettre. Elle vint se placer entre les deux pères.

— On va prendre une minute…

Tentative inutile. Stephen était enragé, inaccessible à tout autre sujet que sa propre fureur.

— T'as toujours pas compris, hein ? dit-il à Robert. Ta gosse, elle n'est même pas de toi ! Ta femme s'est fait sauter par un vieux jules – et tu vas te mettre sur la paille pour un enfant qui n'est pas de ton sang ?

Karen laissa échapper un cri. Même Matt perdit contenance.

Le visage de Robert se figea. Quelques secondes. Puis il regarda sa femme. Elizabeth, horrifiée, ne quittait pas son amie des yeux.

— Karen, tu n'as rien à dire ? demanda Robert.

Elle était pâle comme la mort, recroquevillée sur elle-même. Elle se tordait les mains. Son silence suffit à apporter une réponse à la question de Robert, qui se dirigea vers la porte. Elle essaya de le retenir, mais il sortit de la maison sans se retourner.

86

Plus personne n'osait parler.

Ce fut Matt qui brisa ce silence pesant en demandant sèchement :

— Donnez-moi vos téléphones. Votre drame de sitcom, ça suffit. Dépêchez-vous.

L'attention s'était totalement dissipée. Karen continuait de fixer le vide laissé par Robert et Elizabeth ne regardait qu'elle. Dans cette ambiance trop lourde, Matt ne pouvait pas faire son boulot correctement.

— Laissez Matt prendre vos téléphones, qu'on avance enfin, ordonna Kim.

Elle saisit celui qu'Elizabeth tenait et celui de Karen, posé sur la table basse, puis elle les fit passer à Matt qui quitta le salon sans un mot.

— Quoi ? s'exclama alors Stephen à la cantonade. Je n'ai fait que dire la vérité.

— Sauf que ça n'était pas à toi de le faire, répliqua Karen d'une voix tranchante.

Puis, à son tour, elle sortit de la pièce.

Nom de Dieu ! pesta Kim.

S'il fallait supporter ça, elle allait demander une augmentation de salaire ! Et, pour une fois, elle était d'accord avec Matt : ce drame domestique n'allait pas les aider. Elizabeth n'avait pas su garder le secret confié par sa plus proche amie, elle l'avait partagé avec son mari et celui-ci venait de choisir le pire moment pour le partager à son tour, devant tout le monde. Pire, il n'avait révélé la vérité que parce qu'il n'était pas capable d'assurer la libération de sa propre fille. Il avait agi par esprit de vengeance, et il ne manifestait aucun regret.

Le problème, avec les secrets, c'est qu'on s'imaginait toujours pouvoir les confier à quelqu'un. Ce qui venait de se passer était la démonstration éclatante du contraire. Voilà pourquoi Kim avait de longue date décidé de ne jamais révéler le sien.

Il n'y avait pas lieu qu'elle gaspille sa salive pour l'instant. Elle s'apprêta à rejoindre Karen et Elizabeth dans la cuisine où elles s'étaient réfugiées. La voix d'Elizabeth lui fit marquer une pause à deux pas de la porte.

— Je suis navrée, Karen. Stephen a eu tort de…

— Et toi ? Comment tu as pu me faire ça ! J'avais confiance en toi, il n'y a qu'à toi que j'ai parlé de Charlie, et tu lui as tout répété ?

Kim tourna les talons. Qu'elles s'engueulent. Il ne servait à rien de les arrêter.

87

Assise dans la voiture avec Bryant, devant le cabinet de l'hypnothérapeute sur Stourbridge High Street, Kim était perplexe. Elle s'était imaginé une vitrine clinquante, annonçant en grandes lettres le retour de la confiance en soi, l'arrêt du tabagisme ou la perte de poids, or elle se trouvait devant un simple store californien qui masquait l'intérieur, et une plaque de cuivre fixée à côté de la porte.

La famille Trueman serait là d'une minute à l'autre. Kim jeta un coup d'œil dans le rétroviseur côté passager, surveillant tous les véhicules à l'approche.

— Ils arrivent, annonça-t-elle.

Un Range Rover blanc qui roulait lentement vint se garer derrière eux. Kim ouvrit sa portière, descendit et vint à leur rencontre en se composant un sourire qu'elle espéra rassurant.

— Merci pour ce que vous faites là, dit-elle aux Trueman. Et toi, Emily, merci pour ton grand courage.

— Ça va me faire mal ? demanda la petite fille.

— Absolument pas, répondit Kim sans se départir de son sourire. Je vais demander à l'hypnothérapeute de tout bien t'expliquer ; ainsi, tu te sentiras à ton aise.

Elle les conduisit à l'intérieur du bâtiment. Leur appréhension était palpable.

Le hall menait à un petit cabinet où les accueillit une femme entre cinquante et soixante ans. Les cheveux grisonnants retenus en chignon par un crayon ; des yeux bleu clair derrière d'immenses lunettes ; une montre d'homme au poignet, en contraste étonnant avec le cristal délicat qui se balançait au bout d'une chaîne autour de son cou.

— Nous avons rendez-vous avec le Dr Atkins, annonça Kim.

— Ça tombe bien, c'est moi, répondit-elle avec un chaleureux sourire. Et le Dr Atkins préfère qu'on l'appelle Barbara.

Kim lui serra la main puis lui présenta la famille Trueman et Bryant.

— Vous nous attendiez ?

— Oui, mais pas si nombreux, inspectrice.

— Cela pose problème ?

— Dans ce bureau, non, mais ce sera différent pour la séance. Nous en parlerons un peu plus tard.

Le Dr Atkins se leva, fit le tour de son bureau et posa les yeux sur Emily.

— Je suppose que c'est la jeune fille avec laquelle que je vais travailler aujourd'hui ?

Elle prit Emily par la main et l'emmena s'asseoir sur un sofa.

— Es-tu inquiète, ma chérie ?

— Un petit peu.

— Il ne faut pas. L'hypnose ne fait pas mal, et on peut s'arrêter si ça devient trop difficile pour toi, d'accord ? Je vais t'expliquer comment ça se passe. Imagine que tu entends la première phrase d'une chanson que tu connais, mais tu n'arrives pas à te rappeler le titre ni le nom du chanteur. Pourtant, tu sais que ces informations sont quelque part dans ta tête. C'est juste qu'elles ne veulent pas remonter à la surface.

Emily fit signe qu'elle comprenait.

— Eh bien, nous allons les y aider, reprit le Dr Atkins. Tu vas te sentir très détendue et, quand ce sera terminé, tu auras simplement l'impression d'avoir passé une bonne nuit de sommeil.

Elle se tourna vers les adultes :

— Des questions ?

— Vous avez déjà travaillé avec des patients comme notre fille ? Je veux dire, des victimes ? s'enquit Alan Trueman.

Julia jeta un coup d'œil à son mari. Il devait garder à l'esprit que la « victime » ne perdait pas une miette de la discussion.

Barbara hocha la tête ; elle tenait toujours la main d'Emily, établissant entre elles un lien de confiance, et elle en profitait pour surveiller son pouls en posant un doigt sur son poignet. La façon de faire de cette femme était convaincante. On ne pouvait pas attendre qu'un patient apporte une contribution constructive s'il était trop réticent. À la posture d'Emily, enfoncée dans le sofa, on voyait bien qu'elle commençait à se détendre.

— Oui, monsieur Trueman, j'ai beaucoup pratiqué, et j'ai aidé des victimes de crimes à retrouver des détails oubliés, en remontant parfois des dizaines d'années en arrière.

— Y a-t-il des risques que la séance laisse des traces durables ? demanda Julia Trueman.

— Mon travail n'est pas comparable à ce qu'on peut voir dans un spectacle. Je soulève quelques pierres dans la mémoire du patient, afin de voir si elles cachent quelque chose. Par la suite, ce que nous aurons fait émerger ne retombera plus dans les oubliettes de l'esprit.

Le Dr Atkins s'adressa à Emily :

— Est-ce que tu comprends bien ? C'est important.

Emily chercha le regard de sa mère qui, alarmée, chercha celui de Kim afin qu'elle intervienne.

— Barbara, Emily a déjà raconté les événements complets avec beaucoup de précision. Nous cherchons simplement des détails qu'elle aurait refoulés ou occultés.

Un peu rassurée, Julia Trueman acquiesça. Le Dr Atkins patienta encore quelques secondes, au cas où d'autres questions surgiraient. Puis elle pressa la main d'Emily et se leva.

— Bien, nous allons commencer. Je ne peux pas vous autoriser à tous entrer dans le cabinet, ce serait trop de pression pour Emily. Deux d'entre vous peuvent être présents, pas davantage.

Bryant se mit en retrait et Julia en avant. Kim interrogea Alan Trueman du regard ; il bataillait avec son instinct protecteur mais, finalement, il lui céda la place. Kim le remercia.

Après avoir fait entrer Julia Trueman et sa fille, le Dr Atkins glissa rapidement à Kim :

— Sur quoi la séance doit-elle porter plus particulièrement, inspectrice ? Vous espérez une description de l'agresseur ?

— Plutôt de l'endroit où il se planquait. N'importe quel élément qui puisse m'aider à localiser l'endroit où la petite était détenue.

Le Dr Atkins acquiesça et elles entrèrent dans la pièce qui donnait sur la rue, où il régnait une lumière tamisée. Emily fut invitée à prendre place dans un gros fauteuil de cuir patiné qui la maintenait dans une position semi-allongée, et Julia s'assit près de sa fille.

La thérapeute s'installa à la gauche d'Emily, tandis que Kim restait debout dans un coin et sortait son téléphone de sa poche.

— Je peux enregistrer la séance ? demanda-t-elle.

Les deux femmes donnèrent leur autorisation.

— Emily, je veux que tu t'installes confortablement, commença Barbara. Trouve une position dans laquelle tu te sens complètement à ton aise.

Emily tâtonna un peu puis fit signe qu'elle était bien.

Face au fauteuil incliné, le mur était décoré d'une série de *skylines* de différentes villes.

— Parfait. À présent, je veux que tu regardes n'importe laquelle de ces images accrochées au mur. Choisis celle qui t'attire le plus et concentre-toi dessus.

La petite se fixa sur New York.

— Maintenant, je veux que tu prennes de grandes inspirations, lentes et régulières. Tu inspires par le nez : un, deux, trois, quatre, cinq. Et tu laisses s'échapper l'air par ta bouche. Bravo. Par le nez : un, deux, trois…

Angoissée, Julia Trueman ferma les yeux et se mordit la lèvre. Sa fille était sous hypnose.

— Je suis avec Suzie… On a peur…

— Bien, Emily. Suzie et toi, vous vous trouvez dans une pièce ?

La fillette hocha la tête.

— Est-ce que tu peux voir quelque chose ? Y a-t-il une fenêtre ?

Non de la tête.

— Alors peut-être que tu peux sentir quelque chose…

— Par terre, c'est comme de la boue…

— OK, Emily, peux-tu avancer jusqu'au moment où on vous fait sortir de cette pièce ?

La fillette hocha de nouveau la tête. Elle respirait plus vite.

— On me tire les cheveux… Suzie… Je crie… Je m'accroche…

Julia Trueman plaqua la main sur sa bouche. Il lui fallait mobiliser toute sa détermination pour garder le silence. Kim s'approcha, posa la main sur son épaule.

— Continue, Emily, dit calmement le Dr Atkins.

— Je lâche… obligée de lâcher… L'homme frappe Suzie… dans la figure… Elle tombe en arrière… Elle bouge plus…

— Est-ce que tu remontes l'escalier ?

Hochement de tête.

— Vite… On me pousse…

— Est-ce qu'on te conduit dehors ?

— Oui… Je tombe…

— Tu es par terre, Emily ?

— Il y a… de l'herbe…

— Tu entends quelque chose ?

— Ça crie… loin… des bruits de moteur…

Le Dr Atkins leva les yeux ; Kim lui fit signe de continuer dans cette direction.

— Ce bruit est loin de toi, Emily ?

— Oui…

Kim vérifia que son téléphone continuait d'enregistrer. Emily plissa les yeux.

— Très loin ?

Hochement de tête.

— Est-ce que tu retournes dans le van ?

— On me jette… On roule vite… des bosses… peux pas me tenir… Ça s'arrête et ça recommence… plus vite… quelque chose frappe le van… Je tombe sur le côté…

— Emily…

— Gauche… gauche… droite… gauche…

— Où es-tu maintenant, Emily ?

— On m'a tirée du van… Je tourne et tourne et tourne…

Elle se frotta le haut du bras droit.

— Ça serre ici…

La mémoire de la douleur fit grimacer la petite fille. Le Dr Atkins interrogea de nouveau Kim du regard. Elle n'obtiendrait rien de plus de l'enfant. On cherchait des éléments d'information sur la localisation et l'hypnothérapeute venait de la ramener à son arrivée et au moment de son départ de la cache. Kim fit signe de terminer la séance.

— Bien, Emily, maintenant, je veux que tu…

— Il dit… Je tourne et il me pousse… et il dit… *À bientôt, ma chérie…*

Julia poussa un cri ; Kim ferma les yeux. Elle tenait l'explication. S'ils avaient laissé la vie sauve à Emily… c'est qu'ils prévoyaient de l'enlever de nouveau.

88

— Je le savais ! Je le savais ! s'exclama Julia Trueman à la sortie du bâtiment. Et on me disait que j'étais dingue !

Elle se tourna vers son mari :

— Même toi ! Mais moi, je sentais qu'on n'en était pas sortis, que tant qu'ils seraient dehors Emily serait en danger.

Nichée entre ses parents, la fillette montrait des signes évidents de déstabilisation et fixait le sol, comme hébétée.

Que dire ? Les précautions prises par Julia Trueman – déménager, changer de nom, retirer sa fille de l'école – avaient sans doute sauvé la vie de la petite. Kim n'aurait pas dû le lui reprocher. Les tout récents développements démontraient qu'elle avait eu raison.

— On va tout arrêter, déclara calmement Alan Trueman. Je vais abandonner l'immobilier et protéger ma famille, quitte à vivre dans une bicoque.

Une réaction motivée par la culpabilité. Le succès financier avait attiré sur lui l'attention des ravisseurs ; il représentait pour eux une cible lucrative, assez pour lui enlever son enfant. Et ils avaient prévu de recommencer. Bon sang… Quels retentissements horribles cela aurait eu sur cette famille…

— Ne cherchez pas de fautif de ce côté, dit-elle au père d'Emily avec toute la sincérité dont elle était capable. Les seuls coupables, ce sont ces types. D'ailleurs, même si vous protégez très bien votre fille, je voudrais que vous acceptiez une présence policière à votre domicile. Pendant un petit moment.

Les Trueman se consultèrent du regard et acquiescèrent d'un signe de tête. Bryant dégaina aussitôt son téléphone pour demander une protection rapprochée. Mais cela ne suffirait pas à rassurer les parents. Ce qu'ils voulaient, c'était qu'on coince les ravisseurs. Et quand bien même… Ils ne verraient plus jamais le monde comme avant.

— Est-ce qu'il est ressorti quelque chose de cette séance qui puisse vous aider à arrêter ces gens ? demanda Julia Trueman.

Kim hocha la tête et posa les yeux sur Emily. À présent, on lisait la peur dans son regard.

— Oui, madame Trueman, votre fille a été un modèle de courage et nous a beaucoup apporté. On en sait davantage maintenant.

Elle mit la main sur l'épaule de la petite, qui leva les yeux vers elle.

— Emily, je te fais une promesse, lui dit-elle. Je vais trouver ces gens, et faire ce qu'il faut pour que tu sois débarrassée d'eux pour toute ta vie. Tu me crois ?

La petite fille acquiesça et se serra plus étroitement contre son père.

— Et vous allez aussi essayer de ramener Suzie ?

Kim rencontra le regard de la courageuse enfant. Elle ne nourrissait aucun espoir que son amie soit encore vivante ; comme Jenny Cotton, elle voulait juste que Suzie repose en paix.

— Je te promets que je ferai tout mon possible, répondit Kim.

Elle remercia la famille puis rejoignit Bryant à la voiture. Quelqu'un était arrivé entre-temps. Les ennuis allaient pleuvoir…

89

— Putain de merde, Frost…

— Hé ho ! lança Tracy Frost avec suffisance. C'est moi qui commence, aujourd'hui, inspectrice. Sauf erreur de ma part, cette gamine est bien celle qui a survécu au précédent enlèvement, là où vous avez foiré ?

Si la loi n'avait pas puni les agressions aggravées, Kim n'aurait pas trouvé meilleur moment pour se déchaîner sur cette femme.

— J'ai l'impression que cette histoire a du potentiel, poursuivit la journaliste.

— Si vous voulez garder le vôtre, tirez-vous d'ici.

— Cheffe, laissez tomber, conseilla Bryant.

Tracy Frost ignora la raillerie de Kim. Les phrases assassines, elle en avait l'habitude, ça ne l'impressionnait plus.

— Mon premier article pourrait raconter la débandade dans l'affaire précédente, continua-t-elle sournoisement, puis la débandade dans cette nouvelle affaire et je terminerais sur vous, la star du show.

Elle pouvait toujours la menacer. Si un malheur arrivait aux fillettes, Kim l'écrirait elle-même, ce papier à charge.

— Et si vous vous comportiez simplement comme un être humain, un vrai, Frost. Lâchez l'affaire.

— Ça ne me ressemblerait pas, vous ne trouvez pas ? Écoutez, vous m'avez demandé de faire un effort, de vous laisser du temps. Comme je suis bonne fille, je l'ai fait. Mais c'est fini.

— Bonne fille ? s'exclama Kim. Vous avez juste plié devant mes menaces, vous avez montré votre vraie nature.

Mais elle était consciente que les menaces avaient fait leur temps.

— Reconnaissez-le, je vous rends service en vous annonçant mes projets, reprit Tracy Frost. Comme ça, vous avez au moins une chance de remporter le combat.

— Trop aimable ! siffla Kim.

— Vous avez eu tout le temps nécessaire, Stone. Moi, je fais juste mon boulot.

— Vous avez l'intention de briser le black-out ? s'enquit Bryant.

Frost acquiesça puis regarda Kim.

— Démenez-vous autant que vous pourrez. Entre-temps, on aura vendu des milliers d'exemplaires.

Kim ne se risqua plus à parler. C'était exactement le faux pas que cette journaliste cherchait à lui faire commettre. Tout ce qu'elle dirait serait transformé, tordu, exagéré.

— OK, inspectrice, vous n'avez aucun commentaire à faire.

Sur cette conclusion, Tracy Frost disparut dans son Audi, laissant Kim désespérée.

— Vous croyez qu'elle est sérieuse ? s'inquiéta Bryant.

— Oh oui, elle l'est, répondit Kim en soupirant profondément.

Si les kidnappeurs n'avaient rien tenté pour inciter la presse à s'intéresser à eux, c'est qu'ils n'en voulaient pas. Et si Tracy Frost brisait le silence, cela signerait l'arrêt de mort des fillettes.

La journaliste aurait pu être directement responsable de la mort de Dewain. Cela s'était joué à dix minutes. Dix minutes.

Bon sang, perdre Suzie avait détruit la famille Cotton ; à présent, deux autres familles s'apprêtaient à affronter le même destin.

90

Will rempocha son téléphone et s'efforça de garder son calme. Il aurait voulu arpenter la pièce et tourner en rond jusqu'à ce que sa rage soit évacuée, mais Symes faisait un somme sur le sofa.

Ils avaient un plan, nom de Dieu, et voilà qu'il se trouvait bouleversé. Lui jouait aux échecs, un jeu de stratégie, de patience, qui requérait du temps et le sens de l'anticipation : trois coups d'avance pour chaque éventualité. C'était une affaire de finesse. On ne décidait pas comme ça de griller les étapes !

Il n'y avait aucune subtilité, aucune beauté dans ce qu'on lui demandait et, putain, il détestait ça.

Par-dessus le marché, il était encore sous le coup de ce qui était arrivé la veille, pendant qu'il patientait à un feu de circulation. Il avait tourné la tête… et il l'avait vue. Elle. Devant un fast-food. Est-ce que son esprit lui jouait des tours ? Était-il en train de transposer le visage de cette gamine sur celui d'une autre ? C'est en voyant la peur agrandir son regard qu'il avait su : il ne se trompait pas. Alors, il avait grillé le feu et garé sa voiture sur le parking de la station-service. Mais, quand il était arrivé au fast-food, la petite avait disparu. Il était sur le point de se lancer à sa recherche quand une Astra gris métallisé s'était arrêtée en double file dans un crissement de pneus. Après avoir hésité un instant à rester dans les parages, il avait conclu que le risque était trop grand. Cette petite avait toujours été sa poule aux œufs d'or ; et, justement, Will avait besoin qu'un de ses plans lui rapporte de l'argent.

Le compte bancaire de la famille Billingham représentait une pluie de millions, mais ces gens s'étaient bien planqués. Avec un peu d'aide, il n'avait pas été trop compliqué de débusquer leur nouvelle maison ; en revanche, attraper la gamine…

La revoir avait fait déferler la frustration dans ses veines. À côté d'Emily Billingham, son petit jeu perso était une pauvre consolation, de l'argent de poche.

— Symes, réveille-toi !

Ce gros lourd continua de ronfler comme un poêle, la bouche ouverte. Will roula jusqu'à lui sur sa chaise et lui frappa le bras. Symes se redressa dans la seconde.

— On va envoyer un petit rappel aux parents.

— Ah bon ? s'étonna Symes, troublé. Je croyais que c'était pour plus tard.

L'imbécile avait mieux enregistré le plan que Will l'aurait cru.

— Y a du changement. Il faut leur rappeler qu'ils aiment énormément leurs petits anges.

Le visage de Symes s'éclaira, mais Will le fit déchanter :

— Non, non, elles ne sont pas encore à toi.

Selon le plan, le rappel aurait dû provoquer un choc psychologique susceptible de pousser ces gens à dénouer les cordons de la bourse. Quand ils auraient entendu leurs gosses les supplier, ils seraient prêts à tout.

Seulement, le plan avait changé…

Pfff… La première fois ça avait été bien plus facile. Il était en solo, avec un unique objectif : le fric.

Tandis que Symes voulait du sang.

Et le boss voulait les gamines vivantes.

Will n'en avait plus rien à cirer.

On lui avait gâché son plan magistral. Maintenant, il fallait qu'il adapte son propre petit plan secret.

Il entendit Symes faire craquer ses jointures et se tourna vers lui pour siffler :

— C'est le moment. Fais-les gueuler.

91

En rentrant chez les Timmins après la séance d'hypnose, Kim faillit bousculer Helen qui rapportait à la cuisine un plateau chargé de tasses.

— Alors, ça se passe comment ? demanda-t-elle à l'officier de liaison en l'accompagnant.

— Karen fait de son mieux pour ne pas craquer, Elizabeth s'occupe avec Nicholas et Stephen a disparu toute la matinée.

On n'allait pas le lui reprocher. Kim s'étonnait même que Karen ne l'ait pas chassé de force… Mais, contrairement à lui, Karen restait focalisée sur le sort de leurs enfants.

— Et Robert ?

— Karen a essayé de le joindre à son bureau. Il n'est ni là ni « pas là », répondit Helen en mimant des guillemets.

Forcément… C'était déjà un coup dur d'apprendre qu'il n'était pas le père biologique de Charlie ; mais découvrir la vérité devant tout le monde, des inconnus pour la plupart, c'était affreux.

Un silence de plomb l'attendait dans la salle de crise.

— Quoi, qu'est-ce qu'il y a ? dit-elle en fermant la porte.

Les regards se tournèrent vers Matt.

— Le message est tombé. Ça sent très mauvais.

Kim s'assit, la bouche soudain sèche. Les téléphones reposaient sur la table.

— J'écoute.

Matt lança le message vocal. Une gosse hurlait un « Non » en boucle, puis on l'entendait sangloter. Un cri fusa et Kim se rappela les propos de Matt. Cette fois, c'était un cri de douleur. Dieu merci, il avait confisqué leurs téléphones à Elizabeth et Karen…

— Même message sur l'autre téléphone ? demanda Kim.

— Non.

Sur celui qui avait été envoyé à Karen, on entendait Charlie qui répétait : « Me touchez pas… Me touchez pas… » Puis elle se mettait à crier. La fille de Karen était une petite guerrière, on entendait qu'elle retenait ses larmes pour ne pas donner satisfaction à son bourreau, tout comme Kim l'aurait fait. Celle-ci eut l'impression d'encaisser un direct à l'estomac.

— Ce n'est pas tout, reprit Matt. Les deux téléphones ont reçu un second texto. Les ravisseurs exigent deux millions, pas une livre de moins.

— Pourquoi ? demanda Kim en levant un sourcil.

— Il s'est nécessairement produit quelque chose qui les a incités à revoir leur tactique. Et c'est mauvais signe.

Il avait raison, elle-même le sentait dans ses tripes.

— Un incident sur le site où ils détiennent les fillettes ? suggéra Stacey.

— Je ne crois pas, objecta Kim. Je pense plutôt à quelque chose qui s'est passé ici, dit-elle pensivement.

Sacrée matinée. Stephen s'était comporté comme un con. Robert avait déserté la maison. On avait fait parler Emily sous hypnose. Lequel de ces événements avait-il provoqué la panique des ravisseurs ? Kim aurait été incapable de trancher. Et le temps s'écoulait dans le sablier.

92

— OK, tout le monde, voilà ce qu'Emily nous a appris : quand leur agresseur les a fait descendre du van pour la première fois, Suzie et elle, le sol était très boueux. Il n'y avait aucun bruit. Ensuite, elles ont été détenues dans un endroit qui sentait mauvais. De la moisissure, je suppose. Le jour de sa libération, Emily a entendu crier au loin, elle a aussi entendu une machine. Quand le van est parti, elle a entendu des chocs contre la carrosserie. Je pense qu'il s'agissait de branches d'arbres et que le van devait rouler sur un chemin étroit, non carrossé.

Elle les regarda tous les uns après les autres.

— Je sais que c'est maigre. Mais je veux que vous travailliez en remontant à partir de l'endroit où Emily a été relâchée.

Dawson toussa.

— Oui, Dawson ?

— Cheffe, on ne joue pas trop gros en misant sur le fait qu'ils utilisent la même planque que la dernière fois ?

Elle allait répondre mais Matt la devança :

— La supposition est raisonnable. Puisque cette cache a correctement rempli son office précédemment, pourquoi en changeraient-ils ? Ils connaissent le secteur, alors ça a du sens.

Kim étudia les différents points marqués sur la carte jusqu'à ce que sa vue se brouille. La réponse était là, dans sa tête ! Si seulement elle réussissait à mettre le doigt dessus ! Son intuition lui disait que la nouvelle tactique des ravisseurs était dictée par un mouvement d'affolement, lui-même déclenché par les récents développements.

Mais aucun changement n'avait fait office de catalyseur dans la libération d'Emily.

Retour au point de départ.

Un bip retentit dans la pièce, indiquant l'arrivée d'un texto sur un téléphone.

— Ici, déclara Matt en désignant le vieux Nokia de Jenny Cotton.

On entendit voler les mouches tandis qu'il lisait le message, puis il annonça en regardant Kim :

— L'expéditeur demande cinquante mille, même endroit qu'avant. Ce soir, à 18 heures.

— C'est plutôt bon, ça, non ? commenta Dawson.

— Ça ne vaut rien, rétorqua Kim. Ce texto pourrait aussi bien être un canular. Ou une diversion pour diviser nos forces. Il faut tenir compte de la demande de deux millions. Et nous devons admettre que Suzie Cotton est morte.

— Cheffe, reprit Dawson, vous êtes en train de nous dire qu'on va ignorer ce message ?

Le visage de Jenny Cotton passa devant les yeux de Kim, qui soupira profondément. Oui, que Dieu la pardonne, elle allait l'ignorer.

93

Manifestement, tout le monde n'était pas d'accord. Des coups d'œil discrets s'échangeaient autour de la table.

— Concentrez-vous sur les cartes, s'il vous plaît, ordonna Kim sans les regarder. On n'a pas toute la vie.

Chaque fois qu'elle étudiait ces cartes, son cerveau revenait à la même interrogation : qu'est-ce qui avait pu conduire à la libération d'une seule fillette ? Il s'était forcément produit quelque chose à l'endroit où les ravisseurs planquaient les enfants. Elle s'apprêtait à demander à Stacey de poursuivre les recherches sur les localisations lorsque Helen passa la tête dans l'embrasure de la porte.

— Madame, vous avez une minute ?

— Entrez, Helen.

L'officier de liaison avait gagné le droit de franchir le seuil. Elle avait l'air préoccupée.

— Vous m'avez demandé de vous prévenir si jamais je me rappelais quelque chose à propos du jour où ils ont relâché Emily… Je viens juste de repenser à un détail. Il se peut qu'il soit sans importance…

— Allez-y, Helen.

— J'étais sortie prendre l'air et je suis tombée sur l'officier de garde. Sa radio était allumée et j'ai entendu qu'on parlait d'un accident. Sur Kidderminster, je crois. C'est dans le quartier de West Mercia, mais l'accident avait provoqué des embouteillages jusqu'à Lye. Autant dire que ça devait être grave. Voilà. J'espère ne pas vous faire perdre un temps précieux avec ça…

On la sentait anxieuse. Toute l'équipe était consciente de courir contre la montre.

— Stacey, je veux tout ce qui se rapporte à cet accident de la circulation.

L'inspectrice se pencha sur son clavier et Kim vint se placer derrière elle. Plusieurs articles de presse relataient l'événement ; le premier qu'elles consultèrent s'en tenait à des banalités. Puis Kim parcourut le rapport de police complet à toute allure, l'excitation fourmillait en elle. Un camion d'une demi-tonne avait percuté et brisé la glissière de sécurité, avant de se coucher en travers de la quatre-voies. Stacey fit apparaître une vue aérienne du secteur et zooma.

— Ici ! s'exclama Kim en posant le doigt sur l'écran. Regardez la topographie. Il fallait forcément installer une grue pour dégager le véhicule, ça a dû faire beaucoup de…

— … de sirènes, acheva Bryant en les rejoignant derrière l'ordinateur. Les pompiers, les ambulances, la police… Un sacré boucan.

Alison s'approcha à son tour.

— D'après le profil du Sujet 2, il n'a pas dû être perturbé par cette agitation, mais le Sujet 1, si, sans aucun doute. Parce que c'était un imprévu. Il peut très bien avoir paniqué, d'autant que le moment de récupérer la rançon approchait.

Cela n'expliquait toujours pas pourquoi ils avaient relâché Emily avant de récupérer l'argent, ni pourquoi Suzie n'avait pas été libérée.

Stacey continuait de fouiller l'image, en zoomant sur les environs.

— Les deux propriétés les plus proches se trouvent de chaque côté de la quatre-voies. On a dû entendre le bruit de loin, mais, d'après moi, c'est ici qu'on devait le percevoir le plus nettement.

Avec cette effervescence, les ravisseurs avaient été confrontés au risque que quelqu'un vienne frapper à la porte.

— Continuez à chercher des indices, Stace. Si on ne trouve rien au niveau de ces deux propriétés, il faudra qu'on explore en dehors du secteur. Mais c'est là. Je le sais.

— Compris, cheffe.

Ce fut comme si la salle entière avait reçu une injection d'adrénaline.

— Bryant, Dawson, vos manteaux. On part chercher ces gosses.

94

En entendant un tonnerre de pas passer devant la cuisine, Karen s'accrocha à son mari. Personne d'autre ne savait qu'il était rentré depuis près d'une demi-heure. Elle était incapable de le lâcher.

— Rob… commença-t-elle.

— Ne t'inquiète pas, chérie, ça ne veut rien dire. Ce n'est pas la première cavalcade qu'on entend dans la maison depuis qu'ils sont là.

Il lui caressa affectueusement les cheveux.

— Allez, courage, il faut qu'on récupère le téléphone ; sinon, on ne saura pas ce qui se prépare.

Les paroles de son mari soulagèrent Karen. Le monde avait perdu tout sens pendant les quelques heures où Robert s'était absenté. D'abord sa petite fille disparaissait, et voilà que son mari aussi l'abandonnait. Au fond de son cœur, elle savait pourtant bien que ce n'était pas le cas, que Robert lui pardonnerait. Pas tout de suite, bien sûr. Il y aurait beaucoup de larmes, des explications, des excuses. Il aurait besoin de temps pour accepter qu'elle l'ait trahi. Cependant, l'amour qu'il leur portait, à elle et Charlie, demeurerait intact.

Le voir revenir à la maison avait apaisé certaines de ses angoisses.

En dépit de ce qu'il était en train de lui suggérer.

— On n'a pas d'autre option, Karen, dit-il doucement alors qu'elle se préparait à protester. Et j'ai besoin de ton aide.

Elle s'inclina.

Robert se détacha d'elle et prit deux assiettes, avant de lui faire signe de s'écarter.

Elle se couvrit les oreilles. Les assiettes se fracassèrent sur le sol.

95

Stacey bondit en entendant le bruit.

— Mais qu'est-ce qu'ils fabriquent ?

Elle se leva mais Matt fut plus rapide.

— Vous ne bougez pas d'ici, lui intima-t-elle aussitôt. Ça vaut pour vous aussi, lança-t-elle ensuite à l'analyste.

Inutile de leur rappeler qu'elle était le seul officier de police dans cette pièce. Elle fonça en direction de la cuisine.

— Une menteuse et une garce, voilà ce que tu es, Karen. Tu t'imaginais que je prendrais la nouvelle comment ?

La voix de Robert emplissait le hall d'entrée comme un rugissement. Le couple s'affrontait de part et d'autre du comptoir. Des bris de vaisselle gisaient dans un coin. Robert était rouge de colère et Karen sanglotait, le visage enfoui dans ses mains.

— Je suis désolée de t'avoir menti…

— Désolée ? cria-t-il. Tu es « désolée » ? Tu m'as volé dix ans de ma vie avec tes mensonges, et tu es « désolée » ? Tu m'as laissé croire que cet enfant était de moi…

— Monsieur Timmins, calmez-vous.

— Ne me dites pas de me calmer, répondit-il, plein de dégoût.

Il balaya du bras tout ce qui se trouvait sur le comptoir. Les ustensiles et les tasses volèrent.

— Et l'autre égoïste, cria-t-il, il est passé où ?

Il s'approcha de la porte à grands pas mais Stacey s'interposa, lui barrant le passage en levant les bras. Il hurla par-dessus sa tête :

— Stephen Hanson, montre-toi, si tu es un homme !

— Monsieur Timmins, du calme, lui ordonna Matt qui venait en renfort.

— Vous allez tous arrêter de me demander de me calmer. Je veux voir cet enfoiré !

Lorsqu'il entendit s'ouvrir une porte, à l'étage, Robert se rua dans l'escalier. Elizabeth se tenait sur le palier.

— Ce lâche est là-haut avec toi ? s'écria Robert en repoussant Matt qui essayait de grimper derrière lui. Allez, Elizabeth ! Dis-moi où il est. Je vais me faire un plaisir de le chasser de chez moi à coups de pied au cul.

Elizabeth n'avait pas l'air de comprendre. Sans s'arrêter, et talonné par Matt, Robert cria encore :

— Comment as-tu osé, abruti ? Tout ça pour dissimuler que tu es ruiné. Ta propre femme n'était pas au courant !

Stephen se montra enfin et vint se placer devant sa femme. Trois marches seulement séparaient les deux hommes.

— Ce n'est pas contre moi que tu devrais te mettre en colère. C'est ta salope de femme qui t'a menti.

Le poing de Robert partit comme une fusée, évitant Elizabeth de justesse, et s'écrasa sur le nez de Stephen, qui vacilla en arrière. Sans doute s'était-il imaginé que le placide Robert n'irait pas jusqu'à le frapper.

Cette fois, Matt réussit à s'interposer et maintint les deux hommes à distance. Stacey s'engagea à son tour dans l'escalier mais, à mi-chemin, elle stoppa net, prise par un doute soudain. Elle se retourna. Lucas et Helen étaient postés à la porte d'entrée. Robert, Stephen, Elizabeth et Matt se trouvaient au sommet de l'escalier. Elle, à mi-hauteur, et Alison en bas.

Il n'y avait plus personne pour surveiller la salle de crise…

Merde, où était Karen ?

96

Kim n'avait pas roulé plus de deux kilomètres quand son téléphone sonna. Elle le passa à Bryant et lui demanda d'activer le haut-parleur.

— Cheffe, on a un problème !

Un de plus. Génial.

— Quoi encore ? demanda Kim tandis que Dawson, assis sur la banquette arrière, se penchait vers l'avant pour mieux entendre.

— Une bagarre a éclaté dans la maison, expliqua Stacey, le souffle court. Robert est rentré, les assiettes ont volé, il hurlait sur Karen et il a mis son poing dans la figure de Stephen.

Ce n'était sans doute pas le plus grave, pesta Kim en son for intérieur. Juste l'entrée en matière, avant le plat principal.

— J'ai quitté la salle de crise en entendant les premiers éclats de voix, pour voir ce qui se passait, poursuivit Stacey, mais c'est vite parti dans tous les sens…

— Stace, allez droit au but, coupa Kim, même si elle voyait venir la conclusion.

— Les téléphones… Ils ont disparu. Karen a profité de l'agitation pour filer avec. Helen la cherche.

— Eh merde ! s'exclama Kim.

Les Timmins avaient mis au point une diversion afin de piquer les téléphones, et il ne pouvait y avoir qu'une seule raison à cela.

— Karen et Robert veulent prendre la main. Ils vont lire les messages et trouver la demande de rançon de deux millions.

— Et céder, j'imagine, ajouta Dawson.

— Les filles sont foutues, murmura Bryant.

Les Timmins auraient également accès au message vocal où l'on entendait les cris de douleur des fillettes. C'était un problème majeur.

— Pourquoi « foutues » ? demanda Stacey. Les ravisseurs pourraient tenir parole…

— Parce qu'une fois qu'ils auront obtenu une promesse des parents, ils n'auront plus besoin des petites, déclara Kim.

97

Un lent sourire fendit le visage de Will tandis qu'il fixait le texto. Le moment approchait. Le plan allait enfin payer. Symes et lui allaient obtenir satisfaction.

Tous les deux.

Les parents avaient accepté les conditions de l'échange, les développements seraient rapides et directs. Pas de raison de modifier le plan conçu pour le précédent enlèvement.

Deux millions ! Il avait gagné deux millions, sur lesquels aucun de ses partenaires ne voulait prélever de pourcentage. Chacun avait ses propres motivations. Symes ne visait qu'un objectif : torturer, causer un maximum de souffrance, jusqu'à la mise à mort. Et en ce qui concernait le boss… Will ne savait pas trop.

Il avait conclu deux contrats séparés : à Symes, il avait promis les filles, et au boss, leur libération. Il allait forcément devoir trahir l'un ou l'autre. Mais lequel ?

Symes était ici, à ses côtés ; le boss, non. Symes l'emporta.

— C'est mon heure ? demanda celui-ci.

Très agité, il allait et venait. Will hésita quelques secondes puis prit sa décision :

— Oui. Cette fois, t'as qu'à faire ce que tu veux.

98

— Euh… Pardon, cheffe, mais on ne prend pas la direction de Kidderminster…

— Merci pour votre clairvoyance, Bryant. Vous avez vu la photo aérienne ? Le bruit causé par l'accident a été entendu à plus de deux kilomètres à la ronde. Il faut qu'on resserre notre champ d'action. Selon Emily, il s'agissait d'un bruit *lointain*, donc notre point de départ ne peut pas être le lieu de l'accident.

Kim arrêta la voiture.

— Qu'est-ce qu'on fait là ? s'enquit Dawson depuis la banquette arrière.

— C'est ici qu'on a découvert Emily, expliqua Bryant en observant les alentours.

La route pénétrait dans une zone résidentielle récemment construite, à la limite de la ceinture verte qui bordait Harvington.

Kim sortit son téléphone, lança l'enregistrement de la séance d'hypnose et avança jusqu'aux indications données par Emily : gauche, gauche, droite, gauche.

— Kev, vous rappelez Stacey, demanda-t-elle. Vous l'informerez de notre itinéraire au fur et à mesure de notre progression. Elle pourra nous dire si on s'approche ou non du secteur cible.

Elle se remit en route. Lentement.

— On va prendre à droite, puis à gauche, à droite et encore à droite, à l'inverse du van. Mais est-ce que c'est la *première* à droite ? La deuxième ? La troisième ? s'enquit Bryant.

— Le plus important pour eux, expliqua Kim, c'était qu'on ne les remarque pas. Ils ont donc dû éliminer les routes principales ou les rues habitées. Kev, Stace est prête ?

Celle-ci ayant répondu par l'affirmative, Kim roula jusqu'à trouver une route sur sa droite. Elle tourna. Tout en avançant, elle se mit à chercher un chemin qui partirait vers la gauche dans la campagne.

Lorsqu'elle finit par le trouver, elle s'engagea sur la petite route bordée de buissons, qui s'étrécissait sur cinq cents mètres environ avant d'atteindre le village de Belbroughton.

— Trop d'animation par là, déclara Kim. On n'est pas dans la bonne direction.

Elle fit demi-tour sur le parking d'un pub, revint à l'embranchement et poursuivit son chemin. Mais elle sentait que quelque chose clochait.

— Cheffe, Stacey dit que nous avons dépassé de plusieurs kilomètres le site de l'accident et que nous nous en éloignons encore.

Kim arrêta la voiture. Elle avait forcément commis une erreur. L'avertissement d'Éloïse résonna à ses oreilles : elle allait arriver trop tard.

99

— A-allez, Ames, tu dois r-rester près de moi. Il va p-pas tarder à revenir.

Amy tenait la main de Charlie. Les larmes roulaient sur ses joues.

— Ça me fait très mal.

— Je sais, Ames. Tiens le coup.

Amy avait le petit doigt cassé. Il était déformé, comme celui de Charlie quand elle s'était fait mal en jouant au netball. Quant à Charlie, l'homme lui avait broyé le pied. Elle avait entendu craquer les os sous la grosse botte du géant et s'était retenue de crier, même si ça lui coûtait beaucoup de ne pas pleurer. La douleur ne cessait d'augmenter, mais elle devait mettre en œuvre son plan.

— Ames, dit-elle, ça va très mal pour nous. Il faut qu'on sorte d'ici.

Les larmes d'Amy reprirent de plus belle.

— Je vais pas y arriver, Charl', je vais pas y arriver…

— Si ! Moi, je peux pas, mais toi si.

Il fallait au moins essayer.

— Je sais que ta main te fait mal, m-mais ils v-vont recommencer.

Comme les pleurs de son amie redoublaient, Charlie se décala et vint plus près d'elle.

— Écoute-moi. Je p-pars faire un pique-nique et je p-prends… un Abricot, commença-t-elle. Et toi ?

Ce jeu-là calmait toujours Amy.

— Une Banane.

— Des Ce-cerises.

— Des Doughnuts.

— Des Épinards.

— Euh… des Framboises, renchérit Amy.

— Des Groseilles.

— Des Hot dogs.

Les pleurs s'apaisaient. Charlie poursuivit le jeu tout en guettant les bruits de pas.

— Des Ignames.

— De la Jelly.

— Des Kit-Kat.

— Limonade.

— Marrons.

— Noisettes.

— Oranges.

Amy s'était prise au jeu et répondait de plus en plus vite.

— Poires !

— Pourquoi c'est toujours moi qui tombe sur la lettre Q ?

— Parce que c'est toujours toi qui commences, neuneu ! répliqua Amy en lui faisant une grimace.

Charlie faillit rire mais son sang se glaça. Elle venait d'entendre une porte s'ouvrir. Amy aussi l'avait entendue. Elle recommença à se gratter et Charlie posa la main sur son bras. Le temps pressait.

— Ames, tu vas être c-courageuse et faire ce que j'ai dit.

Amy secoua la tête et s'accrocha à sa main.

— Je peux pas…

— T'as pas le choix. Promets-moi, Ames, promets que tu vas le faire.

— Et toi… ?

— Je ne serai pas loin derrière toi. Je t'en supplie, fais ce que je te dis.

Pourvu qu'Ames croie à son mensonge… Si elle comprenait que Charlie ne pouvait pas courir avec un pied brisé, elle ne fuirait jamais.

L'une d'elles au moins devait avoir la vie sauve.

100

Kim rassembla ses idées. Elle se fiait à la mémoire d'Emily ; pourtant, elle était certaine de passer à côté d'un élément crucial.

— Je sais ! s'écria-t-elle soudain avec un sentiment d'évidence.

Elle donna un coup de frein et enclencha la marche arrière.

— J'ai supposé qu'Emily faisait *face* à la route, comme le conducteur, expliqua-t-elle en retournant vers leur point de départ. Or, la pauvre gamine était à l'arrière du van et ballottée dans tous les sens pendant le trajet ; elle était plus probablement *dos* à la route. Sa gauche est notre droite.

Dawson transmit l'information à Stacey.

— Allez, on recommence. Je conduis et Bryant fait le navigateur.

— OK, résidences, résidences… allée privée… tournez à gauche.

Ils tombèrent sur un pub d'un côté et deux maisons mitoyennes de l'autre. Au-delà, la route était flanquée de haies. Kim ralentit jusqu'à ce que Bryant dise de nouveau :

— Tournez.

Elle prit un virage serré à droite. La route devint plus étroite. Deux voitures n'auraient pas pu s'y croiser. Donc, ils approchaient… Peut-être même qu'ils brûlaient.

— Kev, que dit Stace ?

— De continuer tout droit.

— Non, tournez là, tout de suite ! lança Bryant.

Cette fois, ils empruntèrent la route de gauche. Des touffes d'herbe poussaient dans les crevasses du goudron. Au bout de quelques mètres, deux nids-de-poule firent cahoter la voiture. Ceux dont avait parlé Emily et qui manifestement n'avaient pas été comblés depuis l'enlèvement. Puis une branche accrocha la portière côté conducteur.

— Je crois qu'on y est presque, cheffe, déclara Bryant.

— Kev, quelle distance avec le site de l'accident ?

— Moins de huit cents mètres.

Elle guetta le tournant suivant.

— Cheffe, attention ! cria Bryant.

Elle suivit son regard et pila ; ils venaient d'éviter in extremis le tronc d'arbre scié qui bloquait le passage.

— Là, on y est, dit-elle.

101

Symes n'était pas du genre à réfléchir avant de tuer mais, cette fois, c'était différent. À se représenter les petits corps innocents soumis à ses volontés, il s'était infligé une semaine de torture et, étrangement, il avait savouré cette douloureuse frustration, ne redoutant qu'une chose : que Will revienne sur leur accord.

La veille, Will lui avait donné le feu vert. Il allait prélever son tribut.

Il avait passé des heures à imaginer ce qu'il éprouverait en brisant leurs os à mains nues, comme s'il cassait des ailes de poulet. Bien sûr, cela se finirait en coups de pied et de poing, mais il devait se contrôler : après avoir patienté si longtemps, il ne pouvait pas expédier le tout en cinq minutes. Il faudrait que cela dure des heures, si possible des jours. Il savait comment s'y prendre pour amener un être humain au seuil de la mort et prolonger l'agonie, et sa propre jouissance. Il jouirait de son pouvoir jusqu'à ce que l'ennui s'installe.

À présent, il allait se laver et se raser. Car, une fois qu'il serait entré dans la cave, il n'en sortirait plus avant un certain temps.

Il déverrouilla la porte de l'escalier qui menait au sous-sol. Après lui, les petites filles ne verraient plus personne. Jamais.

102

— On y va, déclara Kim.

Ils descendirent de voiture. Un côté de la route était hérissé de haies, mais il n'y avait pas de fossé.

— Kev, vous avez encore du réseau ?

Il acquiesça.

— Alors, le champ est pour vous.

Il passa à travers la haie.

L'autre côté de la route était moins accessible. Le terrain herbeux commençait par descendre puis s'élevait en pente raide à l'assaut de la colline.

— Seigneur ! Je n'ai jamais aimé l'escalade, moi, gémit Bryant en suivant Kim.

L'herbe était dense et glissante. L'obscurité planait derrière le soleil qui attendait de se coucher.

Kim envoya un message silencieux aux enfants : *Courage, les filles. C'est presque fini.*

103

— Tu es prête, Amy ?

Amy était terrifiée, mais elle acquiesça tout de même.

Des pas descendaient l'escalier. Elles entendirent ensuite qu'on glissait la clé dans la serrure et la porte s'ouvrit. Blottie derrière Charlie, Amy attendit.

— Et re-bonjour, mes chéries…

Charlie n'entendit pas la suite. La jambe du géant était à sa portée. Elle plongea, la bouche grande ouverte, attrapa les chevilles de l'homme et planta les dents dans son mollet.

— Putain de…

Elle mordit aussi fort qu'elle put, sentit la masse de chair à travers le jean. Il poussa un grand cri et leva la jambe. Il la secoua. Charlie tint bon, jusqu'à ce qu'il lui empoigne les cheveux et réussisse à lui faire lâcher prise.

— Espèce de petite pute…

Pendant ce temps, Amy était comme clouée au sol. *Amy, allez, fais-le.*

— Maintenant, cours ! hurla Charlie.

Amy rasa le mur en gémissant.

— Fonce ! cria-t-elle encore en se débattant comme une diablesse, de sorte que le géant avait besoin de ses deux mains pour la contenir.

En larmes, Amy approchait lentement de la porte.

— Mais quelle… !

Le géant n'acheva pas. Ses paroles se transformèrent en un grognement : Charlie venait de mordre dans la chair de son avant-bras. Le goût du sang envahit sa bouche.

— Lâche-moi ! Lâche-moi !

Il ne cessait plus de crier et essayait en vain de l'agripper. Ignorant la douleur, elle ferma les yeux et rassembla un dernier élan d'énergie pour enfoncer plus profond ses dents dans le bras du géant. Il hurla de plus belle et la frappa au visage. Une douleur insoutenable résonna dans tout son crâne. Elle eut quand même la chance de voir son amie s'enfuir.

— Tu vas le regretter, petit roquet !

Charlie s'en fichait, maintenant. Elle tourna la tête vers la porte et cria une dernière fois :

— Fonce, Amy !

104

Kim atteignit le sommet de la colline en jurant. L'herbe lui arrivait aux genoux et, à force de grimper, ses muscles lui brûlaient.

— Bravo, dit-elle à Bryant qui se frayait un chemin jusqu'à elle en haletant.

Elle étudia le terrain, découvrant ce que les arbres avaient caché sur l'image aérienne. Il y avait là plusieurs bâtiments, celui qu'elle avait déjà repéré juste en face, et d'autres à l'est, au nord et à l'ouest.

— D'après vous, ils les cachent dans laquelle, cheffe ?

Kim n'en avait pas la moindre idée…

— Si jamais on débarque au mauvais endroit… répondit-elle en secouant la tête.

Les hautes herbes les protégeaient ; dès qu'ils en sortiraient, ils deviendraient visibles depuis chacune des constructions. À ce stade, un seul mouvement stupide, une simple erreur pouvait déclencher le meurtre des enfants ; ou bien, dans le meilleur des cas, les ravisseurs alertés les feraient monter dans le van et les embarqueraient pour une autre cache. On perdrait leur trace.

Kim entendait son cœur cogner. Elle n'aurait pas de seconde chance.

Elle ferma les yeux, mobilisa tous ses sens. Le vent sifflait à ses oreilles, un peu de crachin mouillait ses joues. Elle prit sa décision ; restait à prier Dieu que ce soit la bonne.

Elle se concentra très fort. *Allez, les filles, envoyez-moi un signe. Par pitié, aidez-moi à vous trouver.*

Elle ouvrit les yeux, avança un peu, s'arrêta.

— Bryant, qu'est-ce qui vient de bouger, là ?

Trois cents mètres plus bas, au pied de la colline, une forme courait dans leur direction. Et, lorsqu'elle fut à deux cent cinquante mètres, ils se regardèrent en pensant à la même chose.

— On dirait un gosse.

Ils faillirent bondir en avant, mais Kim attrapa la jambe de Bryant avant qu'il ne se mette à découvert.

— Baissez-vous, dit-elle tout bas en lui saisissant le bras. Pas un mot. Prévenez Dawson.

Pendant que son partenaire obtempérait, elle jeta prudemment un coup d'œil au-dessus de l'herbe. À présent, l'enfant n'était plus qu'à deux cents mètres et continuait de courir droit sur eux.

— Qu'est-ce qu'on attend, cheffe ? C'est une de nos gamines ! lança Bryant entre ses dents.

Il la considérait comme si elle avait perdu la tête. De nouveau, Kim se risqua à évaluer la distance qui les séparait de l'enfant. Cent cinquante mètres. Puis elle s'aplatit de nouveau. Vu les cheveux bruns de la petite, il n'y avait aucun doute, il s'agissait d'Amy. La pauvre petite ne portait qu'un maillot de bain.

— Cheffe ! lança de nouveau Bryant. Faut aller la chercher, maintenant !

— Encore une minute.

Nouveau coup d'œil. Soixante-dix mètres.

Enfin. Cette fois, elle venait de voir ce qu'elle attendait.

— Préparez-vous à foncer dès que je vous le dirai, Bryant.

La petite était à portée de voix. Ils l'entendaient chercher son souffle et sangloter. Bryant se mit à ramper dans les hautes herbes.

— Non, ordonna Kim en posant fermement la main sur son bras.

— Elle est à bout de forces !

— J'ai dit : on attend, siffla Kim en tendant l'oreille.

Elle perçut un bruissement indiquant que des pas foulaient l'herbe… Et soudain : « Reviens ici, petite garce ! »

— On y va ! cria Kim.

Ils se jetèrent dans la pente. Amy n'était plus qu'à vingt mètres à l'ouest et l'homme la talonnait, exactement comme l'avait anticipé Kim. Si elle s'était montrée trop tôt, le ravisseur se serait aussitôt enfui. Or elle voulait les cueillir tous les deux.

— Bryant, la petite ! ordonna-t-elle.

L'homme battait déjà en retraite, mais Kim le rattrapa et le plaqua au sol. Il lutta pour se dégager, mais elle le frappa à la tempe. Puis elle l'attrapa par les cheveux et lui tira la tête en arrière avant de lui envoyer son poing dans la mâchoire. Il résista, la fit tomber. L'énergie du désespoir décuplait les forces de ce salopard, mais Kim était au moins aussi déterminée que lui.

Elle lui décocha un méchant coup de pied dans l'estomac.

— Et maintenant, tu te calmes.

— Laissez-le-moi, cheffe.

Kim fit le tour de sa prise. À coup sûr, elle était devant le fameux Sujet 1, celui qui envoyait les textos. Sa petite taille, son torse de gringalet le désignaient : physiquement, il n'avait pas les moyens d'infliger le niveau de violence que Brad et Inga avaient subi. Le monstre qui les avait torturés détenait encore une des fillettes.

— Où sont les autres, connard ? hurla Kim au visage de son prisonnier.

— Va te faire voir, cracha-t-il.

Si elle avait eu tout son temps, elle se serait fait plaisir à inventer de nouvelles méthodes pour le faire parler. Elle leva les yeux : Amy était toute seule au sommet de la colline, enveloppée dans le manteau de Bryant. Elle laissa le type sous la surveillance de Bryant et alla rejoindre la petite, qui tremblait toujours.

— Amy, tout va bien à présent, tu es en sécurité, lui assura-t-elle en s'agenouillant. Est-ce que je peux te demander d'être courageuse encore un petit moment ?

La fillette acquiesça d'un signe de tête.

— Bravo, trésor. Il faut que j'aille chercher Charlie. Dis-moi où elle est.

— Elle a mordu le géant. Elle attendait qu'il entre et, là, elle lui a mordu la jambe. Elle m'a dit de foncer, parce qu'elle pouvait pas à cause de son pied. Moi, je voulais pas mais… elle m'a fait jurer.

— Elle a eu raison, Amy. C'est le géant qui l'a blessée au pied ?

— Il l'a écrasé.

— Où était-elle quand tu t'es enfuies ?

— En bas… il y a des pièces… avec des murs glacés.

— Dans lequel des quatre bâtiments qu'on voit ?

Amy regarda dans la direction que pointait Kim et désigna la construction la plus éloignée, à droite. Vue de côté, elle ressemblait à un corps de ferme.

— Formidable, ma belle. Il ressemble à quoi, le géant ?

— À un géant. Très grand. Plus grand que toi. Et puis il a pas de cheveux. Et il a une figure toute lisse.

La petite ferma les yeux et trembla plus violemment. Kim posa la main sur son bras.

— Tu m'as bien aidée, Amy. Tu es très courageuse.

Dawson arrivait en courant en haut de la colline.

— Ne quittez pas Amy des yeux, lui ordonna-t-elle. Appelez une ambulance et aussi les pompiers pour dégager ce tronc d'arbre qui bloque la route. Mais on ne dit rien aux parents, vu ? Ni à personne chez les Timmins, même pas Stacey.

Dawson s'assit à côté de la petite fille.

— Cheffe, intervint Bryant, je ne vous laisse pas aller là-bas sans renfort.

Mais qui l'aurait accompagnée ? Dawson était mobilisé pour veiller sur Amy et Bryant tenait en respect le kidnappeur. Kim n'avait pas le choix.

Elle risquait gros : elle ne portait pas d'arme, ignorait dans combien de temps les renforts arriveraient sur place, et elle ne connaissait pas la configuration du bâtiment où ces types cachaient Charlie. Mais au pied de cette colline, quelque part, il y avait une petite fille de neuf ans à la merci d'un dingue.

105

L'obscurité commençait à s'étendre.

Kim longea un premier bâtiment. Pas de fenêtres. Peut-être une ancienne étable. Les portes étaient abîmées, fermées par un cadenas rouillé. Sur le côté du deuxième bâtiment, un van blanc était garé sous un abri. Elle entra dans la maison principale. Le Sujet 1 avait laissé les portes grandes ouvertes quand il s'était lancé à la poursuite d'Amy. L'odeur d'humidité la saisit immédiatement à la gorge. Une cuisine se trouvait à sa gauche, fermée par une vieille porte à deux panneaux. Elle entra aussi silencieusement qu'elle put. Des placards bringuebalaient sur leurs charnières, des espaces vides témoignaient de l'ancienne installation d'appareils ménagers. Des toiles d'araignées pendaient de tous les coins et des crottes de rongeurs s'amoncelaient. Les taches d'humidité vert et noir formaient une espèce de fresque sur les murs.

Kim se glissa dans la pièce attenante. Sans doute autrefois un petit salon, mais réaménagé récemment en salle de contrôle. Un rideau bleu marine cloué au mur masquait la fenêtre. Les kidnappeurs avaient installé les téléphones sur une table, à gauche. Sous la fenêtre, trois ordinateurs de surveillance sur un bureau. Le signal devait être brouillé car ils n'affichaient rien d'autre que de la neige. Ce qui restait d'espace était occupé par un canapé. Impossible de savoir avec précision où se trouvait le Sujet 2. Kim avançait à l'aveugle.

En sortant de la pièce, elle tomba sur une porte en bois, l'ouvrit prudemment. Le loquet cliqueta. Juste derrière le battant, une volée de marches de pierre plongeait dans le noir.

Elle commença à descendre, tâtonnant contre les parois, évaluant du talon la hauteur de chaque marche. Quand elle sentit qu'elle arrivait sur le plat, elle sortit son téléphone de sa poche. La lueur de l'écran dissipa un peu l'obscurité. Apparemment, le couloir où elle se trouvait traversait la maison dans toute sa longueur. Il semblait faire un coude un peu plus loin, vers la droite.

Elle avança dans cette direction, éclairant ses pas grâce à son téléphone. Elle enjamba les éclats d'une ampoule électrique brisée. Un bruit furtif sur sa gauche lui fit tourner la tête, mais elle ne distingua rien dans le halo du téléphone. Peut-être avait-elle croisé un rat.

Elle arriva devant une porte, ouverte sur une pièce à peine plus spacieuse qu'une cellule de prison. Dans un coin, des cartons de jus de fruits et de sandwichs sous plastique étaient empilés. Il y avait aussi un matelas et un seau. La puanteur était telle que Kim se réfugia dans le corridor.

Elle continua son exploration, un pas après l'autre. Et alors qu'elle s'apprêtait à longer la courbe…

— Avance et je lui tranche la gorge.

Elle se figea tandis qu'un petit cri échappait à l'enfant. Charlie était vivante.

Parler avec cet homme ne mènerait nulle part. On l'avait privé de compassion pour ses semblables. Ce n'était même plus un psychopathe : c'était une machine – façonnée et programmée pour tuer. La guerre avait tiré profit de sa propension à la violence, l'avait encouragée, anéantissant chez lui toute trace d'humanité. Désormais, il était capable du pire.

— Je peux te sentir, sale pute, lança-t-il.

Kim avait misé sur le fait qu'il ignorait avoir affaire à une femme – elle s'était trompée. À sa voix, elle comprit qu'il n'était qu'à quelques mètres et qu'il avait l'air de s'amuser – un bon point pour elle. Tout ce qui pouvait retarder l'irréparable était bon, à commencer par cette note d'arrogance.

L'homme révéla sa taille stupéfiante en entrant dans le halo du téléphone. Une masse de muscles sur une ossature de géant.

Il tenait Charlie comme un bouclier, le couteau posé sur sa gorge. La petite avait l'œil gauche enflé et une lèvre fendue. Elle affichait une expression de terreur.

— Ils m'ont envoyé une gonzesse ! s'exclama le type en découvrant Kim. C'est une putain de blague ?

Malgré son hilarité, il se sentait visiblement offensé.

— Ça va aller, Charlie, dit Kim en regardant la petite dans les yeux. Amy est sauvée et je vais te sortir d'ici.

— Non, ma cocotte, déclara l'homme. Elle va pas te sortir d'ici. Elle te raconte des conneries. Je vais faire comme j'ai dit : te trancher la gorge – ensuite je la tuerai.

Il fit un pas en avant. Sa jambe droite restait raide, probablement à cause de la morsure. Une traînée de sang marquait aussi son avant-bras. Si seulement il ne s'était pas servi de l'enfant comme protection… Kim se serait jetée sur lui. En dépit de son gabarit, elle aurait pu le coincer.

— Je ne suis pas seule, bluffa-t-elle.

Il jeta un coup d'œil derrière elle.

— Ah bon ? T'es venue avec tes copains imaginaires ?

— La police est partout dehors. Ce n'est qu'une question de secondes avant qu'ils descendent ici.

— Ça tombe bien, répliqua-t-il avec sérénité, il me faut pas beaucoup de temps.

Le pouce toujours posé sur l'écran de son téléphone, Kim empêchait la lumière de s'éteindre. Elle estima la distance qui les séparait. Sans diversion, elle n'aurait aucune chance d'attraper Charlie.

La main de l'homme ne tremblait pas. Prête à égorger l'enfant.

— Qu'espères-tu gagner à la tuer ?

Bien sûr, elle ne réussirait pas à lui faire lâcher la fillette, mais il fallait absolument qu'elle gagne du temps.

— Tu es fini, poursuivit-elle, et tu le sais. On tient ton pote, celui qui a tout organisé.

— Celui qui a tout organisé ? releva l'homme qui resserra son emprise. Qu'est-ce que t'en sais ?

Il n'avait pas apprécié qu'elle considère son acolyte comme le cerveau de l'opération…

— Dis-nous qui est le cerveau et on trouvera un arrangement avec toi. Il va croupir en prison pour le restant de ses jours, mais tu n'es pas obligé de le suivre. On peut…

— Va te faire foutre, salope ! Tu crois que j'en ai quelque chose à battre, d'aller en taule ? Dans tes rêves !

— Ça ne te…

— Une promesse est une promesse, déclara-t-il. Qu'est-ce que tu comprends pas ? Je *veux* la tuer. Je *vais* la tuer et…

— Cheffe, vous êtes en bas ?

Surpris, l'homme regarda dans la direction d'où venait la voix. Exactement la diversion que Kim avait espérée. Elle braqua la lampe de son téléphone dans les yeux de son adversaire tout en saisissant le bras de Charlie pour l'attirer à elle. Puis elle fit passer la petite derrière elle et voulut attraper le couteau. Mais l'homme réussit à la blesser. Et le téléphone s'éteignit.

Il la repoussa, elle vacilla et tomba sur Charlie. De nouveau plongée dans l'obscurité, elle était incapable de savoir ce qui allait se passer.

Puis elle entendit qu'il verrouillait la porte.

106

Symes envoya valser Charlie dans un coin. Elle gémit et se recroquevilla sur elle-même.

— Alors, ils vont faire quoi, maintenant, tes potes de la police ?

Kim n'avait pas lâché son téléphone. Elle toucha l'écran qui s'éclaira de nouveau. De l'autre côté de la porte blindée, Bryant tambourinait, mais il lui faudrait un équipement de spécialiste pour en venir à bout et, d'ici là, elles seraient mortes toutes les deux. Le géant en avait parfaitement conscience.

Il les regarda tour à tour.

— Plouf, plouf… qui sera la première à y passer ?

— L'argent ne t'a jamais intéressé, hein ? demanda Kim dans le but désespéré de détourner son attention.

Elle sentait le sang goutter de sa main sur son jean. L'homme se débrouillait pour qu'elle reste à bonne distance de Charlie.

— Non. J'aime tuer, mets-toi ça dans le crâne. Ça me fait jouir. Plus c'est violent, mieux c'est. Et maintenant, j'ai choisi : toi d'abord…

Il s'approcha et se campa devant elle. Bryant continuait de crier et de marteler la porte, impuissant à la rejoindre. Il était à la fois si près et si loin…

À cet instant, un éclair de douleur l'aveugla : l'homme venait d'écraser sa main blessée sous son pied. Un voile noir tomba sur ses yeux. Le coup suivant l'atteignit dans les côtes ; elle s'effondra et son téléphone lui échappa. Puis la douleur explosa dans sa tête – un coup de pied dans la mâchoire.

— Je vais pas te tuer tout de suite. Je veux que tu assistes au spectacle.

Un nouveau coup s'abattit sur son coude. Il était en train de lui faire la même chose qu'à Inga : la rendre incapable de bouger, de penser. Elle essaya de ramper, avec l'espoir de se réfugier dans l'obscurité, et put éviter qu'il lui broie le genou. En revanche, il réussit à écraser sa cheville droite.

— Arrêtez ! hurla Charlie.

— T'inquiète pas, ton tour va venir.

Consumée de douleur, Kim luttait pour réfléchir. Le type, debout au-dessus d'elle, admirait son ouvrage, il se délectait. Pour lui, c'était juste un échauffement, une mise en bouche avant Charlie ; quand il en aurait terminé avec la petite, il l'achèverait elle, en guise de dessert.

Elle refusait de pleurer, malgré toute cette douleur. Seuls les gémissements de Charlie la maintenaient consciente. Elle fut prise d'un haut-le-cœur et toussa, faisant vibrer tout son corps. Elle battit des paupières pour chasser le voile noir qui menaçait. Si elle succombait, ne serait-ce qu'une minute, il tuerait la petite.

Sans pouvoir bouger d'un pouce, elle le vit se diriger vers la fillette. Il allait vers sa proie, sa récompense pour le travail accompli. Rien ne l'arrêterait.

107

Le hurlement poussé par Charlie couvrit les voix qui se mêlaient de l'autre côté de la porte.

Une pensée prit forme dans l'esprit confus de Kim, en lien avec une chose qu'avait dite Alison… Elle rassembla ses forces pour se concentrer.

À défaut de bouger, elle avait encore un pouvoir : parler.

— Soldat, qu'est-ce que vous foutez ?

L'homme s'immobilisa. Le silence se fit.

— Vous trouvez qu'on a le temps pour rigoler, soldat ?

— B-en…

Il était déstabilisé. Kim saisit sa chance. Un espoir improbable faisait passer la douleur au second plan.

— Soldat, ce n'est pas pour ce genre d'opération qu'on vous a entraîné !

Elle rampa sur quelques centimètres, refusant d'écouter son corps.

— Je vous le demande : depuis quand touchons-nous aux petites filles, soldat ?

Encore quelques centimètres.

— Je… je…

— Quand vous a-t-on entraîné à tuer un enfant, soldat ? cria-t-elle pour détourner l'attention de sa lente progression.

Elle souffrait mille morts, mais elle tenait bon en priant pour que la répétition de ce titre de soldat le plonge dans la confusion suffisamment longtemps.

— Croyez-vous que votre bataillon acceptera de vous réintégrer, après ça ?

— Mais… Je suis pas… Je suis plus…

— Si, vous êtes toujours un soldat ! aboya Kim.

— Je… je vous… vois pas…

— Bien sûr que si, soldat !

Dans le noir, Kim réussissait tout juste à distinguer une vague silhouette, plantée sur ses jambes écartées, à un mètre de l'enfant.

— Rompez, soldat ! Retour au baraquement.

— Vous… n'êtes… pas réel…

Elle ne le laissa pas reprendre pied dans le présent. Mobilisant comme elle put sa jambe gauche, elle lui balança un coup de pied dans le mollet et il tomba en avant. Kim entendit Charlie s'écarter. Mais la chute le ramena à la réalité.

— Espèce de salope ! hurla-t-il comme un enragé.

Elle tenta de reculer, sentit qu'il se traînait derrière elle. Des éclats de verre éraflèrent ses genoux. Soudain, il lui attrapa les chevilles à deux mains et elle se retrouva face contre terre. Dans la seconde, il la prit en étau entre ses cuisses et la tourna sur le dos. Impossible de se dégager ; il l'écrasait de toute sa masse. Il éclata de rire ; elle sentit le froid du couteau.

— Je vais me faire plaisir avec toi, déclara-t-il, et après, la petite passera à la casserole.

Kim leva sa main blessée et ouvrit les doigts. Puis, elle la posa sur les bris de verre, qui se fichèrent dans sa plaie. Elle ravala le nouveau haut-le-cœur qui montait, empêchant la douleur de prendre le contrôle.

Une lumière aveuglante perça l'obscurité. Charlie avait récupéré le téléphone et elle éblouissait leur adversaire. Sans perdre une seconde, Kim abattit sa paume sur le visage du type qui poussa un cri d'animal blessé. Elle avait touché un de ses yeux, où s'était planté un éclat de verre. Un bruit métallique retentit : il avait lâché le couteau. Un instant plus tard, Kim se plaçait devant Charlie pour lui faire un rempart de son corps.

L'homme se tordait de douleur sur le sol.

Puis la porte s'ouvrit dans un grand fracas, mettant fin à la lutte. Kim en aurait pleuré. Le faisceau de la torche de Bryant tomba sur elle.

— Seigneur, cheffe…

Il retourna dans le couloir pour crier :

— Équipe de secours au sous-sol ! Tout de suite !

Dawson arriva très vite et empoigna le type pour le relever. Kim, elle, ignora la main tendue de Bryant et passa à quatre pattes, puis se mit debout.

— Alors, ils t'ont envoyé une « gonzesse », hein ? siffla-t-elle, plantée devant le géant.

— Tu perds rien pour attendre, rétorqua-t-il, le visage ensanglanté. Je t'aurai.

— Kev, emmenez celui-là hors de ma vue.

Dawson le poussa sans ménagement contre le mur puis dans le corridor. La petite Charlie s'était assise dans son coin, toute tremblante.

— Cette fois, ça y est, Charlie, lui dit Kim en s'approchant. Il ne reviendra jamais. Je te le jure.

L'enfant hocha la tête, mais on lisait dans ses yeux qu'elle n'y croyait pas. Et que faire pour la rassurer ?

— Tu as été héroïque, tes parents vont être tellement fiers de toi…

— On peut les prévenir, cheffe ? s'enquit Bryant.

Kim secoua la tête. Il fallait encore arrêter le Sujet 3.

Un premier urgentiste entra dans la pièce, à qui elle indiqua d'examiner en priorité le pied de Charlie. Mais c'était sans compter Bryant.

— Je l'emmène plutôt là-haut, dit-il en soulevant le petit corps, léger comme une plume. Il y a des ambulances dehors. L'urgentiste doit regarder votre main.

— Il faut vous hospitaliser, déclara le soignant. Les nerfs sont peut-être touchés.

— Pas question. Retirez les morceaux de verre et ça ira pour l'instant.

— Non. Il faut passer des radios. Il vous a sacrément arrangée.

— Faites ce que je demande, sinon je le ferai moi-même.

Il lui jeta un coup d'œil désapprobateur.

— Dans ce cas, vous me signez une décharge.

C'est alors qu'elle baissa les yeux sur sa main et haussa un sourcil en constatant les dégâts.

— Vous voyez bien, reprit l'urgentiste. Fin de la discussion.

Il commença à ôter les bris de verre de sa paume à la pince à épiler, tandis qu'elle détournait les yeux.

— Vous pouvez vous dépêcher ? demanda-t-elle.

Elle avait encore tant à faire… Il fallait retourner chez les Timmins et, surtout, poser la dernière pièce du puzzle.

— J'essaie de ne pas vous faire mal, répliqua sèchement l'urgentiste.

— Oubliez ça, répondit-elle du tac au tac. Contentez-vous de tout enlever et de désinfecter.

Lorsque Bryant reparut, la main de Kim semblait trois fois plus grosse avec son pansement.

— Dès que vous pouvez, allez à l'hôpital, recommanda de nouveau l'urgentiste.

— Ouais, ouais. On a fini ?

Il secoua la tête d'un air affligé et ferma sa mallette, avant d'annoncer à Bryant :

— Je vous la laisse.

Kim se releva doucement.

— Vous avez l'air bien sonnée, observa Bryant.

— Je n'en mourrai pas.

Elle s'engagea dans le corridor.

— Vous avez besoin d'aide pour monter les marches ?

— Bryant, si vous me posez encore ce genre de question…

— OK, OK, j'ai compris. Je passe le premier.

Devant elle, au moins, il ne la verrait pas se hisser péniblement. Elle grimpa une marche, une deuxième, une troisième, puis s'arrêta.

— Je ne peux pas, dit-elle.

— Je vous ai proposé de…

— Il ne s'agit pas de ça, le coupa-t-elle. Il faut que je reste.

Quelque part dans ce sous-sol se trouvait le corps d'une autre petite fille, dont la mère attendait désespérément qu'on le lui restitue.

Elle redescendit dans le couloir ; Bryant lui emboîta le pas, l'éclairant de sa torche.

— Honnêtement, cheffe, qu'espérez-vous ?

— Prenez le trousseau de clés avec vous. Il est encore sur la serrure.

Ils avancèrent jusqu'à trouver, sur leur gauche, une seconde porte blindée.

— Ouvrez.

Tandis que Bryant s'exécutait, elle sentit son ventre se tordre, comme toujours lorsque son intuition parlait. Elle saisit la torche de sa main valide et le rayon de lumière balaya la pièce plongée dans l'obscurité totale.

Une forme reposait dans un coin de la cellule.

Kim poussa un lourd soupir et ferma les yeux. Le vœu de Jenny Cotton était exaucé. Elle allait pouvoir enterrer son enfant. Car ils venaient de trouver le corps d'une petite fille.

108

La forme avait bougé…

— J'hallucine, cheffe, murmura Bryant derrière elle.

Kim aussi avait vu.

Elle avança lentement.

— Tu es Suzie ?

La minuscule forme se ramassa sur elle-même et, éblouie, tourna la tête vers le mur.

Kim éloigna aussitôt d'elle le faisceau de la torche. Mon Dieu… Ainsi recroquevillée, dans un legging noir et une chemise trop large, elle avait l'air beaucoup plus jeune qu'Amy et Charlie dont elle était pourtant l'aînée. On lui avait quasiment rasé la tête.

Comme dans l'autre cellule, il y avait un seau d'aisance et des emballages de boisson et de nourriture partout sur le sol. C'était à pleurer… La petite vivait dans ces conditions depuis treize mois.

— Suzie, les méchants ne sont plus là. Je les ai arrêtés. Ils ne reviendront pas te faire du mal.

L'enfant demeura mutique.

Kim fit signe à Bryant de les laisser seules et s'approcha encore un peu de la fillette.

— N'aie pas peur. Tu ne crains plus rien.

Silence.

Imaginer les moments terrifiants qu'avait traversés cette enfant serrait le cœur. Il fallait absolument la mettre en confiance en lui parlant de ce qu'elle connaissait.

— J'ai rencontré ta maman, Suzie. Tu lui manques tellement…

Suzie se frappa la tête contre le mur.

— Tu es en colère contre ta maman ?

L'enfant hocha la tête pour dire que non, mais elle ne parla pas pour autant. Comment faire pour la convaincre que, désormais, elle était en sécurité ? Combien de fois, quand on ouvrait la porte de sa cellule, avait-elle prié pour qu'on la délivre ?

— Tu as peur de me regarder ? Tu penses que… je vais disparaître ?

Pas de réponse.

La petite croyait peut-être qu'elle était en train de rêver et que, si elle ouvrait les yeux, tout s'évanouirait. Kim se mordit les lèvres pour refouler ses larmes. Elle aurait voulu prendre cette enfant dans ses bras… Elle se retint pour ne pas ajouter à sa terreur.

— Écoute-moi, Suzie, je vais tendre la main et toucher ton pied droit. Comme ça, quand tu sentiras ma main, tu sauras que je suis bien réelle et pas dans ton imagination. Ça te va ?

Toujours pas de réponse.

Kim posa la main sur la cheville de l'enfant.

Ce geste agit comme un catalyseur. Suzie se jeta dans ses bras. Elle était si petite, si frêle… Kim referma les bras sur elle, les yeux clos, et lui glissa à l'oreille :

— C'est fini, ma chérie, je te jure que tout va bien, maintenant.

Puis elle continua à la bercer contre elle en lui caressant la tête et en chuchotant des paroles rassurantes. Les sanglots s'apaisèrent petit à petit.

— Tu as mal quelque part ?

Suzie secoua la tête mais Kim sentait les os de son petit corps amaigri. Ces gens lui avaient donné à peine de quoi survivre.

— Bon, ma chérie, il faut qu'on sorte d'ici.

La petite se recroquevilla de nouveau. Kim la prit doucement par les bras, commença à la faire bouger.

— Ne crains rien, Suzie. Je te jure que tout va bien se passer. On va sortir de cette pièce, prendre un couloir, et puis il y aura un escalier. Je vais avoir besoin d'aide pour grimper.

Suzie hocha la tête.

— Si tu me tiens la main, je pense que je peux réussir.

Nouveau signe de tête, mais toujours pas un mot. Ce mutisme ne se réglerait ni ici ni maintenant ; l'essentiel était que Suzie soit vivante, la résolution des problèmes viendrait plus tard.

Précédées de Bryant, elles atteignirent les marches et Kim commença à grimper en se tenant de côté pour ne jamais lâcher la main de la petite fille.

— Bravo, Suzie, tu es parfaite. Il faut que je te prévienne que, dehors, il va y avoir beaucoup de monde ; mais ne t'inquiète pas, personne ne t'embêtera.

L'enfant s'agrippa plus fort à sa main et Kim continua de lui parler pour fixer son attention. Elle-même se souvenait encore précisément des sirènes et du vacarme qui régnait quand on l'avait fait sortir de leur appartement, à l'âge de six ans. Elle voulait tenir la main de Mikey. Elle n'avait pas pu. Mikey était mort.

— On y est presque, mon trésor, dit-elle comme elles traversaient la maison.

Des voix provenaient de la salle de contrôle des ravisseurs ; on était déjà en train de collecter les preuves.

— Tu te rappelles ? Personne ne va t'embêter.

Suzie fit signe qu'elle avait compris et elles sortirent dans le froid. Des éclairs de lumière bleue zébraient la nuit. L'enfant ferma les yeux devant l'activité des ambulances et des voitures de police.

— Regarde cet homme, lui dit Kim en soulevant son petit menton tremblant. C'est mon ami, je lui confierais ma vie. C'est lui qui va te ramener chez ta maman.

Un examen médical serait nécessaire car la petite avait pâti de l'isolement et d'une sévère malnutrition. Le moment viendrait aussi de l'interroger sur sa détention. Mais, pour l'instant, rien n'était plus important que de la reconduire chez sa mère.

Malgré sa réticence, Suzie laissa Bryant la prendre par la main et la guider au sommet de la colline, là où Kim avait garé la voiture un peu plus tôt. Il lui semblait que des journées entières s'étaient écoulées depuis…

— C'est pas possible, cheffe ! s'exclama Dawson en arrivant à sa hauteur. Ça ne peut pas être Suzie Cotton.

— Si, répondit-elle en s'autorisant enfin à sourire. C'est elle.

Ils se regardèrent longtemps.

— Mais… comment avez-vous pu savoir qu'elle était là ?

— Je n'en savais rien. Mais je n'allais pas quitter les lieux sans vérifier.

Un grand sourire éclaira le visage de Dawson.

— Vous êtes vraiment…

— Où sont les autres ? le coupa-t-elle en jetant un coup d'œil alentour.

— Là-bas, dit-il en montrant un des véhicules de police. On a déjà lu leurs droits aux ravisseurs et Will Carter est en route pour le commissariat. Le dénommé Symes est dans l'ambulance en compagnie de trois agents.

— Amy et Charlie ?

— Dans la deuxième ambulance, qui s'apprête à partir. Sous la responsabilité d'une agente.

Kim songea à Jenny Cotton… Elle était sur le point de recevoir un cadeau du ciel. Sa vie, brisée par la mort supposée de sa fille, allait prendre un nouveau départ. L'enfant et la mère avaient réussi à surmonter l'épreuve, et il y avait de quoi être impressionné. Ainsi en était-il du lien entre mère et fille.

Le lien *maternel*…

Soudain, un déclic se produisit dans la tête de Kim.

Chaque pièce trouva sa place exacte.

Elle le tenait enfin, son Sujet 3.

109

La voiture de police se gara dans l'allée privée des Timmins. Kim n'avait pas dit un mot de tout le trajet : elle nouait ensemble les derniers fils.

— Et maintenant, cheffe, qu'est-ce qui va se passer ? demanda Dawson.

— Tu verras bien. En tout cas, tu vas avoir du boulot.

La porte d'entrée s'ouvrit lorsqu'elle descendit de voiture. Ils étaient partis dans la précipitation, rongés par la peur, en pleine panique ; ils revenaient avec un tout autre état d'esprit.

Les parents sortirent sur le perron, Karen et Robert s'accrochaient à la main l'un de l'autre ; un pas derrière eux, Elizabeth serrait étroitement Nicholas contre elle. Stephen se tenait à l'écart, son téléphone en main.

Un sourire s'épanouit sur les lèvres de Kim.

— On vous les ramène. Toutes les deux.

Des larmes de joie et des cris accueillirent la nouvelle.

— Amy a un doigt cassé et Charlie est blessée au pied et au visage, mais, en dehors de ça, elles vont bien. Et si vous saviez de quel cran elles ont fait preuve…

En prononçant ces mots, Kim chercha le regard de Karen.

— Elles sont en chemin pour Russells Hall où on va les soigner, reprit-elle. Je vous suggère de les rejoindre là-bas. Mon collègue Dawson va vous escorter.

— On prend ma voiture, dit Stephen en pointant sa Range Rover gris métallisé.

Dans l'euphorie de la délivrance, les dissensions s'évanouissaient. Cela durerait-il ? Comme ils passaient devant elle, elle ne put s'empêcher de solder un compte :

— Alors, Stephen, dit-elle en souriant, vous m'appréciez, maintenant ?

Il s'arrêta, la regarda au fond des yeux. Il ne subsistait pas trace d'agressivité ni d'hostilité chez lui ; le soulagement et la joie avaient pris toute la place.

— Ça, oui, inspectrice, je vous apprécie vraiment beaucoup.

Alors qu'elle s'apprêtait à monter en voiture avec les autres, Karen eut une seconde d'hésitation. Elle se tourna et enlaça Kim.

— Merci, merci pour tout ce que tu as fait. Je te dois la vie.

— Allez, va vite retrouver ta fille.

Tandis que Karen s'asseyait près d'Elizabeth, Dawson vint voir Kim.

— Cheffe, je sais qui a dénoncé Dewain… dit-il avec tristesse.

— J'étais sûre que vous trouveriez le responsable. Conduisez les parents à l'hôpital, vous irez arrêter votre suspect après. Il est à vous.

— OK, cheffe.

— Kev ! ajouta-t-elle avant qu'il ouvre sa portière. J'ignore quelle erreur vous avez commise dans le passé, mais rappelez-vous : vous êtes intégré, maintenant. Vous appartenez à un groupe. On est d'accord ?

Un large sourire éclaira le visage de Dawson ; il adressa à Kim un salut amusé.

À l'intérieur de la maison restaient Matt, sur le seuil de la cuisine, Alison au pied de l'escalier et Helen qui sortait du salon. Kim ferma la porte derrière elle. Un dernier fil à nouer et l'affaire serait close.

110

— Nom de Dieu, cheffe, est-ce que ça va ? demanda Stacey.

— Oui, ça ira, répondit Kim en souriant. On a récupéré les filles et on tient les ravisseurs.

Elle se dirigea vers le salon, suivie par Helen qui s'enquit, la main sur le cœur :

— Les filles vont bien, c'est sûr ? Seigneur, je suis tellement soulagée !

— Et pour cause, répondit Kim d'une voix blanche. Vous comptiez là-dessus depuis le début.

Helen afficha une expression de surprise. On lui aurait donné le bon Dieu sans confession tant son visage était chaleureux, *maternel*.

— C'est fini, Helen. Je sais précisément ce que vous avez cherché à obtenir. Et je sais aussi où vous allez terminer.

Helen interrogea les autres du regard, elle ne lut que la confusion sur tous les visages.

— Mais, enfin, de quoi parlez-vous, Kim ?

— Ne m'appelez pas par mon prénom. Il est temps de tomber le masque.

Helen baissa les yeux sans se départir de son expression affligée, mais Kim devinait ses pensées : cette femme se demandait à quel moment elle avait foiré.

Kim fut trop heureuse de le lui apprendre :

— On a compris très vite que les deux ravisseurs ne travaillaient pas seuls. Ils ont des personnalités trop extrêmes pour se passer d'une autorité qui les canalise. Et quelle autorité plus efficace pour cadrer des garçons qu'une figure maternelle ? Will a organisé en solo le premier enlèvement, mais son plan a raté à cause de l'accident de la circulation. Deux ou trois mois plus tard, on vous a informée de votre mise à la retraite forcée. Vous avez fait appel, et on ne vous a pas donné satisfaction… Maintenant, je vous demande de vider vos poches.

L'expression d'Helen venait de changer et ses yeux s'enflammèrent.

— Vous avez perdu la tête ? s'indigna-t-elle. Je suis officier de liaison avec les familles.

Kim s'approcha. La douleur irradia dans tout son corps. Elle n'arracherait pas de gaieté de cœur son téléphone à Helen, mais si celle-ci l'y poussait…

— Vos poches, Helen, répéta-t-elle. Avant que je m'en charge.

Helen sortit alors un iPhone de sa poche revolver.

— Celles de devant, ordonna Kim.

Plus lentement, l'officier de liaison enfonça la main dans sa poche droite. Elle extirpa un second mobile. Un Nokia.

— J'ai toujours deux téléphones.

— Le Nokia n'est pas à vous, répliqua Kim. Il appartient à Julia Trueman Billingham et vous l'avez subtilisé parmi les preuves. Stacey, récupérez l'appareil.

Celle-ci s'exécuta, puis elle pressa quelques touches et hocha la tête.

— Elle a pris contact avec les ravisseurs. C'est le numéro qui correspond à la demande de rançon.

— Je parierais que vous leur avez assuré qu'il n'y aurait aucun problème cette fois-ci, reprit Kim. Pour l'excellente raison que vous seriez dans la place, en personne. Et moi, j'ai joué votre jeu à mon insu en requérant votre collaboration. Comme l'aurait fait n'importe quel inspecteur chargé de cette enquête, vous le saviez pertinemment.

« Je me suis demandé pourquoi le deuxième message avait tardé à tomber. Les filles avaient disparu depuis plus de douze heures. En fait, vous vous êtes laissé le temps d'arriver jusqu'ici et de prendre la température…

— Kim, vous vous méprenez. Je n'ai rien fait de tel. Je n'ai causé de mal à per…

— Pas même à Inga Bauer ? la coupa Kim. Voyez-vous, je butais sur ce qui avait bien pu convaincre Inga de se retourner contre ces fillettes qu'elle aimait bien. D'abord, j'ai cru qu'elle agissait par amour. D'une certaine façon, c'est le cas, n'est-ce pas ? Sauf qu'il ne s'agissait pas de l'amour d'un homme, mais du vôtre. Vous avez enquêté sur elle et découvert que c'était une enfant abandonnée par sa mère, qu'elle en crevait, et vous lui avez donné exactement ce qui lui manquait. Vous vous êtes servie de son besoin d'amour maternel, de son désir d'amour inconditionnel. Et, après ça, vous lui avez ôté la vie.

Helen demeura impassible. Aucun remords n'assombrissait son visage.

— Vous avez aussi voulu tuer Éloïse. À l'idée qu'elle puisse vous incriminer, vous avez paniqué. Vous saviez qu'elle vous laisserait entrer chez elle si vous lui proposiez d'écouter ses prophéties, alors vous vous êtes livrée à votre sale besogne en essayant de camoufler votre crime. La vieille dame morte dans son sommeil... Eh bien, elle n'est pas morte, siffla Kim. Et elle va vous identifier.

Cette fois, Helen avait pâli. Elle frissonnait. Son cerveau venait d'arriver à la conclusion qu'elle s'était sévèrement trompée dans ses calculs.

— Passons aux vêtements des filles, reprit Kim en contenant la rage qui montait en elle. Vous vouliez qu'ils arrivent ici et que les parents tombent dessus. Ça faisait partie de votre plan. Alors, vous les avez dispersés dans la propriété. Vous n'avez aucune limite, bon sang !

Pas d'humeur à donner à Helen le loisir de répondre, Kim enchaîna :

— Mais le clou du spectacle, c'est ce prétendu souvenir qui vous est revenu à point nommé. Vous prépariez ce coup-là depuis le début. Vous aviez prévu quel jour et à quelle heure vous « rappeler » l'accident de circulation – parce que ce souvenir inopiné nous donnerait la clé pour localiser le lieu de détention des fillettes. Et là, vous auriez gagné votre titre d'héroïne, n'est-ce pas ! Quelle hiérarchie aurait pu écarter un officier ayant joué un rôle si important dans le sauvetage de deux enfants ?

« Vous avez fait subir à Charlie et Amy une semaine entière de terreur épouvantable dans le seul but de conserver votre putain de job ! Mais qu'est-ce que vous imaginiez ? Que vos deux complices se contenteraient de quitter la ferme quand vous le leur diriez ? s'exclama Kim avec incrédulité. Qu'ils déguerpiraient en abandonnant les filles là-bas, vivantes ? Qu'ils ne vous dénonceraient pas ? C'est *vraiment* ce que vous avez cru ?

Dans l'intervalle, Helen avait renoncé à son semblant de perplexité.

— Les petites n'ont jamais été en danger, affirma Helen, renonçant à jouer les innocentes.

— Bon Dieu, vous ne comprenez vraiment pas, hein ? tempêta Kim. Ils étaient sur le point de les *tuer*. Will voulait le fric et il avait promis à Symes de les lui laisser.

— Non… non, ce n'est pas vrai…

À quoi s'était-elle attendue de la part de Will ? De la loyauté ? Lui avait-elle fait confiance ?

— Expliquez-moi, Helen, pourquoi l'idée de prendre votre retraite a pu vous pousser à de telles extrémités.

— Vous devriez le savoir… répondit l'autre avec un calme étrange.

— Ah oui ?

— J'ai tout donné à mon métier. Toute ma vie. Je lui ai sacrifié chaque seconde de mon existence. J'ai toujours fait ce qu'on me demandait. Je n'ai ni mari ni famille, rien que mon travail. Et on allait me le prendre.

« Une fois mise au rebut, je serais devenue en deux mois la bonne femme qui erre entre les rayons du supermarché en espérant échanger trois mots avec le premier venu.

« Vous avez demandé la preuve que les filles étaient vivantes – et ma vie, à moi ? où est la preuve que j'existe ?

Un vague sourire étira ses lèvres.

— Vous me ressemblez, Kim. Beaucoup. Vous vous êtes entièrement donnée à cette affaire. Vous rappelez-vous seulement où vous vivez ? Avez-vous un amoureux, un enfant, au moins un animal ? Je parie que non. Parce que vous autorisez votre travail à vous engloutir. Dans vingt ans, quand vous aurez mon âge…

Kim vint se placer à un souffle d'elle.

— Je fais des choix, dit-elle, je les assumerai sans amertume. Je n'irai pas risquer la vie de deux gosses ni jeter des familles dans l'angoisse. Vous êtes une folle démoniaque. Et, pour votre information, j'ai un chien.

Helen laissa éclater sa rage et attrapa Kim, prête à l'étrangler, mais celle-ci esquiva et Helen se retrouva au sol, pauvre chose pathétique.

— Je vous conseille de vous entraîner un peu avant d'aller en prison. Parce que, là-bas, les autres vont vous adorer.

111

Dawson hésitait à sonner.

Il ne connaissait que trop bien la culture des gangs ; elle lui avait laissé un souvenir indélébile. C'était deux jours après son quinzième anniversaire ; un groupe de gamins à peine plus âgés qui l'avaient souvent traité de « gros lard » ou de « gras double » avait inexplicablement changé d'attitude. Ils lui avaient ouvert leur cercle et, un jour, ils lui avaient donné rendez-vous après les cours à Cradley Heath High Street. Il imaginait passer le meilleur après-midi qu'il ait connu jusque-là.

Quand Dawson était arrivé, ils l'attendaient devant la supérette, tout sourire. On l'avait accueilli avec force claques dans le dos et il s'était senti accepté, membre du groupe. Et puis, une vieille femme s'était approchée à petits pas lents sur le trottoir. Le leader du gang, Anthony, avait donné un petit coup de menton dans sa direction et, aussitôt, deux mômes s'étaient élancés vers elle et lui avaient arraché les deux cannes qu'elle utilisait pour se déplacer. Alors qu'elle vacillait, peinant à garder l'équilibre, Anthony lui avait piqué son sac à main.

D'instinct, Dawson avait pris les jambes à son cou en même temps que tous les autres. Il avait dépassé la vieille dame tombée à terre, en ralentissant pour s'assurer que sa tête ne heurtait pas le trottoir. Leurs regards s'étaient croisés, tous deux chargés de terreur. À cette seconde, il avait compris que la vie de cette pauvre femme ne serait plus jamais la même.

Il était rentré se réfugier chez lui. Là, dans le cadre rassurant de sa maison, la vérité lui était apparue : il était gros, lourd, il ne pouvait pas courir aussi vite que les autres ; si quelqu'un s'était lancé à leur poursuite, c'est lui qu'on aurait choppé. Et c'était pour cette raison que le gang l'avait invité…

Pendant des mois, la honte l'avait rongé. Puis elle avait reflué en même temps qu'il perdait du poids. Mais il n'avait jamais pu effacer de sa mémoire le regard de la vieille dame. Et il s'en félicitait.

Dewain Wright avait aussi voulu faire partie du gang. On l'avait trahi.

Dawson prit sur lui et frappa trois fois à la porte, qui s'ouvrit doucement.

Shona Wright se tenait sur le seuil. La peur irradiait d'elle.

— Il faut que je parle à votre père. À vous aussi.

Personne ne chercha à bomber le torse, cette fois-ci. Il suivit la jeune fille dans le séjour où ses deux petites sœurs, assises en tailleur sur le sol, jouaient à pique-niquer devant la télé.

— Rosi, Marisha, dans votre chambre, dit Shona.

Vin était assis dans le canapé. Dawson alla s'installer près de lui.

— Je sais ce que vous avez fait, lui dit-il sobrement.

Vin le regarda longuement. Puis il enfouit le visage dans ses mains.

— Papa, qu'est-ce qui se passe ? demanda Shona.

Dawson attendit de voir si Vin répondrait à sa fille. Celui-ci était secoué de sanglots.

— C'est votre père qui a contacté Lyron, lui dit doucement Dawson en soupirant. Il l'a prévenu que votre frère était en vie.

— C'est des conneries ! s'écria Shona. Vous êtes complètement malade !

La vérité était en train d'apparaître à la jeune fille, mais son cœur la refusait encore.

Il décida de rester silencieux pendant un moment.

Initialement, il avait cru Lauren responsable de la fuite – et même de pire, quand il avait découvert sa relation avec Kai. Puis, il s'était dit qu'elle n'était pas assez futée pour calculer ses coups ni assez amoureuse de Dewain pour s'être laissée aller à des confidences.

Lauren cherchait juste à se donner des frissons. En fréquentant des voyous et en se rapprochant du gang, elle sortait du carcan de la gosse de riches. Et, si un de ces vauriens était assassiné, un autre n'attendait que de prendre sa place.

C'est en revenant chez les Timmins, après la libération des petites filles, que Dawson avait compris qui était le véritable coupable. Stephen Hanson avait offert à sa femme de porter Nicholas pendant qu'elle montait en voiture, mais elle avait refusé, s'accrochant à son enfant. Elle avait cru perdre sa fille, alors pour rien au monde elle n'aurait lâché celui-là.

— Shona, votre père a fait ça pour vous, ses filles, expliqua-t-il. Dewain vivant, vous étiez tous en danger.

Le gang ne vous aurait jamais laissée en paix. Ils auraient fait de votre vie un enfer et votre père le savait.

Vin s'effondra.

— Dewain ne se serait pas rétabli, Sho, lança-t-il d'une voix rauque et douloureuse. Il était déjà parti. Maintenu en vie par des machines et des tubes. Les médecins ont dit que son cerveau était mort.

Un hurlement monta de son cœur brisé.

— J'ai demandé mille fois à déménager, j'ai supplié et supplié, mais ça n'a rien donné. De toute façon, Lyron nous aurait retrouvés. Je ne voulais pas perdre tous mes enfants. Oh, mon fils ! Mon courageux garçon…

Shona enlaça son père et tous deux se laissèrent aller à leur chagrin.

Vin Wright avait dû affronter un choix impossible. Piégé dans un environnement où il n'avait pas le pouvoir de protéger tous ses enfants, il en avait sacrifié un : son fils.

Il n'y avait pas de quoi jubiler en bouclant cette enquête…

— Monsieur Wright, je vais vous attendre dehors. Vous savez ce que vous allez devoir faire ?

— Oui, je sais, fiston.

Il y avait tant d'émotion dans ce mot, « fiston », que, pour une fois, Dawson ne tressaillit pas.

Il se connaissait : demain, la fierté d'avoir réussi sa mission remplacerait la compassion. On lui avait confié un dossier, il l'avait résolu. Un crime avait été commis, le coupable serait puni. Alors, oui, sans aucun doute, il se sentirait mieux demain. Mais, pour l'instant, il se sentait juste comme une merde.

112

Kim regardait intensément le plat posé devant elle. Le genre de regard qui persuadait la plupart de ses collègues de se plier à ses ordres. Malheureusement, ça ne marchait pas avec les biscuits…

Elle avait trouvé la recette sur un site de cuisine destiné aux enfants et suivi les instructions à la lettre. À la lettre. Le site présentait aussi des photos envoyées par des gosses de douze ans fiers de leurs œuvres. Kim ne photographierait pas la sienne. Ses biscuits ressemblaient moins à de petits rochers qu'à des Frisbee. Une fois enfournées, les cuillerées de pâte s'étaient étalées comme si elles essayaient de s'évader en rampant.

La cuisine… son ennemie jurée ! Elle s'était déjà frottée à la préparation de plats difficiles, avec pour résultat final une sorte de ragoût liquide qui coulait des assiettes. Elle avait tenté des recettes simples, comme la génoise basique que la plupart des enfants maîtrisaient déjà à l'école. Encore un raté.

Sa mère adoptive, Erica, était une cuisinière émérite. Avec elle, le plat le plus sophistiqué paraissait facile à exécuter. Tout l'inverse de Kim. Mais, en mémoire de la seule personne qu'elle avait aimée comme une maman, elle continuait d'essayer.

Woody avait insisté pour qu'elle prenne quelques jours de congé, le temps que sa main cicatrise. Par chance, aucun nerf n'avait souffert et Kim n'avait eu besoin que de douze points de suture.

— Par pitié, gémit Bryant, dites-moi que vous ne vous êtes pas remise aux fourneaux... Avec deux mains, vous êtes déjà incapable de réchauffer un plat industriel, alors à cinquante pour cent de vos moyens...

— Bryant, attention... lança-t-elle en guise d'avertissement.

Il posa un carton de pizza fumant sur le comptoir.

— Un biscuit ? proposa-t-elle.

— Bonne blague, Kim. Je passe mon tour.

Elle sortit deux assiettes, encore gênée par sa main bandée.

— Regardez comme je suis attentionné, s'amusa Bryant, je vous ai apporté quelque chose qui se mange avec une seule main.

Kim prit une part de pizza et la posa dans son assiette.

— Bon, racontez-moi. N'importe quoi. Je deviens dingue, ici.

— Justement, Woody m'a chargé de vous dire un truc.

— J'écoute.

Elle rêvait d'avoir des nouvelles de l'affaire.

— Vous allez recevoir des félicitations.

Kim leva les yeux au ciel.

— Qu'est-ce que j'en ai à faire ?

Bryant consulta son bloc.

— Cet enfoiré de Dawson a gagné.

— Gagné quoi ?

— On a parié sur votre réponse. Dawson l'a donnée mot pour mot. Et même, il avait deviné que vous lèveriez les yeux au ciel. Regardez, c'est écrit ici : « yeux au ciel ».

Kim ne put s'empêcher de rire.

Ils la connaissaient tous par cœur. Les éloges de sa hiérarchie ne l'aideraient pas à dormir ; en revanche, ils lui seraient utiles la prochaine fois qu'on se plaindrait d'elle, si elle s'écartait de la procédure ou contestait un ordre.

— Si vous voyiez le bureau… poursuivit Bryant. On se croirait au festival des fleurs de Chelsea. Les petites filles ont envoyé des paniers, les parents des bouquets, et la mère de Suzie vous a fait cadeau d'un rein.

— Hein ?

— Je plaisante. N'empêche que je suis sûr qu'elle le ferait si vous le lui demandiez. Bon Dieu, Kim, j'aurais voulu que vous soyez là quand elle a ouvert sa porte. Je n'oublierai jamais son expression. Il y a eu beaucoup de larmes. Dont les miennes, j'avoue.

Kim sourit. Voilà exactement ce qui l'aiderait à s'endormir.

— La petite Suzie a passé des examens complets. Elle va mettre un certain temps à se reconstruire mais, doucement, elle y parviendra.

Kim savoura la nouvelle.

— Je vous assure, Kim, sans vous…

— Et les autres, vous leur avez parlé ?

— Karen et Robert s'occupent des papiers d'adoption. Ils sont pratiquement certains que Lee renoncera à ses droits parentaux en échange d'un petit « cadeau ». Qu'ils seront bien contents de payer. Ils vont surmonter cette épreuve. Ils s'aiment, et Robert donnerait sa vie pour Charlie.

— Ils peuvent être fiers d'elle.

— J'ai échangé quelques mots avec Elizabeth ce matin. Elle a demandé à Stephen de déménager, mais elle ne lui met pas le couteau sous la gorge. Peut-être que, s'il fait ce qu'il faut, elle lui pardonnera.

— Peut-être. Mais il a intérêt à se préparer à de gros changements : à mon avis, sa femme n'est plus la même personne qu'il y a dix jours.

Elle repoussa son assiette et se leva, chercha un paquet de café Colombian Gold dans le placard.

— Vous voulez de l'aide ?

Elle le fusilla du regard.

— Je galère à me laver les dents le soir. Vous voulez aussi m'aider à tenir la brosse ?

— Sans façons. J'ai compris. Je vais juste m'asseoir et regarder.

Kim saisit une paire de ciseaux, coinça le paquet au creux de son coude et, à la troisième tentative, réussit à l'ouvrir.

— Devinez ce que je voudrais avoir avec moi si j'échouais sur une île déserte, demanda Bryant.

— Dites.

— Vous.

Kim éclata de rire. Elle versa le café dans le filtre puis elle se tourna vers son collègue.

— Excusez-moi, mais vous le faites exprès ou vous êtes borné ?

Il sourit. Il savait bien qu'elle piaffait d'en entendre davantage sur l'enquête.

— OK. Symes a tout balancé. Vous aviez raison, il n'a pas participé au kidnapping d'Emily et de Suzie. Il ignorait jusqu'à la présence de Suzie à la ferme. Heureusement, sinon il l'aurait tuée. C'était le petit projet personnel de Will.

« Symes n'a pas demandé d'avocat, il a l'air heureux de purger sa peine. Je crois qu'il trouve son compte dans la vie carcérale – le règlement, le cadre. C'est un individu sérieusement perturbé.

Ça, Kim s'en était aperçue.

— Son œil gauche est mort.

— Ça me bouleverse… Et Will Carter ?

— Il met ce second enlèvement entièrement sur le dos d'Helen. Et il refuse de dire quoi que ce soit sur le précédent.

— Quand je pense qu'il a laissé croupir la petite Suzie dans cette cave pendant treize mois… Vous savez quoi ? C'est lui que je torturerais, si j'avais le choix, pas le dingue. Comment est-ce qu'il a pu la regarder vivre dans cet état tout ce temps ?

En quittant la planque pour relâcher Emily, Will Carter s'était sans doute imaginé que Suzie était morte ; au retour, il avait vu que non. Et rien ne suggérait qu'il soit capable d'ôter la vie à quelqu'un.

— Qu'est-ce qu'il se passe pour Helen ?

— Elle plaide la détresse mentale, le stress post-traumatique, les circonstances atténuantes. Toute la gamme des désordres psychiques conséquents à son job.

— Je rêve !

— Elle a embauché un ténor du barreau. Le procureur sera meilleur.

Il le faudrait, songea Kim.

— Et voilà, j'ai fait le tour, conclut Bryant.

Ça faisait déjà beaucoup.

— Ah, j'oubliais… Depuis qu'il a bouclé le dossier Dewain Wright, Kev se pavane partout comme s'il venait de découvrir le sens de la vie. Vin Wright va plaider coupable, il n'y aura pas de procès.

C'était une triste nouvelle. Même si elle avait voulu haïr cet homme, Kim n'aurait pas pu. D'une certaine façon, elle le comprenait. À sept reprises, il avait demandé au conseil communal de les transférer, lui et sa famille, dans une résidence décente, ce qui lui avait été refusé. Maintenant, il devrait vivre toute sa vie avec sa décision.

— Helen se trompe, vous savez. Stacey m'a raconté ce que cette femme vous avait dit. Elle se trompe, ajouta Bryant.

Kim hocha la tête. Le parallèle qu'Helen avait établi entre elles deux résonnait encore dans sa tête et ça ne lui plaisait pas. Elle caressa Barney. Bien sûr qu'Helen se trompait, mais peut-être pas tout à fait et elle allait devoir se pencher sur le sujet. Mais pas maintenant, et pas avec Bryant.

— Dites, reprit-il, vous pensiez vraiment ce que vous avez dit à Suzie ? Que vous me confieriez votre vie ?

Kim pouffa.

— Les gosses… ils croiraient n'importe quoi.

— C'est bien ce que je pensais, répondit Bryant en souriant.

Il se leva.

— Une dernière chose avant d'oublier : Matt était présent aujourd'hui pour son dernier débriefing. Il m'a chargé de vous donner ceci.

Une feuille de papier pliée. Kim la posa sur le comptoir et raccompagna Bryant.

— Je ferai un saut dans deux ou trois jours pour vérifier que vous n'ingurgitez pas votre propre cuisine.

— Ouais. Débrouillez-vous pour m'apporter quelque chose de cool.

Tandis qu'il descendait l'allée, Kim ferma sa porte et retourna à la cuisine. L'odeur du café emplissait la pièce. Elle posa les yeux sur la feuille de papier. À coup sûr, rien de bon. Toutes les conversations qu'elle avait eues avec le négociateur avaient ressemblé à une bataille, chacun gagnant l'avantage ou s'efforçant d'avoir le dernier mot. Matt Ward n'était pas un type commode. Les instants passés en sa compagnie étaient autant de défis. Des combats. Il était épuisant, pénible.

Exactement comme elle.

Finalement, elle déplia la feuille et lut :

Je passe vous chercher à 20 heures. Non négociable. Soyez prête.

Kim fixa la note un bon moment. Puis elle jeta un coup d'œil à l'horloge, avala le reste de son café, et se leva pour aller prendre une douche.

Elle n'avait jamais refusé un challenge.

Ce soir, elle était de sortie.

113

Un sac en papier au creux du coude droit, Kim entra doucement dans la chambre silencieuse.

— Bonsoir, Éloïse.

La vieille dame était reliée par l'index à une machine qui produisait un bip rythmique, et nourrie par une perfusion en intraveineuse.

Kim posa son sac sur la chaise à côté du lit et approcha. Éloïse l'entendait-elle ? Elle paraissait encore plus frêle, encore plus ravagée par les années. Ses cheveux gris encadraient son visage doux, serein et calme. C'était tout de même étrange que cette femme n'ait aucune famille. Elle avait l'air de quelqu'un qui aurait pu être mère.

Toute cette semaine, Kim avait été confrontée à différents aspects de l'amour parental. Figée dans le chagrin, la mère de Suzie Cotton n'avait pas pu aller de l'avant. Elizabeth Hanson s'était contentée de peu pour offrir une existence stable à Amy et, pour protéger son enfant, Karen avait menti à la terre entière. Quant à Vin Wright, pour sauver trois de ses enfants, il était allé jusqu'à en sacrifier un.

Helen s'était servie de la magie du lien maternel pour manipuler une jeune femme et la faire agir contre ses propres instincts. Le besoin d'amour d'Inga avait été détourné par cette personne méprisable. Voilà qui confortait Kim dans l'idée que certaines personnes n'étaient pas faites pour devenir parents. À commencer par sa mère, qu'elle plaçait en tête de liste. Ces derniers jours, les souvenirs étaient revenus la menacer ; à force de détermination, elle les tiendrait à distance. Elle ne rendrait pas visite au passé, cet endroit déchirant pour elle. Bien sûr, un jour, quelque part, il la rattraperait. Les ombres qui planaient prendraient forme. Mais ni ici ni maintenant.

— Éloïse, murmura-t-elle, je ne suis pas arrivée trop tard. On a retrouvé les petites filles vivantes. Toutes.

Elle demeura debout encore un moment, caressant le pouce d'Éloïse.

— Si Mikey est près de vous, ajouta-t-elle, dites-lui… dites-lui qu'il me manque tous les jours.

Elle s'assit, fouilla dans le sac et en sortit un livre de poche qu'elle garda un peu contre elle. Pendant ce temps, ses collègues fêtaient l'aboutissement d'un travail d'enquête dont ils pouvaient être fiers et, à distance, elle applaudissait leurs efforts. Ils méritaient leur moment de gloire. Ensemble, ils avaient sauvé trois petites filles.

Kim laissa un sourire s'épanouir sur ses lèvres. Les fillettes étaient dans leurs foyers, bien à l'abri dans le cocon familial. Le savoir lui suffisait.

Elle soupira de satisfaction, longuement.

— J'ai choisi *Les Grandes Espérances*, dit-elle à Éloïse. J'espère que vous aimez ce roman.

Elle ouvrit le livre et commença à lire.

Remerciements

L'influence du contexte sur notre comportement m'a toujours intéressée. En cas d'extrême pression, comment agissons-nous ? Restons-nous fidèle à la personne que nous pensons être, ou quelque instinct naturel primordial l'emporte-t-il ?

Pour explorer ce sujet, je n'ai pas trouvé plus fécond que d'écrire sur l'instinct de protection – sans doute le plus irrépressible instinct, particulièrement quand il s'agit de protéger un enfant.

J'espère avoir fait honneur au sujet.

Les mots me manquent pour exprimer ma reconnaissance à ma compagne, Julie. Son honnêteté et sa foi en moi m'ont guidée tout au long de mon écriture. Elle est ma caisse de résonance, ma première lectrice, ma critique la plus sévère et mon soutien le plus fervent. En vingt ans, chaque lettre de refus a déclenché un « Tant pis pour eux ! », suivi de l'immanquable encouragement à me « mettre au suivant ». Tout le monde devrait avoir une Julie près de soi.

Comme toujours, je souhaite remercier l'équipe de Bookouture. Leur enthousiasme pour Kim Stone et ses aventures ne faiblit pas.

Oliver Rhodes est un véritable magicien et sa passion, ainsi que celle de Claire, pour les livres et les auteurs de l'écurie Bookouture est à la fois réconfortante et source d'inspiration.

Mon éditrice, Keishini Naidoo, est talentueuse, compétente et enrichit les livres bien plus qu'elle ne l'imagine.

Kim Nash ne cesse de câliner, protéger, encourager et soutenir toute la famille Bookouture ; elle est l'épaule la plus chaleureuse du monde.

Merci, à vous toutes et tous, pour tout. C'est grâce à vous que je peux donner le meilleur de moi-même.

Je voudrais remercier mes camarades auteurs chez Bookouture, tous talentueux à leur manière unique. Dans une ambiance de travail joyeuse, on se soutient avec bienveillance. Mon amie d'écriture, Caroline Mitchell, a commencé l'aventure en même temps que moi et elle est toujours prête à prodiguer des paroles avisées et de précieux conseils, et à distribuer des photos très amusantes. Lindsay J. Pryor est une autrice brillante et chaleureuse. Renita D'Silva est une des plus belles âmes que j'aie rencontrées. Toutes sont des consœurs exceptionnelles, mais elles sont aussi devenues des amies très chères.

Un merci sincère à ma mère et à mon père qui parlent à tout le monde de mes livres, même aux gens que ça n'intéresse pas. Leur enthousiasme, leur soutien sont formidables.

Je suis infiniment reconnaissante à toutes les blogueuses et tous les blogueurs, aux chroniqueuses et chroniqueurs qui ont pris le temps de connaître Kim Stone et d'en suivre les histoires. Si ces personnes merveilleuses parlent de mes livres et partagent si généreusement leurs avis, ce n'est pas juste pour faire leur travail mais parce qu'elles l'exercent avec passion. Je ne remercierai jamais assez cette communauté pour le soutien apporté à mes livres et à l'autrice que je suis. Merci beaucoup à vous toutes et tous.

Enfin, un chaleureux merci à l'adorable Dee Weston, mon doudou, qui m'apporte sans faillir son amitié dans les moments difficiles.

Composition et mise en pages
FACOMPO, Lisieux

Pour plus d'information :

#lisez engagé !
www.lisez.com
Imprimé sur du papier issu de forêts gérées durablement.

Imprimé en Espagne par Liberdúplex
en avril 2024
Nº d'impression : 118565

POCKET – 92, avenue de France, 75013 Paris

S34103/01